Nikolai Gogol
Die Kalesche

Nikolai Gogol

DIE KALESCHE

und andere Erzählungen

Herausgegeben
von Margit Bräuer

Eulenspiegel Verlag
Berlin

Aus dem Russischen von Georg Schwarz
Illustriert von Christa Jahr

ISBN 3-359-00137-0

Die Nacht vor Weihnachten

Der Tag vor Weihnachten war zu Ende gegangen. Die klare Winternacht brach an. Die Sterne funkelten. Der Mond ging majestätisch am Nachthimmel auf, um den braven Leuten und aller Welt zu leuchten — das Singen der Koljadki* zum Lobe Christi sollte ihnen Spaß machen. Der Frost war jetzt stärker als am Morgen, doch dafür war es so still, daß es eine halbe Werst weit zu hören war, wenn der Schnee unter einem Stiefel knirschte. Noch hatten sich keine Burschen unter den Fenstern versammelt, nur der Mond sah heimlich in die Häuschen, als wollte er die sich schmückenden Mädchen auffordern, so schnell wie möglich hinauszulaufen in den knirschenden Schnee. Aus dem Schornstein eines Häuschens quoll in dichten Schwaden Rauch, der wie eine Wolke zum Himmel emporstieg, und mit dem Rauch zusammen erhob sich auf ihrem Besen eine Hexe in die Lüfte.

Wenn in diesem Augenblick der Beisitzer von Sorotschinzy

* Koljadki nennt man bei uns die Lieder, die am Abend vor Weihnachten unter den Fenstern gesungen werden. Derjenige, der die Koljadki singt, bekommt vom Hausherrn oder der Hausfrau — wer gerade daheim ist — eine Wurst, ein Brot oder einen Kupfergroschen in den Sack geworfen, was einer so gerade hat. Es heißt, irgendwann hätte es einmal einen Narren namens Koljada gegeben, den man für einen Gott hielt, und von ihm seien auch die Koljadki abgeleitet. Wer weiß das schon? Wir einfachen Leute können uns darüber kein Urteil erlauben. Voriges Jahr hatte der Vater Ossip verboten, in den Weilern die Koljadki zu singen, da seiner Meinung nach das Volk damit dem Satan Vorschub leiste. Doch in Wirklichkeit wird in diesen Koljadki der Koljada gar nicht erwähnt. Meistens wird von Christi Geburt gesungen; und zum Schluß wünscht man dem Hausherrn, der Hausfrau, den Kindern und dem ganzen Haus Gesundheit. (Anm. d. Verf.)

vorbeigekommen wäre, mit seinen drei Gutspferden vor dem Wagen, der lammfellverbrämten Mütze auf dem Kopf, die nach Ulanenart gefertigt war, in seinem blauen, mit schwarzem Lammfell gefütterten Pelz und seiner geflochtenen Teufelspeitsche in der Hand, mit der er gewöhnlich die Kutscher anzutreiben pflegte — er hätte sie bestimmt gesehen, denn dem Beisitzer von Sorotschinzy entgeht keine Hexe. Er weiß von vornherein, wieviel Ferkel die Sau bei jeder Bauersfrau wirft; er weiß, wieviel Leinwand in der Truhe liegt und was ein braver Mann am Sonntag in der Schenke an Kleidung und Hausrat versetzt. Doch der Beisitzer von Sorotschinzy fuhr nicht vorbei; was kümmern ihn auch die anderen, er hat ja seinen eigenen Bezirk. Die Hexe hatte sich unterdessen so hoch erhoben, daß sie nur noch als schwarzes Pünktchen zu erkennen war. Doch wo dieses schwarze Pünktchen erschien, verschwand am Himmel ein Stern nach dem anderen. Bald hatte die Hexe eine Menge Sterne in ihrem weiten Ärmel gesammelt. Nur noch drei oder vier blinkten am Himmel. Plötzlich schwebte von der anderen Seite ein zweites Pünktchen heran, wurde größer, zog sich in die Länge und war schon bald kein Pünktchen mehr. Selbst wenn sich ein Kurzsichtiger statt einer Brille die Räder von dem Einspänner des Kommissars aufgesetzt hätte, wäre ihm nicht klar geworden, was das war. Von vorn sah das Geschöpf ganz wie ein Welscher* aus: Es hatte eine schmale, sich andauernd hin und her bewegende Schnauze, die an allem, was ihr in den Weg kam, schnüffelte und, wie bei unseren Schweinen, in einem runden Fünfkopekenstück endete, und Beinchen, die so dünn waren, daß sie, wenn sie dem Vorsteher von Jareski gehörten, schon beim ersten Kosakentanz zerbrächen. Doch dafür sah es von hinten wie ein echter Gouvernementsbeamter in Uniform aus, denn da hing ihm ein Schwanz herab, der so spitz und lang war wie die Schöße an den heutigen Uniformen; höchstens der Bart unter der Schnauze, die kleinen Hörner, die es

* Einen Welschen nennt man bei uns jeden, der aus der Fremde kommt, sei er nun ein Franzose, ein Römer oder ein Schwede — er ist immer ein Welscher. (Anm. d. Verf.)

auf dem Kopf hatte, und die Tatsache, daß es nicht weißer war als ein Schornstein, ließen darauf schließen, daß es kein Welscher und kein Gouvernementsbeamter, sondern einfach der Teufel war, der nur noch diese eine Nacht auf der Gotteswelt herumstrolchen und die guten Leute zu Bösem verführen konnte. Denn am nächsten Morgen, sowie die ersten Glocken zur Frühmesse läuteten, mußte er mit eingezogenem Schwanz und ohne sich noch einmal umschauen zu dürfen in die Hölle fahren. Unterdessen schlich sich der Teufel an den Mond heran und streckte schon die Hand aus, um ihn zu greifen – doch plötzlich riß er sie wieder zurück, lutschte an den Fingern, als hätte er sich verbrannt, schlenkerte mit einem Bein und schlich sich dann von der anderen Seite heran, sprang wieder zurück und zog eilig die Hand weg. Doch trotz aller Mißerfolge ließ der Teufel seine Streiche nicht sein. Er sprang auf ihn zu, packte den Mond plötzlich mit beiden Händen, verzog das Gesicht, pustete und warf ihn von einer Hand in die andere, wie ein Bauer, der sich mit einer glühenden Kohle seine Pfeife anstecken will. Schließlich steckte er ihn eilig in die Tasche und lief weiter, als ob nichts geschehen sei. In Dikanka hatte niemand gemerkt, daß der Teufel den Mond gestohlen hatte. Der Bezirksschreiber hatte allerdings gesehen, als er auf allen vieren aus der Schenke kroch, daß der Mond am Himmel plötzlich, ohne jeden Grund, zu tanzen anfing, und beteuerte das, wobei er sich auf Gott berief, dem ganzen Dorf gegenüber; doch die Dorfbewohner schüttelten den Kopf und lachten ihn sogar aus. Doch was hatte den Teufel zu solch ungesetzlicher Tat veranlaßt? Der Grund war folgender: Er wußte, daß der reiche Kosak Tschub vom Küster zu Gast geladen worden war, daß außerdem der Gemeindevorsteher, dann ein auf Besuch gekommener Verwandter des Küsters, der Sänger im bischöflichen Chor war, einen blauen Rock trug und den tiefsten Baß sang, den man sich nur denken kann, der Kosak Swerbygus und noch verschiedene andere bei ihm sein würden und daß es außer Rosinenreis noch Beerenbranntwein, Safranschnaps und alle möglichen leckeren Dinge geben sollte. In dieser Zeit aber war Tschubs Tochter, die

Schönste im ganzen Dorf, allein zu Hause und wurde sicherlich vom Schmied besucht, einem kräftigen Burschen, der dem Teufel noch widerwärtiger war als die Predigten des Vaters Kondrat. In seinen Mußestunden widmete sich der Schmied der Malerei; er galt als der beste Maler im ganzen Umkreis. Der Kosakenhauptmann L. . .ko, der damals noch lebte, hatte ihn extra nach Poltawa geholt, um sich von ihm den Bretterzaun streichen zu lassen, der sein Haus umgab. Alle Schüsseln, aus denen die Kosaken in Dikanka ihre Suppe löffelten, waren vom Schmied bemalt. Der Schmied war ein gottesfürchtiger Mann und malte oft Heiligenbilder; noch jetzt kann man in der Kirche zu T . . . seinen Evangelisten Lukas sehen. Doch die Krönung seiner Kunst ist ein Wandbild im rechten Kirchenvorraum, das den heiligen Petrus darstellt; es zeigt, wie er am Tage des Jüngsten Gerichts, mit Schlüsseln in der Hand, den bösen Geist aus der Hölle vertreibt; der erschrockene Teufel rennt hin und her, denn er ahnt, daß sein Untergang naht, und die bislang eingeschlossenen Sünder schlagen und verjagen ihn mit Peitschen, Holzscheiten und allem, was ihnen gerade in die Hände kommt. Als der Künstler an diesem Bild arbeitete und es auf ein großes Brett malte, war der Teufel bemüht, ihn nach Kräften zu stören: Er stieß ihm ungesehen die Hand fort, ließ die Asche in der

Schmiedeesse hochfliegen und streute sie über das Bild; doch trotz alledem wurde die Arbeit beendet, das Bild in die Kirche gebracht und im Vorraum aufgehängt. Seit jener Zeit aber hat der Teufel dem Schmied Rache geschworen. Nur noch eine Nacht konnte er sich jetzt auf der Gotteswelt herumtreiben, doch in dieser Nacht wollte er sich auf irgendeine Weise an dem Schmied rächen. Aus diesem Grund hatte er beschlossen, den Mond zu stehlen, und zwar in der Hoffnung, der alte Tschub sei zu faul und werde sich nicht aufraffen können, zu dem Küster zu gehen, denn der Weg war weit; er führte um das Dorf herum, lief an der Mühle und dem Friedhof vorbei und wich auch noch einer Schlucht aus. In einer Mondnacht hätte der Beerenbranntwein und der Safranschnaps Tschub vielleicht noch gelockt. Doch bei dieser Dunkelheit würde es wohl kaum jemandem gelingen, ihn vom Ofen zu holen und auf die Straße zu bringen. Und der Schmied, der sich schon lange nicht mit ihm vertrug, würde es trotz seiner Kraft um nichts auf der Welt wagen, in Tschubs Gegenwart dessen Tochter aufzusuchen. Und so wurde es, sowie der Teufel den Mond in seine Tasche gesteckt hatte, dermaßen dunkel auf der Erde, daß man kaum den Weg in die Schenke fand — und zu dem Küster schon gleich gar nicht. Als sich die Hexe plötzlich im Dunkeln sah, schrie sie auf. Da näherte sich ihr schmeichlerisch der Teufel, schob seinen Arm in den ihren und flüsterte ihr allerhand Dinge ins Ohr, die man Vertretern des weiblichen Geschlechts gewöhnlich zuzumurmeln pflegt. Wie seltsam ist es doch auf unserer Welt! Alles, was auf ihr lebt, bemüht sich, einander alles nachzumachen und sich gegenseitig nachzuäffen. Früher trugen in Mirgorod, wenn es winterte, nur der Richter und der Stadthauptmann Pelze, die mit Stoff bezogen waren; die ganze kleine Beamtenschaft hatte gewöhnlich Schafpelze ohne Stoffüberzug an. Jetzt aber leisten sich sogar der Beisitzer und der Feldmesser neue Pelze aus schwarzem Lammfell mit Stoffbezug. Der Kanzlist und der Bezirksschreiber haben sich vor zwei Jahren blauen Nankingstoff gekauft, sechzig Kopeken der Arschin. Der Kirchendiener hat sich für den Sommer Nankinghosen und eine

Weste aus gestreiftem Wollgarn machen lassen. Kurz, alle wollen etwas darstellen! Wann wird es jemals Leute geben, die die Eitelkeit nicht kennen! Ich wette, viele werden sich darüber wundern, daß der Teufel denselben Weg wandert wie die andern. Am ärgerlichsten aber ist, daß er sich ganz sicher für einen schönen Mann hält — dabei hat er eine Figur, die jeden abschreckt. Eine Fratze hat er, daß man, wie Foma Grigorjewitsch sagt, vor Abscheulichkeit die Scheußlichkeit nicht sehen kann, und doch bewegt er sich auf Liebespfaden! Doch am Himmel und auf der Erde war es so dunkel geworden, daß man nicht mehr erkennen konnte, was weiter zwischen den beiden geschah.

»Du bist also noch nicht in dem neuen Häuschen vom Küster gewesen, Gevatter?« fragte der Kosak Tschub, als er aus der Tür seines Hauses trat, einen mageren, großen Bauern in einem kurzen Schafpelz, dessen Gesicht ein Bart zierte, der ahnen ließ, daß er schon länger als zwei Wochen nicht mit der abgebrochenen Sensenspitze in Berührung gekommen war, mit der sich die Bauern gewöhnlich rasieren, da sie kein Rasiermesser besitzen. »Dort wird es heute einen herrlichen Saufabend geben!« fuhr Tschub fort, und sein Gesicht verzog sich zu einem breiten Lächeln. »Daß wir nur nicht zu spät kommen!« Bei diesen Worten rückte Tschub seinen Gürtel zurecht, der fest um seinen Schafpelz geschlungen war, zog sich die Mütze tiefer ins Gesicht, nahm die Peitsche — die Angst und der Schrecken aller aufdringlichen Hunde — fester in die Hand und blieb, nachdem er nach oben geblickt hatte, stehen. »Zum Teufel! Guck mal! Guck doch mal, Panas!«

»Was ist denn?« fragte der Gevatter und hob sein Gesicht ebenfalls zum Himmel empor.

»Was heißt: ›Was ist denn?‹ Der Mond ist weg.«

»Was sagst du da? Wahrhaftig, der Mond ist weg.«

»Das ist es ja eben — er ist einfach weg«, sagte Tschub, etwas ärgerlich über den unerschütterlichen Gleichmut des Gevatters. »Dich interessiert das anscheinend gar nicht.«

»Was soll ich denn machen?«

»Da mußte sich unbedingt auch noch so ein Teufel einmengen«, fuhr Tschub fort und wischte sich dabei mit seinem Ärmel den Schnurrbart ab. »Wenn er doch morgen kein einziges Gläschen Schnaps mehr trinken könnte! Wahrhaftig, er scheint sich über uns lustig zu machen ... Als ich in der Stube saß, habe ich extra zum Fenster hinausgesehen — eine herrliche Nacht. Hell war es; der Schnee hat im Mondlicht nur so geglänzt. Alles war zu sehen wie am hellichten Tag. Und kaum bin ich zur Tür hinaus, da kann man nicht mehr die Hand vor Augen erkennen!«

Tschub brummte und schimpfte noch lange, überlegte sich aber gleichzeitig, was er machen sollte. Für sein Leben gern hätte er beim Küster über allen möglichen Unsinn geschwatzt, denn zweifellos saßen bei ihm schon der Gemeindevorsteher, der auf Besuch gekommene Baßsänger und der Teerbrenner Mikita, der alle zwei Wochen nach Poltawa fuhr, um dort seine Ware zu verkaufen, und der solche Witze vom Stapel ließ, daß sich alle Dorfbewohner den Bauch vor Lachen halten mußten. Tschub sah im Geist bereits den Beerenbranntwein auf dem Tisch stehen. All das war in der Tat sehr verlockend, doch die Dunkelheit der Nacht ließ in ihm die Trägheit erwachen, die alle Kosaken so lieben. Wie schön wäre es, jetzt mit angezogenen Beinen auf der Ofenbank zu faulenzen, ruhig sein Pfeifchen zu rauchen und, von wohliger Mattigkeit umfangen, den Liedern und Koljadki der fröhlichen Burschen und Mädchen zu lauschen, die sich bald in Scharen unter den Fenstern drängen würden. Er hätte sich zweifellos für das letztere entschieden, wenn er allein gewesen wäre, doch zu zweit war es nicht so langweilig und schrecklich, durch die dunkle Nacht zu gehen, und außerdem wollte er vor den anderen auch nicht für faul und feige gelten. Als er mit dem Schimpfen fertig war, wandte er sich von neuem an den Gevatter.

»Der Mond ist also weg, Gevatter?«

»Ja.«

»Das ist wirklich seltsam. Gib mir mal eine Prise! Das ist

aber ein ausgezeichneter Tabak, Gevatter! Wo hast du den denn her?«

»Was, zum Teufel, heißt hier ausgezeichnet!« antwortete der Gevatter und schloß seine mit eingeritzten Mustern verzierte Tabaksdose aus Birkenholz. »Nicht einmal ein altes Huhn schnupft davon!«

»Da fällt mir gerade ein«, fuhr Tschub unbekümmert fort, »daß mir der selige Schankwirt Susulja einmal Tabak aus Neshin mitgebracht hat. Ach, das war ein Tabak! Ein guter Tabak war das! – Also, was ist nun, Gevatter, was machen wir? Es ist doch so dunkel draußen.«

»Da bleiben wir eben zu Hause«, erklärte der Gevatter und griff nach der Türklinke.

Hätte der Gevatter das nicht gesagt, wäre Tschub sicher dafür gewesen, zu Hause zu bleiben, doch jetzt reizte es ihn, ihm zu widersprechen.

»Nein, Gevatter, gehen wir! Unmöglich, wir müssen gehen!« Als er das gesagt hatte, ärgerte er sich schon über seine Worte. Er verspürte nicht die geringste Lust, in solch einer Nacht hinauszugehen, doch ihn tröstete der Gedanke, daß er seinen eigenen Willen durchgesetzt hatte und nicht dem Rat des anderen gefolgt war.

Auf dem Gesicht des Gevatters malte sich nicht die leiseste Spur von Ärger; ihm war es vollkommen egal, ob er zu Hause saß oder nicht. Er blickte um sich, kratzte sich mit dem Stiel seiner Peitsche den Rücken, und beide Gevattern machten sich auf den Weg.

Jetzt wollen wir sehen, was die schöne Tochter macht, die allein zurückgeblieben ist. Oxana war noch nicht einmal siebzehn Jahre alt, als beinah überall in der Welt, sowohl auf der einen Seite von Dikanka als auch auf der anderen, nur von ihr geredet wurde. Die Burschen erklärten einstimmig, daß es im Dorf niemals ein schöneres Mädchen gegeben habe und geben werde. Oxana wußte und hörte alles, was man über sie sprach, und war so launisch, wie nun einmal ein schönes Mädchen ist. Wenn sie statt des bunten Tuchs und der Schürze einen Rock aus feinem Tuch getragen hätte, dann hätte sie alle Mädchen ausgestochen. Die Burschen liefen in Scharen hinter ihr her, doch als sie die Geduld verloren hatten, ließen sie sie allmählich in Ruhe und wandten sich weniger anspruchsvollen Mädchen zu. Nur der Schmied blieb dickköpfig und hörte nicht auf, ihr den Hof zu machen, obwohl er durchaus nicht besser behandelt wurde als die anderen. Als der Vater gegangen war, putzte sie sich noch lange vor einem kleinen Spiegel in Zinnfassung, drehte sich vor ihm hin und her und konnte sich an ihrem Gesicht nicht satt sehen.

»Was die Leute da nur immer zusammenreden, ich sei hübsch«, sagte sie scheinbar zerstreut, nur um mit sich selbst über irgend etwas ein wenig zu plaudern. »Die Leute lügen, ich bin überhaupt nicht hübsch.« Doch der Spiegel, der das frische, kindlich-junge, lebhafte Gesicht mit den schwarzen, glänzenden Augen und dem unsagbar angenehmen Lächeln wiedergab, das einem das Herz höher schlagen ließ, bewies sofort das Gegenteil. »Sind meine schwarzen Brauen und Augen denn wirklich so hübsch«, fuhr das schöne Mädchen fort, ohne den Spiegel aus der Hand zu legen, »daß es ihresgleichen auf der Welt nicht gibt? Was ist schon hübsch an dieser Stupsnase? Und an den Wangen? Und an den Lippen? Sind meine schwarzen Zöpfe etwa hübsch? Hu! Vor ihnen kann man ja abends Angst bekommen; wie lange Schlangen winden und schlingen sie sich um meinen Kopf. Ich sehe jetzt, daß ich überhaupt nicht hübsch bin!« Sie hielt den Spiegel etwas weiter von sich ab und rief plötzlich: »Nein, ich bin doch hübsch! Ach, wie hübsch! Wunderschön! Wie wird sich der Mann freuen, den ich einmal heirate! Wie sehr werde ich meinem Mann gefallen! Er wird ganz außer sich sein. Er wird mich zu Tode küssen.«

»Ein wunderbares Mädchen!« flüsterte der Schmied, der leise hereingekommen war. »Aber eitel ist sie gar nicht wenig! Eine ganze Stunde steht sie vorm Spiegel, kann sich nicht satt sehen und lobt sich auch noch laut!«

»Ja, ihr Burschen, passe ich denn überhaupt zu euch? Seht mich doch einmal an«, fuhr die schöne Kokette fort, »wie würdevoll mein Gang ist; und mein Hemd ist mit roter Seide bestickt. Und was für Bänder ich am Kopfputz trage! Ihr werdet nie schönere Goldborten zu sehen bekommen! All das hat mir mein Vater gekauft, damit der schönste Mann auf der Welt um mich freit!«

Lachend wandte sie sich zur Seite und erblickte den Schmied. Sie schrie auf und blieb streng vor ihm stehen. Der Schmied ließ die Arme sinken.

Es ist schwer zu sagen, was das bräunliche Gesicht des schönen Mädchens ausdrückte: Strenge malte sich auf ihm, und durch die Strenge schimmerte so etwas wie Spott dem verlegenen Schmied gegenüber hindurch, zudem überzog eine kaum merkliche Zornesröte ihr Antlitz – und all das ging ineinander über und war so unsagbar schön, daß das Beste, was man hätte tun können, gewesen wäre, sie einfach eine millionmal zu küssen.

»Warum bist du hierhergekommen?« fragte Oxana. »Du willst wohl, daß ich dich mit der Schaufel zur Tür hinausjage? Wie ihr es alle versteht, zu uns hereinzukommen! Ihr riecht es geradezu, wenn der Vater nicht da ist. Oh! Ich kenne euch! Ist meine Truhe wenigstens fertig?«

»Sie wird bald fertig sein, mein Herzchen, nach den Feiertagen wird sie fertig sein. Wenn du wüßtest, wie ich an ihr gearbeitet habe – zwei Nächte lang habe ich die Schmiede nicht verlassen. Dafür wird aber auch keine Popentochter solch eine Truhe haben. Für die Beschläge habe ich Eisen genommen, wie ich es nicht einmal für den Wagen des Kosakenhauptmanns verwendet habe, als ich in Poltawa arbeitete. Und wie sie erst bemalt wird! Du kannst die ganze Gegend hier mit deinen weißen Füßen ablaufen – solch eine Truhe wirst du nicht finden! Der Boden wird mit roten und blauen Blumen nur so übersät sein! Sie werden leuchten wie Feuer. Sei nicht böse auf mich! Erlaube mir wenigstens, mit dir zu reden und dich anzuschauen!«

»Wer verbietet dir denn das? Rede nur und gucke!«

Sie setzte sich auf die Bank, blickte wieder in den Spiegel und begann, ihre Zöpfe auf dem Kopf in Ordnung zu bringen.

Sie besah sich ihren Hals, ihre neue Bluse, die mit Seide bestickt war, und Selbstgefälligkeit spiegelte sich auf ihren Lippen, ihren frischen Wangen und glänzte in ihren Augen.

»Erlaube mir, daß ich mich zu dir setze!« sagte der Schmied.

»Setz dich nur«, sagte Oxana, und auf ihren Lippen und in ihren zufriedenen Augen spiegelte sich noch immer Selbstgefälligkeit.

»Du wunderbare, herrliche Oxana, erlaube mir, daß ich dich küsse!« bat der mutig gewordene Schmied und drückte sie an sich, in der Absicht, ihr einen Kuß zu stehlen, doch Oxana drehte ihren Kopf weg, dem der Schmied mit seinen Lippen schon ganz nah war, und stieß ihn zurück.

»Was willst du denn noch alles? Gibt man dir den kleinen Finger, nimmst du gleich die ganze Hand! Geh weg, deine Hände sind ja härter als Eisen. Und du selbst riechst ganz nach Rauch. Ich glaube, du hast mich von oben bis unten mit Ruß beschmiert!«

Sie hielt sich wieder den Spiegel vor und begann, sich vor ihm von neuem schönzumachen.

Sie liebt mich nicht, dachte der Schmied bei sich und ließ den Kopf hängen. Für sie ist alles Spielerei, und ich stehe da wie ein Dummkopf und kann kein Auge von ihr wenden! Was für ein wunderschönes Mädchen! Was würde ich nicht alles darum geben, wenn ich erfahren könnte, wie es in ihrem Herzen aussieht, wen sie liebt. Doch nein, sie hat für niemanden Interesse. Sie liebt nur sich selbst; sie quält mich Armen, und ich sehe vor lauter Kummer nicht, was um mich herum geschieht; ich liebe sie so, wie nie in der Welt ein Mensch geliebt hat und lieben wird.

»Stimmt es, daß deine Mutter eine Hexe ist?« fragte Oxana und lachte auf.

Der Schmied fühlte, wie alles in ihm zu lachen begann, und dieses Lachen schien plötzlich in seinem Herzen Widerhall zu finden – und auch in den vibrierenden Adern, doch gleichzeitig stieg auch Ärger in ihm auf, da es nicht in seiner Macht stand, dieses so lieblich lachende Gesicht zu küssen.

»Was kümmert mich die Mutter? Du bist für mich Mutter und Vater und alles, was mir auf der Erde teuer ist. Wenn mich der Zar zu sich riefe und sagte: Schmied Wakula, du darfst mich um alles bitten, was es nur an herrlichen Dingen gibt in meinem Reich – ich werde dir alles geben. Wenn du willst, befehle ich, dir eine goldene Schmiede zu bauen, in der du mit silbernen Hämmern schmieden wirst. – Ich will weder Edelsteine noch eine goldene Schmiede noch dein ganzes Reich, würde ich zu dem Zaren sagen. Gib mir lieber meine Oxana!«

»So einer bist du also! Doch mein Vater hat es auch hinter den Ohren. Eh du es dich versiehst, hat er deine Mutter geheiratet!« sagte Oxana listig lächelnd. »Doch warum kommen nur die Mädchen nicht? Was soll das bedeuten? Es ist schon lange Zeit, die Koljadki zu singen. Mir wird es allmählich langweilig.«

»Sollen sie bleiben, wo sie sind, meine Schöne!«

»Warum nicht gar! Mit ihnen zusammen kommen sicher auch die Burschen. Dann wird es lustig. Wenn ich mir vorstelle, was da wieder für lustige Geschichten erzählt werden!«

»Mit ihnen amüsierst du dich also?«

»Jedenfalls mehr als mit dir. Ah! Da hat schon jemand geklopft; bestimmt sind das die Mädchen mit den Burschen.«

Worauf soll ich noch warten? fragte sich der Schmied. Sie macht sich ja doch nur über mich lustig. Ich bin ihr so viel wert wie ein rostiges Hufeisen. Doch wenn die Dinge so stehen, dann soll wenigstens keiner über mich lachen können. Sowie ich sicher weiß, wer ihr besser gefällt als ich, dann will ich es dem aber zeigen ...

Ein erneutes Klopfen an der Tür und eine im Frost scharf klingende Stimme: »Mach auf!« unterbrachen seine Überlegungen.

»Warte, ich mache auf«, sagte der Schmied und ging in den Flur hinaus, in der Absicht, vor Ärger dem ersten besten Menschen die Rippen einzuschlagen.

Der Frost wurde stärker, und am Himmel wurde es so kalt, daß der Teufel von einem Huf auf den anderen sprang und sich in die Fäuste blies, um die erstarrten Hände ein wenig zu erwärmen. Es ist ja auch nicht weiter verwunderlich, wenn einer friert, der sich von früh bis spät in der Hölle herumtreibt, in der es ja bekanntlich nicht so kalt ist wie bei uns im Winter und in der er mit der Mütze auf dem Kopf vor dem Feuer steht, als sei er ein richtiger Koch, und die Sünder mit dem gleichen Vergnügen brät, mit dem gewöhnlich die Bauersfrauen zu Weihnachten ihre Würste braten. Sogar die Hexe spürte die Kälte, obwohl sie warm angezogen war; aus diesem Grunde hob sie die Arme über den Kopf, schob ein Bein vor, nahm die Haltung eines Schlittschuhläufers ein und flog, ohne dabei ein Glied zu rühren, durch die Luft, wie über einen steilen eisbedeckten Hang und geradewegs in einen Schornstein hinein. Der Teufel folgte ihr auf gleiche Weise. Doch da dieses Vieh viel flinker ist als jeder bestrumpfte Stutzer, war es kein Wunder, daß er kurz vor dem Eingang zum Schornstein seiner Geliebten an den Hals flog und sich dann beide zusammen in einem geräumigen Ofen zwischen Töpfen wiederfanden. Die Besenreiterin öffnete leise die Ofentür, um nachzusehen, ob sich ihr Sohn Wakula nicht etwa Gäste eingeladen hatte, doch als sie merkte, daß niemand da war außer den Säcken, die mitten in der Stube lagen, kroch sie aus dem Ofen hinaus, warf den warmen Schafpelz von sich, brachte ihre Kleider wieder in Ordnung, und niemand konnte ihr mehr ansehen, daß sie noch vor einer Minute auf einem Besen geritten war.

Die Mutter des Schmiedes war nicht älter als vierzig Jahre. Sie war weder hübsch noch häßlich. Es ist ja auch schwer, in diesem Alter hübsch zu sein. Trotzdem verstand sie es, die würdigsten und gesetztesten Kosaken an sich zu fesseln (die übrigens, dies sei hier nur nebenbei bemerkt, gar nicht so viel Wert auf Schönheit legten), so daß sie der Gemeindevorsteher oft besuchte, und auch der Küster Ossip Nikiforowitsch (natürlich nur, wenn die Küstersfrau nicht zu Hause war), und auch der Kosak Korni Tschub sowie der Kosak Kassjan Swerbygus. Zu ihrer Ehre sei gesagt, daß sie es wohl verstand, mit ihnen umzugehen. Keinem von ihnen kam der Gedanke, er könne einen Nebenbuhler haben. Wenn der gottesfürchtige Bauer oder der Edelmann, wie sich der Kosak selbst nennt, in seinem Umhang mit der daran festgenähten Kapuze sonntags in die Kirche ging oder bei schlechtem Wetter in die Schenke, warum sollte er dann nicht mal bei der Solocha hineinschauen, fette Pasteten mit saurer Sahne essen und in der warmen Stube ein Weilchen mit der gesprächigen und entgegenkommenden Hausherrin schwatzen? Und extra deshalb machte der Edelmann absichtlich einen großen Umweg, wenn er zur Schenke ging, und nannte das »etwas vom Wege abweichen«. Und wenn die Solocha an einem Feiertag in ihrem grellen Tuch, ihrer Nankingschürze und dem blauen Jäckchen darüber, auf das hinten Goldborten aufgenäht waren, in die Kirche ging und sich direkt neben den rechten Chor stellte, dann hüstelte der Küster bestimmt und blinzelte unwillkürlich in diese Richtung; der Gemeindevorsteher strich sich den Schnurrbart, wickelte sich die Kosakenlocke um das Ohr und sagte zu dem neben ihm Stehenden: »Ach, ein prima Weib ist das! Ein Teufelsweib!« Die Solocha grüßte jeden, und jeder dachte, daß sie ihn allein grüße. Doch einer, der sich gern in fremde Angelegenheiten mischte, hätte sofort gemerkt, daß die Solocha am freundlichsten zu dem

Kosaken Tschub war. Tschub war Witwer; und acht Getreideschober standen stets vor seinem Häuschen. Zwei Paar kräftige Ochsen streckten jedesmal ihre Köpfe aus dem geflochtenen Stall auf die Straße hinaus und muhten, wenn sie eine Gevatterin von ihnen, eine Kuh, oder auch einen Onkel, einen mächtigen Stier, vorüberziehen sahen. Der bärtige Ziegenbock kletterte bis aufs Dach und meckerte von dort mit schriller Stimme herab, die an die eines Stadthauptmanns erinnerte, reizte die auf dem Hof herumstolzierenden Truthühner, und wenn er seine Feinde erblickte, die kleinen Jungen, die sich über seinen Bart lustig machten, dann wandte er sich um. In Tschubs Truhen lagen eine Menge Leinwand, altertümliche Halbkaftane und alte, goldverzierte Röcke. Seine selige Frau war sehr putzsüchtig gewesen. Im Garten wurden außer Mohn, Kohl und Sonnenblumen jedes Jahr noch zwei Beete Tabak angebaut. All dies ihrer eigenen Wirtschaft einzuverleiben schien der Solocha gar nicht schlecht; sie dachte schon im voraus darüber nach, wie sie alles ordnen werde, wenn es in ihre Hände überginge; aus diesem Grunde war sie dem alten Tschub doppelt geneigt. Und damit sich ihr Sohn Wakula nicht etwa auf irgendeine Weise seiner Tochter näherte und alles sich zuschanzte – dann würde er sicherlich keinerlei Einmischung ihrerseits dulden –, nahm sie zu dem üblichen Mittel aller vierzigjährigen Weiber Zuflucht: Sie versuchte, Tschub und den Schmied so oft wie möglich zu entzweien. Vielleicht trugen diese Finten und ihr Scharfsinn die Schuld daran, daß die alten Weiber dann und wann – besonders wenn sie bei einer fröhlichen Zusammenkunft etwas zuviel getrunken hatten – davon sprachen, die Solocha sei eine Hexe; der junge Kisjakolupenko habe an ihr hinten einen Schwanz von der Größe einer Spindel gesehen; vorvorigen Donnerstag sei sie noch als schwarze Katze quer über den Weg gelaufen; zur Popenfrau sei einmal ein Schwein gekommen, habe wie ein Hahn gekräht, die Mütze des Vaters Kondrat aufgesetzt und sei dann wieder weggelaufen. Als sich die alten Weiber einmal darüber unterhielten, kam gerade der Kuhhirt Tymisch Korostjawy dazu. Er versäumte nicht, zu er-

zählen, er habe im Sommer, gerade vor Peter und Paul, als er sich im Stall zum Schlafen niederlegen wollte und sich Stroh unter den Kopf schob, mit eigenen Augen gesehen, wie eine Hexe mit aufgelöstem Haar, die nur ein Hemd auf dem Leibe trug, die Kühe melkte, und er habe kein Glied rühren können, so sehr hatte sie ihn behext. Als sie mit Melken fertig war, sei sie zu ihm gekommen und habe ihm die Lippen mit solch einem widerlichen Zeug eingeschmiert, daß er den ganzen nächsten Tag spucken mußte. Doch all dies ist anzuzweifeln, denn nur der Beisitzer von Sorotschinzy kann eine Hexe erkennen. Und deshalb winkten alle angesehenen Kosaken auch immer ab, wenn sie solche Reden hörten. »Die phantasieren ja, die verfluchten Weiber!« war gewöhnlich ihre Antwort.

Als die Solocha aus dem Ofen gekrochen war und ihre Kleidung in Ordnung gebracht hatte, fing sie als gute Hausfrau an, aufzuräumen und alles an seinen Ort zu stellen, doch die Säcke rührte sie nicht an: Die hatte Wakula hergebracht, und er sollte sie auch wieder hinaustragen! Der Teufel aber hatte unterdessen, gerade als er in den Schornstein fuhr und sich dabei aus Versehen umdrehte, Tschub erblickt, der, schon recht weit von dem Häuschen entfernt, mit dem Gevatter Hand in Hand die Straße entlangschritt. Schleunigst fuhr er wieder aus dem Ofen hinaus, lief vor ihnen über den Weg und begann, überall den gefrorenen Schnee loszukratzen und hochzuwerfen. Ein Schneesturm erhob sich. Die Luft war weiß von Schnee. Die Schneeflocken wirbelten hin und her, bildeten ein Netz und drohten, den Fußgängern Augen, Mund und Ohren zu verkleben. Der Teufel aber fuhr wieder in den Schornstein; er war fest davon überzeugt, daß Tschub mit seinem Gevatter zurückkehren, den Schmied vorfinden und ihm so heimleuchten werde, daß dieser auf lange Zeit nicht mehr in der Lage sein würde, einen Pinsel in die Hand zu nehmen und beleidigende Karikaturen zu malen.

Und wirklich, sowie sich der Schneesturm erhoben hatte und der Wind den beiden gerade entgegenkam, bereute Tschub schon, sich auf den Weg gemacht zu haben. Er zog die Mütze mit den Ohrenklappen fester über den Kopf und bedachte sich, den Teufel und den Gevatter mit Flüchen. Übrigens war diese Wut nur geheuchelt. Tschub freute sich sehr über den Schneesturm. Bis zum Küster hätten sie noch achtmal so weit gehen müssen, wie sie bereits gelaufen waren. Die Wanderer kehrten um. Der Wind blies ihnen in den Nacken, doch durch die umherwirbelnden Schneeflocken war nichts zu sehen.

»Warte mal, Gevatter! Ich glaube, wir laufen in die falsche Richtung«, sagte Tschub und ging ein wenig zur Seite. »Ich sehe kein einziges Haus. Ach, was ist das für ein Schneesturm! Geh du ein wenig nach dieser Seite, Gevatter, vielleicht findest du den Weg, ich werde unterdessen hier suchen. Wie einen der Teufel bloß auf den Gedanken bringen kann, in solch einem Schneetreiben umherzulaufen! Vergiß nicht zu rufen, wenn du den Weg gefunden hast. Ih, das war ja ein richtiger Schneehaufen, den mir der Satan da in die Augen geworfen hat!«

Vom Weg war aber nichts zu sehen. Der Gevatter, der zur Seite abgebogen war, wanderte in seinen langen Stiefeln hin und her und stieß schließlich direkt auf die Schenke. Dieser Fund erfreute ihn so, daß er alles vergaß, sich den Schnee abklopfte und in den Flur trat, ohne sich im geringsten um den draußen gebliebenen Gevatter zu kümmern. Tschub kam es mittlerweile so vor, als habe er den Weg gefunden; er blieb stehen und schrie aus vollem Halse nach dem Gevatter, doch als er sah, daß dieser nicht auftauchte, beschloß er, sich allein auf den Weg zu machen. Nach wenigen Schritten erblickte er schon sein Häuschen. Hohe Schneewehen lagen davor und auch auf dem Dach. Er schlug die in der Kälte klamm gewordenen Hände zusammen, klopfte dann an die Tür und rief gebieterisch seiner Tochter zu, sie möge aufmachen.

»Was willst du denn hier?« schrie wütend der Schmied, der hinausgekommen war.

Als Tschub die Stimme des Schmieds vernahm, wich er etwas zurück.

»Oh, das ist nicht mein Häuschen«, sagte er zu sich, »in mein Häuschen verirrt sich der Schmied nicht. Aber wenn man sich die Sache bei Licht besieht, so gehört das Haus auch nicht dem Schmied. Wessen Haus könnte das nur sein? Heh! Daß ich das nicht gleich gemerkt habe! Das ist doch das Haus vom lahmen Lewtschenko, der sich erst vor kurzem mit einer jungen Frau verheiratet hat. Sein Haus ist das einzige, das meinem ähnlich sieht. Deshalb kam es mir zu Anfang auch ein wenig komisch vor, daß ich so schnell zu Hause war. Aber der Lewtschenko sitzt doch jetzt beim Küster, das weiß ich genau, was will denn nur der Schmied hier? Eh, hehe! Er besucht die junge Frau. So ist das also! Das ist ja prächtig. Jetzt habe ich alles begriffen.«

»Wer bist du, und was schleichst du hier vor den Türen herum?« rief der Schmied noch wütender als zuvor und trat näher.

Nein, ich sag ihm nicht, wer ich bin, dachte Tschub, womöglich verprügelt mich diese verfluchte Mißgeburt noch! Und mit verstellter Stimme antwortete er: »Ich bin es, guter Mann! Ich wollte euch eine Freude machen und unter euren Fenstern ein Weilchen Koljadki singen.«

»Geh zur Hölle mit deinen Koljadki!« schrie Wakula böse. »Was stehst du noch herum? Hörst du denn nicht, du sollst auf der Stelle verschwinden!«

Tschub hatte selbst schon diese vernünftige Absicht gehabt, doch es widerstrebte ihm, den Befehlen des Schmiedes zu gehorchen. Ein böser Geist schien ihn von hinten anzustoßen und zu einer Entgegnung zu zwingen.

»Wahrhaftig, was schreist du nur so herum?« fragte er mit der gleichen verstellten Stimme. »Ich will Koljadki singen, weiter nichts.«

»Hehe! Worte scheinen bei dir nicht zu wirken!«

Nach diesen Worten verspürte Tschub einen äußerst schmerzhaften Schlag an der Schulter.

»Wie ich sehe, fängst du schon mit Prügeln an!« sagte er und trat ein wenig zurück.

»Verschwinde, verschwinde!« schrie der Schmied und verpaßte Tschub einen zweiten Schlag.

»Was hast du nur!« sagte Tschub mit einer Stimme, aus der sowohl Schmerz als auch Ärger und Schüchternheit herauszuhören waren. »Wie ich sehe, prügelst du ja ganz ernsthaft, und dazu tut es auch noch weh!«

»Verschwinde, verschwinde!« schrie der Schmied und warf die Tür zu.

»Sieh mal einer an, wie der sich aufbläst!« sagte Tschub, als er allein auf der Straße stand. »Versuch doch mal herauszukommen! Ja, siehst du! Was für ein großer Angeber du bist! Du denkst vielleicht, ich werde mit dir nicht fertig. Nein, mein Täubchen, ich gehe zu ihm, geradewegs zum Kommissar gehe ich. Du wirst mich kennenlernen. Mich interessiert überhaupt nicht, daß du Schmied und Maler bist. Für meinen Rücken und meine Schultern müßte ich mich aber mal interessieren, ich glaube, ich habe da ein paar blaue Flecken. Der Teufelssohn muß mich ganz schön geschlagen haben! Schade, daß es kalt ist und ich keine Lust habe, den Rock auszuziehen! Warte nur, du Spitzbube von Schmied, der Teufel wird dich und deine Schmiede noch in Stücke schlagen, du wirst mir schon noch tanzen lernen! So ein verfluchter Galgenbruder! Aber jetzt ist er ja nicht zu Hause. Die Solocha wird, denk ich, ganz allein sein. Hm . . . Bis zu ihr ist es gar nicht so weit, ich könnte zu ihr

gehen! Zu dieser Zeit trifft uns keiner. Vielleicht ist es sogar möglich ... Wie schmerzhaft mich dieser verfluchte Schmied geschlagen hat!«

Tschub kratzte sich den Rücken und ging in die andere Richtung. Der Gedanke an die Annehmlichkeiten, die ihn beim Stelldichein mit der Solocha erwarteten, linderten ein wenig seinen Schmerz und ließen ihn den Frost nicht so empfinden, der in allen Straßen klirrte und vom Pfeifen des Schneesturms nicht übertönt wurde. Von Zeit zu Zeit erschien ein süßsaurer Ausdruck auf seinem Gesicht, dessen Bart und Schnurrbart der Schneesturm flinker eingeseift hatte als jeder Barbier, der sein Opfer tyrannisch bei der Nase packt. Und wenn der Schnee nicht immer vor den Augen umhergewirbelt wäre und alles durcheinandergebracht hätte, dann hätte man noch lange sehen können, wie Tschub immer wieder stehenblieb, seinen Rücken kratzte, sagte: »Wie schmerzhaft mich dieser verfluchte Schmied geschlagen hat!« und weiterging.

Während der flinke Stutzer mit Schwanz und Bart aus dem Schornstein geflogen und dann wieder in ihn hineingefahren war, blieb die Tasche, die an seiner Seite hing und in die er den gestohlenen Mond gesteckt hatte, aus Versehen im Ofen hängen, ging auf, und der Mond nutzte die Gelegenheit, flog zum Schornstein von Solochas Häuschen hinaus und schwebte zum Himmel empor. Alles wurde hell. Es war, als hätte es nie einen Schneesturm gegeben. Der Schnee glitzerte wie ein weites, silbernes Feld und war ganz mit kristallenen Sternen übersät. Der Frost schien nachzulassen. In Scharen tauchten Burschen und Mädchen mit Säcken auf. Die Lieder erklangen, und es gab kaum ein Häuschen, vor dem sich nicht die Koljadki-Sänger drängten. Wie herrlich der Mond glänzt! Es ist schwer zu beschreiben, wie schön es ist, sich in solch einer Nacht mitten in eine Schar lachender und singender Mädchen und mitten unter die Burschen zu mischen, die zu allen Scherzen und Streichen bereit sind, die die fröhlich lachende Nacht nur eingeben kann. Unter dem dicken Pelz ist es warm, der Frost läßt die Wangen noch stärker erglühen, und der Teufel selbst treibt einen von hinten zu allem möglichen Unfug an.

Scharenweise stürzten die Mädchen mit Säcken in Tschubs Häuschen und umringten Oxana. Das Geschrei, das Gelächter und das Erzählen betäubten den Schmied. Jede wollte die erste sein und unserer Schönen eine Neuigkeit mitteilen; sie packten ihre Säcke aus und prahlten mit den Brotfladen, den Würsten und Quarkpasteten, von denen sie für ihre Koljadki schon eine ganze Menge bekommen hatten. Oxana schien sehr zufrieden und erfreut zu sein, schwatzte bald mit der einen und bald mit der anderen und lachte ohne Unterlaß. Der Schmied betrachtete dieses fröhliche Treiben mit einem gewissen Ärger und voller Neid und verdammte dieses Mal die Koljadki, obwohl er sonst ganz versessen auf sie gewesen war.

»Ach, Odarka!« sagte die fröhliche Schöne und wandte sich einer aus der Schar der Mädchen zu. »Du hast ja neue Schuhe an! Ach, wie schön sie sind! Und mit Gold! Du hast es gut, Odarka, du hast jemanden, der dir alles kauft, ich aber habe niemanden, der mir solche herrlichen Schuhe besorgen könnte.«

»Sei nicht traurig, meine allerliebste Oxana!« unterbrach sie der Schmied. »Ich werde dir Schuhe besorgen, wie sie kaum ein herrschaftliches Fräulein trägt.«

»Du?« fragte Oxana und warf ihm einen flüchtigen und hochmütigen Blick zu. »Ich möchte doch einmal sehen, woher du Schuhe besorgen willst, die zu meinem Fuß passen.

Das ginge höchstens, wenn du die bringst, die die Zarin trägt.«

»Da siehst du, was sie für Schuhe will!« rief die Mädchenschar unter Lachen.

»Ja«, fuhr die Schöne stolz fort, »ihr alle seid Zeugen – wenn mir der Schmied Wakula die gleichen Schuhe bringt, die die Zarin trägt, gebe ich mein Wort, daß ich dann auf der Stelle seine Frau werde.«

Die Mädchen führten die launenhafte Schöne mit sich fort.

»Lach nur, lach nur über mich!« sagte der Schmied und ging hinter ihnen hinaus. »Ich lache ja selbst über mich! Die ganze Zeit überlege ich und komme nicht darauf, wo ich nur meinen Verstand gelassen habe. Sie liebt mich nicht – na, Gott befohlen! Als ob es auf der ganzen Welt einzig und allein Oxana gäbe. Gott sei Dank gibt es auch ohne sie viele hübsche Mädchen im Dorf. Und was finde ich überhaupt an Oxana? Aus ihr wird niemals eine gute Hausfrau werden, sie versteht es nur, sich zu schmücken. Nein, jetzt reicht es, es ist an der Zeit, mit den Dummheiten aufzuhören.«

Doch in dem Augenblick, in dem sich der Schmied zu einem Entschluß durchringen wollte, ließ irgendein böser Geist vor seinen Augen die lachende Oxana vor ihm erstehen, die spöttisch zu ihm sagte: »Besorge die Schuhe der Zarin, Schmied, dann werde ich deine Frau!« Sein Blut geriet in Wallung, und er dachte einzig und allein an Oxana.

Die Scharen der Koljadki-Sänger – Burschen und Mädchen gingen getrennt – eilten von einer Straße in die andere. Doch der Schmied schritt dahin, ohne etwas zu sehen und ohne Anteil zu nehmen an den Freuden, die er einst von allen am meisten geliebt hatte.

In dem Teufel stiegen unterdessen ernsthaft zärtliche Gefühle für die Solocha hoch: Er küßte ihr die Hand und verrenkte sich dabei so wie der Beisitzer, wenn dieser die Popentochter küßt; er griff sich ans Herz, stöhnte und erklärte geradeheraus, daß er alles tun werde, daß er sich ertränken und seine

Seele schlankweg in die Hölle schicken werde, wenn sie seine Leidenschaft nicht stille und ihn nicht belohne, wie das so üblich ist. Die Solocha war nicht so hartherzig, und außerdem steckte ja der Teufel, wie bekannt, mit ihr unter einer Decke. Sie sah es nicht ungern, wenn ihr eine Männerschar nachlief, und war selten allein, doch diesen Abend wollte sie ohne jede Gesellschaft verbringen, denn alle Dorfbewohner von Rang und Namen waren vom Küster zum Rosinenwein eingeladen worden. Aber es kam anders: Der Teufel hatte gerade vorgebracht, was er wünschte, als plötzlich an die Tür geklopft wurde und die Stimme des mächtigen Vorstehers ertönte. Die Solocha lief, um die Tür zu öffnen, und der flinke Teufel kroch in einen daliegenden Sack. Der Vorsteher schüttelte den Schnee von seiner Mütze, ließ sich von der Solocha einen Becher Schnaps reichen, trank ihn aus und erzählte dann, daß er nicht zum Küster gegangen sei, da sich ein Schneegestöber erhoben habe; als er in ihrem Häuschen Licht gesehen habe, sei er zu ihr gekommen, um den Abend mit ihr zusammen zu verbringen. Kaum hatte der Vorsteher all das gesagt, als wieder an die Tür geklopft wurde und die Stimme des Küsters erschallte. »Versteck mich irgendwo bei dir«, flüsterte der Vorsteher, »ich möchte jetzt nicht mit dem Küster zusammentreffen.« Die Solocha überlegte lange, wo sie solch einen beleibten Gast verbergen könnte; endlich wählte sie den größten Kohlensack, schüttete die Kohle in einen Zuber, und der dicke Vorsteher kroch mit seinem Schnurrbart, seinem Kopf und seiner Mütze mit den langen Ohrenklappen in den Sack.

Der Küster trat, sich räuspernd und die Hände reibend, ein und erzählte, daß niemand zu ihm gekommen sei, daß er sich sehr über die Gelegenheit freue, sich bei ihr ein wenig *vergnügen* zu können, und daß ihn das Schneegestöber nicht abgeschreckt habe. Er trat näher an sie heran, hüstelte, lachte kurz auf, berührte mit seinen langen Fingern ihren vollen bloßen Arm und fragte mit einer Miene, die sowohl Verschmitztheit als auch Zufriedenheit ausdrückte: »Was ist denn das, beste Solocha?«

Nach diesen Worten sprang er einige Schritte zurück.

»Was soll es sein? Ein Arm ist es, Ossip Nikiforowitsch!« antwortete die Solocha.

»Hm! Ein Arm! Hehehe!« lachte der mit seinem Beginn höchst zufriedene Küster und ging quer durch das Zimmer.

»Und was ist denn das, teuerste Solocha?« fragte er mit der gleichen Miene, trat wieder an sie heran, berührte mit seiner Hand leicht ihren Hals und sprang dann wieder einige Schritte zurück.

»Als ob Sie das nicht selber sähen, Ossip Nikiforowitsch!« antwortete die Solocha. »Ein Hals ist das, und daran hängt eine Halskette.«

»Hm! Daran hängt eine Halskette! Hehehe!« Der Küster ging wieder quer durchs Zimmer, wobei er sich die Hände rieb. »Und was ist denn das, unvergleichliche Solocha?«

Wir wissen nicht, was der Küster als nächstes mit seinen langen Fingern berührt hätte, denn plötzlich wurde an die Tür geklopft, und die Stimme des Kosaken Tschub ertönte.

»Mein Gott, ein Fremder!« rief der Küster angsterfüllt. »Was soll werden, wenn eine Person von meinem Rang in solch einer Lage angetroffen wird? Der Vater Kondrat wird es erfahren!« Doch die Angst des Küsters hatte einen anderen Grund: Am meisten fürchtete er, seine bessere Hälfte könnte davon erfahren, die mit ihrer schrecklichen Hand aus seinem dicken Schopf ohnehin schon solch einen spärlichen gemacht hatte. »Bei Gott, tugendreiche Solocha!« sprach er, am ganzen Körper zitternd. »Ihre Güte, wie es geschrieben steht bei Lukas, Kapitel dreiz . . . drei . . . Es klopft jemand, bei Gott, es klopft jemand! Ach, verstecken Sie mich irgendwo!« Die Solocha ergriff einen anderen Sack, schüttete die Kohlen in den Zuber, und der nicht allzu umfangreiche Körper des Küsters verschwand im Sack und ließ sich auf dessen Boden nieder, so daß noch ein halber Sack mit Kohle auf ihm Platz gehabt hätte.

»Guten Tag, Solocha!« sagte Tschub und trat in das Häuschen ein. »Du hast mich vielleicht nicht erwartet, wie? Stimmt's, du hast mich nicht erwartet? Vielleicht störe ich sogar . . .«,

fuhr Tschub fort und setzte eine fröhliche und bedeutungsvolle Miene auf, die schon im voraus darauf schließen ließ, daß sein schwerfälliger Kopf damit beschäftigt war, einen scharfsinnigen und amüsanten Scherz zu fabrizieren. »Vielleicht haben Sie sich hier mit jemandem vergnügt! Vielleicht hältst du hier schon jemanden versteckt, wie?« Und Tschub brach, entzückt von seiner geistreichen Bemerkung und innerlich triumphierend, da ja nur er allein sich der Zuneigung Solochas erfreute, in Gelächter aus. »Na, Solocha, jetzt gib mir einen Schnaps. Ich glaube fast, der verfluchte Frost hat mir die Kehle eingefroren. Was uns Gott in der Nacht vor Weihnachten nur für ein Wetter beschert! Als das Schneetreiben anfing – hörst du, Solocha –, als das Schneetreiben ... Ach, die Hände sind mir ganz steif geworden: Ich bekomme nicht einmal den Schafpelz auf! Als das Schneetreiben anfing ...«

»Mach auf!« ertönte draußen eine Stimme, die von einem Klopfen begleitet wurde.

»Klopft da jemand?« fragte Tschub und blieb stehen.

»Mach auf!« ertönte es lauter als vorher.

»Das ist der Schmied!« entfuhr es Tschub, und er faßte an seine Mütze mit den Ohrenklappen. »Hörst du, Solocha, versteck mich, wo du willst; um nichts in der Welt will ich aber von dieser verfluchten Mißgeburt gesehen werden – wenn diesem Hundesohn doch auf der Stelle unter jedem Auge eine Blase anschwölle, so groß wie ein Heuhaufen!«

Die Solocha bekam selbst einen Schreck, lief umher, als hätte sie den Verstand verloren, und gab Tschub ein Zeichen, in den gleichen Sack zu kriechen, in dem schon der Küster saß, was sie ganz vergessen hatte. Der arme Küster konnte weder durch Hüsteln noch durch Räuspern seinem Schmerz Ausdruck verleihen, als der schwere Bauer sich fast direkt auf seinen Kopf setzte und seine steifgefrorenen Stiefel rechts und links von den Schläfen zurechtrückte.

Der Schmied trat ein, ohne ein Wort zu sagen, nahm nicht einmal die Mütze ab und ließ sich auf die Bank fallen. Er war offensichtlich sehr schlechter Laune. Als die Solocha die Tür hinter ihm wieder zumachte, klopfte es von neuem. Es war der Kosak Swerbygus. Dieser konnte in keinem Sack versteckt werden, denn solch einen Sack gab es nicht. Er war dicker als der Vorsteher und größer als Tschubs Gevatter. Die Solocha führte ihn deshalb in den Garten, um sich dort all das anzuhören, was er ihr mitteilen wollte. Der Schmied blickte zerstreut in die Ekken der Stube, lauschte hin und wieder den Liedern der Koljadki-Sänger, die von fern an sein Ohr drangen, und schließlich blieb sein Blick an den Säcken hängen.

»Was suchen diese Säcke hier? Sie sollten schon längst hinausgeschafft sein. Diese dumme Liebe macht mich ganz närrisch. Morgen ist Feiertag, aber in der Stube ist nicht einmal ordentlich aufgeräumt. Ich bringe sie am besten in die Schmiede!«

Und der Schmied hockte sich neben die riesigen Säcke, schnürte sie so fest wie möglich zu und machte sich daran, sie sich auf die Schultern zu laden. Doch mit seinen Gedanken war er offensichtlich ganz woanders, denn sonst hätte er gehört, wie Tschub aufzischte, als der Strick, mit dem der Sack zugeschnürt werden sollte, auch sein Haar erfaßte, und wie der beleibte Vorsteher ziemlich heftig den Schluckauf bekam.

»Will mir denn diese unglückselige Oxana überhaupt nicht mehr aus dem Kopf heraus?« sprach der Schmied. »Ich will gar nicht an sie denken, aber dauernd denke ich an sie, und nur an sie. Woher kommt das nur, daß einem die Gedanken gegen den eigenen Willen in den Kopf kommen? Teufel noch mal, die Säcke scheinen ja schwerer zu sein als vorher! Da ist doch bestimmt noch etwas anderes drin als nur Kohle. Ich Narr! Ich hab ja ganz vergessen, daß mir jetzt alles schwerer vorkommt. Früher konnte ich mit einer Hand einen kupfernen Fünfer und auch ein Hufeisen krummbiegen, jetzt aber kann ich nicht einmal mehr ein paar Kohlensäcke hochheben. Bald wird mich auch der Wind umblasen. – Nein«, rief er, nachdem er eine Weile geschwiegen und wieder Mut gefaßt hatte, »was bin ich nur für ein Weib! Mich soll niemand auslachen können! Und wenn es ein Dutzend Kohlensäcke sind, ich hebe sie alle hoch!«

Und munter lud er sich die Säcke auf die Schultern, die nicht einmal zwei kräftige Männer davongetragen hätten. »Den könnte ich auch noch mitnehmen«, fuhr er fort und hob den kleinen Sack hoch, auf dessen Boden zusammengekrümmt der Teufel lag. »Hier habe ich, glaub ich, mein Werkzeug hineingetan.« Mit diesen Worten ging er aus dem Haus und pfiff dabei das Lied vor sich hin:

Pfeifen t-u ich auf die Frauen ...

Lauter und immer lauter wurden in den Straßen der Gesang und das Geschrei. Durch Leute aus den Nachbardörfern waren die Scharen der Umherziehenden noch größer geworden. Die Burschen scherzten und trieben allerlei Unfug. Oft ertönten zwischen den Koljadki lustige Lieder, die die jungen Kosaken im Handumdrehen erfanden. Und plötzlich stimmte einer aus der Menge statt eines Weihnachtsliedes ein Neujahrslied an und sang aus vollem Halse:

»Neujahrslieder
Sing ich wieder!
Helft uns suchen
Brei, Wurst, Kuchen!«

Lautes Gelächter belohnte den Spaßvogel. Die kleinen Fenster öffneten sich, und die dürren Hände der alten Frauen, die mit den bejahrten Männern allein zu Hause geblieben waren, reichten eine Wurst oder ein Stück Kuchen hinaus. Die Burschen und Mädchen hielten, so schnell sie konnten, ihre Säcke hin und heimsten ihre Beute ein. An einer Stelle hatten Burschen eine Schar Mädchen umkreist: Da gab es ein Gelärme und Geschrei; einer warf mit Schnee, und ein anderer raubte einen Sack mit allem möglichen Plunder. An einer anderen Stelle jagten Mädchen einen Burschen – sie stellten ihm ein Bein, und er fiel zusammen mit dem Sack kopfüber hin. Es sah aus, als wollten sie sich die ganze Nacht hindurch vergnügen. Und die Nacht selbst war so herrlich mild geworden, als wollte sie ihr Scherflein dazu beitragen. Der Glanz des

Schnees ließ das Licht des Mondes noch greller erscheinen. Der Schmied blieb mit seinen Säcken stehen. Ihm kam es so vor, als hätte er aus der Mädchenschar Oxanas Stimme und auch ihr liebliches Lachen herausgehört. Das Herz schlug ihm bis zum Hals; er warf die Säcke auf den Boden, so daß der Küster, der unten lag, vor Schmerz aufstöhnte und der Vorsteher einen heftigen Schluckauf bekam, und zog mit dem kleinen Sack auf dem Rücken hinter den Burschen her, die der Mädchenschar folgten, aus der er Oxanas Stimme vernommen zu haben glaubte.

Ja, da war sie! Wie eine Königin stand sie da, und ihre schwarzen Augen funkelten! Ein Prachtkerl von Bursche erzählte ihr gerade etwas, anscheinend etwas Lustiges, denn sie lachte. Aber sie lachte ja immerzu. Ganz gegen seinen Willen – er wußte selbst nicht, wie es geschah – drängte sich der Schmied durch die Menge und stellte sich neben sie.

»Ah, Wakula, du bist auch hier, guten Tag!« sagte die Schöne mit jenem Lachen, das dem Schmied fast den Verstand raubte. »Nun, hast du schon viel für deine Lieder bekommen? Ih, wie klein der Sack ist! Und hast du schon Schuhe besorgt, wie sie die Zarin trägt? Besorge die Schuhe, dann heirate ich dich auch!«

Unter lautem Lachen lief sie mit den anderen fort, der Schmied aber blieb wie angewurzelt stehen.

»Nein, ich kann nicht mehr, meine Kraft reicht nicht aus ...«, sagte er schließlich. »Aber Gott im Himmel, warum ist sie nur so verteufelt hübsch? Ihr Blick, ihre Worte, überhaupt alles – wie das brennt, wie das brennt ... Nein, ich bin nicht mehr Herr über mich! Es wird Zeit, daß ich mit alldem ein Ende mache: Ade, Leben, ich werde mich im Eisloch ertränken, und bald wird sich keiner mehr an mich erinnern!« Mit entschlossenen Schritten ging er weiter, holte die Menge ein, drängte sich an Oxanas Seite und sagte mit fester Stimme: »Leb wohl, Oxana! Nimm dir zum Bräutigam, wen du willst, verdreh den Kopf, wem du willst, mich aber wirst du auf dieser Welt nicht mehr sehen.«

Das schöne Mädchen schien erstaunt zu sein; sie wollte irgend etwas sagen, doch der Schmied winkte ab und lief davon.

»Wakula, wohin?« schrien die Burschen, als sie den davonlaufenden Schmied sahen.

»Lebt wohl, Brüder!« rief ihnen der Schmied zu. »Wenn Gott will, sehen wir uns in jener Welt wieder, doch in dieser werden wir uns nicht mehr treffen. Lebt wohl, behaltet mich in gutem Andenken! Sagt dem Vater Kondrat, daß er eine Totenmesse für meine sündige Seele lesen soll. Ich bin leider vor lauter weltlichen Dingen nicht dazu gekommen, die Kerzen vor den Ikonen des Wundertäters und der Muttergottes zu bemalen, ich bin ein sündiger Mensch. Alles Hab und Gut, das in meiner Truhe ist, soll die Kirche bekommen! Lebt wohl!«

Nachdem der Schmied dies gesagt hatte, lief er mit dem Sack auf dem Rücken weiter.

»Er hat den Verstand verloren!« meinten die Burschen.

»Eine unglückliche Seele!« murmelte ein altes Mütterchen, das gerade vorüberging, fromm vor sich hin. »Ich muß den anderen gleich erzählen, wie der Schmied sich erhängt hat!«

Wakula war unterdessen schon durch mehrere Straßen gelaufen und blieb schließlich stehen, um zu verschnaufen. Wo laufe ich denn eigentlich hin? dachte er. Als ob schon alles verloren wäre! Ich will noch etwas versuchen: Ich werde zu dem Saporoger Pazjuk Dickbauch gehen. Er soll doch alle Teufel kennen und alles machen können, was er nur will. Zu ihm werde ich gehen; meine Seele ist ohnehin schon verloren! Da sprang der Teufel, der bis dahin reglos im Sack gelegen hatte, vor Freude hin und her; doch der Schmied, der glaubte, mit dem Arm am Sack hängengeblieben zu sein und dieses Rütteln selbst hervorgerufen zu haben, schlug mit seiner kräftigen Faust auf den Sack, schob ihn sich richtig auf die Schulter und machte sich auf den Weg zu Pazjuk Dickbauch.

Dieser Pazjuk Dickbauch war früher wahrhaftig einmal ein Saporoger gewesen; doch ob man ihn aus der Kosakenarmee hinausgejagt hatte oder ob er selbst davongelaufen war, das wußte niemand. Schon lange, zehn oder vielleicht auch fünfzehn Jahre, wohnte er jetzt in Dikanka. Zuerst lebte er wie ein echter Saporoger: Er arbeitete nicht, schlief fast den ganzen Tag, aß für sechs und trank auf einen Zug beinah einen ganzen Eimer leer — Platz genug war übrigens dafür da, denn Pazjuk war trotz seines kleinen Wuchses ungeheuer beleibt. Die Tuchhosen, die er trug, waren so weit, daß die Füße, selbst wenn er noch so große Schritte machte, nicht zu erkennen waren und sich eher ein Zuber, wie er zum Branntweinbrennen verwendet wird, die Straße entlang zu bewegen schien. Vielleicht war das der Grund dafür, daß man ihn Dickbauch nannte. Schon wenige Tage nach seiner Ankunft im Dorf wußten alle, daß er ein Zauberer war. Erkrankte jemand, rief man sofort Pazjuk; und Pazjuk brauchte nur einige Worte zu flüstern, und die Krankheit war verflogen, als hätte es sie nie gegeben. Geschah es einmal, daß einem hungrigen Edelmann eine Fischgräte in der Kehle steckenblieb, dann verstand es Pazjuk so prächtig, dem Herrn mit der Faust auf den Rücken zu schlagen, daß die Gräte sogleich den Weg wanderte, den sie gehen mußte, ohne der herrschaftlichen Gurgel einen Schaden zuzufügen. In letzter Zeit hatte man ihn allerdings nur selten zu Gesicht bekommen. Vielleicht war seine Faulheit daran schuld oder auch die Tatsache, daß es ihm mit jedem Jahr schwerer fiel, sich durch die Türen zu zwängen. So mußten die Leute nun eben selbst zu ihm gehen, wenn sie etwas von ihm wollten. Der Schmied öffnete etwas schüchtern die Tür und sah Pazjuk nach Türkenart auf dem Boden sitzen, direkt vor einem kleinen Faß, auf dem eine Schüssel mit Klößen stand. Diese Schüssel schien absichtlich so hingestellt zu sein, daß sie sich mit seinem Mund in gleicher Höhe befand. Ohne einen Finger zu rühren, beugte er den Kopf ein wenig zur Schüssel hin, schlürfte die Brühe und schnappte sich mit den Zähnen hin und wieder einen Kloß. Nein, dachte Wakula, der ist noch fauler als Tschub: Jener ißt wenigstens noch mit dem Löffel, der hier aber will nicht einmal die Hände heben! Pazjuk war anscheinend sehr mit seinen Klößen beschäftigt, denn er schien die Ankunft des Schmiedes gar nicht bemerkt zu haben, obwohl sich dieser, kaum daß er über die Schwelle getreten war, vor ihm bis zur Erde verneigte.

»Ich bin zu dir gekommen, hochgeehrter Pazjuk!« sagte Wakula und verbeugte sich von neuem.

Der dicke Pazjuk hob den Kopf und schlürfte dann seine Kloßbrühe weiter.

»Es heißt – nimm mir das bitte nicht übel«, sagte der Schmied und nahm seinen ganzen Mut zusammen, »ich sage das nicht, um dich zu kränken –, es heißt, daß du mit dem Teufel ein wenig verwandt seist.«

Als Wakula das gesagt hatte, erschrak er, denn er glaubte, sich zu unverblümt ausgedrückt und die harten Worte zuwenig gemildert zu haben; er erwartete, daß Pazjuk das kleine Faß mit der Schüssel packen und ihm an den Kopf werfen würde; aus diesem Grunde trat er ein wenig zur Seite und bedeckte sein Gesicht mit dem Ärmel, um es vor der heißen Kloßbrühe zu schützen.

Pazjuk aber sah nur kurz auf und schlürfte dann seine Kloßbrühe weiter.

Der Schmied fühlte sich ermutigt und beschloß, weiterzureden.

»Ich bin zu dir gekommen, Pazjuk. Gott schenke dir alles Gute in Hülle und Fülle und auch Brot in entsprechender Proportion!« (Der Schmied verstand es, zuweilen ein modisches Wörtchen einfließen zu lassen; das hatte er sich schon in Poltawa angewöhnt, als er dem Kosakenhauptmann den Holzzaun strich.) »Ich sündiger Mensch gehe zugrunde! Nichts auf der Welt kann helfen! Sei es, wie es sei, ich muß den Teufel in eigener Person um Hilfe angehen. Was meinst du, Pazjuk?« fragte der Schmied, als jener auch weiterhin Schweigen bewahrte. »Wie könnte man das am besten machen?«

»Wenn du den Teufel brauchst, dann wende dich auch an ihn!« antwortete Pazjuk und aß, ohne auch nur für einen Moment die Augen zu heben, weiter seine Klöße.

»Deshalb bin ich ja zu dir gekommen«, antwortete der Schmied und verbeugte sich. »Außer dir, meine ich, kennt niemand sonst auf der Welt den Weg zu ihm.«

Pazjuk sagte kein Wort und aß den Rest der Klöße auf.

»Erbarme dich meiner, guter Mann; schlag mir meine Bitte nicht ab!« drang der Schmied in ihn. »Schweinefleisch, Würste, Buchweizenmehl, nun, vielleicht Leinen, Hirse oder andere Dinge, falls sie gebraucht werden — wie es zwischen guten Menschen üblich ist —, all das will ich dir geben, und ich will mich dabei nicht lumpen lassen. Sag mir doch wenigstens, wie ungefähr findet man den Weg zu ihm?«

»Der braucht nicht weit zu gehen, der den Teufel auf dem Rücken trägt«, erklärte Pazjuk gleichmütig, ohne seine Haltung zu verändern.

Wakula glotzte ihn an, als stünde ihm die Erklärung dieser Worte auf der Stirn geschrieben. Was sagt er da? schien seine Miene zu fragen, und sein halbgeöffneter Mund war bereit, das erste Wort der Erklärung wie ein Klößchen zu verschlucken. Doch Pazjuk schwieg. Da bemerkte Wakula, daß weder die Klöße noch das kleine Faß mehr vor ihm standen; statt dessen befanden sich zwei Holzschüsseln auf dem Boden, von denen die eine mit Pasteten und die andere mit saurer Sahne gefüllt war. Diese Speisen lenkten unwillkürlich seine Gedanken und Augen auf sich. Ich will doch mal sehen, sagte er sich, wie Pazjuk die Pasteten ißt. Sicherlich hat er keine Lust, sich hinunterzubeugen, um sie wie die Klöße zu verspeisen – ja, und das geht ja auch gar nicht; die Pastete muß doch zuerst in die saure Sahne getaucht werden. Kaum hatte er das gedacht, da machte Pazjuk auch schon den Mund auf, sah die Pasteten an und riß den Mund noch weiter auf. In diesem Augenblick sprang eine Pastete aus der Schüssel, landete in der sauren Sahne, drehte sich auf die andere Seite, hüpfte hoch und flog geradewegs in seinen Mund. Pazjuk aß sie auf und öffnete den Mund von neuem, und die nächste Pastete tat genau das gleiche. Er selbst machte sich nur die Mühe, zu kauen und zu schlucken. Das ist aber seltsam, dachte der Schmied, sperrte vor Verwunderung den Mund auf und fühlte im gleichen Augenblick, daß auch ihm eine Pastete in den Mund wollte und seine Lippen schon mit saurer Sahne beschmiert hatte. Der Schmied stieß die Pastete fort, wischte sich die Lippen ab und dachte darüber nach, was für Wunder es doch auf der Welt gab und was für Kniffe der Böse den Menschen beibrachte, wobei ihm wieder einfiel, daß nur Pazjuk ihm helfen konnte. Ich werde ihn noch einmal bitten, damit er es mir genau erklärt ... Aber zum Teufel! Heute ist doch *Heiligabend*, und er ißt Pasteten, die in den Fasten gar nicht erlaubt sind! Was bin ich nur für ein Narr, daß ich hier stehe und mich mitschuldig mache! Zurück! Und der gottesfürchtige Schmied lief, so schnell er konnte, aus dem Häuschen.

Doch der Teufel, der im Sack saß und sich schon im voraus gefreut hatte, konnte bei dem Gedanken, daß ihm solch eine herrliche Beute entgehen sollte, nicht mehr an sich halten. Sowie der Schmied den Sack hingestellt hatte, sprang der Teufel hinaus und setzte sich ihm auf die Schultern.

Dem Schmied lief es kalt über den Rücken; er war erschrokken und blaß geworden und wußte nicht, was er tun sollte; er wollte sich schon bekreuzigen ... Doch da schob der Teufel seine Hundeschnauze an das rechte Ohr des Schmiedes und sagte: »Ich bin es, dein Freund, und für einen Kameraden und Genossen tue ich alles! Ich gebe dir Geld, soviel du willst«, piepste er ihm in das linke Ohr. »Oxana wird noch heute uns

gehören«, flüsterte er, nachdem er seine Schnauze wieder an das rechte Ohr gedrückt hatte.

Der Schmied stand da und dachte nach.

»Gut«, sagte er schließlich, »für diesen Preis will ich der Deine sein.«

Der Teufel klatschte in die Hände und begann vor Freude auf den Schultern des Schmiedes Galopp zu reiten. Jetzt habe ich den Schmied! dachte er sich. Jetzt, mein Lieber, werde ich dir all deine Schmierereien und Verleumdungen heimzahlen, mit denen du uns Teufel bedacht hast. Was werden meine Genossen sagen, wenn sie erfahren, daß ich den frömmsten Mann des Dorfes in meinen Händen habe? Vor Freude lachte der Teufel auf, denn er malte sich aus, wie er in der Hölle die ganze geschwänzte Sippschaft verspotten und wie der lahme Teufel vor Wut schäumen würde, der unter ihnen als der Einfallsreichste galt.

»Nun, Wakula!« piepste der Teufel, ohne jedoch von den Schultern des Schmiedes hinunterzuklettern, als hätte er Angst, jener könnte ihm davonlaufen. »Du weißt ja, daß zu allen Abmachungen ein Kontrakt gehört.«

»Ich bin bereit!« sagte der Schmied. »Bei euch wird ja, wie ich gehört habe, mit Blut unterzeichnet; warte einen Augenblick, ich hole nur einen Nagel aus der Tasche!«

Er griff hinter sich, und schon hatte er den Teufel beim Schwanz gepackt.

»Du bist ja ein richtiger Spaßmacher«, schrie der Teufel unter Lachen. »Na, hör auf, es langt jetzt!«

»Einen Augenblick, mein Lieber«, rief der Schmied. »Was sagst du denn hierzu?« Bei diesen Worten schlug er ein Kreuz, und der Teufel wurde so fromm wie ein kleines Lämmchen. »Einen Augenblick«, sagte Wakula und zog den Teufel am Schwanz zu Boden, »ich werde dich lehren, anständige Menschen und ehrliche Christen zur Sünde zu verführen.«

Der Schmied sprang, ohne den Schwanz loszulassen, rittlings auf den Teufel und hob die Hand, um das Zeichen des Kreuzes zu schlagen.

»Erbarme dich, Wakula!« winselte der Teufel kläglich. »Ich tue für dich, was du willst, nur laß mich in Ruhe und schlag nicht das schreckliche Kreuz über mich!«

»Ach, jetzt schlägst du andere Töne an, du verfluchter Welscher! Ich weiß auch, was ich jetzt tue. Fliege auf der Stelle mit mir fort! Hörst du, fliege mit mir fort, als wärst du ein Vogel!«

»Wohin?« fragte der Teufel traurig.

»Nach Petersburg, geradeswegs zur Zarin!«

Und dem Schmied schwanden vor Schreck fast die Sinne, als er merkte, wie er in die Lüfte gehoben wurde.

Lange stand Oxana da und dachte über die seltsamen Reden des Schmiedes nach. Eine innere Stimme flüsterte ihr zu, daß sie zu hart mit ihm verfahren war. Wenn er sich nun wirklich etwas antut? Was dann? Womöglich verliebte er sich aus Kummer in eine andere und erklärt sie aus Ärger noch zur Schönsten des Dorfes? Doch nein, er liebt mich. Ich bin doch so hübsch! Er wird um nichts in der Welt von mir lassen; er scherzt, er tut nur so. Noch keine zehn Minuten werden vergehen, und schon wird er wiederkommen, um mich anzusehen. Ich war wirklich zu streng mit ihm. Ich muß ihm – wenn auch scheinbar widerwillig – erlauben, mich zu küssen. Da wird er sich aber freuen! Und die leichtsinnige Schöne scherzte schon wieder mit ihren Freundinnen.

»Wartet doch mal«, sagte eine von ihnen, »der Schmied hat

seine Säcke vergessen; guckt doch nur, was das für furchtbare Säcke sind! Er muß ganz andere Sachen für seine Lieder bekommen haben als wir! Ich glaube fast, sie haben ihm ein ganzes Hammelviertel hineingeworfen, und Wurst und Brote ohne Zahl. Herrlich! Die ganzen Feiertage kann man davon essen.«

»Sind das die Säcke vom Schmied?« fiel Oxana ein. »Wir wollen sie so schnell wie möglich zu mir ins Häuschen tragen und uns genau ansehen, was er alles drin hat.«

Alle stimmten diesem Vorschlag unter Lachen zu.

»Aber wir bekommen sie nicht hoch!« rief die ganze Schar einstimmig, als sie versuchte, die Säcke von der Stelle zu rükken.

»Wartet«, sagte Oxana, »wir wollen schnell einen Schlitten holen und sie dann auf dem Schlitten wegschaffen!«

Die Mädchenschar lief nach einem Schlitten.

Den Gefangenen war es schon lange über, in den Säcken zu sitzen, wenn sich der Küster auch mit dem Finger ein ordentliches Loch in den Sack gebohrt hatte. Wenn nicht die vielen Leute dagewesen wären, hätte er vielleicht sogar Mittel und Wege gefunden, hinauszukriechen, doch vor den Augen aller aus dem Sack zu kriechen und sich auslachen zu lassen ... Das hielt ihn zurück, und so beschloß er zu warten und hüstelte nur leise unter Tschubs unhöflichen Stiefeln. Tschub sehnte sich nicht weniger nach Freiheit, denn er fühlte, daß unter ihm etwas lag, worauf zu sitzen äußerst peinlich war. Doch sowie er den Beschluß seiner Tochter vernommen hatte, beruhigte er sich und wollte nicht mehr hinauskriechen, denn er überlegte sich, daß er dann bis zu seinem Haus mindestens hundert Schritte zurücklegen mußte, vielleicht sogar doppelt soviel. Und wenn er hinauskroch, müßte er seine Kleider in Ordnung bringen, er müßte den Schafpelz zuknöpfen, den Gürtel umbinden — wieviel Arbeit das alles machen würde! Und seine Mütze mit den Ohrenklappen hatte er zudem noch bei der Solocha gelassen. Da war es schon das beste, die Mädchen fuhren ihn auf dem Schlitten nach Hause. Doch es kam anders, als Tschub gedacht hatte. Während die Mädchen fortliefen, um einen Schlitten zu holen, trat der hagere Gevatter verärgert und böse aus der Schenke. Die Schankwirtin hatte sich einfach nicht dazu entschließen können, ihm zu borgen; dann hatte er auf einen frommen Edelmann warten wollen, der ihn vielleicht bewirtete, doch wie zum Trotz blieben alle Edelleute zu Hause und aßen als ehrliche Christenmenschen im Kreise der Familie ihren Rosinenreis. Während der Gevatter noch über die Verderbtheit der Sitten und das steinerne Herz der Wirtin grübelte, die den Wein verkaufte, stieß er auf die Säcke und blieb erstaunt stehen.

»Sieh mal einer an, was für Säcke da jemand auf die Straße geworfen hat!« sagte er und sah sich um. »Da ist doch bestimmt auch Schweinefleisch drin. Der Mann kann aber wirklich von Glück reden, daß er soviel Zeug für seine Koljadki bekommen hat! Was für Riesensäcke das sind! Und selbst wenn sie nur mit Buchweizenbroten und Backwerk gefüllt sind, ist das noch gut. Und auch wenn einzig und allein Flachbrote drin sind, ist das nicht schlecht; die Wirtin gibt für jedes ein Achtel Schnaps. Ich müßte die Säcke so schnell wie möglich fortschaffen, damit sie keiner sieht.« Er hob sich den Sack, in dem sich Tschub und der Küster befanden, auf die Schulter, merkte aber, daß er zu schwer war. »Nein, für mich allein ist der zu schwer«, murmelte er, »aber dort kommt wie gerufen der Weber Schapuwalenko. — Guten Tag, Ostap!«

»Guten Tag«, sagte der Weber und blieb stehen.

»Wohin gehst du denn?«

»Nirgendwohin. Immer der Nase nach.«

»Hilf mir beim Säcketragen, lieber Freund! Hier hat jemand die Geschenke, die er für seine Lieder bekommen hat, mitten auf die Straße geworfen. Wir teilen uns, was darin ist.«

»Säcke sagst du? Was ist denn drin, Weizenkuchen oder Flachbrot?«

»Ich glaube, da ist alles drin.«

Sie zogen schnell zwei Stöcke aus dem Flechtzaun, legten den Sack darauf und trugen ihn auf den Schultern fort.

»Wo tragen wir ihn denn hin? In die Schenke?« fragte der Weber unterwegs.

»Ich bin eigentlich auch dafür, daß wir ihn in die Schenke bringen, doch die verfluchte Wirtin wird uns nicht trauen; sie denkt womöglich noch, wir hätten ihn irgendwo gestohlen; außerdem komme ich eben erst aus der Schenke. Wir tragen ihn in mein Häuschen. Dort wird uns keiner stören – meine Frau ist nicht zu Hause.«

»Ist sie auch wirklich nicht zu Hause?« fragte der vorsichtige Weber.

»Ich habe meinen Verstand Gott sei Dank noch nicht ganz verloren«, sagte der Gevatter, »selbst der Teufel brächte mich nicht dorthin, wo sie ist. Sie wird sich bestimmt bis zum Morgen mit den anderen Weibern herumtreiben.«

»Wer ist da?« schrie die Frau des Gevatters, die den Lärm im Flur vernommen hatte, den die beiden Freunde bei ihrer Ankunft mit ihrem Sack machten, und öffnete die Tür.

Der Gevatter erstarrte.

»Da haben wir die Bescherung«, sagte der Weber und ließ die Hände sinken.

Die Frau des Gevatters war ein Kleinod, wie man es auf der weiten Welt gar nicht selten findet. Wie ihr Mann saß auch sie fast niemals zu Hause, sondern verbrachte beinah den ganzen Tag bei Basen und wohlhabenden Alten, lobte alles, aß mit großem Appetit und prügelte sich nur des Morgens mit ihrem Mann, weil sie ihn nur zu dieser Tageszeit manchmal sah. Ihr Häuschen war doppelt so alt wie die Hosen vom Bezirksschreiber, und auf dem Dach fehlte an manchen Stellen das Stroh. Vom Flechtzaun waren nur noch einige Überreste vorhanden, denn keiner, der sein Haus verließ, dachte daran, einen Stock gegen die Hunde mitzunehmen, weil stets alle hofften, am Gemüsegarten des Gevatters vorbeizukommen, wo man ja einen beliebig großen Knüppel aus dem Zaun ziehen konnte. Im Ofen brannte oft drei Tage hintereinander kein Feuer. Alles, was sich die zärtliche Gattin bei guten Leuten zu erbetteln pflegte, versteckte sie vor ihrem Mann, so gut sie konnte, und oft nahm sie ihm noch selbstherrlich seine eigene Beute ab, falls er noch nicht dazu gekommen war, sie in der Schenke zu vertrinken. Der Gevatter liebte es trotz seiner Kaltblütigkeit nicht, dies ruhig hinzunehmen, und verließ das Haus deshalb fast immer mit blauen Flecken unter beiden Augen; die werte Ehehälfte aber schleppte sich dann ächzend zu den alten Weibern, um ihnen von den Gemeinheiten ihres Mannes und den Schlägen, die sie aushalten müsse, zu erzählen.

Jetzt kann man sich vorstellen, wie sehr der Weber und der Gevatter über das unerwartete Erscheinen der Frau erstaunt waren. Sie stellten den Sack auf den Boden, traten vor ihn hin und verdeckten ihn mit ihren Rockschößen; doch es war schon zu spät – obwohl die Frau des Gevatters mit ihren alten Augen nicht gut sah, hatte sie den Sack doch bereits entdeckt.

»Das ist schön!« sagte sie mit einer Miene, die die Freude eines Habichts erkennen ließ. »Das ist schön, daß ihr für eure Koljadki soviel bekommen habt! So machen es alle anständigen Leute – doch nein, ich denke mir, ihr habt es euch irgendwo beiseite geschafft. Ihr zeigt mir sofort, hört ihr, ihr zeigt mir sofort euren Sack!«

»Der glatzköpfige Teufel wird das tun, wir aber nicht!« erklärte der Gevatter und nahm eine würdevolle Haltung an.

»Was geht dich das an?« meinte der Weber. »Schließlich haben wir das für unsere Koljadki bekommen und nicht du.«

»O nein, du wirst ihn mir schon zeigen, du Taugenichts von einem Säufer!« schrie die Frau, schlug dem langen Gevatter mit der Faust ans Kinn und wollte sich zum Sack durchschlagen.

Doch der Weber und der Gevatter verteidigten mannhaft den Sack und zwangen sie zum Rückzug. Kaum waren sie wieder etwas zu sich gekommen, stürzte die Gemahlin mit einem Feuerhaken in den Flur. Rasch schlug sie ihrem Mann mit dem Feuerhaken auf die Hände und dem Weber auf den Rücken, und schon stand sie neben dem Sack.

»Warum haben wir sie nur herangelassen?« fragte der Weber, als er wieder etwas zur Besinnung gekommen war.

»Eh, was heißt hier ›wir‹! Warum hast du sie herangelassen!« sagte der Gevatter kaltblütig.

»Euer Feuerhaken scheint aus Eisen zu sein!« sagte der Weber nach einem kurzen Schweigen und rieb sich den Rücken. »Meine Frau hat voriges Jahr auf dem Jahrmarkt einen Feuerhaken gekauft, fünfundzwanzig Kopeken hat sie dafür bezahlt, er ist nicht schlecht, er tut jedenfalls nicht so weh ...«

Währenddessen stellte die triumphierende Gemahlin das Fettlämpchen auf den Boden, band den Sack auf und sah hinein. Doch ihre alten Augen, die den Sack so gut wahrgenommen hatten, irrten sich diesmal wohl.

»Ja, das ist ja ein ganzer Eber!« rief sie und schlug vor Freude die Hände zusammen.

»Ein Eber! Hörst du, ein ganzer Eber!« sagte der Weber und stieß den Gevatter in die Seite. »Und schuld daran bist nur du!«

»Was können wir schon tun!« meinte der Gevatter und zuckte mit den Schultern.

»Was heißt hier ›schon tun‹? Was stehen wir denn herum? Wir müssen ihr den Sack wieder wegnehmen! Los, vorwärts!«

»Verschwinde! Schnell! Das ist unser Eber!« schrie der Weber und trat vor.

»Geh weg! Geh weg, du Teufelsweib! Das gehört dir nicht!« sagte der Gevatter und näherte sich ebenfalls.

Die Gemahlin ergriff von neuem den Feuerhaken, doch in diesem Augenblick kroch Tschub aus dem Sack, stellte sich mitten in den Flur und reckte sich wie ein Mensch, der nach langem Schlaf eben erst aufgewacht ist.

Die Frau des Gevatters schrie auf und ließ die Hände auf die Schürze sinken, und alle sperrten unwillkürlich den Mund auf.

»Was erzählt denn dieses dumme Weibsbild von einem Eber! Das ist doch kein Eber!« sagte der Gevatter mit weit aufgerissenen Augen.

»Was die da für einen Menschen in den Sack geworfen haben!« sagte der Weber und stolperte vor Schreck zurück. »Da kann einer sagen, was er will, ich will auf der Stelle zerplatzen, wenn hier nicht der Böse seine Hand im Spiel gehabt hat! Der hier geht doch durch kein Fenster durch!«

»Das ist ja der Gevatter!« rief der Gevatter, als er genauer hinsah.

»Was hast du denn gedacht?« fragte Tschub unter Lachen. »Habe ich euch nicht herrlich an der Nase herumgeführt? Und ihr wolltet mich statt Schweinefleisch essen. Wartet mal, ich habe noch eine kleine Freude für euch: Im Sack liegt noch etwas, und wenn es auch kein Eber ist, dann ist es bestimmt ein Ferkelchen oder ein anderes ähnliches Lebewesen. Unter mir hat sich nämlich immer etwas bewegt.«

Der Weber und der Gevatter stürzten zu dem Sack; die Hausherrin packte von der anderen Seite zu, und die Prügelei hätte von neuem begonnen, wenn der Küster, der einsah, daß er sich nicht länger verbergen konnte, nicht herausgekrochen wäre.

Die Frau des Gevatters erstarrte vor Schreck und ließ das Bein fahren, an dem sie den Küster gerade aus dem Sack ziehen wollte.

»Und da ist der zweite!« rief der Weber angsterfüllt. »Der Teufel weiß, was das heutzutage ist ... Mir dreht sich der Kopf; weder Wurst noch Flachbrot, sondern Leute wirft man jetzt in die Säcke!«

»Das ist ja der Küster!« sagte Tschub, der am meisten von allen staunte. »Wer hätte das gedacht! Sieh mal einer die Solocha an! Sie hat ihn in den Sack gesteckt ... Ich hab mich schon gewundert, als so viele Säcke bei ihr in der Stube lagen ... Jetzt begreife ich alles: In jedem Sack hat sie zwei Männer gehabt. Und ich habe geglaubt, sie hat nur mit mir allein ... Wer hätte das von der Solocha gedacht!«

Die Mädchen wunderten sich etwas, als sie den einen Sack nicht mehr vorfanden. »Das hilft nichts, einer reicht uns ja auch«, meinte Oxana. Alle packten den Sack an und wälzten ihn auf den Schlitten. Der Vorsteher beschloß zu schweigen, denn er dachte, daß die dummen Mädchen, wenn er riefe, sie sollten ihn herauslassen und den Sack aufbinden, auseinanderlaufen und denken würden, im Sack säße der Teufel, und daß er dann womöglich noch bis zum Morgen auf der Straße bleiben müßte. Die Mädchen faßten sich unterdessen bei den Händen und liefen wie der Wind mit dem Schlitten über den knirschenden Schnee. Viele setzten sich aus Spaß auf den Schlitten, manche kletterten sogar auf den Vorsteher drauf. Der aber war entschlossen, alles zu ertragen. Schließlich kamen sie an; sie sperrten die Türen zur Diele und zur Stube weit auf und zerrten den Sack unter Gelächter hinein. »Wir wollen mal sehen, was hier liegt«, riefen alle und machten sich eilig daran, den Sack aufzubinden. In diesem Moment wurde der Schluckauf, der den Vorsteher schon die ganze Zeit über gequält hatte, während der er im Sack saß, so heftig, daß er aus vollem Halse schlucken und husten mußte.

»Ach, hier sitzt jemand!« riefen sie voller Angst und stürzten zur Tür.

»Teufel noch eins! Wohin rennt ihr denn alle wie die Verrückten?« fragte Tschub, der gerade zur Tür hereinkam.

»Ach, Vater!« rief Oxana. »Hier in dem Sack sitzt einer!«

»In dem Sack hier? Wo habt ihr den denn her?«

»Der Schmied hat ihn mitten auf der Straße liegenlassen«, sagten alle wie aus einem Munde.

Nun natürlich, habe ich es nicht gesagt! dachte Tschub.

»Und warum seid ihr da so erschrocken? Das werden wir gleich haben: Vorwärts, guter Mann – nimm es uns nicht übel, wenn wir dich nicht mit deinem Vor- und Vatersnamen anreden –, komm aus dem Sack heraus!«

Der Vorsteher kam herausgekrochen.

»Ach!« riefen die Mädchen.

Auch der Vorsteher ist in einen Sack gekrochen, sagte sich Tschub verblüfft und maß ihn von Kopf bis Fuß. Wer hätte das gedacht! »Oho!« Mehr konnte er nicht sagen.

Der Vorsteher war nicht weniger verwirrt und wußte nicht, wie er das Gespräch beginnen sollte.

»Draußen scheint es recht kalt zu sein!« sagte er und wandte sich an Tschub.

»Ein ganz schöner Frost«, antwortete Tschub. »Aber gestatte die Frage, womit schmierst du dir deine Stiefel ein, mit Hammelfett oder mit Teer?«

Er hatte eigentlich ganz etwas anderes sagen wollen; er hatte fragen wollen: Wie bist du denn in diesen Sack gekommen, Vorsteher?, und er verstand nun selbst nicht, warum er etwas völlig anderes gesagt hatte.

»Teer ist besser!« sagte der Vorsteher. »Nun, Tschub, lebe wohl!«

Er setzte sich seine Mütze mit den Ohrenklappen auf und ging aus der Stube.

»Weshalb habe ich ihn in meiner Dummheit nur gefragt, womit er sich die Stiefel einschmiert!« sagte Tschub und blickte auf die Tür, durch die der Vorsteher eben verschwunden war. »Sieh mal einer die Solocha an! Solch einen Mann steckt sie in den Sack! Ein Teufelsweib ist das! Und ich bin ein Dummkopf ... Wo ist denn eigentlich dieser verfluchte Sack?«

»Ich habe ihn in die Ecke geworfen, es ist nichts mehr drin«, sagte Oxana.

»Das kennen wir schon – nichts mehr drin! Gebt ihn her, dort sitzt bestimmt noch jemand! Schüttelt den Sack mal kräftig aus! – Was, alles leer? Dieses verfluchte Weib! Und wenn man sie ansieht, denkt man, sie ist eine Heilige, die stets die Fasten eingehalten hat!«

Doch lassen wir Tschub in aller Ruhe seinem Ärger Luft machen und kehren wir wieder zu dem Schmied zurück, denn draußen geht es jetzt bestimmt schon auf neun Uhr zu.

Zuerst hatte Wakula Angst, als er so hoch emporgehoben wurde, daß er unten auf der Erde nichts mehr erkennen konnte, und wie eine Fliege dicht unter dem Mond vorbeiflog, daß er mit seiner Mütze an ihm hängengeblieben wäre, hätte er sich nicht schnell ein wenig gebückt. Doch schon nach einer kleinen Weile wurde er mutiger und begann mit dem Teufel zu scherzen. Er wollte sich schieflachen über die Art, wie der Teufel nieste und hustete, wenn er sein Kreuz aus Zypressenholz vom Hals nahm und es dem Teufel hinhielt. Mit Absicht hob er die Hand, um sich über die Haare zu fahren, denn der Teufel glaubte jedesmal, er wolle das Kreuz über ihn schlagen, und flog noch schneller. Oben war alles hell. Die Luft in dem leichten silbrigen Nebel war durchsichtig. Alles war zu sehen: Man konnte sogar erkennen, wie ein Zauberer, der in einem Topf saß, wie der Wind an ihnen vorbeijagte, wie die Sterne sich versammelten und Blindekuh spielten, wie sich etwas seitwärts ein ganzer Haufe von Geistern gleich einer Wolke zusammenballte, wie ein Teufel, der im Mondschein tanzte, die Mütze zog, als er den Schmied vorbeireiten sah, wie ein Besen allein wieder zurückflog, nachdem er offenbar eine Hexe an ihr Ziel gebracht hatte . . . Und noch einer ganzen Menge allen möglichen Lumpenpacks begegneten sie. Alle blieben beim Anblick des Schmieds einen Augenblick stehen, um ihn zu betrachten, und jagten dann weiter und taten das ihre; der Schmied aber flog und flog, und plötzlich blitzte vor ihm in strahlendem Lichterglanz Petersburg auf. (Es war damals aus irgendeinem Grunde illuminiert.) Als der Teufel den Schlagbaum überflogen hatte, verwandelte er sich in ein Pferd, und der Schmied sah sich nun auf einem feurigen Roß mitten auf der Straße. Mein Gott! Lärm, Getöse, Glanz; zu beiden Seiten der Straße standen riesige dreistöckige Häuser; das Aufschlagen der

Pferdehufe und das Rasseln der Räder hallten donnernd von allen Seiten wider; wo man hinsah, erhoben sich Häuser, als seien sie aus dem Schoß der Erde emporgewachsen; die Brücken bebten; die Kutschen flogen nur so dahin; Fuhrleute und Vorreiter schrieen; der Schnee knirschte unter Tausenden von Schlitten, die von allen Seiten angesaust kamen; die Fußgänger drückten und drängten sich an den mit Lampen übersäten Häusern entlang, und ihre riesigen Schatten huschten über die Wände und stießen mit den Köpfen an die Dächer und Schornsteine. Verwundert blickte der Schmied um sich. Ihm schien es, als richteten sämtliche Häuser ihre unzähligen feurigen Augen auf ihn und sähen ihn an. Er erblickte so viele Herren in stoffüberzogenen Pelzen, daß er gar nicht wußte, wen er zuerst grüßen sollte. Mein Gott, wieviel vornehme Herren es hier gibt! dachte der Schmied. Ich glaube, jeder, der hier auf der Straße in einem Pelz an mir vorübergeht, ist ein Beisitzer! Und jene erst, die in diesen wunderbaren kleinen Kutschen mit den Glasfenstern fahren! Die sind, wenn nicht Stadthauptmänner, dann ganz sicher aber besondere Bevollmächtigte, ja vielleicht sogar noch wichtigere Leute. Hier wurden seine Gedanken von der Frage des Teufels unterbrochen: »Soll ich dich geradewegs zur Zarin bringen?«

Nein, ich fürchte mich, ging es dem Schmied durch den Kopf.

»Hier müßten doch irgendwo, ich weiß aber nicht genau wo, die Saporoger wohnen, die im Herbst durch Dikanka gekommen sind. Sie sind aus dem Lager der Saporoger mit einem Schreiben zur Zarin gefahren; mit denen müßte ich mich beraten. He, Satan, kriech mir in die Tasche und führe mich zu den Saporogern!«

Der Teufel schrumpfte im Nu zusammen und wurde so klein, daß er mühelos in die Tasche schlüpfen konnte. Und ehe es sich Wakula versah, stand er schon vor einem großen Haus, ging – er wußte selbst nicht wie – die Treppe hinauf, öffnete die Tür und wich, als er ein herrlich ausgestattetes Zimmer sah, ein wenig zurück vor dem Glanz, doch dann faßte er wieder etwas Mut, denn er erkannte die Saporoger, die durch Dikanka gekommen waren. Sie saßen auf seidenbezogenen Diwanen, hatten die mit Fett eingeschmierten Stiefel unter sich gezogen und rauchten den allerstärksten Tabak, den, der gewöhnlich Wurzeltabak genannt wird.

»Guten Tag, ihr Herren, Gott zum Gruß! Hier sehen wir uns also wieder!« sagte der Schmied, trat näher an sie heran und verneigte sich bis zur Erde.

»Was ist denn das für ein Mann?« fragte ein Kosak, der direkt vor dem Schmied saß, einen anderen, der etwas entfernter der Ruhe pflegte.

»Erkennt ihr mich denn nicht?« fragte der Schmied. »Ich bin es doch, Wakula, der Schmied! Als ihr im Herbst durch Dikanka durchgefahren seid, wart ihr, Gott schenke euch Gesundheit und langes Leben, fast zwei Tage lang unsere Gäste. Ich habe euch damals einen neuen Eisenreifen für das Vorderrad eures Wagens gemacht.«

»Ach ja!« sagte der gleiche Kosak. »Das ist ja der Schmied, der so gut malt. Guten Tag, Landsmann, was hat dich denn hierher geführt?«

»Ich wollte nur mal gucken; es heißt doch . . .«

»Nun, Landsmann«, sagte der Saporoger, warf sich in die Brust und wollte zeigen, daß er auch die russische Sprache beherrschte, »eine große Stadt, wie?«

Der Schmied wollte sich ebenfalls nicht blamieren und wie ein Neuling dastehen, außerdem verstand auch er — wie wir schon früher gesehen haben — etwas von der Schriftsprache.

»Ein beachtliches Gouvernement!« antwortete er gleichmütig. »Da ist nichts dagegen zu sagen; die Häuser sind recht umfangreich und die Gemälde an ihnen hervorragend. Viele Häuser sind mit Buchstaben aus Blattgold ungeheuerlich kunstvoll bemalt. Eine durchaus wundervolle Proportion!«

Als die Saporoger hörten, wie gekonnt sich der Schmied ausdrückte, stieg er sehr in ihren Augen.

»Später unterhalten wir uns noch mehr mit dir, Landsmann, jetzt müssen wir gleich zur Zarin.«

»Zur Zarin! Seid so freundlich, ihr Herren, und nehmt mich mit!«

»Dich?« fragte der Saporoger mit der Miene eines Kinderwärters, von dem sein vierjähriger Zögling verlangt, auf ein richtiges großes Pferd gesetzt zu werden. »Was willst du denn dort? Nein, das geht nicht.« Sein Gesicht nahm einen gewichtigen Ausdruck an. »Wir werden mit der Zarin über unsere Angelegenheiten reden, Bruder.«

»Nehmt mich doch mit!« drängte der Schmied. »Bitte sie darum!« flüsterte er dem Teufel zu und schlug mit der Faust auf die Tasche.

Kaum hatte er das gesagt, als ein anderer Saporoger meinte: »Nehmen wir ihn doch ruhig mit, Brüder!«

»Ja, nehmen wir ihn mit!« meinten einige andere.

»Zieh dich so an wie wir.«

Der Schmied wollte gerade in einen grünen Rock schlüpfen, als plötzlich die Tür aufging, ein Mann in bestickter Uniform eintrat und sagte, daß es Zeit sei zu fahren.

Wiederum kam es dem Schmied wie ein Wunder vor, als er in einer riesigen, auf Federn schwankenden Kutsche dahinfuhr, als zu beiden Seiten dreistöckige Häuser an ihm vorüberflogen und das dröhnende Pflaster den Pferden von selbst unter die Hufe zu laufen schien.

Mein Gott, wieviel Licht! dachte der Schmied. Bei uns ist es nicht einmal am Tage so hell.

Die Kutschen hielten vor dem Schloß. Die Saporoger stiegen aus, traten in die prachtvolle Vorhalle und gingen eine strahlend hell beleuchtete Treppe hinauf.

»Was für eine Treppe!« flüsterte der Schmied. »Es ist direkt schade, darauf zu treten. Diese Verzierungen! Da heißt es immer: Die Märchen lügen! Zum Teufel, die reine Wahrheit sagen sie! Mein Gott, was für ein Treppengeländer! Was für eine Arbeit! Hier ist schon allein für fünfzig Rubel Eisen verwendet worden!«

Als die Saporoger die Treppe hinaufgestiegen waren, gingen sie durch den ersten Saal. Der Schmied folgte ihnen schüchtern, denn er fürchtete bei jedem Schritt, auf dem Parkett auszurutschen. Sie durchschritten drei Säle, und der Schmied konnte sich nicht genug wundern. Als sie in den vierten kamen, näherte er sich unwillkürlich einem Bild, das hier an der Wand hing. Auf ihm war die heilige Jungfrau mit dem Kind auf dem Arm dargestellt. Was für ein Bild! Was für ein herrliches Gemälde! ging es ihm durch den Kopf. Es scheint zu sprechen! Es scheint zu leben! Und das Christuskind! Es hat die Ärmchen angewinkelt! Und wie es lacht, das Ärmste! Und die Farben! Mein Gott, was für Farben! Ich glaube, hier ist nicht einmal für eine Kopeke Ocker verwendet worden, nur lauter Kupfergrün und Karminrot. Und wie das Blau leuchtet! Eine ausgezeichnete Arbeit! Wahrscheinlich ist sie mit Bleiweiß grundiert worden. Doch wie wunderbar dieses Gemälde auch ist, diese Kupferklinke, fuhr er in seinen Überlegungen fort, ging zur Tür und befühlte das Schloß, diese Kupferklinke hier verdient noch mehr Bewunderung. Was für eine saubere Arbeit! Das haben bestimmt alles welsche Schmiede für allerteuerste Preise gemacht . . . Der Schmied hätte vielleicht noch lange seinen Gedanken nachgehangen, wenn ihn nicht ein betreßter Lakai am Arm gestoßen und daran erinnert hätte, daß er hinter den anderen nicht zurückbleiben dürfe. Die Saporoger durchschritten noch zwei Säle und blieben dann stehen. Sie hatten die Weisung erhalten, hier zu warten. Im Saal drängten sich mehrere Generale in goldbestickten Uniformen. Die Saporoger verneigten sich nach allen Seiten und stellten sich zu einer kleinen Gruppe zusammen.

Einen Augenblick später trat mit einem großen Gefolge ein recht korpulenter Mann von majestätischem Wuchs ein. Er trug eine Hetmansuniform und gelbe Stiefel; seine Haare waren zerwühlt, sein einziges Auge schielte ein wenig, sein Gesicht drückte sowohl Hochmut als auch Würde aus, und alle seine Bewegungen verrieten, daß er gewohnt war zu befehlen. Die Generale, die zuvor in ihren goldenen Uniformen alle recht stolz auf und ab gegangen waren, liefen nun aufgeregt hin und her und schienen dann unter tiefen Verbeugungen nur auf ein

Wort, ja nur auf eine kleine Bewegung zu warten, um alle Befehle sofort im Fluge auszuführen. Doch der Hetman kümmerte sich überhaupt nicht um sie, nickte kaum mit dem Kopf und ging zu den Saporogern.

Die Saporoger verbeugten sich bis zur Erde.

»Sind alle da?« näselte er gedehnt.

»Alle sind wir da, Väterchen!« antworteten die Saporoger und verbeugten sich von neuem.

»Vergeßt ihr auch nicht, so zu reden, wie ich es euch beigebracht habe?«

»Nein, Väterchen, wir vergessen es nicht!«

»Ist das der Zar?« fragte der Schmied einen der Saporoger.

»Das ist doch nicht der Zar! Das ist Potjomkin*«, antwortete jener.

Im Nebenzimmer wurden Stimmen laut, und der Schmied wußte nicht, wo er hinblicken sollte, soviel Damen in Atlaskleidern mit langen Schleppen und soviel Höflinge in goldgestickten Röcken und mit Zöpfen traten ein. Er sah nichts als ein Glänzen. Die Saporoger fielen alle sofort auf die Erde nieder und schrien wie aus einem Munde: »Gnade, Mütterchen, Gnade!«

Der Schmied, der überhaupt nichts sah, streckte sich ebenfalls eifrig auf dem Boden aus.

»Steht auf!« erklang über ihnen eine gebieterische und zugleich angenehme Stimme.

Einige Höflinge liefen zu den Saporogern und stießen sie an.

»Wir stehen nicht auf, Mütterchen! Wir stehen nicht auf! Eher sterben wir, als daß wir aufstehen!« riefen die Saporoger.

Potjomkin biß sich auf die Lippen, trat schließlich selbst zu ihnen und flüsterte einem der Saporoger gebieterisch etwas ins Ohr.

Die Saporoger erhoben sich.

Nun fand auch der Schmied den Mut, seinen Kopf zu heben, und er erblickte vor sich eine gepuderte Frau von nicht sehr

* Grigori Alexandrowitsch Potjomkin (1739–1791), russischer Staatsmann und Generalfeldmarschall, ab 1774 Günstling Katharinas II.

großer, sogar etwas fülliger Statur mit himmelblauen Augen und einer majestätisch lächelnden Miene, die es wohl verstand, alles zu bezaubern, und nur einem königlichen Weibe eigen sein konnte.

»Durchlaucht versprachen mir, mich heute mit einem meiner Völker bekannt zu machen, das ich bisher noch nicht gesehen habe«, sagte die Dame mit den hellblauen Augen und betrachtete interessiert die Saporoger. »Habt ihr es auch gut hier?« fuhr sie fort und trat näher.

»Vielen Dank, Mütterchen! Die Verpflegung ist gut, wenn auch die Hammel hier mit denen in unserem Kosakenlager nicht zu vergleichen sind. Warum sollten wir nicht einigermaßen zurechtkommen?«

Potjomkin zog die Stirn kraus, als er merkte, daß die Saporoger etwas ganz anderes sagten, als das, was er ihnen beigebracht hatte.

Einer der Saporoger warf sich in Positur und trat vor: »Gnade, Mütterchen! Warum richtest du dein treues Volk zugrunde? Wodurch haben wir dich erzürnt? Haben wir etwa den heidnischen Tataren die Hand gereicht, haben wir uns etwa mit den Türken zusammengetan, oder haben wir jemals in Wort und Tat Verrat an dir geübt? Weshalb versagst du uns deine Gnade? Zuerst hörten wir, du habest befohlen, überall Festungen gegen uns errichten zu lassen, später erfuhren wir, daß du Regierungstruppen aus uns machen willst, und jetzt hören wir von neuem Unheil. Was hat sich denn das Heer der Saporoger zuschulden kommen lassen? Besteht seine Schuld darin, daß es deine Armee über den Perekop geführt und deinen Generalen geholfen hat, die Krimtataren zu schlagen?«*

Potjomkin schwieg und putzte mit einem kleinen Bürstchen nachlässig die Brillanten, mit denen seine Finger übersät waren.

* In der Rede des Saporoger Kosaken wird auf historische Ereignisse angespielt, die der Auflösung der Saporoger Setsch, einer autonomen Kosakensiedlung auf der Dneprinsel Chortiza nördlich der Krim, die vom 16. bis 18. Jh. bestand, vorangingen. Beispielsweise wird an die Teilnahme des Saporoger Kosakenheeres am siegreichen Feldzug der Russen gegen die Krimtataren (1768–1774) erinnert.

»Und was wollt ihr?« fragte Katharina freundlich.

Die Saporoger sahen sich bedeutungsvoll an.

Jetzt ist es soweit! Die Zarin fragt, was wir wollen! sagte sich der Schmied und warf sich plötzlich zu Boden.

»Eure Kaiserliche Hoheit! Zürnen Sie mir nicht, haben Sie Erbarmen. Woraus sind – Eure Kaiserliche Hoheit mögen es mir nicht übelnehmen – die Schuhchen gemacht, die Sie an Ihren Füßen tragen? Ich glaube, daß kein Schuster in der Welt solche Schuhe machen kann. Mein Gott, wenn meine Frau doch nur solche Schuhe hätte!«

Die Herrscherin brach in Lachen aus. Die Höflinge lachten ebenfalls. Potjomkin lächelte mit finsterem Gesicht. Die Saporoger stießen den Schmied an den Arm; sie dachten, er hätte den Verstand verloren.

»Steh auf!« sagte die Herrscherin sanft. »Wenn du so gern solche Schuhe haben möchtest, so ist dem leicht abzuhelfen. Bringt ihm sofort die teuersten, mit Gold verzierten Schuhe! Wahrhaftig, diese Naivität gefällt mir sehr! Da haben Sie ein Sujet«, fuhr die Herrscherin fort, wobei sie ihren Blick auf einen etwas abseits stehenden Mann* mit einem vollen, doch ein we-

* Gemeint ist der russische Dramatiker Denis Iwanowitsch Fonwisin (1744 oder 1745–1792), der Autor der satirischen Komödien »Der Brigadier« und »Der Landjunker«.

nig blassen Gesicht richtete, dessen bescheidener Rock mit großen Perlmuttknöpfen darauf hinwies, daß er nicht zu den Höflingen gehörte, »welches Ihrer geistreichen Feder würdig ist!«

»Eure Majestät sind zu gnädig. Hier wäre zumindest ein La Fontaine* vonnöten!« antwortete der Mann mit den Perlmuttknöpfen und verbeugte sich.

»Ich sage es Ihnen bei meiner Ehre: Ich bin noch jetzt ganz begeistert von Ihrem ›Brigadier‹. Sie lesen aber auch wunderbar vor! – Doch ich habe gehört«, fuhr die Herrscherin, wiederum an die Saporoger gewandt, fort, »daß ihr in eurem Kosakenlager niemals heiratet.«

»Wieso, Mütterchen? Ein Mann kann doch ohne Frau nicht leben, das weißt du doch selbst!« antwortete der gleiche Saporoger, der auch mit dem Schmied gesprochen hatte; und der Schmied wunderte sich, als er hörte, wie dieser Saporoger, der die Schriftsprache doch so gut beherrschte, der Zarin gegenüber scheinbar absichtlich die allergröbste Mundart gebrauchte, eine Mundart, die man gewöhnlich den Bauerndialekt nennt.

Ein schlaues Volk! dachte er. Bestimmt macht er das mit Absicht!

»Wir sind keine Mönche«, fuhr der Saporoger fort, »sondern sündige Menschen. Wie die ganze ehrliche Christenheit halten auch wir nicht immer die Fasten ein. Es gibt unter uns nicht wenige, die Frauen haben, aber die leben nicht mit ihnen im Kosakenlager. Es gibt welche, die Frauen haben in Polen; es gibt welche, die Frauen haben in der Ukraine, und es gibt sogar welche, die Frauen haben in der Türkei.«

Währenddessen brachte man dem Schmied die Schuhe.

»Mein Gott, wie herrlich sie sind!« rief der Schmied voller Freude aus und griff nach ihnen. »Eure Hoheit! Wenn Eure Majestät diese Schuhe anhaben und in ihnen womöglich Schlittschuhlaufen gehen – wie müssen dann erst die Füßchen selber sein? Ich glaube, sie sind mindestens aus reinem Zucker.«

Die Herrscherin, die in der Tat die wohlgeformtesten und

* Jean de La Fontaine (1621–1695), französischer Fabeldichter.

entzückendsten Füßchen hatte, konnte sich eines Lächelns nicht erwehren, als sie dieses Kompliment aus dem Munde des einfachen Schmiedes vernahm, der trotz seines dunkelhäutigen Gesichts in seinem Saporogerrock durchaus für einen schönen Jüngling gelten konnte.

Der Schmied war sehr erfreut über diese wohlwollende Aufmerksamkeit und wollte die Zarin schon über alles genauestens ausfragen — ob es wahr sei, daß die Zaren nichts als Honig und Schmalz äßen und ähnliches mehr —, doch als er merkte, daß ihn die Saporoger heimlich anstießen, beschloß er zu schweigen. Als sich die Herrscherin dann wieder an die Alten wandte und mehr über das Leben und die Bräuche im Kosakenlager wissen wollte, trat er zurück, neigte sich zur Tasche hinab und flüsterte: »Bring mich, so schnell du kannst, von hier fort!« Und plötzlich befand er sich wieder hinter dem Schlagbaum.

»Er ist ertrunken! Bei Gott, er ist ertrunken! Auf der Stelle will ich krepieren, wenn er nicht ertrunken ist!« plapperte die dicke Weberin, die in einem Haufen von Weibern mitten auf der Straße von Dikanka stand.

»Bin ich denn irgend so eine Lügnerin? Habe ich denn schon jemandem die Kuh gestohlen? Oder habe ich vielleicht schon jemanden verhext, daß man mir nicht glaubt?« schrie ein Weib mit violetter Nase, das einen Kosakenkittel trug und mit ihren Händen herumfuchtelte. »Ich will kein Tröpfchen Wasser mehr zu mir nehmen, wenn die alte Perepertschicha nicht mit ihren eigenen Augen gesehen hat, wie sich der Schmied erhängt hat!«

»Der Schmied hat sich erhängt! Wer hätte das gedacht!« sagte der Vorsteher, der gerade von Tschub kam, blieb stehen und drängte sich näher an die Sprechenden heran.

»Sag lieber, daß du kein Tröpfchen Schnaps mehr zu dir nehmen willst, alte Säuferin!« antwortete die Weberin. »Da muß einer schon so verrückt sein wie du, um sich zu erhängen! Er ist ertrunken! Im Eisloch ertrunken ist er! Das weiß ich so genau, wie ich weiß, daß du eben bei der Schankwirtin warst.«

»Das schamlose Weib! Was sie mir vorwirft!« entgegnete wütend das Weib mit der violetten Nase. »Du solltest besser schweigen, du nichtsnutziges Frauenzimmer! Als ob ich nicht wüßte, daß jeden Abend der Küster zu dir kommt!«

Die Weberin brauste auf.

»Was macht der Küster? Wohin geht der Küster? Was lügst du da zusammen?«

»Der Küster«, ertönte die melodiöse Stimme der Küstersfrau, die sich in einem mit blauem Nankingstoff überzogenen Hasenpelz zu den Streitenden durchdrängte. »Ich werde euch den Küster schon austreiben! Wer spricht hier vom Küster?«

»Hier, die da besucht der Küster immer!« sagte das Weib mit der violetten Nase und zeigte auf die Weberin.

»Du bist es also, du Gottverfluchte«, sagte die Küstersfrau und näherte sich der Weberin. »Du bist es also, du Hexe, die ihm die Sinne verwirrt und ihm immer solch einen unreinen Trank eingibt, damit er zu dir kommt.«

»Laß mich in Frieden, du Satansweib!« sagte die Weberin zurückweichend.

»Du verfluchte Hexe, niemals sollst du das Glück haben, deine Kinder zu sehen, du nichtsnutziges Stück! Pfui!«

Die Küstersfrau spuckte der Weberin genau in die Augen. Die Weberin wollte ihrerseits dasselbe tun, doch statt dessen spuckte sie dem Vorsteher, der sich, um alles besser hören zu können, bis zu den Streitenden durchgedrängt hatte, in den unrasierten Bart.

»Ah, verfluchtes Weib!« schrie der Vorsteher, rieb sich mit dem Rockschoß das Gesicht ab und hob die Peitsche. Diese Bewegung zwang alle, unter Schimpfen in die verschiedenen Himmelsrichtungen auseinanderzulaufen. »Was für eine Niedertracht!« wiederholte er, wobei er sich noch immer das Gesicht abrieb. »Der Schmied ist also ertrunken! Du lieber Gott! Und was für ein ausgezeichneter Maler er war! Was für haltbare Messer, Sicheln und Pflüge er zu schmieden verstand! Was für eine Kraft er hatte! Ja«, fuhr er nachdenklich fort, »solche Leute gibt es in unserem Dorf nur wenig. Ich habe schon gemerkt, als ich noch in dem verfluchten Sack saß, daß der arme Schmied ordentlich mißgestimmt war. Nun gibt es also den Schmied nicht mehr. Erst gab es ihn, und jetzt gibt es ihn nicht mehr! Und ich wollte mir noch meine scheckige Stute beschlagen lassen!« Und voller christlicher Gedanken dieser Art trollte sich der Vorsteher langsam in sein Häuschen.

Oxana war bestürzt, als sie von diesen Gerüchten erfuhr. Sie traute den Augen der Perepertschicha und dem Geschwätz der Weiber nicht, denn sie wußte, daß der Schmied zu gottesfürchtig war, um seine Seele ins Verderben zu stürzen. Aber wenn er nun wirklich fortgegangen war, um niemals wieder ins Dorf zurückzukehren? Solch einen Prachtburschen wie den Schmied würde sie wohl kaum noch einmal finden! Und wie er sie geliebt hatte! Er hatte länger als alle anderen ihre Launen ertragen! Die Schöne wälzte sich die ganze Nacht unter ihrer Bettdecke von der rechten Seite auf die linke und von der linken auf die rechte und konnte nicht einschlafen. Bald warf sie die Decke von sich und machte sich in ihrer bezaubernden Nacktheit, die das Dunkel der Nacht sogar vor ihr selbst verbarg, laute Selbstvorwürfe, bald wieder verstummte sie und beschloß, an nichts zu denken, und grübelte doch. Ihre Wangen brannten, und gegen Morgen hatte sie sich bis über beide Ohren in den Schmied verliebt.

Tschub zeigte, als er vom Schicksal des Schmiedes erfuhr, weder Freude noch Trauer. Seine Gedanken kreisten nur um eines: Er konnte den Treuebruch der Solocha nicht verwinden und hörte selbst im Halbschlaf nicht auf, sie zu beschimpfen.

Der Morgen brach an. Die Kirche war schon vor Sonnenaufgang voller Menschen. Die älteren Frauen standen in weißen Kopftüchern und langen weißen Stoffkitteln neben dem Eingang und bekreuzigten sich fromm. Vor ihnen standen die adligen Damen in grünen und gelben kurzen Jacken und manche sogar in dunkelblauen Überwürfen mit Goldborten auf dem Rücken. Die Mädchen, um deren Köpfe Bänder geschlungen waren, wie man sie sonst in derartiger Vielfalt nur in einem Laden zu sehen bekommt, und an deren Hälsen ein ganzer Laden von Ketten, Kreuzen und Dukaten hing, versuchten, sich noch näher an die Ikonenwand vor dem Altar zu drängen. Doch ganz vorn standen die Adligen und die einfachen Bauern mit Schnurrbart, Kosakenlocke, dickem Hals und frischrasiertem Kinn; sie hatten zum größten Teil Kapuzenmäntel an, unter denen weiße und bei manchen auch blaue Kittel hervorlugten. Jedes Gesicht, wohin man auch sah, spiegelte die Festtagsstimmung wider; der Vorsteher leckte sich beim Gedanken an die Wurst, mit der er die Fasten beschließen wollte, schon die Lippen; die Mädchen dachten daran, wie sie mit den Burschen auf dem Eis Schlittschuh laufen würden; und die alten Weiber flüsterten eifriger als je ihre Gebete. In der ganzen Kirche war zu hören, wie sich der Kosak Swerbygus zum Gebet auf die Knie niederließ. Nur Oxana stand völlig abwesend da. Sie betete und betete eigentlich auch nicht. So viele verschiedenartige Gefühle, von denen eines immer trauriger und niederdrückender war als das andere, stürmten auf sie ein, daß sich auf ihrem Gesicht völlige Verwirrung malte; in ihren Augen zitterten Tränen. Die Mädchen konnten den Grund dafür nicht wissen und ahnten nicht, daß der Schmied an allem schuld war. Doch nicht allein Oxanas Gedanken drehten sich um den Schmied. Alle Dorfbewohner spürten, daß der Feiertag nicht so war wie sonst, daß ihm irgend etwas fehlte. Zu allem Unglück war der Küster nach seiner Reise in dem Sack auch noch heiser geworden und krächzte mit kaum hörbarer Stimme; allerdings hatte der auf Besuch gekommene Sänger einen herrlichen Baß, doch noch viel schöner wäre es gewesen, wenn auch der Schmied dagewesen wäre, der immer, sowie das »Vaterunser« oder das »Jauchzet, ihr Cherubim« angestimmt wurde, auf den Chor gestiegen war und dort so gesungen hatte, wie es in Poltawa üblich ist. Zudem hatte er ganz allein das Amt des Kirchenvorstehers versehen. Schon war die Frühmesse zelebriert und nach der Frühmesse auch das Hochamt ... Wo war eigentlich der Schmied geblieben?

Noch schneller als zuvor flog der Teufel gegen Ende der Nacht mit dem Schmied zurück. Und im Nu stand Wakula neben seinem Häuschen. Gerade krähte der Hahn. »Wohin?« schrie der Schmied und ergriff den Teufel, der davonlaufen wollte, beim Schwanz. »Einen Augenblick, Freundchen, das ist noch nicht alles – ich habe dir noch nicht gedankt.« Er ergriff eine Rute und verabreichte dem Teufel drei Schläge, so daß der Arme davonrannte wie ein Bauer, den der Beisitzer eben verprügelt hatte. Statt andere zu betrügen, zu verführen und zu narren, wurde so der Feind des Menschengeschlechts selber zum Narren gehalten. Nachdem Wakula dem Teufel auf diese Weise gedankt hatte, trat er in den Flur, wühlte sich ins Heu und schlief bis zum Mittag. Als er aufwachte, erschrak er, denn er sah, daß die Sonne schon hoch am Himmel stand. »Ich habe ja die Frühmesse und das Hochamt verschlafen!« Der gottesfürchtige Schmied war ganz niedergeschlagen, denn er glaubte, Gott habe ihm diesen Schlaf, der ihn an einem solchen Feiertag davon abgehalten hatte, die Kirche zu besuchen, absichtlich geschickt, um ihn für seine sündigen Selbstmordabsichten zu strafen. Doch als er sich beruhigt hatte, indem er gelobte, in der nächsten Woche alles dem Popen zu beichten und sich von jetzt an das ganze Jahr über täglich fünfzigmal zu verbeugen, warf er einen Blick in die Stube – aber es war niemand da. Die Solocha war offenbar noch nicht zurückgekommen. Vorsichtig holte er die Schuhe unter seinem Hemd hervor, wunderte sich von neuem über die teure Arbeit und die seltsamen Ereignisse der letzten Nacht, wusch sich, zog sich seine besten Sachen an, zu denen auch der Rock gehörte, den ihm die Saporoger gegeben hatten, holte aus seiner Truhe eine neue Lammfellmütze mit dunkelblauem Tuchboden, die er noch nie aufgesetzt hatte, seit er sie seinerzeit in Poltawa erstand, holte auch einen neuen Gürtel hervor, der in allen Farben spielte, wickelte all das zusammen mit einer Peitsche in ein Tuch und begab sich geradeswegs zu Tschub.

Tschub riß die Augen auf, als der Schmied bei ihm eintrat, und er wußte nicht, worüber er sich mehr wundern sollte: darüber, daß der Schmied von den Toten auferstanden war, darüber, daß der Schmied es wagte, bei ihm zu erscheinen, oder darüber, daß er wie ein Stutzer und Saporoger gekleidet war. Doch noch mehr wunderte er sich, als Wakula das Tuch aufknüpfte, eine neue Mütze und einen Gürtel, wie ihn noch keiner im Dorf gesehen hatte, vor ihm ausbreitete, ihm dann zu Füßen fiel und mit flehender Stimme sprach: »Gnade, Väterchen! Zürne mir nicht! Hier hast du die Peitsche – schlag mich, solange du willst, ich bin selbst zu dir gekommen und bereue alles; schlag zu, doch zürne mir nicht mehr! Du hast doch einst mit meinem seligen Vater Brüderschaft getrunken, zusammen habt ihr Brot und Salz gegessen und euch gegenseitig bewirtet.«

Tschub sah nicht ohne heimliche Freude, wie der Schmied, der sich nach keinem im Dorf richtete, der mit der bloßen Hand Fünfkopekenstücke und Hufeisen zusammenbog wie Buchweizenfladen, wie dieser Schmied jetzt zu seinen Füßen lag; und um dieser Ehre noch mehr Nachdruck zu verleihen, nahm Tschub die Peitsche und schlug Wakula dreimal auf den Rükken.

»Nun, wir wollen es dabei bewenden lassen, steh auf! Hör immer auf die alten Leute! Vergessen wir alles, was zwischen uns war! Nun, und jetzt sag mir, was du auf dem Herzen hast!«

»Väterchen, gib mir deine Oxana!«

Tschub dachte ein Weilchen nach, blickte auf die Mütze und den Gürtel – die Mütze war herrlich, und der Gürtel stand ihr in nichts nach –, erinnerte sich an die treubrüchige Solocha und sagte entschlossen: »Gut, schicke die Brautwerber!«

»Ach!« rief Oxana, als sie über die Schwelle trat und den Schmied erblickte, und sah ihn erstaunt und erfreut an.

»Sieh mal, was für Schuhe ich dir mitgebracht habe!« sagte Wakula. »Es sind die gleichen, die auch die Zarin trägt.«

»Nein! Nein, ich brauche keine Schuhe!« sagte sie, winkte ab und wandte kein Auge von ihm. »Ich will auch ohne Schuhe . . .«

Sie brach ab und errötete. Der Schmied trat näher und nahm sie bei der Hand; die Schöne senkte ihren Blick. Noch nie war sie so schön gewesen. Der entzückte Schmied küßte sie sanft; ihr Gesicht wurde noch röter, und sie sah noch schöner aus.

Als der Erzbischof seligen Angedenkens einmal durch Dikanka reiste, lobte er die Lage des Dorfes und blieb, als er die Straße entlangfuhr, vor einem neuen Häuschen stehen.

»Wem gehört denn dieses so schön angemalte Häuschen?« fragte Seine Eminenz eine hübsche Frau mit einem Kind auf dem Arm, die an der Tür stand.

»Dem Schmied Wakula!« sagte ihm mit einer Verbeugung Oxana, denn gerade sie war es.

»Prächtig! Eine prächtige Arbeit!« sagte Seine Eminenz und betrachtete die Türen und Fenster.

Die Fenster waren alle mit roter Farbe umrahmt, und auf den Türen waren überall Kosaken, hoch zu Roß und mit Pfeifen zwischen den Zähnen, abgebildet. Doch Seine Eminenz lobte Wakula noch viel mehr, als er erfuhr, daß er die Kirchenbuße erfüllte und den linken Chor ganz umsonst grün bemalt und mit roten Blumen verziert hatte. Doch das ist noch nicht alles: Auf der Seitenwand – gleich wenn man zur Kirche hineinkommt – hatte der Schmied den Teufel abgebildet, wie er in der Hölle sitzt, und zwar so abstoßend, daß alle, die vorübergingen, ausspucken mußten; und wenn ein kleines Kind auf dem Arm der Mutter zu heulen anfing und sich nicht beruhigen wollte, dann trug es die Mutter zu dem Bild und sagte: »Sieh mal, was da zu sehen ist!«, und das Kind schluckte die Tränen hinunter, blickte das Bild von der Seite an und schmiegte sich ängstlich an die Brust der Mutter.

Iwan Fjodorowitsch Schponka und seine Tante

Mit dieser Geschichte ist selbst eine Geschichte passiert. Uns hat sie der aus Gadjatsch gekommene Stepan Iwanowitsch Kurotschka erzählt. Ihr müßt wissen, daß mein Gedächtnis so schlecht ist, daß man es gar nicht mit Worten ausdrücken kann: Ob mir jemand etwas erzählt oder ob er mir nichts erzählt, das ist ein und dasselbe. Es ist so, als gieße man Wasser in ein Sieb. Weil ich aber meine Schwäche kenne, habe ich ihn absichtlich gebeten, die Geschichte in ein Heftchen zu schreiben. Nun – Gott gebe ihm Gesundheit, für mich war er immer ein guter Mensch –, er hat sie mir also aufgeschrieben. Ich habe das Heftchen in die Schublade von dem kleinen Tischchen gelegt, das ihr, glaube ich, gut kennt: Es steht gleich in der Ecke, wenn man zur Tür hereinkommt ... Ach, ich habe ja ganz vergessen, daß ihr niemals bei mir gewesen seid. Meine Alte, mit der ich schon dreißig Jahre zusammen lebe, hat niemals das Lesen und Schreiben gelernt, wie soll ich es groß verbergen! Und da sehe ich, daß sie Pasteten auf so einem Papier bäckt. Sie bäckt diese Pasteten erstaunlich gut, werteste Leser; bessere Pasteten werdet ihr nirgends zu essen bekommen. Einmal guckte ich auf die Unterseite von so einer Pastete und sah, daß da etwas geschrieben stand. Als hätte ich es geahnt! Ich ging zu dem Tischchen, und da fehlte über die Hälfte von dem Heftchen! Die übrigen Blätter hatte sie alle zum Pastetenbacken verwendet. Was war da zu tun? Ich wollte mich im Alter nicht noch prügeln! Voriges Jahr reiste ich zufällig durch Gadjatsch. Noch bevor ich in die

Stadt hineinkam, habe ich absichtlich einen Knoten in mein Taschentuch gemacht, um nicht zu vergessen, mich wegen der Geschichte an Stepan Iwanowitsch zu wenden. Und nicht nur das: Ich habe mir selbst das Wort gegeben, sofort an ihn zu denken, sobald ich in der Stadt zum erstenmal niese. Doch alles war umsonst. Ich bin durch die Stadt hindurchgefahren, ich habe geniest, mir die Nase geputzt und trotzdem nicht daran gedacht; erst sechs Werst hinter dem Schlagbaum ist es mir eingefallen. Da war nichts zu machen, ich mußte die Geschichte ohne das Ende drucken lassen. Wenn übrigens jemand unbedingt wissen will, wie sie ausgegangen ist, der braucht nur nach Gadjatsch zu fahren und Stepan Iwanowitsch zu fragen. Er wird ihm die Geschichte mit großem Vergnügen erzählen, wenn auch wahrscheinlich wieder von Anfang an. Er wohnt gar nicht so weit, gleich neben der steinernen Kirche. Dort ist ein kleines Gäßchen, und sowie man in das Gäßchen einbiegt, ist es das zweite oder dritte Tor. Oder noch besser: Wenn ihr auf einem Hof eine große Stange mit einer Wachtel seht und euch eine dicke Frau in einem grünen Rock entgegenkommt (er führt, das soll noch erwähnt werden, ein Junggesellenleben), dann ist das sein Hof. Ihr könnt ihn übrigens auch auf dem Markt treffen, wo er jeden Morgen bis neun Uhr ist, Fisch und Gemüse für seinen Mittagstisch aussucht und sich mit dem Vater Antip oder mit dem jüdischen Pächter unterhält. Ihr werdet ihn sofort erkennen, weil nämlich niemand außer ihm Hosen aus einfarbig gemustertem Kattun und einen Überrock aus gelbem Nankingstoff trägt. Und hier habt ihr noch ein Merkmal: Wenn er geht, dann fuchtelt er immer mit den Armen. Schon der selige Zollbeisitzer Denis Petrowitsch sagte jedesmal, wenn er ihn von ferne sah: »Guckt mal, guckt mal, da geht die Windmühle!«

1

Iwan Fjodorowitsch Schponka

Es ist schon vier Jahre her, seit Iwan Fjodorowitsch Schponka seinen Abschied beim Militär genommen hat und auf seinem Gut Wytrebjonki lebt. Als er noch der kleine Wanjuscha war, besuchte er die Kreisschule von Gadjatsch, und es muß gesagt werden, daß er ein außerordentlich sittsamer und fleißiger Junge war. Der Lehrer, der russische Grammatik unterrichtete, Nikifor Timofejewitsch Dejepritschastije, pflegte immer zu sagen, daß er, wenn alle bei ihm so fleißig wären wie Schponka, niemals das Lineal aus Ahornholz in die Klasse mitzunehmen brauchte, mit dem er den Faulpelzen und den unruhigen Geistern auf die Finger klopfte, was ihm, wie er selbst zugab, schon über war. Wanjuschas Heft war immer sauber, hatte immer einen Rand und nirgends ein Fleckchen. Er saß immer gehorsam und mit gefalteten Händen da, hielt die Augen auf den Lehrer gerichtet, hängte niemals seinem Vordermann Papierschnitzel an den Rücken, schnitzte nicht an seiner Bank und spielte niemals »Wegschieben«, bevor der Lehrer eintrat. Wenn jemand ein Messer brauchte, um sich die Feder zu spitzen, dann wandte er sich sofort an Iwan Fjodorowitsch, denn er wußte, daß er immer ein kleines Messerchen bei sich hatte, und Iwan Fjodorowitsch, damals noch der kleine Wanjuscha, holte es aus der kleinen Lederhülle, die am Knopfloch seiner grauen Jacke hing, und bat nur darum, die Feder nicht mit der scharfen Seite zu schaben, weil, wie er betonte, dazu die stumpfe Seite da wäre. Diese Sittsamkeit lenkte sogar die Aufmerksamkeit des Lateinlehrers auf ihn, dessen Husten auf dem Korridor die ganze Klasse in Schrecken versetzte, noch ehe der Friesmantel und das blatternarbige Gesicht in der Tür erschienen. Dieser furchterregende Lehrer, bei dem immer zwei Rutenbündel auf dem Katheder lagen und die Hälfte der Schüler knien mußte, machte Iwan Fjodorowitsch zu seinem Gehilfen, obwohl es viele in der Klasse gab, die bei weitem begabter waren als er. Hier darf ein Vorfall nicht übergangen werden, der auf sein

ganzes weiteres Leben von Einfluß war. Einer der Schüler, die er zu betreuen hatte, brachte einen in Papier gewickelten, butterübergossenen Pfannkuchen in die Klasse mit, um seinen Mentor dazu zu bewegen, *scit* in die Liste zu schreiben, obwohl er die Schulaufgaben überhaupt nicht gemacht hatte. Iwan Fjodorowitsch sah zwar immer auf Gerechtigkeit, doch er war gerade hungrig und konnte der Versuchung nicht widerstehen. Er nahm den Pfannkuchen, stellte ein Buch vor sich auf und begann zu essen. Und er war so damit beschäftigt, daß er gar nicht merkte, wie es in der Klasse plötzlich still wurde. Er kam erst voller Schrecken zu sich, als eine furchterregende Hand aus dem Friesmantel hervorkam, ihn beim Ohr packte und in die Mitte der Klasse zerrte. »Gib den Pfannkuchen her! Ich sage dir, gib ihn her, du Lump!« sagte der schreckliche Lehrer, ergriff den buttertriefenden Pfannkuchen und warf ihn zum Fenster hinaus, wobei er den auf dem Hof umherlaufenden Schülern strengstens verbot, ihn aufzuheben. Danach schlug er Iwan Fjodorowitsch sehr schmerzhaft auf die Finger. Und das war richtig, denn die Finger waren schuld, sie hatten den Pfannkuchen genommen und nicht ein anderer Körperteil. Wie dem auch sei, die Schüchternheit, die ihm ohnehin schon eigen war, nahm seit dieser Zeit noch zu. Vielleicht war dieser Vorfall auch der Grund, daß er niemals den Wunsch hatte, in den Staatsdienst einzutreten, denn er wußte ja aus Erfahrung, daß sich nicht immer alles verbergen ließ. Er war schon fast fünfzehn Jahre alt, als er in die zweite Klasse kam, wo er von dem gekürzten Katechismus und den vier Regeln der Arithmetik zu dem ausführlichen Katechismus, dem Buch über die Pflichten des Menschen und den Brüchen überging. Doch als er merkte, daß der Wald dichter wurde, je tiefer man in ihn eindrang, und außerdem die Nachricht erhielt, daß sein Vater gestorben war, blieb er noch zwei Jahre auf der Schule und trat dann mit dem Einverständnis seiner Mutter in das P-er Infanterieregiment ein. Das P-er Infanterieregiment ähnelte überhaupt nicht den üblichen Infanterieregimentern, und obwohl es größtenteils in Dörfern lag, lebte man doch auf solch großem Fuße, daß man sich schon mit manchen Kavallerieregimentern messen konnte. Der größte Teil der Offiziere trank starken, durch Ausfrieren gewonnenen Schnaps und verstand es nicht schlechter als die Husaren, die Juden an ihren Schläfenlocken herumzuzerren; manche konnten sogar Masurka tanzen, und der Oberst des P-er Regiments versäumte keine Gelegenheit, dies zu erwähnen, wenn er sich in Gesellschaft mit jemandem unterhielt. »Bei mir, mein Herr«, sagte er gewöhnlich, wobei er sich nach jedem Wort auf den Bauch klopfte, »bei mir tanzen viele Masurka, sehr viele, mein Herr, sogar außerordentlich viele.« Um die Bildung, die das P-er Infanterieregiment besaß, den Lesern noch besser vor Augen zu führen, möchten wir noch hinzufügen, daß zwei Offiziere fürchterliche Spieler waren; sie verspielten ihre Uniform, ihre Mütze, den Mantel, das Degenband und sogar die Unterwäsche, was nicht einmal von allen Kavalleristen gesagt werden kann. Der Umgang mit solchen Kameraden machte Iwan Fjodorowitsch jedoch keinesfalls weniger schüchtern. Und da er nur gewöhnlichen Schnaps trank, und zwar ein Gläschen vor dem Mittagessen und eins vor dem Abendbrot, und außerdem keine Masurka tanzte und nicht Karten spielte, mußte er natürlich immer allein bleiben. Während die anderen mit Bauernpferden zu den kleinen Gutsbesitzern zu Besuch fuhren, saß er in seinem Zimmer und widmete sich Beschäftigungen, die seiner sanften und gutmütigen Seele entsprachen: Entweder putzte er die

Knöpfe seiner Uniform, oder er las in einem Wahrsagebuch, oder er stellte Mausefallen in den Zimmerecken auf, oder er lag schließlich ohne Uniform auf seinem Bett. Dafür gab es keinen im Regiment, der ordentlicher als Iwan Fjodorowitsch gewesen wäre. Er befehligte seinen Zug so gut, daß ihn der Kompaniechef allen anderen als Vorbild hinstellte. Deshalb wurde er auch bald – elf Jahre, nachdem er den Rang eines Fähnrichs erhalten hatte – zum Leutnant befördert. Im Laufe dieser Zeit hatte er die Nachricht erhalten, daß seine Mutter gestorben war; und die Tante, eine leibliche Schwester der Mutter, die er nur kannte, weil sie ihm in seiner Kindheit gedörrte Birnen oder selbstgebackene, außerordentlich schmackhafte Plätzchen mitgebracht und auch nach Gadjatsch geschickt hatte (mit der Mutter hatte sie sich dann zerstritten, und deshalb hatte sie Iwan Fjodorowitsch später nicht mehr zu Gesicht bekommen), diese Tante hatte in ihrer Gutmütigkeit die Aufgabe übernommen, sein kleines Gut zu verwalten, was sie ihm auch seinerzeit in einem Brief mitgeteilt hatte. Iwan Fjodorowitsch war von der Klugheit seiner Tante völlig überzeugt und verrichtete seinen Dienst wie bisher. Ein anderer an seiner Stelle hätte sich vor Stolz nicht zu lassen gewußt, wenn er einen solchen Rang erhalten hätte, doch für Iwan Fjodorowitsch war Stolz etwas völlig Unbekanntes – auch nachdem er Leutnant geworden war, blieb er noch immer der gleiche Iwan Fjodorowitsch, der er auch früher als Fähnrich gewesen war. Vier Jahre nach diesem für ihn so schmeichelhaften Vorfall bereitete er sich darauf vor, zusammen mit dem Regiment aus dem Gouvernement Mogiljow nach Großrußland zu ziehen, als er einen Brief folgenden Inhalts erhielt:

Lieber Neffe Iwan Fjodorowitsch!
Ich schicke dir Wäsche: fünf Paar Zwirnsocken und vier feine Leinenhemden. Und ich will mit dir auch über eine wichtige Sache reden. Da du schon einen nicht unbedeutenden Rang erlangt hast, was du, wie ich glaube, auch weißt, und in die Jahre gekommen bist, in denen es Zeit wird, sich mit der Wirtschaft

zu beschäftigen, solltest du deinen Dienst beim Militär aufgeben. Ich bin schon alt und kann nicht mehr überall in deiner Wirtschaft nach dem Rechten sehen, und außerdem habe ich dir tatsächlich auch noch viel persönlich zu eröffnen. Komme bald, Wanjuscha! In Erwartung deiner Ankunft, die für mich ein aufrichtiges Vergnügen sein wird, verbleibe ich deine dich innig liebende Tante

Wassilissa Zyptschewska

PS: Wunderbare Rüben sind bei uns im Garten gewachsen. Sie ähneln eher Kartoffeln als Rüben.

Eine Woche, nachdem Iwan Fjodorowitsch diesen Brief erhalten hatte, schrieb er folgende Antwort:

Sehr geehrte Frau Tante Wassilissa Kaschporowna!
Ich danke Ihnen vielmals für die Wäsche, die Sie mir geschickt haben. Besonders meine Socken waren schon sehr alt; mein Bursche hatte sie sogar schon viermal gestopft, und deshalb waren sie mir auch zu eng geworden. Was Ihre Meinung über meinen Militärdienst anbelangt, so bin ich völlig einer Meinung mit Ihnen und habe schon zwei Tage später meinen Abschied eingereicht. Sowie ich meine Entlassung erhalte, werde ich mir eine Kutsche mieten. Ihren früheren Auftrag, sibirischen Hartweizen zu besorgen, konnte ich nicht ausführen: Im ganzen Gouvernement Mogiljow gibt es kein solches Saatgut. Die Schweine werden hier größtenteils mit Maische gefüttert, unter die ein wenig gegorenes Bier gemischt wird.

In tiefster Hochachtung, sehr geehrte Frau Tante, verbleibe ich Ihr Neffe

Iwan Schponka

Schließlich erhielt Iwan Fjodorowitsch den Abschied im Rang eines Leutnants, mietete sich für vierzig Rubel einen Juden für die Fahrt von Mogiljow nach Gadjatsch und setzte sich in den

Wagen, gerade zu der Zeit, als an den Bäumen die ersten, noch seltenen Blätter sprießten, das Land von einem frischen hellen Grün bedeckt war und es überall auf den Feldern nach Frühling roch.

2

Die Reise

Unterwegs passierte nichts, was besondere Erwähnung verdient. Sie fuhren gute zwei Wochen. Vielleicht wäre Iwan Fjodorowitsch noch früher angekommen, doch der fromme Jude beging jeden Sonnabend seinen Sabbat, wobei er sich in die Pferdedecke hüllte und den ganzen Tag betete. Iwan Fjodorowitsch war übrigens ein Mensch, der, wie ich schon früher erwähnte, keine Langeweile aufkommen ließ. Er schnallte dann eben seinen Koffer auf, nahm die Wäsche heraus, untersuchte genau, ob sie gut gewaschen und richtig zusammengelegt war, entfernte vorsichtig ein Fläumchen von der neuen Uniform, die schon keine Achselklappen mehr schmückten, und legte alles wieder schön ordentlich zusammengefaltet zurück. Im allgemeinen liebte er es nicht, Bücher zu lesen, und wenn er manchmal in das Wahrsagebuch hineinschaute, so tat er das, weil es ihm gefiel, Bekanntem und schon oft Gelesenem noch einmal zu begegnen. So macht sich auch der Städter jeden Tag auf den Weg in den Klub – er geht nicht etwa, um dort etwas Neues zu erfahren, sondern nur, um dort die alten Bekannten zu treffen, mit denen er schon seit undenklichen Zeiten gewohnt ist, im Klub zu schwatzen. So liest der Beamte mit großem Genuß mehrere Male am Tag das Adreßbuch – er liest es nicht mit irgendwelchen diplomatischen Absichten, sondern weil ihm der Anblick der gedruckten Namen eine außerordentliche Freude bereitet. »Ah! Hier ist Iwan Gawrilowitsch Soundso!« wiederholt er, dumpf vor sich hinmurmelnd. »Ah! Und hier bin ja auch ich! Hm!« Und das nächste Mal liest er alles wieder mit genau denselben Ausrufen.

Nach einer vierzehntägigen Fahrt kam Iwan Fjodorowitsch

in einem Dörfchen an, das hundert Werst von Gadjatsch entfernt liegt. Es war an einem Freitag. Die Sonne war schon lange untergegangen, als er mit seinem Wagen und seinem Juden auf den Hof des Gasthauses fuhr. Dieses Gasthaus unterschied sich in nichts von den anderen Gasthäusern, die in anderen kleinen Dörfern stehen. In ihnen wird dem Reisenden gewöhnlich mit großem Eifer Heu und Hafer angeboten, als sei er ein Postpferd. Doch wenn er frühstücken will, wie anständige Menschen gewöhnlich frühstücken, merkt er bald, daß er besser daran tut, seinen Appetit unverändert für eine bessere Gelegenheit aufzuheben. Iwan Fjodorowitsch wußte dies alles und hatte sich rechtzeitig mit zwei Kringelbündeln und Wurst versehen. Er bat um einen Schnaps, an dem es in keinem einzigen Gasthaus mangelt, setzte sich auf eine Bank vor einen Eichentisch, der felsenfest in dem Lehmboden eingelassen war, und begann sein Abendbrot. Währenddessen wurde das Rasseln eines Wagens vernehmbar. Die Torflügel quietschten, doch der Wagen fuhr lange Zeit nicht auf den Hof. Eine laute Stimme schimpfte mit der Alten, der das Gasthaus gehörte. »Gut, ich werde auf den Hof fahren«, hörte Iwan Fjodorowitsch die laute Stimme sagen, »doch wenn mich auch nur eine einzige Wanze in deiner Hütte beißt, dann verprügele ich dich, bei Gott, ich verprügele dich, alte Hexe! Und für das Heu gebe ich dir auch nichts!« Ein wenig später öffnete sich die Tür, und ein dicker Mann in einem grünen Rock trat ein oder, besser gesagt, wälzte sich herein. Der Kopf ruhte unbeweglich auf einem kurzen Hals, der durch das Doppelkinn noch dicker wirkte. Nach dem Äußeren des Mannes zu schließen, gehörte er zu jenen Menschen, die sich niemals über Kleinigkeiten den Kopf zerbrechen, und bei denen im Leben alles geht wie geschmiert.

»Wünsche einen guten Tag, sehr geehrter Herr!« sagte er, als er Iwan Fjodorowitsch erblickte.

Iwan Fjodorowitsch verbeugte sich stumm.

»Gestatten Sie die Frage: Mit wem habe ich die Ehre zu sprechen?« fuhr der dicke Neuankömmling fort.

Bei dieser Frage erhob sich Iwan Fjodorowitsch unwillkürlich und stand stramm, wie er es gewöhnlich zu tun pflegte, wenn ihn der Oberst etwas fragte.

»Leutnant a. D. Iwan Fjodorowitsch Schponka«, antwortete er.

»Darf ich so kühn sein, Sie zu fragen, wohin Sie zu fahren belieben?«

»Auf mein eigenes Gut Wytrebjonki.«

»Wytrebjonki!« rief der gestrenge Frager. »Gestatten Sie, werter Herr, gestatten Sie!« sagte er und näherte sich ihm, wobei er mit den Händen fuchtelte, als wolle er jemand nicht heranlassen oder als dränge er sich durch eine Volksmenge. Als er herangekommen war, nahm er Iwan Fjodorowitsch in seine Arme und küßte ihn zuerst auf die rechte Wange, dann auf die linke und dann von neuem auf die rechte. Iwan Fjodorowitsch gefielen diese Liebkosungen sehr, denn seine Lippen sahen die großen Wangen des Fremden für weiche Kissen an. »Gestatten Sie, werter Herr, daß wir uns bekannt machen!« fuhr der Dicke fort. »Ich bin auch ein Gutsherr des Kreises Gadjatsch und Ihr Nachbar. Ich wohne nicht mehr als fünf Werst von Ihrem Gut Wytrebjonki entfernt, und zwar auf dem Gut Chortystsche, und mein Name ist Grigori Grigorjewitsch Stortschenko. Unbedingt, mein Herr, unbedingt ... Ich will nichts mehr von Ihnen wissen, wenn Sie mich nicht in Chortystsche besuchen. Ich habe jetzt eilige Geschäfte zu erledigen ... Und was soll das bedeuten?« fragte er mit sanfter Stimme seinen eingetretenen Reitknecht, einen Jungen im Kosakenrock mit Flicken an den Ellenbogen, der mit verständnislosem Gesicht Bündel und Kästen auf den Tisch stellte. »Was soll das bedeuten? Was?« (Die Stimme Grigori Grigorjewitschs wurde unmerklich immer drohender.) »Habe ich dir etwa befohlen, das hierherzustellen, mein Lieber? Habe ich dir etwa gesagt, du sollst es hierherstellen, du Schuft? Habe ich dir etwa nicht gesagt, du sollst erst das Hühnchen warm machen, du Schurke? Fort mit dir!« schrie er und stampfte mit dem Fuß auf. »Halt, warte, du Schiefmaul! Wo ist der Reiseschrank mit den Fläschchen? Iwan Fjodoro-

witsch!« sagte er und goß Kräuterlikör ein. »Ich bitte ergebenst, nehmen Sie was von diesem Heilmittel zu sich!«

»Bei Gott, ich kann nicht . . . Ich habe schon . . .«, stammelte Iwan Fjodorowitsch.

»Das will ich nicht gehört haben, werter Herr!« sagte der Gutsbesitzer mit erhobener Stimme. »Das will ich nicht gehört haben! Ich gehe nicht eher hier fort, bis Sie getrunken haben . . .«

Als Iwan Fjodorowitsch sah, daß er das Anerbieten nicht abschlagen konnte, trank er das Glas nicht ohne Vergnügen aus.

»Das ist ein Hühnchen, werter Herr«, fuhr der dicke Grigori Grigorjewitsch fort, wobei er es in einem Holzkästchen mit einem Messer zerlegte. »Sie müssen wissen, daß meine Köchin Jawdocha manchmal gern einen hebt, und deshalb werden die Hühnchen oft zu braun. – He, Bursche!« wandte er sich an den Jungen in dem Kosakenrock, der gerade ein Federbett und mehrere Kissen hereinbrachte. »Mach das Bett mitten im Zimmer auf dem Fußboden zurecht! Paß ja auf, daß du auch recht viel Heu unter die Kissen tust! Und reiß der Alten etwas Flachs aus der Flachsdocke, damit ich mir zur Nacht die Ohren zustopfen kann! – Sie müssen wissen, werter Herr, daß ich die Angewohnheit habe, mir zur Nacht die Ohren zuzustopfen, und zwar seit dem verfluchten Tag, an dem mir in einer großrussischen

Schenke eine Küchenschabe in das linke Ohr gekrochen ist. Die verfluchten Großrussen essen, wie ich später erfahren habe, sogar die Kohlsuppe mit Schaben. Es ist unmöglich zu beschreiben, was in mir vorging: In dem Ohr hat es gekitzelt, so wahnsinnig gekitzelt – es war, um die Wände hochzusteigen. Erst eine einfache Alte aus unserer Gegend hat mir geholfen. Und raten Sie mal, womit? Einfach mit Besprechen. Was halten Sie von den Ärzten, werter Herr? Ich denke, daß sie uns einfach zum Narren halten und über den Löffel balbieren. Manch eine Alte weiß zwanzigmal mehr als all diese Ärzte.«

»Wahrhaftig, Sie belieben die reine Wahrheit zu sagen. Manchmal ist es wirklich so, daß ...«

Hier stockte Iwan Fjodorowitsch, als suche er nach einem passenden Wort. Ich möchte hier auch noch erwähnen, daß er sich im allgemeinen nicht durch besonderen Wortreichtum auszeichnete. Vielleicht war seine Schüchternheit daran schuld, vielleicht aber auch der Wunsch, sich möglichst schön auszudrücken.

»Schüttele das Heu ja ordentlich auf!« sagte Grigori Grigorjewitsch zu seinem Lakai. »Hier ist das Heu scheußlich; eh man es sich versieht, ist ein Ästchen dazwischen. Gestatten Sie, werter Herr, daß ich Ihnen eine gute Nacht wünsche! Morgen früh sehen wir uns nicht mehr; ich fahre noch vor Sonnenaufgang fort. Der Jude wird seinen Sabbat feiern, weil morgen Sonnabend ist, und deshalb brauchen Sie ja nicht früh aufzustehen. Vergessen Sie aber meine Bitte nicht: Ich will nichts mehr von Ihnen wissen, wenn Sie mich nicht auf meinem Gut Chortystsche besuchen.«

Darauf zog der Kammerdiener Grigori Grigorjewitsch den Rock und die Stiefel aus, half ihm in seinen Schlafrock hinein, und Grigori Grigorjewitsch wälzte sich auf sein Nachtlager, was aussah, als lege sich ein Federbett auf ein anderes. »He, Bursche! Wo willst du denn hin, du Schurke? Komm her und zieh mir die Bettdecke ordentlich zurecht, du Schurke! So ist es gut, nur noch hier ein wenig! Uff!« Grigori Grigorjewitsch seufzte noch zwei-, dreimal tief auf und ließ seiner Nase in regelmäßigen Abständen einen schrecklichen Pfeifton entweichen, der das ganze Zimmer erfüllte, wobei er hin und wieder so laut schnarchte, daß die Alte, die auf der Ofenbank schlummerte, aufwachte, eilig nach allen Seiten Ausschau hielt, sich jedoch wieder beruhigte, als sie nichts fand, und von neuem einschlief.

Als Iwan Fjodorowitsch am nächsten Tag aufwachte, war der dicke Gutsbesitzer schon nicht mehr da. Das war der einzige bemerkenswerte Vorfall während seiner Heimreise. Drei Tage später näherte er sich schon seinem Gut. Er fühlte, daß sein Herz stark zu klopfen begann, als die Windmühle, ihre Flügel drehend, vor ihm auftauchte und als sich in dem Maße, wie der Jude seine Schindmähre den Berg hochtrieb, unten eine Reihe von Weiden zeigte. Lebendig und hell schimmerte durch sie der Teich hindurch, dem eine herrliche Frische entströmte. Hier hatte er früher immer gebadet. In diesem Teich war er zusammen mit anderen Kindern bis zum Hals im Wasser umhergewatet und hatte nach Krebsen gesucht. Der Wagen fuhr den Damm hinauf, und Iwan Fjodorowitsch erblickte das alte Häuschen mit dem Schilfdach und die Apfel- und Kirschbäume, in denen er früher heimlich herumgeklettert war. Kaum war er auf den Hof gefahren, da rannten von allen Seiten Hunde jeder Art herbei: schwarze, rotbraune, graue und scheckige. Manche stürzten sich mit Gebell den Pferden vor die Beine, andere liefen hinter dem Wagen her, denn sie hatten gemerkt, daß die Achse mit Fett geschmiert war, einer stand neben der Küche, hatte die Pfote auf einen Knochen gelegt und heulte, so laut er konnte, wieder ein anderer bellte von fern und lief dabei schwanzwedelnd hin und her, als wollte er sagen: Schaut doch einmal her, ihr Christenmenschen, was für ein prächtiger junger Mann ich bin! Kleine Jungen in beschmutzten Hemden kamen angelaufen, um sich alles anzusehen. Ein Schwein, das sich mit sechzehn Ferkeln würdevoll über den Hof bewegte, hob mit einem prüfenden Gesichtsausdruck seinen Rüssel hoch und grunzte lauter als gewöhnlich. Auf dem Hof waren viele Leinwandtücher ausgebreitet, auf denen Weizen, Hirse und Gerste in der Sonne trockneten. Auf dem Dach lagen auch eine Menge

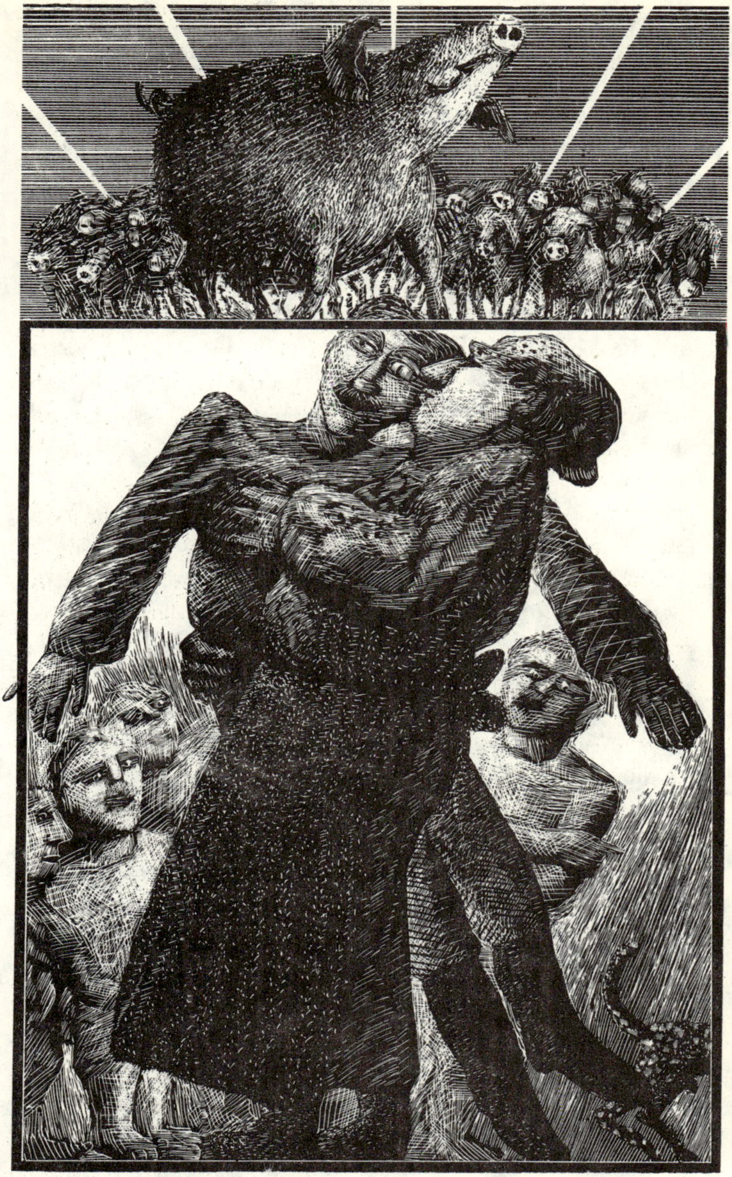

der verschiedensten Kräuter zum Trocknen – Wegwarte, Habichtskraut und andere. Iwan Fodorowitsch war so damit beschäftigt, all dies zu betrachten, daß er erst wieder zu sich kam, als der scheckige Hund den vom Bock kletternden Juden in die Ferse biß. Das Gesinde, das zusammengelaufen war und aus der Köchin, einer Frau und zwei Mädchen in wollenen Hemden bestand, erklärte nach den ersten Ausrufen: »Das ist doch der junge Herr!«, daß die Tante zusammen mit der Magd Palaschka und dem Kutscher Omelko, der oft das Amt eines Gärtners und Wächters versah, im Garten Weizen aussäte. Doch die Tante, die schon von fern den mit Bastmatten bedeckten Wagen erblickt hatte, war bereits da. Und Iwan Fjodorowitsch wunderte sich, als sie ihn bei der Umarmung fast hochhob, und wollte kaum glauben, daß das dieselbe Tante war, die ihm geschrieben hatte, daß sie schon alt und schwach sei.

3

Die Tante

Die Tante Wassilissa Kaschporowna war zu dieser Zeit ungefähr fünfzig Jahre alt. Verheiratet war sie nie gewesen, und sie pflegte gewöhnlich zu sagen, daß ihr das jungfräuliche Leben über alles in der Welt gehe. Übrigens hatte – soweit ich mich erinnere – niemals jemand um sie gefreit. Der Grund dafür war, daß alle Männer in ihrer Gegenwart eine gewisse Schüchternheit empfanden und einfach nicht den Mut aufbrachten, ihr ihre Gefühle zu erklären. »Wassilissa Kaschporowna hat sehr viel Charakter!« sagten die Freier immer wieder, und sie hatten völlig recht, denn Wassilissa Kaschporowna verstand es, jeden, wer immer es auch war, ganz klein werden zu lassen. Aus dem versoffenen Müller, der einfach zu nichts mehr taugte, hatte sie es verstanden, ohne jede fremde Hilfe, nur indem sie ihn mit ihrer männlichen Hand jeden Tag an den Haaren zog, einen ordentlichen Menschen, ja eine Goldgrube zu machen. Ihr Wuchs ging ins Riesenhafte, und ihre Körperfülle und ihre Kraft entsprachen diesem Wuchs in jeder Hinsicht. Die Natur schien einen unverzeihlichen Fehler begangen zu haben, als sie sie dazu bestimmte, alltags ein dunkelbraunes Hauskleid mit kleinen Rüschen zu tragen und am Ostersonntag und an ihrem Geburtstag einen roten Kaschmirschal, wo doch am besten ein Dragonerschnurrbart und lange Schaftstiefel zu ihr gepaßt hätten. Dafür entsprach ihre Tätigkeit aber völlig ihrem Äußeren: Sie fuhr selbst in einem Fischerkahn und ruderte besser als jeder Fischer, sie ging auf die Jagd, sie paßte streng auf die Schnitter auf, sie hatte die Zahl der Honig- und Wassermelonen auf den Feldern genau im Kopf, sie nahm fünf Kopeken Zoll für jede Fuhre, die über ihren Damm fuhr, sie kletterte auf die Obstbäume und schüttelte die Birnen hinunter, sie prügelte die faulen Untertanen mit ihrer schrecklichen Hand und reichte denen, die es verdient hatten, mit der gleichen schrecklichen Hand ein Gläschen Schnaps. Fast zur gleichen Zeit konnte sie schimpfen, Garn färben, in die Küche laufen, Kwaß machen und Honigkonfitüre kochen; sie war den ganzen Tag auf den Beinen und versäumte nie etwas. Die Folge davon war, daß das kleine Gut von Iwan Fjodorowitsch, das nach der letzten Revision achtzehn Seelen zählte, im wahrsten Sinne des Wortes aufblühte. Außerdem liebte sie ihren Neffen sehr und hob sorgfältig jede Kopeke für ihn auf. Nach seiner Ankunft änderte sich das Leben Iwan Fjodorowitschs in entscheidender Weise und verlief von nun an in ganz anderen Bahnen. Die Natur schien ihn geradezu dazu geschaffen zu haben, ein Gut mit achtzehn Seelen zu verwalten. Sogar die Tante sagte, aus ihm würde einmal ein guter Landwirt werden, obwohl sie ihm noch nicht gestattete, sich in alle Fragen der Wirtschaft einzumischen. »Er ist doch noch ein kleines Kind!« sagte sie gewöhnlich, obwohl Iwan Fjodorowitsch fast vierzig Jahre alt war. »Woher soll er denn schon alles wissen!« Trotzdem wich er auf dem Feld den Schnittern und Mähern nicht von der Seite, was seiner sanften Seele ein unbeschreibliches Vergnügen bereitete. Ein Dutzend oder noch mehr blitzender Sensen sausen einmütig durch die Luft, das Gras legt sich rauschend in geraden Reihen auf den Boden, manchmal stimmen die

Schnitterinnen ein Lied an – bald ein fröhliches, als wolle man Gäste empfangen, bald ein trauriges, als wolle man von jemandem Abschied nehmen –, ein ruhiger, klarer Abend senkt sich herab; was für ein herrlicher Abend! Wie rein und frisch ist die Luft! Alles scheint sich zu beleben: Die Steppe färbt sich erst rot, dann blau und brennt schließlich in allen Farben; die Wachteln, Trappen, Möwen, Grillen und Tausende von Insekten scheinen zu erwachen – sie pfeifen, summen, krächzen und schreien und bilden plötzlich einen genau aufeinander abgestimmten Chor; nicht einen Augenblick ist es still. Langsam geht die Sonne unter. Ah! Wie frisch es ist und wie schön! Auf dem Feld werden hier und da Feuer angezündet, Kessel darauf gestellt, und rund um die Kessel lassen sich die schnurrbärtigen Schnitter nieder. Von den Klößen steigt Dampf auf. Die Abendröte verblaßt ... Es ist schwer zu sagen, was dann im Innern Iwan Fjodorowitschs vor sich ging. Er vergaß, wenn er sich zu den Schnittern gesellte, von ihren Klößen zu kosten, die er so gern aß, stand unbeweglich an ein und derselben Stelle und verfolgte mit den Augen eine in der Weite des Abendhimmels verschwindende Möwe oder zählte die frisch gemähten Garbenreihen, die das Feld überzogen.

Schon nach kurzer Zeit hörte man überall von Iwan Fjodorowitsch sagen, er wäre ein außerordentlich guter Landwirt. Die Tante konnte sich gar nicht genug über ihren Neffen freuen und ließ sich niemals eine Gelegenheit entgehen, mit ihm zu prahlen. Eines Tages – es war schon nach der Mahd und Ende Juli – nahm Wassilissa Kaschporowna Iwan Fjodorowitsch mit geheimnisvoller Miene bei der Hand und sagte, daß sie jetzt mit ihm über die Sache sprechen wolle, die sie schon seit langem beschäftige.

»Dir ist ja bekannt, lieber Iwan Fjodorowitsch«, begann sie, »daß dein Gut achtzehn Seelen zählt, übrigens nur der letzten Revision zufolge, vielleicht zählt es auch mehr, vielleicht sogar vierundzwanzig. Doch nicht darum handelt es sich. Du kennst doch das Wäldchen, das hinter unserem Feld mit dem Entwässerungsgraben liegt, und du kennst sicherlich auch die breite

Wiese hinter diesem Wäldchen – sie ist fast zwanzig Deßjatinen groß und hat so viel Gras, daß man dafür jährlich mehr als hundert Rubel erhalten könnte, besonders wenn, wie es heißt, wieder ein Reiterregiment nach Gadjatsch kommt.«

»Natürlich kenne ich sie, Tante, das Gras dort ist sehr gut.«

»Ich weiß selbst, daß das Gras dort sehr gut ist, doch weißt du auch, daß dieses ganze Land eigentlich dir gehören müßte? Was guckst du mich so dumm an? Hör zu, Iwan Fjodorowitsch! Erinnerst du dich noch an Stepan Kusmitsch? Was sage ich denn da – erinnern! Du warst ja damals noch so klein, daß du nicht einmal seinen Namen aussprechen konntest. Wie solltest du dich erinnern! Ich weiß noch, wie ich vor Weihnachten kurz vor den Fasten zu euch kam und dich auf den Arm nahm – du hättest mir damals beinahe das ganze Kleid verdorben; zum Glück konnte ich dich noch rechtzeitig der Kinderfrau Matrjona übergeben. So böse warst du damals! Doch nicht darum handelt es sich. Das ganze Land hinter unserem Gut und auch das Dorf Chortystsche gehörte Stepan Kusmitsch. Du mußt wissen, daß er, als du noch nicht auf der Welt warst, immer deine Mutter besuchte, allerdings nur dann, wenn dein Vater nicht zu Hause war. Ich mache ihr das übrigens nicht zum Vorwurf. Gott sei ihrer Seele gnädig, wenngleich die Selige mir auch immer unrecht tat. Doch nicht darum handelt es sich. Wie dem auch sei, Stepan Kusmitsch ließ eine Schenkungsurkunde schreiben, in der er dir den Besitz vermachte, von dem ich dir erzählt habe. Doch deine selige Mutter hatte, unter uns gesagt, einen höchst seltsamen Charakter. Selbst der Teufel – Gott verzeihe mir dieses schlimme Wort! – hätte sie schwerlich verstanden. Wohin sie diese Urkunde getan hat, das weiß Gott allein. Ich denke einfach, daß sie sich in den Händen dieses alten Junggesellen Grigori Grigorjewitsch Stortschenko befindet. Diesem dickbäuchigen Spitzbuben fiel der ganze Besitz zu. Ich wette um Gott weiß was, daß er die Schenkungsurkunde unterschlagen hat.«

»Gestatten Sie mir die Frage, Tante – ist das vielleicht derselbe Stortschenko, den ich im Gasthaus kennengelernt habe?«

Iwan Fjodorowitsch erzählte von seiner Begegnung.

»Weiß der Himmel!« antwortete die Tante, nachdem sie ein Weilchen nachgedacht hatte. »Vielleicht ist er auch gar kein Schurke. Er ist ja erst vor einem halben Jahr hierhergezogen, und in solch einer kurzen Zeit lernt man einen Menschen nicht kennen. Von der Alten, das heißt von seiner Mutter, habe ich gehört, daß sie eine sehr kluge Frau ist – sie soll sich meisterhaft aufs Gurkeneinsalzen verstehen. Ihre Mägde können auch ausgezeichnet Teppiche weben. Doch da er dich, wie du sagst, gut empfangen hat, fahre doch einfach zu ihm! Vielleicht regt sich das Gewissen des alten Sünders, und er gibt her, was ihm nicht gehört. Ich glaube, du kannst sogar mit der Kutsche fahren, nur haben die verfluchten Kinder hinten alle Nägel herausgezogen. Ich muß dem Kutscher Omelko sagen, daß er überall das Leder besser annageln soll.«

»Warum denn, Tante? Ich nehme den kleinen Wagen, mit dem Sie manchmal auf die Jagd fahren.«

Damit war das Gespräch beendet.

4

Das Mittagessen

Zur Mittagszeit kam Iwan Fjodorowitsch im Dorfe Chortystsche an, und der Mut sank ihm ein wenig, als er sich dem Herrenhaus näherte. Das Haus war sehr lang und nicht mit Schilf gedeckt wie bei den meisten Gutsherren der Nachbarschaft, sondern besaß ein Holzdach. Die zwei Speicher im Hof hatten ebenfalls ein Holzdach, und das Tor war aus Eichenholz. Iwan Fjodorowitsch ähnelte einem jungen Stutzer, der eben auf einen Ball gekommen ist und überall, wohin er auch sieht, Menschen erblickt, die schönere Kleider tragen als er. Aus Ehrfurcht hielt er den Wagen neben einem Speicher an und ging zu Fuß zur Freitreppe.

»Ah! Iwan Fjodorowitsch!« schrie der dicke Grigori Grigorjewitsch, der gerade in einem Rock, doch ohne Krawatte, ohne Weste und ohne Hosenträger auf dem Hof umherwandelte. Doch auch diese Aufmachung schien der ausladenden Fülle seines Körpers noch zur Last zu fallen, denn der Schweiß floß ihm in Strömen vom Gesicht. »Sie haben doch gesagt, daß Sie gleich zu mir kommen, sobald Sie Ihre Tante begrüßt haben, und nun kommen Sie erst jetzt!« Nach diesen Worten fühlte Iwan Fjodorowitsch auf seinen Lippen die schon bekannten weichen Kissen.

»Ich hatte meist in der Wirtschaft zu tun ... Ich bin auf einen Augenblick zu Ihnen gekommen, um wegen einer bestimmten Angelegenheit ...«

»Auf einen Augenblick? Das gibt es gar nicht! He, Bursche!« schrie der dicke Hausherr, und der schon bekannte Junge im Kosakenrock kam aus der Küche gelaufen. »Sag Kassjan, er soll sofort das Tor zumachen, hörst du, er soll es so fest wie möglich zumachen! Und die Pferde dieses Herrn soll er augenblicklich ausspannen! Kommen Sie doch bitte ins Zimmer, hier ist es so heiß, daß mein Hemd ganz naß ist.«

Als Iwan Fjodorowitsch im Zimmer stand, faßte er den Beschluß, nicht unnütz Zeit zu verlieren und trotz seiner Schüchternheit entschieden vorzugehen.

»Meine Tante hatte die Ehre ... Meine Tante sagte mir, daß die Schenkungsurkunde des seligen Stepan Kusmitsch ...«

Es läßt sich schwer beschreiben, was für einen unangenehmen Ausdruck das breite Gesicht Grigori Grigorjewitschs bei diesen Worten annahm.

»Bei Gott, ich verstehe kein Wort!« sagte er. »Sie müssen wissen, daß in meinem linken Ohr eine Küchenschabe gesessen hat. Diese verfluchten Großrussen haben überall in ihren Häusern Schaben gezüchtet. Keine Feder kann beschreiben, was ich für Qualen ausgehalten habe. Wie das gekitzelt hat, wie das gekitzelt hat! Mir hat dann eine Alte auf ganz einfache Weise geholfen ...«

»Ich wollte sagen ...«, wagte ihn Iwan Fjodorowitsch zu unterbrechen, als er sah, daß Grigori Grigorjewitsch absichtlich das Gespräch auf ein anderes Thema bringen wollte, »ich wollte sagen, daß im Testament des seligen Stepan Kusmitsch eine

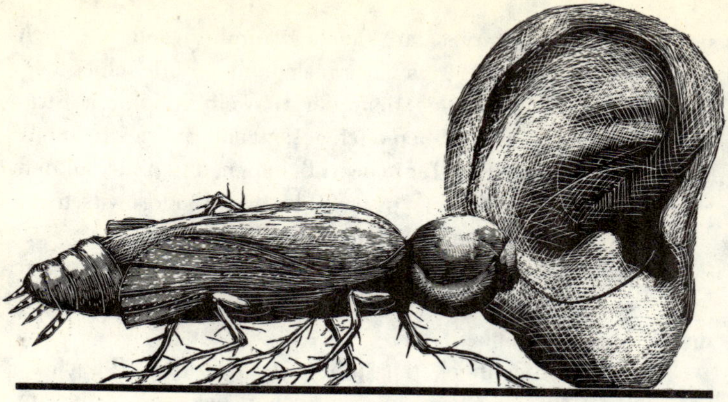

Schenkungsurkunde erwähnt wird ... Laut dieser Urkunde steht mir zu ...«

»Ich weiß, was Ihnen Ihre Tante da erzählt hat. Das ist eine Lüge, bei Gott, das ist eine Lüge! Der Onkel hat nie eine Schenkungsurkunde verfaßt. Es wird im Testament allerdings eine Urkunde erwähnt, das stimmt – aber wo ist sie denn? Niemand hat sie vorgelegt. Ich sage Ihnen dies alles, weil ich Ihnen von ganzem Herzen wohlwill. Bei Gott, das ist eine Lüge!«

Iwan Fjodorowitsch entgegnete nichts, denn ihm war der Gedanke gekommen, daß sich seine Tante vielleicht in der Tat dies alles nur eingebildet haben könnte.

»Da kommt ja auch die Mutter mit den Schwestern!« sagte Grigori Grigorjewitsch. »Folglich ist das Mittagessen fertig. Kommen Sie!«

Mit diesen Worten nahm er Iwan Fjodorowitsch bei der Hand und zog ihn in ein Zimmer, in dem auf einem Tisch Schnaps und Vorspeisen standen. In diesem Augenblick trat eine alte Frau ein; sie war klein und sah aus wie eine Kaffeekanne mit einer Haube darauf. Neben ihr gingen zwei Fräulein – ein blondes und ein schwarzhaariges. Als wohlerzogener Kavalier küßte Iwan Fjodorowitsch zuerst der Alten die Hand und dann auch den beiden Fräulein.

»Das ist unser Nachbar Iwan Fjodorowitsch Schponka, Mütterchen!« sagte Grigori Grigorjewitsch.

Die Alte blickte Iwan Fjodorowitsch durchdringend an, oder vielleicht sah es auch nur so aus, als ob sie das täte. Sie war übrigens die Güte in Person. Ihr ganzes Wesen schien Iwan Fjodorowitsch fragen zu wollen: Wieviel Gurken salzen Sie für den Winter ein?

»Haben Sie schon Schnaps getrunken?« fragte die Alte.

»Sie haben bestimmt nicht richtig ausgeschlafen, Mütterchen«, sagte Grigori Grigorjewitsch. »Wer wird denn einen Gast fragen, ob er getrunken hat? Sie haben nur anzubieten, ob wir aber getrunken haben oder nicht, das ist unsere Sache. Iwan Fjodorowitsch! Nehmen Sie etwas von dem Tausendgüldenkrautschnaps oder von dem Kornbranntwein hier – welchen ziehen Sie vor? Iwan Iwanowitsch, was stehst du denn herum?« fragte Grigori Grigorjewitsch, wobei er sich umwandte.

Iwan Fjodorowitsch sah, wie Iwan Iwanowitsch zu den Schnäpsen ging. Er trug einen langschößigen Rock mit einem riesigen Stehkragen, der den ganzen Nacken bedeckte, so daß der Kopf in dem Kragen wie in einer Kutsche zu ruhen schien. Iwan Iwanowitsch trat an die Schnäpse heran, rieb sich die Hände, betrachtete aufmerksam ein Glas, schenkte sich ein, hielt das Glas gegen das Licht, goß sich den ganzen Schnaps auf einmal in den Mund, schluckte ihn aber nicht hinunter, sondern spülte sich zuvor gründlich den Mund damit aus. Er aß etwas Brot und gesalzene Eierschwämme und wandte sich dann an Iwan Fjodorowitsch.

»Habe ich vielleicht die Ehre, mit Herrn Iwan Fjodorowitsch Schponka zu sprechen?«

»Ja, die haben Sie«, antwortete Iwan Fjodorowitsch.

»Sie geruhten sich außerordentlich zu verändern seit der Zeit, da ich Sie kenne. Aber ja!« fuhr Iwan Iwanowitsch fort. »Ich erinnere mich noch an Sie, als Sie so klein waren!« (Bei diesen Worten hielt er die Hand einen Arschin über den Boden.) »Ihr seliger Herr Vater, Gott schenke ihm das Himmelreich, war ein Mensch, wie man ihn selten findet. Die Wasser- und Honigmelonen waren bei ihm stets so groß, wie man sie jetzt gar nicht mehr sieht. Zum Beispiel hier«, fuhr er fort und führte seinen Gesprächspartner zur Seite, »hier werden jetzt bei Tisch auch Honigmelonen gereicht. Doch was sind das schon für Honigmelonen? Nicht einmal ansehen möchte man sie! Sie können mir glauben, lieber Herr, seine Wassermelonen« (er breitete mit geheimnisvoller Miene die Arme aus, als wolle er einen dicken Baum umfangen), »seine Wassermelonen waren so groß, bei Gott, so groß!«

»Kommen Sie zu Tisch!« sagte Grigori Grigorjewitsch und faßte Iwan Fjodorowitsch beim Arm.

Alle begaben sich in das Speisezimmer. Grigori Grigorjewitsch setzte sich auf seinen gewohnten Platz am Tischende und band sich eine riesige Serviette um, so daß er den Helden ähnelte, die auf den Aushängeschildern der Barbiere abgebildet sind. Iwan Fjodorowitsch setzte sich errötend auf den ihm zugewiesenen Platz, den beiden Fräulein gegenüber, und Iwan Iwanowitsch versäumte nicht, sich neben ihm niederzulassen, denn er war herzlich froh darüber, daß er jemanden hatte, dem er seine Erkenntnisse mitteilen konnte.

»Sie hätten sich nicht den Bürzel nehmen sollen, Iwan Fjodorowitsch! Das ist doch ein Puter!« sagte die Alte zu Iwan Fjodorowitsch, dem in diesem Augenblick ein bäuerlicher Diener in grauem Frack mit einem schwarzen Flicken darauf eine Schüssel reichte. »Nehmen Sie den Rücken!«

»Mütterchen! Niemand hat Sie gebeten, sich einzumischen!« rief Grigori Grigorjewitsch. »Sie können mir glauben, der Gast weiß selber, was er nehmen will! – Iwan Fjodorowitsch, nehmen Sie ein Flügelchen, das andere da, zusammen mit dem Magen! Was nehmen Sie sich denn so wenig? Nehmen Sie ein Beinchen! – Was stehst du denn so dumm mit deiner Schüssel herum? Bitte ihn! Knie nieder, du Schurke! Sage sofort: ›Iwan Fjodorowitsch, nehmen Sie ein Beinchen!‹ «

»Iwan Fjodorowitsch, nehmen Sie ein Beinchen!« brüllte der niederkniende Diener mit der Schüssel.

»Hm, was sind das nur für Puter!« sagte Iwan Iwanowitsch halblaut und mit verächtlicher Miene, wobei er sich an seinen Nachbarn wandte. »Sehen richtige Puter etwa so aus? Sie sollten einmal meine Puter zu Gesicht bekommen! Sie können mir glauben, ein Puter hat bei mir mehr Fett als ein Dutzend von denen hier. Ob Sie es glauben oder nicht, mein Herr, sie sind so fett, daß allein schon ihr Anblick widerlich ist, wenn sie über meinen Hof stolzieren!«

»Iwan Iwanowitsch, du lügst!« sagte Grigori Grigorjewitsch, der seine Worte gehört hatte.

»Ich sage Ihnen«, fuhr Iwan Iwanowitsch, an seinen Nachbarn gewandt, fort, wobei er so tat, als habe er die Worte Grigori Grigorjewitschs nicht vernommen, »voriges Jahr, als ich sie nach Gadjatsch brachte, hat man mir fünfzig Kopeken für das Stück geboten. Und selbst dafür wollte ich sie noch nicht hergeben.«

»Iwan Iwanowitsch, ich sage dir, du lügst!« rief Grigori Grigorjewitsch lauter als zuvor, wobei er der Deutlichkeit halber die Worte skandierte.

Doch Iwan Iwanowitsch tat so, als bezöge sich das überhaupt nicht auf ihn, und sprach weiter, wenn auch mit viel leiserer Stimme: »Ja, mein Herr, selbst dafür wollte ich Sie noch nicht hergeben. Kein einziger Gutsbesitzer in Gadjatsch . . .«

»Iwan Iwanowitsch! Du bist nur dumm und weiter nichts«, sagte Grigori Grigorjewitsch laut. »Iwan Fjodorowitsch weiß das doch alles viel besser als du und wird dir bestimmt nicht glauben.«

Nun war Iwan Iwanowitsch zutiefst beleidigt; er verstummte und gab sich ganz dem Puter hin, wenn dieser auch nicht so fett war wie jene, deren Anblick widerlich ist.

Das Klappern von Messern, Löffeln und Tellern löste vorübergehend die Unterhaltung ab; am lautesten von allem war jedoch zu hören, wie Grigori Grigorjewitsch das Mark aus einem Hammelknochen sog.

»Haben Sie schon das Buch ›Die Reise Korobejnikows in das Heilige Land‹* gelesen?« fragte Iwan Iwanowitsch nach

* Sehr populäre, in vielen Handschriften verbreitete Aufzeichnungen des Moskauer Kaufmanns Trifon Korobejnikow über seine Reisen nach Konstantinopel und Athen (1582) sowie nach Konstantinopel und Palästina (1593–1594).

kurzem Schweigen Iwan Fjodorowitsch, wobei er den Kopf aus seiner Kutsche hervorstreckte. »Ein wahrer Genuß für Leib und Seele! Jetzt werden solche Bücher nicht mehr gedruckt. Es ist sehr schade, daß ich nicht nachgesehen habe, aus welchem Jahr es stammt.«

Als Iwan Fjodorowitsch hörte, daß es um ein Buch ging, begann er sich eifrig Soße auf den Teller zu löffeln.

»Es ist wirklich erstaunlich, mein Herr, wenn man sich vorstellt, daß ein einfacher Bürger an all diesen Orten gewesen ist. Mehr als dreitausend Werst, mein Herr! Mehr als dreitausend Werst! Wahrlich, der Herr selbst hat ihn für würdig befunden, in Palästina und Jerusalem zu weilen!«

»Sie sagen da«, meinte Iwan Fjodorowitsch, der schon viel von seinem Burschen über Jerusalem gehört hatte, »daß er auch in Jerusalem war?«

»Wovon reden Sie, Iwan Fjodorowitsch?« ließ sich Grigori Grigorjewitsch vom Tischende her vernehmen.

»Ich hatte gewissermaßen Gelegenheit zu bemerken, daß es auf der Welt viele ferne Länder gibt!« sagte Iwan Fjodorowitsch und war herzlich froh darüber, daß es ihm gelungen war, solch einen langen und schwierigen Satz auszusprechen.

»Glauben Sie ihm nicht, Iwan Fjodorowitsch!« sagte Grigori Grigorjewitsch, der nicht ordentlich zugehört hatte. »Alles, was er sagt, ist Lüge!«

Unterdessen wurde die Tafel aufgehoben. Grigori Grigorjewitsch zog sich in sein Zimmer zurück, um seiner Gewohnheit nach ein Mittagsschläfchen zu machen, und die Gäste folgten der alten Hausherrin und den Fräulein in den Salon, wo derselbe Tisch, auf dem sie vor dem Mittagessen den Schnaps zurückgelassen hatten, wie durch Zauberei von Schüsselchen mit den verschiedensten Kompotten und von Schalen mit Wassermelonen, Kirschen und Honigmelonen bedeckt war. Daß Grigori Grigorjewitsch nicht mehr anwesend war, war in allem zu spüren. Die Hausherrin wurde gesprächiger und plauderte, ohne dazu aufgefordert worden zu sein, eine Menge Geheimnisse aus, die bei der Herstellung von Marmelade und beim

Dörren von Birnen eine große Rolle spielen. Sogar die Fräulein begannen zu reden, doch die Blonde, die sechs Jahre jünger als ihre Schwester und dem Aussehen nach fünfundzwanzig Jahre alt zu sein schien, war die schweigsamere von beiden. Am allermeisten aber sprach und betätigte sich Iwan Iwanowitsch; er hatte nun die Gewißheit, daß ihn niemand stören und aus dem Konzept bringen würde. Er sprach über Gurken und über das Kartoffellegen und darüber, was es in früheren Zeiten doch für kluge Leute gegeben habe und daß die jetzigen mit ihnen überhaupt nicht zu vergleichen seien, und auch davon, daß alles sich immerwährend vervollkommne und noch die wunderlichsten Erfindungen zu erwarten seien. Kurz, er gehörte zu jenen Leuten, die es lieben, sich mit dem allergrößten Vergnügen einer genußspendenden Unterhaltung zu widmen, und die über alles sprechen, worüber man nur sprechen kann. Wenn das Gespräch wichtige oder fromme Themen berührte, seufzte Iwan Iwanowitsch nach jedem Wort auf und nickte leicht mit dem Kopf, wenn es aber Fragen der Wirtschaft streifte, dann streckte er den Kopf aus seiner Kutsche heraus und zog Gesichter, von denen man förmlich ablesen konnte, wie Birnenkwaß gemacht werden mußte, wie groß die Melonen waren, von denen er gerade sprach, und wie fett die Gänse, die bei ihm über den Hof liefen. Schließlich gelang es Iwan Fjodorowitsch unter großen

Schwierigkeiten — es war schon gegen Abend —, sich zu verabschieden. Und obwohl er leicht zu überreden war und man ihn mit Gewalt dazu bringen wollte, über Nacht dazubleiben, beharrte er auf seiner Absicht und fuhr ab.

5

Der neue Plan der Tante

»Nun, wie steht's? Hast du dem alten Spitzbuben die Urkunde entlockt?«

Mit dieser Frage wurde Iwan Fjodorowitsch von der Tante empfangen, die schon voller Ungeduld mehrere Stunden auf der Freitreppe gewartet hatte und schließlich der Versuchung, vor das Tor zu laufen, nicht mehr hatte widerstehen können.

»Nein, Tante!« sagte Iwan Fjodorowitsch und kletterte von dem Wägelchen. »Grigori Grigorjewitsch besitzt keine Urkunde.«

»Und du hast es ihm geglaubt? Er lügt, der Verfluchte! Irgendwann einmal werde ich ihn zu fassen kriegen, und dann prügele ich ihn mit meinen eigenen Händen durch. Oh, ich werde ihm das Fett schon durchwalken! Wir wollen aber erst mit unserem Gerichtsschreiber reden — vielleicht kann man ihn auf gerichtlichem Wege dazu bringen ... Doch nicht darum handelt es sich jetzt. Nun, war das Essen gut?«

»Ja, sehr gut, außerordentlich gut, Tante.«

»Was für Gerichte hat es denn gegeben, erzähle! Ich weiß, die Alte versteht etwas von der Küche.«

»Quarkpasteten mit Rahm, liebe Tante, Soße mit gefüllten Tauben ...«

»Und hat es auch Puter mit Pflaumen gegeben?« fragte die Tante, die dieses Gericht selbst meisterhaft zuzubereiten verstand.

»Ja, Puter hat es auch gegeben! ... Die Schwestern Grigori Grigorjewitschs sind sehr hübsch, besonders die Blonde!«

»Ah!« sagte die Tante und sah Iwan Fjodorowitsch durchdringend an.

Iwan Fjodorowitsch errötete und senkte den Blick. Ein neuer Gedanke schoß der Tante durch den Kopf.

»Nun und?« fragte sie lebhaft und voller Neugier. »Was hat sie denn für Augenbrauen?«

Es sei hier darauf hingewiesen, daß für die Tante die Schönheit einer Frau in erster Linie von den Brauen abhing.

»Ihre Brauen, liebe Tante, sind genauso, wie Ihre Brauen nach Ihren Erzählungen in Ihrer Jugend gewesen sein müssen. Und im Gesicht hat sie überall kleine Sommersprossen.«

»Ah!« sagte die Tante, denn sie war mit der Bemerkung Iwan Fjodorowitschs sehr zufrieden, obwohl er nicht einmal daran gedacht hatte, ihr ein Kompliment zu machen. »Was hatte sie denn für ein Kleid an? Obwohl es jetzt natürlich schwer ist, solch einen haltbaren Stoff zu finden wie zum Beispiel den, aus dem mein Hauskleid hier gemacht ist. Doch nicht darum handelt es sich. Nun, und hast du dich mit ihr über irgend etwas unterhalten?«

»Wie meinen Sie das? Ich, ich soll mich mit ihr unterhalten haben, Tante? Sie glauben womöglich schon ...«

»Nun und? Was ist denn Schlimmes dabei? Es ist eben Gottes Wille! Vielleicht will es nun einmal die Vorsehung, daß ihr ein Pärchen werdet.«

»Ich begreife nicht, liebe Tante, wie Sie so etwas sagen können. Das beweist mir, daß Sie mich überhaupt nicht kennen ...«

»So sei doch nicht gleich beleidigt!« sagte die Tante. Er ist noch ein kleines Kind! dachte sie bei sich. Er weiß noch nichts! Man muß sie zusammenbringen, sie müssen sich näher kennenlernen! Danach ging die Tante weg, um einen Blick in die Küche zu werfen, und ließ Iwan Fjodorowitsch allein zurück. Doch seit dieser Zeit dachte sie nur darüber nach, wie sie es anstellen könnte, ihren Neffen so schnell wie möglich zu verheiraten und so bald wie möglich kleine Enkel in ihren Armen zu wiegen. In Gedanken traf sie nur noch Vorbereitungen für die Hochzeit,

und es war deutlich zu merken, daß sie sich in allen Dingen noch viel mehr Mühe gab als früher, obwohl alles eher schlechter als besser ging. Oft geschah es, daß sie beim Kuchenbacken, das sie ja nie der Köchin überließ, mit ihren Gedanken ganz woanders weilte, sich einbildete, neben ihr stünde ein kleiner Enkel und bettelte um einen Kuchen, und ihm dann zerstreut das beste Stück hinreichte, worauf der Hofhund die Gelegenheit nutzte, den leckeren Bissen schnappte und durch sein lautes Schmatzen die Tante aus ihren Träumen riß, wofür er jedesmal mit dem Feuerhaken geschlagen wurde. Sogar ihre Lieblingsbeschäftigung, die Jagd, hatte sie aufgegeben – besonders, seitdem sie statt eines Rebhuhns eine Krähe geschossen hatte, was ihr früher niemals passiert war.

Vier Tage später erblickten schließlich alle die Kutsche, die aus dem Schuppen in den Hof gerollt worden war. Der Kutscher Omelko, der auch das Amt eines Gärtners und eines Wächters versah, hämmerte schon seit dem frühen Morgen und nagelte das Leder fest, wobei er ununterbrochen die Hunde verjagen mußte, die an den Rädern leckten. Ich halte es für meine Pflicht, den Lesern mitzuteilen, daß dies dieselbe Kutsche war, in der schon Adam fuhr. Wenn jemand eine andere Kutsche für die Adams ausgeben sollte, so wäre das eine grobe Lüge, und die Kutsche wäre nicht echt. Es ist völlig unklar, wie sie sich seinerzeit vor der Sintflut retten konnte. Man muß annehmen, daß es auf der Arche Noah einen besonderen Schuppen für sie gegeben hat. Es ist sehr schade, daß ich den Lesern ihr Äußeres nicht lebendig genug beschreiben kann. Es genügt aber zu sagen, daß Wassilissa Kaschporowna mit ihrer Bauart sehr zufrieden war und immer ihr Bedauern darüber äußerte, daß die alten Equipagen aus der Mode gekommen seien. Die etwas schiefe Lage der Kutsche – die rechte Seite war bei ihr bedeutend höher als die linke – gefiel ihr außerordentlich, denn so konnte, wie sie sagte, von der einen Seite jemand Kleines und von der anderen Seite jemand Großes einsteigen. Im Innern der Kutsche hatten übrigens fünf kleinere Menschen und drei vom Wuchs der Tante Platz. Um die Mittagszeit war Omelko mit seinen Reparaturarbeiten an der Kutsche fertig, führte drei Pferde aus dem Stall, die nicht sehr viel jünger als das Gefährt waren, und begann, sie an Stricken vor die großartige Equipage zu spannen. Iwan Fjodorowitsch und die Tante stiegen – er von der einen Seite und sie von der anderen – in die Kutsche und fuhren los. Als die Bauern, denen sie unterwegs begegneten, diese herrliche Equipage sahen (die Tante fuhr nur selten in ihr aus), blieben sie ehrfürchtig stehen, zogen ihre Mützen und verbeugten sich fast bis zur Erde. Nach ungefähr zwei Stunden hielt das Gefährt vor der Freitreppe – ich glaube, ich brauche nicht erst zu sagen: vor der Freitreppe Stortschenkos. Grigori Grigorjewitsch war nicht zu Hause. Die Alte kam zusammen mit den Schwestern in den Salon, um die Gäste zu begrüßen. Die Tante trat majestätischen Schrittes näher, schob sehr gewandt einen Fuß vor und sagte laut: »Ich freue mich sehr, gnädige Frau, daß ich die Gelegenheit habe, Ihnen persönlich meine Ehrerbietung darzubringen. Zugleich mit meiner Hochachtung möchte ich Ihnen auch Dank sagen für Ihre Gastfreundschaft meinem Neffen Iwan Fjodorowitsch gegenüber, der diese außerordentlich lobte. Sie haben einen herrlichen Buchweizen, gnädige Frau! Ich habe ihn gesehen, als wir uns dem Dorf näherten. Gestatten Sie die Frage – wieviel Garbenreihen ernten Sie von einer Deßjatine?«

Auf diese Worte folgte ein allgemeines Umarmen. Als man sich aber endlich im Salon gesetzt hatte, begann die alte Hausherrin wie folgt: »Über den Buchweizen kann ich Euch nichts sagen: Damit befaßt sich Grigori Grigorjewitsch. Ich gebe mich schon lange nicht mehr damit ab; ich könnte es auch gar nicht mehr, ich bin schon zu alt dazu! Ich erinnere mich noch, in den alten Zeiten, da ging einem der Buchweizen bis zum Gürtel, aber jetzt taugt er weiß Gott überhaupt nichts mehr. Obwohl es immer heißt, daß alles laufend besser wird.«

Die Alte seufzte tief auf. Und ein fremder Beobachter hätte in diesem Seufzer das Aufseufzen des altehrwürdigen achtzehnten Jahrhunderts vernommen.

»Ich habe gehört, gnädige Frau, daß Ihre Mägde ausgezeichnet Teppiche weben können«, sagte Wassilissa Kaschporowna.

Damit hatte sie die empfindlichste Stelle der Alten berührt. Sie schien bei diesen Worten aufzuleben; die Worte flossen ihr nur so von den Lippen, als sie erzählte, wie das Gewebe gefärbt und der Faden dafür vorbereitet werden müsse. Von den Teppichen kam das Gespräch schnell auf das Einlegen der Gurken und das Dörren der Birnen. Kurz, es war noch keine Stunde vergangen, da unterhielten sich die beiden Damen bereits so miteinander, als wären sie uralte Bekannte. Wassilissa Kaschporowna sprach mit ihr über viele Dinge sogar so leise, daß Iwan Fjodorowitsch nichts verstehen konnte.

»Wollen Sie es sich nicht selbst einmal ansehen?« fragte die alte Hausherrin und erhob sich.

Nach ihr standen auch die Fräulein und Wassilissa Kaschporowna auf, und alle gingen zu der Mägdestube. Die Tante gab indessen Iwan Fjodorowitsch ein Zeichen, zurückzubleiben, und flüsterte dann der Alten etwas zu.

»Maschenka!« sagte die Alte und wandte sich dabei an das blonde Fräulein. »Bleib hier bei unserem Gast und unterhalte ihn, damit er sich nicht langweilt!«

Das blonde Fräulein blieb zurück und setzte sich auf den Diwan. Iwan Fjodorowitsch saß auf seinem Stuhl wie auf Nadeln; er wurde ganz rot und senkte den Blick, doch das Fräulein schien dies überhaupt nicht zu bemerken. Sie saß gleichmütig auf dem Diwan und betrachtete aufmerksam die Fenster und Wände oder verfolgte mit den Augen die Katze, die ängstlich von einem Stuhl zum anderen huschte.

Iwan Fjodorowitsch faßte etwas Mut und wollte eigentlich ein Gespräch beginnen, doch er schien auf der Herfahrt alle seine Worte verloren zu haben. Kein einziger Gedanke kam ihm in den Kopf.

Das Schweigen dauerte schon über eine Viertelstunde. Das Fräulein saß noch immer da, ohne sich zu rühren.

Schließlich nahm Iwan Fjodorowitsch all seinen Mut zusammen. »Im Sommer gibt es sehr viele Fliegen, gnädiges Fräulein!« sagte er mit leicht zitternder Stimme.

»Ja, außerordentlich viele!« antwortete das Fräulein. »Der Bruder hat extra dafür eine Patsche aus Mamas altem Pantoffel gemacht, doch es gibt immer noch sehr viele.«

Das Gespräch stockte wieder. Iwan Fjodorowitsch wußte einfach nicht, was er sagen sollte.

Schließlich kehrte die Hausherrin mit der Tante und dem schwarzhaarigen Fräulein zurück. Wassilissa Kaschporowna unterhielt sich noch ein wenig und verabschiedete sich dann von der Alten und den beiden Fräulein, trotz aller Bitten, über Nacht dazubleiben. Die Alte und die Fräulein traten auf die Freitreppe, um die Gäste zu begleiten, und verbeugten sich noch lange vor der Tante und ihrem Neffen, die aus ihrer Kutsche hinausblickten.

»Nun, wie steht es, Iwan Fjodorowitsch? Worüber habt ihr denn zu zweit gesprochen?« fragte die Tante unterwegs.

»Marja Grigorjewna ist ein sehr bescheidenes und sittsames Mädchen!« sagte Iwan Fjodorowitsch.

»Hör zu, Iwan Fjodorowitsch! Ich will einmal ernsthaft mit dir reden. Du bist jetzt mit Gottes Hilfe achtunddreißig Jahre alt geworden und hast einen angesehenen Rang. Es wird Zeit, nun auch an Kinder zu denken! Du brauchst unbedingt eine Frau ...«

»Wie denn, Tante«, rief Iwan Fjodorowitsch schreckerfüllt,

»wie denn, eine Frau? Nein, liebe Tante, seien Sie so gut ... Sie lassen mich ja rot werden vor Scham ... Ich bin doch noch nie verheiratet gewesen ... Ich weiß einfach nicht, was ich mit einer Frau anfangen soll!«

»Du wirst es erfahren, Iwan Fjodorowitsch, du wirst es erfahren!« sagte die Tante lächelnd und dachte bei sich: Mein Gott! Er ist ja noch ein kleines Kind, er weiß nichts! »Ja, Iwan Fjodorowitsch«, fuhr sie laut fort, »eine bessere Frau als Marja Grigorjewna wirst du nirgends finden. Außerdem hat sie dir sehr gefallen. Ich habe schon die ganze Zeit mit der Alten darüber gesprochen – sie würde sich sehr freuen, dich zum Schwiegersohn zu bekommen. Es ist allerdings noch nicht klar, was dieser alte Sünder Grigorjewitsch dazu sagt. Doch wir kümmern uns nicht um ihn, und wenn er es wagen sollte, die Mitgift zurückzubehalten, dann werden wir ihm mit dem Gericht kommen ...« Zu diesem Zeitpunkt näherte sich die Kutsche dem Hof, und die alten Mähren wurden etwas lebhafter, da sie den nahen Stall witterten. »Hör zu, Omelko! Laß die Pferde erst eine Weile verschnaufen, führe sie nicht gleich zur Tränke, wenn du sie ausgespannt hast! Es sind hitzige Pferde. – Nun, Iwan Fjodorowitsch«, fuhr die Tante fort und kletterte aus der Kutsche, »ich rate dir, überlege dir alles gut. Ich muß noch in die Küche, ich habe der Solocha vergessen zu sagen, daß sie das Abendessen vorbereiten soll, und die dumme Trine hat sicher nicht von allein daran gedacht.«

Doch Iwan Fjodorowitsch stand da wie vom Donner gerührt. Marja Grigorjewna war ja wirklich ein sehr hübsches Fräulein – aber heiraten! Das kam ihm so seltsam vor, daß er nicht ohne Schrecken daran denken konnte. Zusammen mit einer Frau sollte er leben! Unbegreiflich! Er würde nicht mehr allein in seinem Zimmer sein, sondern immer und überall mit einer Frau zusammen! Schweiß trat auf seine Stirn, je mehr er sich in diese Überlegungen vertiefte.

Früher als sonst legte er sich zu Bett, doch trotz aller Bemühungen konnte er nicht einschlafen. Schließlich übermannte ihn der ersehnte Schlaf, dieser Tröster aller Menschen. Doch was

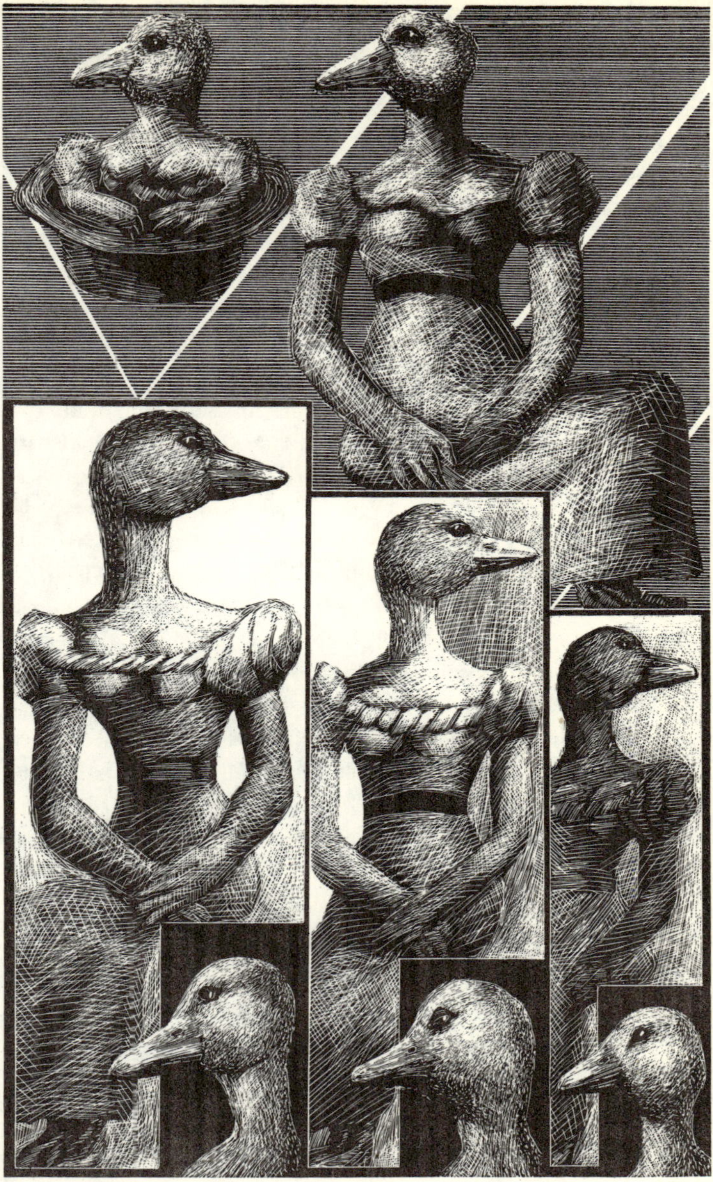

war das für ein Schlaf! Unzusammenhängendere Träume hatte er noch nie gehabt. Bald träumte er, daß alles um ihn herum rauscht und sich dreht. Er aber läuft und läuft und spürt seine Beine nicht mehr ... Die Kräfte verlassen ihn ... Doch plötzlich packt ihn jemand beim Ohr. »Au! Wer ist denn das?« – »Ich bin es, deine Frau!« sagt laut eine Stimme. Und plötzlich wachte er auf. Bald wieder kam es ihm so vor, als sei er schon verheiratet. Alles in seinem Haus ist so seltsam, so komisch: In seinem Zimmer steht statt seines einfachen Bettes ein Doppelbett. Auf dem Stuhl sitzt eine Frau. Ihm ist so seltsam zumute, er weiß nicht, wie er sich ihr nähern soll, worüber er mit ihr sprechen könnte, und plötzlich merkt er, daß sie einen Gänsekopf hat. Unbeabsichtigt dreht er sich zur Seite und sieht eine zweite Frau, und auch sie hat einen Gänsekopf. Er blickt nach der anderen Seite – eine dritte Frau steht da. Er wendet sich um, und auch dort ist eine Frau. Er bekommt es mit der Angst zu tun. Er läuft in den Garten, doch im Garten ist es heiß. Er nimmt den Hut ab, und da sieht er auch im Hut eine Frau sitzen. Schweiß tritt ihm auf die Stirn. Er fährt mit der Hand in die Hosentasche, um das Taschentuch hervorzuholen, doch auch in der Tasche sitzt eine Frau. Er zieht die Watte aus seinem Ohr – und auch dort sitzt eine Frau ... Plötzlich hüpft er auf einem Bein, und die Tante sieht ihm dabei zu und sagt mit wichtiger Miene: »Ja, jetzt mußt du hüpfen, denn jetzt bist du schon ein verheirateter Mann.« Er geht zu ihr hin, doch die Tante ist keine Tante mehr, sondern ein Glockenturm. Und er fühlt, wie ihn jemand mit einem Strick auf den Turm zieht. »Wer zieht mich denn da hoch?« fragt Iwan Fjodorowitsch kläglich. »Ich bin es, deine Frau, ich ziehe dich hoch, weil du eine Glocke bist.« – »Nein, ich bin keine Glocke, ich bin Iwan Fjodorowitsch!« schreit er. »Doch, du bist eine Glocke«, sagt der Oberst des P-er Infanterieregiments, der gerade vorübergeht. Bald wieder träumt er, daß seine Frau überhaupt kein Mensch sei, sondern ein Wollstoff. Er ist in Mogiljow und kommt zu einem Kaufmann in den Laden. »Was für einen Stoff wünschen Sie?« fragt der Kaufmann. »Nehmen Sie doch Ehefrau, das ist jetzt der modischste Stoff! Sehr haltbar! Daraus läßt sich jetzt alle Welt Röcke machen.« Der Kaufmann mißt die Ehefrau und schneidet sie ab. Iwan Fjodorowitsch nimmt sie unter den Arm und geht zu dem jüdischen Schneider. »Nein«, sagt der Jude, »das ist ein schlechter Stoff! Daraus läßt sich doch jetzt niemand mehr einen Rock machen ...« Voller Angst und Entsetzen wachte Iwan Fjodorowitsch auf. Kalter Schweiß floß ihm in Strömen vom Leib.

Sowie er am nächsten Morgen aufgestanden war, sah er im Wahrsagebuch nach, an dessen Ende ein wohltätiger Buchhändler aus seltener Güte und Uneigennützigkeit einen gekürzten Traumdeuter veröffentlicht hatte. Doch dort war einfach nichts zu finden, was solch einem zusammenhanglosen Traum auch nur im entferntesten geähnelt hätte.

Unterdessen aber reifte im Kopf der Tante ein völlig neuer Plan heran, von dem Sie im nächsten Kapitel hören werden.

Geschichte des Streitfalls Iwan Iwanowitsch gegen Iwan Nikiforowitsch

1

Iwan Iwanowitsch und Iwan Nikiforowitsch

Wunderschön – die Pekesche von Iwan Iwanowitsch! Ganz vortrefflich! Und mit was für Lammfellen sie besetzt ist! Teufel auch, was das für Lammfelle sind! Blaugraue mit weißen Einsprengseln! Ich gehe jede Wette ein, daß Sie bei niemand anderem solche finden werden! Schauen Sie sich das um Himmels willen an – besonders, wenn er mit jemandem spricht –, schauen Sie sich's von der Seite an: Einfach zum Fressen! Samt, Silber, Feuer und Flamme – unbeschreiblich! Herrgott im Himmel! Wundertäter Nikolaus, du Diener Gottes! Warum besitze ich keine solche Pekesche? Er hat sie sich schon damals machen lassen, als Agafija Fedossejewna nach Kiew fuhr. Kennen Sie Agafija Fedossejewna? Ja, dieselbe, die dem Gerichtsbeisitzer das Ohr abgebissen hat!

Iwan Iwanowitsch ist ein vortrefflicher Mensch! Was für ein Haus er in Mirgorod sein eigen nennt! Es ist ganz und gar von einem Wetterdach auf eichenen Stützen umgeben, und unter dem Wetterdach stehen überall Bänke. Wenn es allzu heiß wird, wirft Iwan Iwanowitsch sowohl die Pekesche als auch das Unterzeug ab, ruht im bloßen Hemd unter dem Wetterdach und beobachtet, was sich auf dem Hof und auf der Straße tut. Was für Apfel- und Birnbäume unmittelbar vor seinen Fenstern stehen! Man braucht nur ein Fenster zu öffnen, und sogleich dringen die Zweige ins Zimmer ein. So sieht es vor dem Hause aus; und nun schauen Sie sich an, was er im Garten hat! Was es da nicht alles gibt! Pflaumen, Kirschen und Weichselkirschen, allerlei Gemüse und Küchengewächse, Sonnenblumen und Zuckermelonen, Gurken und Hülsenfrüchte, ja selbst eine Tenne und eine Schmiede.

Ein vortrefflicher Mensch, dieser Iwan Iwanowitsch! Er hat außerordentlich viel für Zuckermelonen übrig. Sie sind sein Lieblingsessen. Sobald er zu Mittag gespeist hat und im bloßen Hemd unter das Wetterdach tritt, läßt er sich von Gapka zwei Zuckermelonen bringen. Er schneidet sie selber auf, legt die Kerne auf ein besonderes Papierchen und macht sich ans Essen. Später befiehlt er Gapka, ihm das Tintenfaß zu bringen, und versieht das Papierchen mit den Kernen eigenhändig mit der Aufschrift: »Diese Zuckermelone wurde am soundsovielten verzehrt.« Und wenn ein Gast zugegen gewesen ist, setzt er hinzu: »Unter Beteiligung von Soundso.«

Der verstorbene Mirgoroder Richter konnte sich an Iwan Iwanowitschs Haus nicht satt sehen. Und es ist auch wirklich keineswegs übel. Mir gefällt, daß an allen Seiten größere oder kleinere Außenflure angebracht sind, und wenn man von ferne darauf blickt, sieht man lauter übereinandergestülpte Dächer, was stark an einen Teller mit aufeinandergeschichteten Fladen und noch mehr an Schwämme erinnert, die an einem Baumstamm wuchern. Die Dächer sind übrigens alle mit Schilf gedeckt; eine Weide, eine Eiche und zwei Apfelbäume stützen sich mit ihren breiten Zweigen auf sie. Zwischen den Bäumen flimmern kleine Fenster mit geweißten, geschnitzten Läden und lugen hier und da sogar auf die Straße hinaus.

Ein ganz vortrefflicher Mensch, dieser Iwan Iwanowitsch! Selbst der Polizeikommissar von Poltawa ist mit ihm bekannt! Jedesmal, wenn Dorosch Tarassowitsch Puchiwotschka aus Chorol zurückkehrt, schaut er bei ihm hinein. Und der Protopope Vater Pjotr, so sich in Koliberda niedergelassen hat, pflegt, sobald ein halbes Dutzend Gäste bei ihm versammelt ist, zu sagen, daß er niemanden kennt, der seiner Christenpflicht so nachkommt und so zu leben versteht wie Iwan Iwanowitsch.

Mein Gott, wie die Zeit verrinnt! Er war schon damals seit über zehn Jahren Witwer. Kinder hatte er nicht. Gapka hat welche, und sie laufen häufig im Hof umher. Iwan Iwanowitsch gibt jedem von ihnen mal eine Brezel, mal ein Stück Zuckermelone oder eine Birne. Gapka verwahrt die Schlüssel zu den Kammern und Kellern; den Schlüssel von der großen Truhe aber, die in seinem Schlafzimmer steht, und den von der mittleren Kammer hat er immer bei sich, und er läßt auch nicht gern jemand in ihre Nähe. Gapka ist ein dralles Frauenzimmer mit frischen Wangen und Waden und trägt stets einen Umschlagerock aus handgewalkter Wolle.

Und wie gottesfürchtig Iwan Iwanowitsch ist! Jeden Sonntag zieht er die Pekesche an und geht in die Kirche. Iwan Iwanowitsch tritt ein, verneigt sich nach allen Seiten, begibt sich dann gewöhnlich auf die Empore und sekundiert den Kirchensängern sehr schön im Baß. Wenn der Gottesdienst beendet ist, unterläßt er es nie, die Runde bei den Bettlern zu machen. Auf eine so langweilige Angelegenheit würde er sich vielleicht gar nicht einlassen, drängte ihn nicht die angeborene Herzensgüte dazu.

»Guten Tag, Ärmste!« sagte er gewöhnlich, wenn er das am ärgsten verkrüppelte Weib, in einem zerlumpten, aus lauter Flicken zusammengenähten Kleid, herausgefunden hatte. »Wo bist du her, Bemittleidenswerte?«

»Ich komme aus einem Vorwerk, guter Herr; ich habe den dritten Tag nichts mehr gegessen und getrunken. Die eigenen Kinder haben mich davongejagt.«

»Und warum, du arme Seele, kommst du gerade hierher?«

»Nun, um ein Almosen zu erbetteln – ob mir nicht jemand wenigstens Geld für ein Stück Brot gibt, guter Herr!«

»Hm! Du möchtest also Brot?« pflegte Iwan Iwanowitsch zu fragen.

»Wie sollte ich nicht! Ich bin hungrig wie ein Wolf.«

»Hm!« entgegnete meist Iwan Iwanowitsch. »Dann möchtest du vielleicht auch Fleisch?«

»Was Euer Gnaden auch immer gibt – ich bin mit allem zufrieden.«

»Hm. Ist Fleisch denn besser als Brot?«

»Was fragt der Hungrige danach! Alles, was Sie mir geben, ist gut.«

Hier streckte die Alte gewöhnlich die Hand aus.

»Nun, nun, dann geh, und hilf dir Gott!« sagte in solchem Falle Iwan Iwanowitsch. »Was stehst du denn noch herum? Habe ich dir was getan?« Und er wandte sich mit denselben Fragen an einen zweiten und dritten Bettler und kehrte schließlich nach Hause zurück, oder er schaute, um ein Gläschen Wodka zu trinken, bei seinem Nachbarn Iwan Nikiforowitsch, beim Richter oder beim Stadthauptmann herein.

Iwan Iwanowitsch hat es sehr gern, wenn ihm jemand ein kleines Geschenk macht oder ihn bewirtet. Das berührt ihn sehr angenehm.

Ein sehr guter Mensch ist auch Iwan Nikiforowitsch. Sein Hof liegt neben dem Hof Iwan Iwanowitschs. Sie sind so gute Freunde, wie die Welt noch keine gesehen. Anton Prokofjewitsch Pupopus, der bis auf den heutigen Tag in einem braunen Gehrock mit himmelblauen Ärmeln herumläuft und sonntags beim Richter zu essen pflegt, meint, der Teufel selbst habe Iwan Nikiforowitsch und Iwan Iwanowitsch mit einer Strippe aneinandergebunden. Wo der eine hingeht, trottet auch der andere hin.

Iwan Nikiforowitsch ist nie verheiratet gewesen. Man erzählt sich zwar, er sei es gewesen, doch das ist eine glatte Lüge. Ich kenne Iwan Nikiforowitsch sehr gut und kann nur sagen, daß er sich nie auch nur mit Heiratsabsichten getragen hat. Wo all dieses Geklatsch nur herrührt! So verbreitete sich unter anderem auch das Gerücht, Iwan Nikiforowitsch sei hinten mit einem Schwanz zur Welt gekommen. Doch diese Erfindung ist so unsinnig und gleichzeitig so unanständig und gemein, daß ich sie gar nicht erst zu widerlegen brauche, denn mein Leser ist ohne Zweifel aufgeklärt genug, um zu wissen, daß nur Hexen, und auch die recht selten, hinten mit einem Schwanz versehen sind;

im übrigen gehören Hexen eher dem weiblichen als dem männlichen Geschlecht an.

Trotz der großen Freundschaft, die die beiden verband, stimmten sie nicht in allem überein. Am besten erkennt man ihre Charaktere aus dem Vergleich. Iwan Iwanowitsch hat die ungewöhnliche Gabe, außerordentlich angenehm sprechen zu können. Herrgott im Himmel, wie er spricht! Das läßt sich nur mit dem vergleichen, was man empfindet, wenn einem jemand den Kopf nach Ungeziefer absucht oder vorsichtig mit dem Finger über die Fußsohle streicht. Man hört eine Weile zu und läßt den Kopf sinken. Angenehm! Außerordentlich angenehm! Wie der Schlaf nach dem Bade. Iwan Nikiforowitsch dagegen ist eher schweigsam; flicht er aber gelegentlich ein Wörtchen ein, dann halt dich fest – zieht schärfer durch als jedes Rasiermesser. Iwan Iwanowitsch ist mager und von hohem Wuchs; Iwan Nikiforowitsch ist um einiges kleiner, geht dafür aber mehr in die Breite. Iwan Iwanowitschs Kopf erinnert an einen Rettich mit dem spitzen Ende nach unten, Iwan Nikiforowitschs Kopf an einen Rettich mit dem spitzen Ende nach oben. Iwan Iwanowitsch ruht, und zwar im bloßen Hemd, nur nach dem Mittagessen unter dem Wetterdach; gegen Abend zieht er seine Pekesche an und macht sich irgendwohin auf – entweder zur städtischen Niederlage, die er mit Mehl beliefert, oder auf die Felder, um Wachteln zu fangen. Iwan Nikiforowitsch liegt den ganzen Tag auf der Veranda – ist es nicht allzu heiß, dann läßt er sich gewöhnlich den Rücken von der Sonne bescheinen –, aus dem Hause gehen mag er nicht. Manchmal, wenn er gerade Lust dazu hat, schlendert er morgens über den Hof und besichtigt die Wirtschaft; aber dann begibt er sich rasch wieder zur Ruhe. Früher sah er gelegentlich bei Iwan Iwanowitsch herein. Iwan Iwanowitsch ist ein außerordentlich feinfühliger Mensch, der in einem vernünftigen Gespräch nie ein ungehöriges Wort gebrauchen würde und sogleich gekränkt ist, wenn er ein solches hört. Iwan Nikiforowitsch dagegen rutscht da gelegentlich aus. In solchem Falle steht Iwan Iwanowitsch gewöhnlich auf und sagt: »Genug, genug, Iwan Nikiforowitsch! Gehen wir lie-

ber rasch in die Sonne, statt solche gottlosen Reden zu führen.« Iwan Iwanowitsch wird äußerst ärgerlich, wenn er eine Fliege in seiner Beetensuppe findet; er ist dann außer sich, fegt den Teller vom Tisch und läßt es auch den Hausherrn büßen. Iwan Nikiforowitsch ist ein ausgesprochener Badenarr. Wenn er, bis an den Hals im Wasser, in seinem Bottich sitzt, läßt er sich einen Tisch mit einem Samowar hineinstellen; den Tee in solcher Kühle zu trinken, hat er besonders gern. Iwan Iwanowitsch rasiert sich zweimal in der Woche, Iwan Nikiforowitsch nur einmal. Iwan Iwanowitsch ist äußerst neugierig. Wehe, wenn man ihm etwas zu erzählen anfängt und nicht vollendet! Ist er mit etwas unzufrieden, dann läßt er es auch gleich merken. Nach Iwan Nikiforowitschs Äußerem kann man ungemein schwer beurteilen, ob er zufrieden ist oder sich ärgert; selbst wenn er sich über etwas freut, zeigt er es nicht. Iwan Iwanowitsch ist ein wenig furchtsam. Iwan Nikiforowitschs Pluderhosen dagegen haben so weite Falten, daß, bliese man sie auf, der ganze Hof nebst Speichern und sonstigen Nebengebäuden darin Platz fände. Iwan Iwanowitschs Augen sind tabakfarben, groß und ausdrucksvoll, und sein Mund erinnert an den Buchstaben Ypsilon. Iwan Nikiforowitschs Augen sind gelblich und klein und verschwinden fast völlig zwischen den dichten Augenbrauen und den vollen Wangen; seine Nase hat das Aussehen einer reifen Pflaume. Wenn Iwan Iwanowitsch Ihnen von seinem Tabak anbieten will, fährt er zuerst mit der Zunge über den Deckel der Tabakdose, tippt dann mit dem Finger darauf, hält sie Ihnen hin und sagt, wenn Sie mit ihm bekannt sind: »Darf ich Sie bitten, sich zu bedienen, mein Herr?« Kennt er Sie aber nicht, dann sagt er: »Darf ich, ohne Ihren Rang, Ihren Vor- und Vatersnamen zu kennen, bitten, sich zu bedienen, mein Herr?« Iwan Nikiforowitsch dagegen drückt Ihnen sein Schnupftabakhorn in die Hand und sagt weiter nichts als: »Bedienen Sie sich!« Sowohl Iwan Iwanowitsch als auch Iwan Nikiforowitsch haben einen starken Widerwillen gegen Flöhe; aus diesem Grunde werden weder Iwan Iwanowitsch noch Iwan Nikiforowitsch je einen jüdischen Händler an sich vorbeiziehen lassen, ohne ihm verschiedene Gläschen mit Elixieren gegen diese Insekten abzukaufen, wobei sie ihn aber vorher seines Glaubensbekenntnisses wegen tüchtig herunterputzen.

Im übrigen sind sowohl Iwan Iwanowitsch als auch Iwan Nikiforowitsch – trotz einiger Verschiedenheit – vortreffliche Menschen.

2

Aus diesem Kapitel kann man erfahren, wonach Iwan Iwanowitsch gelüstete, worum sich das Gespräch zwischen ihm und Iwan Nikiforowitsch drehte und womit es endete

Eines Morgens, im Juli, lag Iwan Iwanowitsch unter dem Wetterdach. Es war ein heißer Tag; die Luft war trocken und schillerte vor Sonnenglast. Iwan Iwanowitsch hatte sich schon draußen vor der Stadt bei den Mähern und auf dem Vorwerk umgetan, hatte alle Bauern und Bäuerinnen, die ihm begegneten, ausgefragt, woher sie kämen, wohin sie gingen und warum, war bei dem vielen Laufen schrecklich ermüdet und hatte sich niedergelegt, um auszuruhen. So lag er denn da, betrachtete lange die Vorratskammern, die Scheunen, den Hof und die Hühner, die auf dem Hof herumliefen, und sagte sich: Herrgott im Himmel, was bin ich doch für ein Hausherr! Was habe ich nicht? Ich habe Geflügel, Speicher, allerlei sonstige Gebäude, echten selbstdestillierten Wodka, kurz, alles, was das Herz begehrt. Im Garten Birnen und Pflaumen; im Gemüsegarten Mohn, Kohl, Erbsen ... Gibt es etwas, was ich noch nicht habe? Ich möchte wissen, was es ist.

Nachdem sich Iwan Iwanowitsch diese tiefsinnige Frage gestellt hatte, versank er in Nachdenken; doch seine Augen wandten sich inzwischen neuen Gegenständen zu, übersprangen den Zaun zu Iwan Nikiforowitschs Hof und blieben unwillkürlich an einem fesselnden Schauspiel haften. Ein dürres Frauenzimmer trug, eins nach dem anderen, lange nicht mehr benutzte Kleidungsstücke herbei und hängte sie zum Auslüften über eine Leine. Bald streckte ein alter Uniformrock die Ärmel mit den abgetragenen Aufschlägen aus und umarmte eine Brokatjacke; dahinter lugte ein Adelsrock mit Wappenknöpfen und einem von Motten zerfressenen Kragen hervor; dann kamen fleckige halbwollene weiße Hosen zum Vorschein, die Iwan Nikiforowitsch einst über die Beine hingen und in die heute allenfalls seine Finger paßten. Es folgten Hosen, die aussahen wie der Buchstabe A, und ein blauer Kosakenhalbrock, den sich Iwan Nikiforowitsch vor etwa zwanzig Jahren hatte machen lassen, als er sich darauf vorbereitete, zur Miliz zu gehen, und auch schon einen Schnurrbart trug. Eins kam zum anderen. Ein Degen gesellte sich dazu und starrte drohend in die Luft. Dann baumelten auf einmal von der Leine die Schöße eines grasgrünen Kaftans herab, mit Kupferknöpfen von der Größe eines Fünfkopekenstücks. Dahinter blinzelte eine tief ausgeschnittene Weste mit Goldposamenten hervor. Die Weste wurde bald darauf von einem alten Rock verdeckt, der der verstorbenen Großmutter gehört hatte und Taschen aufwies, die so groß waren, daß man in jeder von ihnen eine Wassermelone unterbringen konnte. Das alles vermischte sich und bildete ein für Iwan Iwanowitsch äußerst fesselndes Schauspiel, zumal die Sonnenstrahlen hier auf einen blauen oder grünen Ärmel, dort auf einen roten Aufschlag oder ein Stück Brokat fielen oder auf der Degenspitze funkelten und alles zusammen zu etwas Ungewöhnlichem machten, das an die Puppenspiele erinnerte, mit denen fahrende Schlaufüchse die Weiler bereisen. Da sitzt dann die Menge eng aneinandergedrängt und gafft den König Herodes mit seiner goldenen Krone oder Anton, der die Ziege hinter sich herführt, an; hinter der Puppenbühne winselt eine Geige; ein Zigeuner klatscht sich – in Ermangelung einer Trommel – mit den Fingern auf die Lippen, während die Sonne untergeht und sich die Kühle der südlichen Nacht unmerklich immer stärker auf die frischen Schultern und Brüste der drallen Dorfmädchen herabsenkt.

Die Alte kam bald darauf aufs neue aus einer Kammer zum Vorschein und schleppte ächzend und krächzend einen altertümlichen Sattel mit abgerissenen Steigbügeln, abgenutzten ledernen Pistolentaschen und einer Satteldecke herbei, die einstmals feuerrot gewesen war und Goldstickereien und kupferne Blechbeschläge aufwies.

Ist das ein dämliches Frauenzimmer! dachte Iwan Iwanowitsch. Die hängt womöglich auch noch Iwan Nikiforowitsch selbst zum Auslüften heraus!

Und wirklich erwiesen sich Iwan Iwanowitschs Befürchtungen als gar nicht so übertrieben. Fünf Minuten später prangten Iwan Nikiforowitschs baumwollene Pluderhosen auf der Leine und verdeckten so ziemlich den halben Hof. Danach erschien die Alte auch noch mit einer Mütze und einem Gewehr.

Was das wohl zu bedeuten hat? fragte sich Iwan Iwanowitsch. Ein Gewehr habe ich bei Iwan Nikiforowitsch noch nie gesehen. Was will er denn damit? Schießen tut er nicht, aber er hat ein Gewehr! Wozu? Ist allerdings ein hübsches Sächelchen! So etwas wollte ich mir schon lange zulegen. Dieses Gewehr möchte ich gern besitzen; wie schön könnte ich mir damit die Zeit vertreiben!

»He, du, Alte!« rief Iwan Iwanowitsch und winkte sie heran.

Die Alte trat an den Zaun.

»Was hast du da in der Hand, Großmutter?«

»Sehen Sie doch selbst – ein Gewehr.«

»Was für eins?«

»Weiß der Himmel, was für eins das ist! Wäre es meins, dann wüßte ich vielleicht, woraus es ist. Aber es gehört dem Pan.«

Iwan Iwanowitsch erhob sich, sah sich das Gewehr von allen Seiten an und vergaß, die Alte dafür zu tadeln, daß sie Gewehr und Degen zum Lüften heraushängte.

»Man muß annehmen, daß es aus Eisen ist«, fuhr die Alte fort.

»Hm! Aus Eisen! Warum eigentlich aus Eisen?« murmelte Iwan Iwanowitsch vor sich hin. »Und hat es der Pan schon lange?«

»Könnte schon sein.«

»Ein hübsches Sächelchen!« fuhr Iwan Iwanowitsch fort. »Ich werde ihn bitten, es mir zu überlassen. Was soll er damit? Oder ich tausche es gegen etwas anderes ein. Was ist, Großmutter, ist der Pan zu Hause?«

»Ja.«

»Was macht er? Ruht er?«

»Ja, er ruht.«

»Also gut, ich komme zu ihm herüber.«

Iwan Iwanowitsch zog sich an, ergriff einen knotigen Stock zum Schutz gegen die Hunde, von denen man in den Straßen Mirgorods bedeutend mehr trifft als Menschen, und verließ das Haus.

Obwohl Iwan Nikiforowitschs Hof an den Hof Iwan Iwanowitschs grenzte und man aus dem einen über den Flechtzaun in den anderen steigen konnte, wählte Iwan Iwanowitsch den Weg über die Straße. Aus dieser Straße mußte er in eine Quergasse, die so eng war, daß zwei einspännige Gefährte, die sich in ihr begegneten, nicht aneinander vorbei konnten und so lange in dieser Lage verharrten, bis man sie an den Hinterrädern faßte und in entgegengesetzter Richtung fortzog — bis zur nächsten Straßenecke. Der Fußgänger aber war, wenn er diese Gasse durchschritt, statt mit Blumen mit Kletten geschmückt, die zu beiden Seiten längs der Zäune wuchsen. An dieser Quergasse lagen auf der einen Seite Iwan Iwanowitschs Scheune, auf der anderen Iwan Nikiforowitschs Speicher, das Tor und der Taubenschlag.

Iwan Iwanowitsch trat auf das Tor zu und rasselte mit der Klinke. Innen erhob sich Hundegebell; doch das buntscheckige Rudel zog sich sogleich wieder zurück und wedelte mit den Schwänzen, als es ein wohlbekanntes Gesicht vor sich sah. Iwan Iwanowitsch überquerte den Hof, auf dem man ein ziemliches Durcheinander erblickte: indische Tauben, die von Iwan Nikiforowitsch eigenhändig gefüttert wurden, Wasser- und Zuckermelonenschalen, hier ein wenig Grün, dort ein zerbrochenes Rad, einen Faßreifen oder einen Jungen, der sich im schmutzigen Hemd auf der Erde wälzte — ein Bild, wie es die Maler lieben! Der Schatten, den die herausgehängten Kleidungsstücke warfen, bedeckte fast den ganzen Hof und verlieh ihm eine gewisse Kühle. Die Alte empfing ihn mit einer Verneigung und stand gaffend still. Den Eingang zum Haus bildete eine schmucke kleine Veranda mit einem Wetterdach auf zwei eichenen Stützen — ein wenig verläßlicher Schutz gegen die Sonne, mit der in Kleinrußland um diese Jahreszeit nicht zu spaßen ist und die den Wanderer von Kopf bis Fuß mit heißem Schweiß übergießt. Man kann ersehen, wie heftig Iwan Iwanowitschs Wunsch nach dem Erwerb des ihm so unentbehrlich erscheinenden Gegenstandes war, wenn er sich einfach entschloß, um diese Tageszeit das Haus zu verlassen, und seiner alten Gewohnheit untreu wurde, erst abends spazierenzugehen.

Das Zimmer, in das Iwan Iwanowitsch kam, war völlig verdunkelt, denn die Fensterläden waren geschlossen. Der Sonnenstrahl, der durch ein Loch eindrang, das man in einem Fensterladen ausgespart hatte, schillerte in allen Regenbogenfarben, fiel auf die gegenüberliegende Wand und zeichnete eine bunte Landschaft von schilfgedeckten Dächern, Bäumen und auf dem Hofe hängenden Kleidungsstücken darauf, nur alles auf dem Kopf und seitenverkehrt. Das Zimmer war dadurch in ein sonderbares Halblicht getaucht.

»Gott zum Gruß!« sagte Iwan Iwanowitsch.

»Ah, Iwan Iwanowitsch! Guten Tag!« entgegnete eine Stimme aus der Ecke des Zimmers. Erst da bemerkte Iwan Iwanowitsch den auf dem Fußboden ausgestreckten Iwan Nikiforowitsch – er lag auf einem Teppich, der auf dem Fußboden ausgebreitet war. »Entschuldigen Sie, wenn ich mich Ihnen präsentiere, wie mich Gott geschaffen hat.«

Iwan Nikiforowitsch hatte nicht das geringste an, nicht mal ein Hemd.

»Macht nichts. Haben Sie gut geruht, Iwan Nikiforowitsch?«

»Danke. Sie auch, Iwan Iwanowitsch?«

»Ja, ich auch.«

»Dann sind Sie wohl gerade erst aufgestanden?«

»Ich – gerade erst aufgestanden? Ich bitte Sie, Iwan Nikiforowitsch! Wie kann man so lange schlafen! Ich bin soeben vom Vorwerk zurückgekehrt. Das Getreide entlang der Straße steht wunderbar! Geradezu hervorragend! Und auch das Gras ist hoch, schön weich und dicht.«

»Gorpina«, rief Iwan Nikiforowitsch, »bring Iwan Iwanowitsch Wodka und Piroggen mit saurer Sahne!«

»Schönes Wetter heute, nicht wahr?«

»Das finde ich nicht, Iwan Iwanowitsch. Hol's der Teufel! Man weiß vor lauter Hitze nicht wohin.«

»Da haben Sie schon wieder den Teufel am Wickel! Ach, Iwan Nikiforowitsch! Sie werden noch an meine Worte denken, aber dann wird es zu spät sein – die gotteslästerlichen Redensarten wird man Ihnen im Jenseits ankreiden.«

»Aber womit hab ich Sie denn gekränkt, Iwan Iwanowitsch? Ich habe weder Ihren Vater noch Ihre Mutter angetastet. Ich bin mir nicht bewußt, womit ich Sie gekränkt habe.«

»Genug, genug, Iwan Nikiforowitsch!«

»Bei Gott, Iwan Iwanowitsch, ich habe Sie nicht kränken wollen!«

»Sonderbar, daß die Wachteln noch immer nicht auf die Lockpfeife kommen wollen.«

»Wie Sie meinen, denken Sie, was Ihnen beliebt, aber ich habe Sie nicht kränken wollen.«

»Ich weiß nicht, wieso sie nicht kommen«, sagte Iwan Iwanowitsch, als höre er Iwan Nikiforowitsch gar nicht zu. Ob es noch zu früh ist? Doch mir scheint, es ist genau die richtige Zeit.«

»Sie sagen, das Getreide steht gut?«

»Ausgezeichnet, geradezu hervorragend.«

Hier trat ein Schweigen ein.

»Wieso lassen Sie eigentlich die Kleidung hinaushängen, Iwan Nikiforowitsch?« fragte schließlich Iwan Iwanowitsch.

»Ja, das verflixte Frauenzimmer hat mir ganz wunderbare, fast neue Kleidungsstücke verkommen lassen. Die sollen jetzt auslüften; das Tuch ist fein, von bester Qualität – man braucht die Sachen nur zu wenden und kann sie wieder tragen.«

»Es gibt da eine Sache, die hat es mir angetan, Iwan Nikiforowitsch.«

»Welche?«

»Sagen Sie, wozu brauchen Sie das Gewehr, das zusammen mit den Kleidungsstücken zum Lüften hinausgeschafft worden ist?« Hier bot Iwan Iwanowitsch von seinem Schnupftabak an. »Darf ich Sie bitten, sich zu bedienen?«

»Danke, bedienen Sie sich nur! Ich schnupfe lieber von meinem!« Iwan Nikiforowitsch tastete den Fußboden neben sich ab und griff sein Schnupftabakhorn. »Ist das ein dämliches Frauenzimmer! Sie hat also auch das Gewehr hinausgehängt! Der Jude in Sorotschinzy bereitet aber einen guten Tabak. Ich weiß nicht, was er da hineintut, jedenfalls riecht der Tabak sehr gut. Erinnert ein bißchen an Frauenminze. Hier, nehmen Sie etwas Tabak in den Mund und zerkauen Sie ihn. Nicht wahr, man wird an Frauenminze erinnert? Bedienen Sie sich!«

»Sagen Sie, Iwan Nikiforowitsch – ich komme wieder auf das Gewehr zurück –, was fangen Sie damit an? Sie brauchen es doch nicht.«

»Wieso brauch ich es nicht? Und wenn ich mal ein bißchen schießen will?«

»Ich bitte Sie, Iwan Nikiforowitsch, wann werden Sie schon schießen? Allenfalls am Tage des Jüngsten Gerichts. Sie haben, soviel ich weiß und wie sich auch andere erinnern werden, noch nie auch nur eine Ente erlegt und sind von Gott dem Herrn auch gar nicht so geschaffen, daß Sie sich dazu eignen. Sie sind nach Haltung und Statur die Würde selbst. Wie sollen Sie sich da durch Sümpfe schleppen, zumal, wenn ein gewisses Kleidungsstück von Ihnen, das man schicklicherweise nicht vor jedermanns Ohren beim Namen nennt, zum Lüften hinausgehängt ist – was dann? Nein, Sie brauchen Ruhe, brauchen Erholsamkeit.« Iwan Iwanowitsch konnte, wie schon erwähnt, außerordentlich eindrucksvoll reden, wenn es ihm darauf ankam, jemanden zu überzeugen. Wie er dann sprach! Mein Gott, wie er sprach! »Zu Ihnen gehört ein bestimmtes Auftreten. Überlassen Sie das Gewehr mir!«

»Wie könnte ich das! Es ist ein teures Gewehr. Ein solches Gewehr werden Sie heute nirgends mehr auftreiben. Ich habe es schon damals, als ich zur Miliz wollte, von einem Türken gekauft. Und jetzt soll ich es mir nichts, dir nichts fortgeben? Unmöglich! Es ist mir unentbehrlich.«

»Wozu brauchen Sie es denn?«

»Was heißt – wozu? Und wenn mein Haus von Räubern überfallen wird? Und ob es mir unentbehrlich ist! So bin ich Gott sei Dank beruhigt und fürchte mich vor niemandem. Und warum? Weil ich weiß, daß bei mir in der Kammer ein Gewehr steht.«

»Schönes Gewehr! Es hat ja ein kaputtes Schloß, Iwan Nikiforowitsch!«

»Und wennschon! Man kann es reparieren lassen. Man muß es außerdem nur mit Hanföl schmieren, damit es nicht rostet.«

»Ich erkenne keinerlei freundschaftliche Zuneigung aus Ihren Worten, Iwan Nikiforowitsch. Sie wollen zum Zeichen Ihres Wohlwollens nichts für mich tun.«

»Wie können Sie sagen, daß ich Ihnen kein Wohlwollen bezeige, Iwan Iwanowitsch? Schämen Sie sich! Ihre Ochsen weiden auf meinem Steppenabschnitt, und ich habe sie kein einziges Mal bei mir einbehalten. Wenn Sie nach Poltawa fahren, bitten Sie mich immer um einen Wagen – und was geschieht? Habe ich Sie irgendwann einmal abgewiesen? Ihre Kinder klettern über den Flechtzaun in meinen Hof und spielen mit meinen Hunden – ich sage nichts; sollen sie spielen, wenn sie mir nichts anrühren! Sollen sie nur spielen!«

»Wenn Sie es mir nicht schenken wollen, könnte ich es vielleicht durch Tausch von Ihnen erwerben.«

»Was wollen Sie mir denn dafür geben?« Hier stützte Iwan Nikiforowitsch den Ellenbogen auf und sah Iwan Iwanowitsch an.

»Ich biete Ihnen mein schwarzes Mastschwein dafür. Ein Prachtexemplar von Sau. Sollte mich wundern, wenn sie nicht nächstes Jahr einen Haufen Ferkel wirft.«

»Ich verstehe nicht, wie Sie mir damit kommen können, Iwan Iwanowitsch. Was soll ich mit Ihrer Sau? Vielleicht ein Totenmahl für den Teufel feiern?«

»Schon wieder! Ohne den Teufel geht es bei Ihnen offenbar nicht! Sie versündigen sich, bei Gott, Iwan Nikiforowitsch, Sie versündigen sich!«

»Wahrhaftig, Iwan Iwanowitsch, wie kommen Sie nur darauf, mir weiß der Teufel was für das Gewehr zu bieten — eine Sau!«

»Wieso ist sie weiß der Teufel was, Iwan Nikiforowitsch?«

»So urteilen Sie doch selbst! Ein Gewehr ist immerhin ein Gewehr, etwas, was jeder kennt; und dafür weiß der Teufel was — eine Sau! Wenn nicht Sie es wären, könnte ich einen solchen Vorschlag als persönliche Kränkung auffassen.«

»Was finden Sie denn an der Sau so Kränkendes?«

»Ja, für wen halten Sie mich eigentlich? Ich soll mit einer Sau ...«

»Setzen Sie sich, setzen Sie sich! Ich komme nicht mehr darauf zurück. Behalten Sie Ihr Gewehr, soll es in Ihrer Kammerecke herumstehen und verfaulen oder verrosten. Reden wir nicht mehr darüber.«

Auf diese Worte folgte ein Schweigen.

»Man sagt«, begann Iwan Iwanowitsch nach einer Weile, »drei ausländische Könige haben unserem Zaren den Krieg erklärt.«

»Ja, davon hat mir schon Pjotr Fjodorowitsch erzählt. Was ist denn das für ein Krieg? Und worum geht es da?«

»Genau weiß es niemand zu sagen, Iwan Nikiforowitsch. Ich vermute, die Könige wollen, daß wir alle den türkischen Glauben annehmen.«

»Schau einer an!« meinte Iwan Nikiforowitsch und blickte auf.

»Ja, sehen Sie, und da hat unser Zar ihnen eben den Krieg erklärt. Nein, hat er gesagt, nehmt ihr doch unseren christlichen Glauben an!«

»Was wird denn nun, Iwan Iwanowitsch? Die Unseren werden sie doch schlagen?«

»Natürlich werden sie das! Sie wollen das Gewehr also nicht eintauschen, Iwan Nikiforowitsch?«

»Ich muß mich wundern, Iwan Iwanowitsch. Sie sind doch, wie man weiß, ein gebildeter Mensch, und reden wie ein Minderjähriger! Ich sollte ein solcher Dummkopf sein ...«

»Setzen Sie sich, setzen Sie sich! Schwamm drüber! Soll es vor die Hunde gehen; ich rede nicht mehr davon.«

In diesem Augenblick wurde der Imbiß gebracht.

Iwan Iwanowitsch trank ein Gläschen Wodka und aß ein Stück Pirogge mit saurer Sahne nach.

»Hören Sie zu, Iwan Nikiforowitsch! Ich biete Ihnen, außer der Sau, auch noch zwei Säcke Hafer. Sie haben doch keinen angebaut. Sie würden in diesem Jahr ohnehin welchen kaufen müssen.«

»Bei Gott, Iwan Iwanowitsch, mit Ihnen kann man nur reden, wenn man sich den Bauch mit Erbsen vollgeschlagen hat.« Das war noch gar nichts; Iwan Nikiforowitsch gab gelegentlich ganz andere Aussprüche zum besten. »Wo hat man je gesehen, daß jemand ein Gewehr für zwei Sack Hafer hergibt? Sie würden Ihre Pekesche ja auch nicht gerade verschenken.«

»Sie haben ganz vergessen, daß ich Ihnen zum Hafer auch noch die Sau gebe, Iwan Nikiforowitsch!«

»Zwei Sack Hafer und eine Sau für ein Gewehr?«

»Ja, ist das vielleicht zuwenig?«

»Für das Gewehr?«

»Natürlich für das Gewehr.«

»Zwei Säcke für das Gewehr?«

»Zwei Säcke, aber nicht leer, sondern mit Hafer; und die Sau haben Sie wohl vergessen?«

»Geben Sie Ihrer Sau einen Kuß, wenn's recht ist, wenn aber nicht, dann meinetwegen dem Teufel!«

»Oh, bei Ihnen braucht man nur anzuecken! Sie werden sehen – für solche gotteslästerlichen Redensarten wird man Ihnen im Jenseits die Zunge mit glühenden Nadeln spicken. Nach einer Unterhaltung mit Ihnen muß man sich ja Gesicht und Hände waschen, ja sich am ganzen Körper desinfizieren lassen.«

»Gestatten Sie, Iwan Iwanowitsch! Ein Gewehr ist etwas Vornehmes, ein fesselnder Zeitvertreib und obendrein ein angenehmer Wandschmuck . . .«

»Sie haben sich mit Ihrem Gewehr *wie eine Henne mit*

einem Windei, Iwan Nikiforowitsch«, sagte Iwan Iwanowitsch, der sich allmählich ernstlich zu ärgern begann.

»Und Sie, Iwan Iwanowitsch, sind ein richtiger Ganter.«

Hätte Iwan Nikiforowitsch nicht gerade diesen Ausdruck gebraucht, sie hätten sich ein wenig gezankt und wären wie immer als Freunde auseinandergegangen; jetzt aber geschah etwas ganz anderes. Iwan Iwanowitsch geriet in regelrechten Zorn.

»Was haben Sie da gesagt, Iwan Nikiforowitsch?« fragte er mit erhobener Stimme.

»Ich habe gesagt, daß Sie mich an einen Ganter erinnern, Iwan Iwanowitsch!«

»Sie wagen es, mein Herr, einen Menschen, sowohl den Anstand als auch die Achtung vor seinem Rang und Namen vergessend, durch einen so schimpflichen Ausdruck zu entehren?«

»Was ist daran so Schimpfliches? Was wollen Sie eigentlich? Was fuchteln Sie mit den Händen, Iwan Iwanowitsch?«

»Ich wiederhole: Wie konnten Sie es wagen, mich, gegen allen Anstand, einen Ganter zu nennen?«

»Ich pfeife auf Ihren Anstand, Iwan Iwanowitsch! Was regen Sie sich überhaupt auf?«

Iwan Iwanowitsch konnte sich nicht mehr beherrschen. Seine Lippen zitterten; sein Mund verlor jede Ähnlichkeit mit dem Buchstaben Ypsilon und erinnerte an ein »O«; seine Augen zwinkerten, daß einem angst und bange wurde. Das kam bei Iwan Iwanowitsch sehr selten vor. Da mußte er schon in äußersten Zorn geraten.

»Ich erkläre Ihnen hiermit, daß ich Sie nicht mehr zu kennen wünsche!« sagte Iwan Iwanowitsch.

»Was ich mir daraus schon mache! Ich werde weiß Gott keine Tränen darüber vergießen!« entgegnete Iwan Nikiforowitsch.

Das war gelogen; bei Gott, das war gelogen! Die ganze Geschichte war ihm denn doch sehr ärgerlich.

»Nie wieder wird mein Fuß die Schwelle Ihres Hauses betreten.«

»Hoho!« sagte Iwan Nikiforowitsch, der vor lauter Ärger

nicht wußte, was er tun sollte, und sich – entgegen seiner Gewohnheit – aufgerichtet hatte. »He, Alte! He, Bursche!« Hier erschienen die schon erwähnte dürre Alte und ein Junge in einem zu langen und viel zu weiten, ihn umschlotternden Rock in der Tür. »Ergreift Iwan Iwanowitsch und schafft ihn hinaus!«

»Wie? Mich? Einen Edelmann?« rief im Gefühl seiner Würde Iwan Iwanowitsch aufgebracht. »Wagt es nur! Kommt nur heran! Ich vernichte euch zusammen mit eurem albernen Herrn! Kein Rabe wird eine Spur von eurer einstigen Wohnstatt finden!« Iwan Iwanowitsch konnte, wenn er im Innersten erschüttert war, ungewöhnlich beredt sein.

Die ganze Gruppe ergab ein äußerst eindrucksvolles Bild. Iwan Nikiforowitsch stand in seiner ganzen, durch keinerlei Zierat beeinträchtigten Schönheit in der Mitte des Zimmers. Die Alte sperrte den Mund auf; ein völlig unsinniger Ausdruck von Furcht malte sich auf ihrem Gesicht. Iwan Iwanowitsch präsentierte sich mit erhobenem Arm, ungefähr so, wie man einen römischen Tribun darstellt. Es war ein außergewöhnlicher Augenblick! Ein überwältigendes Schauspiel! Und dennoch gab es nur einen Zuschauer – den Jungen im unermeßlich weiten Rock, der ziemlich unbeeindruckt dastand und nicht mal den Finger aus der Nase nahm.

Iwan Iwanowitsch griff schließlich nach seiner Mütze.

»Ihr Verhalten, Iwan Nikiforowitsch, ist schön, unübertrefflich schön. Das werde ich mir merken.«

»Gehen Sie, Iwan Iwanowitsch, gehen Sie! Und passen Sie auf, daß Sie mir nicht unter die Augen kommen – ich haue Ihnen die Schnauze voll!«

»Hier, Iwan Nikiforowitsch, hier haben Sie meine Antwort!« entgegnete Iwan Iwanowitsch, zeigte ihm einen Vogel und knallte die Tür hinter sich zu, die sich aber gleich wieder kreischend und knarrend öffnete.

Iwan Nikiforowitsch erschien auf der Schwelle und wollte noch etwas hinzufügen, doch Iwan Iwanowitsch verließ bereits in aller Eile den Hof und sah sich auch nicht mehr um.

3

Was sich nach dem Streit zwischen Iwan Iwanowitsch und Iwan Nikiforowitsch ereignete

Die beiden ehrenwerten Männer, die Zierde und der Stolz Mirgorods, hatten sich also entzweit. Und weshalb? Eines Unsinns, eines Ganters wegen! Sie wünschten einander nicht mehr zu sehen und brachen alle Beziehungen ab, nachdem man sie bis dahin als unzertrennliche Freunde gekannt hatte. Früher hatten Iwan Iwanowitsch und Iwan Nikiforowitsch jeden Tag zueinander geschickt, um sich nach dem Befinden des Nachbarn zu erkundigen, sich von ihren Veranden aus unterhalten und so angenehme Reden geführt, daß einem das Herz im Leibe hüpfte. Sonntags pflegten Iwan Iwanowitsch in seiner wollenen Pekesche und Iwan Nikiforowitsch in seinem gelbbraunen Nankingrock gemeinsam, fast Arm in Arm, zur Kirche zu gehen. Und wenn Iwan Iwanowitsch, der äußerst scharfe Augen hatte, als erster eine Pfütze oder eine andere Unsauberkeit auf der Straße bemerkte, wie sie in Mirgorod gelegentlich vorkommen, sagte er jedesmal zu Iwan Nikiforowitsch: »Nehmen Sie sich in acht, treten Sie nicht hierher, hier ist es unsauber.« Auch Iwan Nikiforowitsch ließ es an Zeichen der Freundschaft nicht fehlen, streckte, so weit entfernt er auch stehen mochte, immer die Hand mit dem Schnupftabakhorn zu Iwan Iwanowitsch aus und sagte: »Bedienen Sie sich!« Und was für eine ausgezeichnete Wirtschaft beide hatten! Und diese guten Freunde . . . Als ich davon hörte, war ich wie vom Donner gerührt! Ich wollte es lange nicht glauben – Herrgott im Himmel, Iwan Iwanowitsch und Iwan Nikiforowitsch haben sich verzankt? Zwei so würdige Männer! Was hat denn noch Bestand auf dieser Welt?

Als Iwan Iwanowitsch nach Hause kam, befand er sich noch immer in starker Erregung. Sonst pflegte er vor allem in den Pferdestall zu gehen, um nachzuschauen, ob die Stute auch ihr Heu fraß (Iwan Iwanowitschs Stute ist hellbraun und hat eine Blesse auf der Stirn; ein sehr hübsches Pferd); dann fütterte er eigenhändig die Puten und Ferkel, und erst danach begab er sich ins Haus, wo er entweder Holzgeschirr verfertigte (er stellte sehr kunstgerecht, nicht schlechter als ein Drechsler, allerlei Holzgegenstände her) oder in einem Buch las, das bei Ljubi, Gari und Popow* erschienen war (auf den Titel konnte sich Iwan Iwanowitsch nicht mehr besinnen, da die Magd, um ihr Kind zu unterhalten, den oberen Teil des Titelblattes schon vor sehr langer Zeit abgerissen hatte); oder er ruhte unter dem Wetterdach. Jetzt nahm er sich keine von seinen üblichen Beschäftigungen vor. Er schalt statt dessen mit Gapka, die ihm über den Weg lief, und sagte, sie treibe sich nur müßig herum, obwohl sie in Wirklichkeit gerade Graupen in die Küche schleppte; dann warf er mit einem Stock nach dem Hahn, der sich der Veranda näherte, um die gewohnte Gabe zu empfangen; und als ein schmuddliger Junge in zerrissenem Hemdchen herbeigelaufen kam und »Papachen, Papachen, einen Pfefferkuchen!« rief, fuhr er ihn so an und trampelte so schrecklich mit den Füßen, daß das erschrockene Kind Gott weiß wohin davonrannte.

Aber dann besann er sich schließlich und ging seinen täglichen Verrichtungen nach. Er aß spät zu Mittag und streckte sich erst gegen Abend unter dem Wetterdach aus. Die gute Beetensuppe mit dem Taubenfleisch darin, die Gapka gekocht hatte, verdrängte die Begebenheit vom Vormittag völlig aus seinem Gedächtnis. Iwan Iwanowitsch sah sich aufs neue mit Vergnügen in seiner Wirtschaft um. Dann heftete er den Blick auf den Nachbarhof und sagte zu sich selbst: »Ich bin heute noch nicht bei Iwan Nikiforowitsch gewesen; ich gehe mal auf einen Sprung hinüber.« Nachdem er sich das gesagt hatte, ergriff er Stock und Mütze und trat auf die Straße hinaus. Aber kaum war er aus dem Tor, erinnerte er sich des Streits, spie aus und kehrte nach Hause zurück. Etwas ganz Ähnliches begab sich auf Iwan Nikiforowitschs Hof. Iwan Iwanowitsch sah, wie die Alte von nebenan schon den Fuß auf den Flechtzaun setzte, in der Absicht, in seinen Hof zu steigen, doch plötzlich hörte er Iwan Nikiforowitschs Stimme: »Zurück! Zurück! Bleib da!« Immerhin wurde Iwan Iwanowitsch recht traurig zumute. Und es

* Moskauer Buchdrucker und Verleger zu Beginn des 19. Jahrhunderts.

ist durchaus möglich, daß sich die beiden würdigen Männer am folgenden Tag versöhnt hätten, wäre in Iwan Nikiforowitschs Haus nicht ein besonderes Ereignis eingetreten, das alle Hoffnung vernichtete und Öl in das bereits erlöschende Feuer goß.

Zu Iwan Nikiforowitsch kam gegen Abend desselben Tages Agafija Fedossejewna auf Besuch. Agafija Fedossejewna war mit ihm weder verwandt noch verschwägert, ja sie war nicht einmal seine Gevatterin. Man hätte meinen sollen, für ihre Besuche bestehe keinerlei Grund, und auch er selbst war nicht allzusehr von ihnen angetan; dennoch stellte sie sich immer wieder bei ihm ein und blieb wochenlang, manchmal sogar noch länger. Sie nahm dann die Schlüssel und überhaupt das ganze Haus in die Hand. Das war Iwan Nikiforowitsch sehr unangenehm, doch er parierte ihr erstaunlicherweise wie ein Kind, und wenn er sich hier und da auch mal auflehnte, so behielt Agafija Fedossejewna doch immer das letzte Wort.

Ich muß gestehen, ich begreife nicht, wieso uns die Frauen mit derselben Geschicklichkeit an der Nase fassen wie eine Teekanne am Henkel und wieso sie uns auch noch an ihr herumführen. Ob ihre Hände nun einmal dazu da sind oder unsere Nasen zu weiter nichts taugen? Jedenfalls packte sie Iwan Nikiforowitsch an dessen Nase, obwohl diese an eine Pflaume erinnerte, und führte ihn an ihr wie ein Hündchen spazieren. Er nahm sogar, wenn sie anwesend war, eine andere Lebensweise an — er lag nicht mehr so lange in der Sonne, tat er es aber, dann nicht mehr so, wie ihn der Herrgott geschaffen hatte, sondern immer mit Hemd und Pluderhosen angetan, obwohl Agafija Fedossejewna das keineswegs verlangte. Sie war aller Zimperlichkeit abgeneigt und rieb Iwan Nikiforowitsch, wenn dieser einen Schüttelfrost bekam, eigenhändig von Kopf bis Fuß mit Terpentin und Essig ab. Agafija Fedossejewna trug eine Haube und eine kaffeebraune, gelb geblümte Kapotte und hatte auf der Nase drei Warzen. Ihre Figur erinnerte an ein Fäßchen, und ihre Taille zu ermitteln war darum ebenso schwer, wie ohne Spiegel seine eigene Nase zu erblicken. Ihre Beine waren kurz, die Waden rundlich wie Kissen. Sie klatschte gern, aß morgens gekochte Beeten und verstand sich ausnehmend gut aufs Schimpfen — bei all diesen so verschiedenartigen Betätigungen wechselte sie keinen Augenblick den Gesichtsausdruck, was man im allgemeinen wohl nur bei Frauen antrifft.

Kaum war sie da, ging alles drunter und drüber.

»Vertrag dich nicht mit ihm und bitt ihn nicht um Verzeihung, Iwan Nikiforowitsch — er will dich nur zugrunde richten, so einer ist das! Du kennst ihn noch nicht.«

So zischelte das verdammte Frauenzimmer herum und erreichte schließlich, daß Iwan Nikiforowitsch von Iwan Iwanowitsch nichts mehr wissen wollte.

Alles nahm ein verändertes Aussehen an. Geriet ein Hund vom nachbarlichen Hof auf den eigenen, dann prügelte man mit allem auf ihn ein, was man gerade zur Hand hatte; Kinder, die über den Zaun kletterten, kehrten heulend, mit hochgehobenen Hemdchen und Spuren von Rutenhieben auf dem Rücken, nach Hause zurück. Selbst die alte Bedienerin beging, als Iwan Iwanowitsch sie nach etwas fragte, eine solche Unanständigkeit, daß Iwan Iwanowitsch als äußerst feinfühliger Mensch nur ausspie und sagte: »So ein garstiges Frauenzimmer! Schlimmer als ihr Pan!«

Schließlich errichtete der verhaßte Nachbar genau an der Stelle, wo man gewöhnlich über den Flechtzaun gestiegen war, zu allem Überfluß einen Gänsestall – in der offenbaren Absicht, die Beleidigung auch noch zu vertiefen. Dieser für Iwan Iwanowitsch so widerwärtige Gänsestall wurde mit geradezu teuflischer Schnelligkeit vollendet – in einem Tag.

Das rief bei Iwan Iwanowitsch Erbitterung und den Wunsch, sich zu rächen, hervor. Er ließ sich jedoch, obwohl der Gänsestall sogar ein Stück auf seinen Grund und Boden übergriff, nichts anmerken; sein Herz allerdings klopfte so schnell, daß es ihm äußerst schwerfiel, die äußere Ruhe zu bewahren.

So verbrachte er den Tag. Dann wurde es Nacht ... Oh, wäre ich Maler, ich würde den ganzen Zauber der Nacht festzuhalten wissen! Ich würde zeigen, wie ganz Mirgorod im Schlafe liegt; wie die zahllosen Sterne unbeweglich auf die Stadt herabschauen; wie die gleichsam sichtbare Stille durch nahes oder fernes Hundegebell zerrissen wird; wie ein verliebter Kirchendiener mit der Unerschrockenheit eines Ritters an den Hunden vorüberstürmt und über einen Flechtzaun steigt; wie die weißen Wände der Häuser im Mondschein noch weißer erscheinen, wie Bäume, die sie beschatten, noch dunkler; wie die Schatten, die diese Bäume werfen, noch schwärzer werden; wie sich der Duft der Blumen und des verstummten Grases noch mehr verstärkt und die Grillen, diese unermüdlichen Gefährten der Nacht, ihr Lied zu zirpen beginnen. Ich würde zeigen, wie in einem der niedrigen Lehmhäuser eine städtische Schöne mit schwarzen Augenbrauen und bebenden jungen Brüsten lässig hingegossen auf ihrem einsamen Bett liegt und von einem Husarenschnurrbart und Husarensporen träumt, während der Mond auf ihren Wangen lacht. Ich würde zeigen, wie über die weiße Straße der schwarze Schatten einer Fledermaus gleitet, die sich auf einem weißen Schornstein niederläßt ... Aber es würde mir kaum gelingen, Iwan Iwanowitsch zu zeigen – so wie er aussah, als er in dieser Nacht mit einer Säge in der Hand das Haus verließ. So viele widerspruchsvolle Gefühle malten sich auf seinem Gesicht. Iwan Nikiforowitschs Hunde hatten vom Streit zwischen den Nachbarn noch nichts gemerkt und erlaubten Iwan Iwanowitsch als altem Freund des Hauses, sich dem Gänsestall zu nähern, dessen ganzer Unterbau aus vier eichenen Pfählen bestand. Er kroch unter den Stall, auf den nächsten der Pfähle zu, setzte die Säge an und begann zu sägen. Das Geräusch, das die Säge verursachte, ließ ihn sich immerfort umblicken, doch der Gedanke an die Kränkung gab ihm den Mut zurück. Der erste Pfahl war durchgesägt; Iwan Iwanowitsch machte sich an den zweiten. Seine Augen brannten, und er konnte vor Angst nichts sehen. Plötzlich schrie Iwan Iwanowitsch auf und erstarrte – er glaubte einen Geist vor sich zu haben. Doch er kam gleich wieder zu sich, als er erkannte, daß es eine Gans war, die den Hals zu ihm herausstreckte. Iwan Iwanowitsch spie vor Unwillen aus und machte sich aufs neue an die Arbeit. Auch der zweite Pfahl war durchgesägt – das Bauwerk wankte. Als Iwan Iwanowitsch sich den dritten vornahm, fing sein Herz so fürchterlich zu hämmern an, daß er die Arbeit mehrmals unterbrechen mußte. Kaum hatte er eine gute Hälfte durchgesägt, da neigte sich das leichte Bauwerk plötzlich stark auf die Seite. Iwan Iwanowitsch konnte sich gerade noch in Sicherheit bringen, bevor es krachend zusammenbrach. Er ergriff die Säge, stürzte, aufs äußerste erschrocken, ins Haus und warf sich auf sein Bett, ohne auch nur den Mut zu finden, sich die Folgen seines schrecklichen Tuns durch das Fenster anzusehen. Er stellte sich vor, der ganze Hof Iwan Nikiforowitschs – die alte Bedienerin, Iwan Nikiforowitsch selbst und der Junge in dem unendlich langen Rock – sei angetreten, um, mit Keulen bewaffnet, unter Agafija Fedossejewnas Befehl gegen sein Haus vorzurükken und es dem Erdboden gleichzumachen.

Den ganzen folgenden Tag verbrachte Iwan Iwanowitsch wie im Fieberwahn. Ihm schien in einem fort, der verhaßte Nachbar werde, um sich zu rächen, zum mindesten sein Haus in Brand stecken. Und er befahl Gapka, in kürzesten Abständen nachzusehen, ob nicht irgendwo ein Bündel trockenes Stroh bereitgelegt sei.

Schließlich entschloß er sich, um Iwan Nikiforowitsch zuvorzukommen, zur Flucht nach vorn und strengte eine Klage beim Mirgoroder Kreisgericht gegen ihn an. Worin sie bestand, mag man dem folgenden Kapitel entnehmen.

4

Was sich in den Diensträumen des Mirgoroder Kreisgerichts zutrug

Eine wunderbare Stadt – dieses Mirgorod! Was es nicht alles für Gebäude in ihm gibt! Solche, die mit Stroh, und solche, die mit Rohr, selbst solche, die mit Holz gedeckt sind; zur Rechten eine Straße und zur Linken eine Straße und überall die schönsten Flechtzäune. Hopfen rankt sich an ihnen empor, Töpfe baumeln von ihnen herab, dahinter schaut die Sonnenblume mit ihrem sonnengleichen Haupt hervor, rot glüht der Mohn, und dicke Kürbisse erfreuen das Auge ... Eine wahre Pracht! Die Flechtzäune sind stets mit Gegenständen geschmückt, die sie noch malerischer machen – mit einem bestickten Frauenrock, einem Hemd oder Pluderhosen. In Mirgorod gibt es weder Diebe noch Gauner, und darum hängt jeder am Flechtzaun auf, was ihm beliebt. Wenn Sie zum Stadtplatz kommen, werden Sie sicher ein Weilchen vor ihm verweilen und den Blick genießen, der sich Ihnen bietet – den Blick auf eine erstaunliche, einzigartige Pfütze, wie Sie noch keine gesehen haben! Sie nimmt fast den ganzen Platz ein. Ein Prachtexemplar von Pfütze! Die Häuser und Häuschen, die sie umgeben und die man von weitem mit Heuschobern verwechseln kann, sind in den Anblick ihrer Schönheit versunken.

Ich bin im übrigen der Meinung, daß es kein schöneres Haus in der Stadt gibt als das Kreisgericht. Ob es aus Eiche oder aus Birke besteht, weiß ich nicht; jedenfalls hat es acht Fenster, meine Herren! Acht Fenster in einer Reihe, die alle auf den Platz und die unübersehbare Wasserfläche gehen, von der ich bereits gesprochen habe und die der Stadthauptmann einen See nennt! Nur dieses Haus ist in der Farbe des Granits gestrichen;

alle anderen Häuser in Mirgorod sind nur geweißt. Auch das Dach über dem Kreisgericht, das ganz aus Holz gefertigt ist, wäre rot angestrichen, hätten die Kanzleibeamten das Öl, das hierzu bestimmt war, nicht mit Zwiebeln versetzt und aufgegessen, was sich ausgerechnet während der Fasten begab; so blieb das Dach eben ungestrichen. Das Haus hat nach dem Platz zu eine Veranda, auf der sich öfter Hühner tummeln, weil dort fast immer Graupen und andere eßbare Dinge verstreut sind, was übrigens nicht mit Absicht geschieht, sondern einzig und allein auf der Unachtsamkeit der Bittsteller beruht. Das Haus ist in zwei Teile aufgeteilt; in dem einen befinden sich die *Gerichtsräume*, in dem anderen ist die *Arrestantenstube*. Der Teil, in dem sich die Gerichtsräume befinden, besteht aus zwei sauberen, geweißten Zimmern. Das eine stellt den Vorraum für die Bittsteller dar; in dem anderen – ein mit Tintenflecken geschmückter Tisch, auf dem man einen »Gerichtsspiegel«* mit den Erlassen Peters I. sieht. Um den Tisch vier eichene Stühle mit hohen Lehnen; an den Wänden mit Eisen beschlagene Truhen, in denen man die Aktenbündel über die Händel des Kreises verwahrt. An jenem Tage stand auf der einen Truhe ein sauber gewichster Stiefel. Die Verhandlungen hatten bereits am Morgen begonnen. Der Richter, ein ziemlich fülliger Mann, wenn auch um einiges schlanker als Iwan Nikiforowitsch, unterhielt sich mit gutmütiger Miene – in einem speckigen Hausrock, die Pfeife und eine Tasse Tee in der Hand – mit dem Gerichtsschreiber. Die Lippen des Richters befanden sich unmittelbar unter der Nase; er konnte die Oberlippe nach Herzenslust beschnuppern. Sie diente ihm sozusagen als Tabakdose, da der Tabak, der für die Nase bestimmt war, fast immer auf ihr landete. Der Richter unterhielt sich also mit dem Schreiber. Ein barfüßiges Stubenmädchen stand etwas abseits und hielt ein Tablett mit Tassen in der Hand.

Am Ende des Tisches verlas der Sekretär einen Gerichtsentscheid, aber mit einer so eintönigen, einschläfernden Stimme,

* Dreieckiges Prisma, auf das die Erlasse des russischen Zaren Peters I. (1689–1725) aufgeklebt waren.

daß selbst der Angeklagte dabei eingenickt wäre. Als erster jedoch hätte es ohne Zweifel der Richter getan, wäre es nicht zu der anregenden Unterhaltung mit dem Schreiber gekommen.

»Ich habe mich eigens bemüht, herauszufinden, wie man es macht, daß sie so schön singen«, sagte der Richter und trank einen Schluck aus der Tasse mit dem schon abgekühlten Tee. »Ich hatte da vor zwei Jahren eine nette Drossel. Und was geschah? Man erkannte sie auf einmal nicht wieder. Sie pfiff Gott weiß was zusammen. Und je weiter, desto schlimmer; sie schnarrte und schrillte zum Davonlaufen! Und dabei handelte es sich um eine Lappalie! Das rührt nämlich davon her, daß sich unter der Kehle eine kaum erbsengroße Schwellung bildet. Diese Schwellung braucht man nur mit einer Nadel aufzustechen. Das hat mich Sachar Prokofjewitsch gelehrt, und wenn Sie wollen, erzähle ich Ihnen, wie sich das alles zugetragen hat. Da fahre ich eines Tages bei ihm vor . . .«

»Befehlen Sie, daß ich den nächsten verlese, Demjan Demjanowitsch?« unterbrach ihn der Sekretär, der mit dem Lesen des einen Entscheids bereits seit einer Weile fertig war.

»Sie haben ihn schon verlesen? Nein, wie rasch es gegangen ist! Ich habe so gut wie nichts mitbekommen! Wo ist er denn? Geben Sie her, ich unterschreibe ihn. Was haben Sie noch?«

»Die Sache des Kosaken Bokitjko wegen der gestohlenen Kuh.«

»Gut! Verlesen Sie sie! – Ja, ich fahre also bei ihm vor . . . Ich kann Ihnen sogar noch mit allen Einzelheiten erzählen, wie er mich aufgenommen hat. Zum Wodka wurde gedörrter Störrücken gereicht – hervorragend! Ja, das war ein anderer Störrücken als der, mit dem uns unsere Mirgoroder Gemischtwarenhandlung versorgt.« Bei diesen Worten schnalzte der Richter mit der Zunge und lächelte, wobei seine Nase an ihrer ständigen Tabakdose schnupperte. »Hering habe ich nicht gegessen, weil ich davon, wie Sie ja wissen, Sodbrennen bekomme! Aber vom Kaviar habe ich gekostet; ein wunderbarer Kaviar! Nichts zu machen – ein ausgezeichneter Kaviar! Dazu habe ich einen Aufguß von Pfirsichgeist auf Tausendgüldenkraut getrunken.

Safranschnaps dagegen trinke ich nicht, wie Sie ja selber wissen. Das ist, schauen Sie, sehr angenehm – zuerst reizt man den Appetit, und erst dann vollendet man das Werk ... Ach was! Wen seh ich da?« rief der Richter plötzlich aus, als er den eintretenden Iwan Iwanowitsch erblickte.

»Gott zum Gruß! Wünsche einen guten Tag!« sagte Iwan Iwanowitsch und verneigte sich mit der ihm eigenen Liebenswürdigkeit nach allen Seiten. Mein Gott, wie er die Leute durch sein Benehmen zu bezaubern wußte! Ein solches Taktgefühl habe ich bei niemand anderem gesehen. Er war sich seiner Vorzüge auch unbedingt bewußt und sah die allgemeine Achtung, die man ihm entgegenbrachte, als etwas an, das man ihm schuldete. Der Richter schob ihm eigenhändig einen Stuhl hin, und seine Nase sog den ganzen Tabak von der Oberlippe auf, was immer ein Zeichen des größten Vergnügens bei ihm war.

»Was darf ich Ihnen anbieten, Iwan Iwanowitsch?« fragte er. »Wünschen Sie vielleicht eine Tasse Tee?«

»Nein, danke, sehr verbunden«, entgegnete Iwan Iwanowitsch, stand auf, verneigte sich und setzte sich wieder hin.

»Tun Sie mir den Gefallen – ein Täßchen Tee!« wiederholte der Richter.

»Nein, danke! Äußerst angetan von Ihrer Gastfreundschaft«, gab Iwan Iwanowitsch zur Antwort, stand auf, verneigte sich und setzte sich wieder hin.

»Nur eine Tasse Tee«, beharrte der Richter.

»Nein, Demjan Demjanowitsch, bitte, bemühen Sie sich nicht!« Iwan Iwanowitsch verneigte sich und setzte sich wieder hin.

»Ein Täßchen!«

»Also gut, ein Täßchen allenfalls!« sagte Iwan Iwanowitsch und streckte die Hand zum Tablett aus.

Herrgott im Himmel! Welch bodenlosen Abgrund von Feingefühl ein Mensch doch haben kann! Unmöglich auszudrücken, wie angenehm der Eindruck ist, den ein solches Benehmen hervorruft!

»Wünschen Sie nicht noch ein Täßchen?«

»Ergebensten Dank«, erwiderte Iwan Iwanowitsch, stellte die Tasse umgekippt auf das Tablett und verneigte sich.

»Tun Sie mir den Gefallen, Iwan Iwanowitsch.«

»Unmöglich. Äußerst verbunden.« Bei diesen Worten stand Iwan Iwanowitsch auf, verneigte sich und nahm wieder Platz.

»Iwan Iwanowitsch! Ich bitte Sie – ein Täßchen!«

»Nein, danke, fühle mich für die Bewirtung äußerst verpflichtet.«

Mit diesen Worten stand Iwan Iwanowitsch auf, verneigte sich und setzte sich wieder.

»Nur ein Täßchen! Ein einziges Täßchen!«

Iwan Iwanowitsch streckte die Hand zum Tablett aus und nahm eine Tasse von ihm herunter.

Teufel auch! Wie mancher Mensch doch seine Würde zu wahren und aufrechtzuerhalten weiß!

»Ich, Demjan Demjanowitsch, habe ein Anliegen an Sie«, sagte Iwan Iwanowitsch und trank aus. »Es handelt sich um eine Klage.« Mit diesen Worten stellte Iwan Iwanowitsch die Tasse hin und zog einen beschriebenen Bogen Stempelpapier aus der Tasche. »Um eine Klage gegen einen Feind, einen Erzfeind von mir.«

»Ja gegen wen denn?«

»Gegen Iwan Nikiforowitsch Dowgotschchun.«

Bei diesen Worten wäre der Richter beinah vom Stuhl gefallen.

»Was sagen Sie da?« fragte er und schlug die Hände über dem Kopf zusammen. »Iwan Iwanowitsch! Sind Sie es denn, mit dem ich rede? Sie selber?«

»Wie Sie sehen.«

»Herrgott im Himmel und alle Heiligen! Was höre ich! Sie sind der Feind Iwan Nikiforowitschs geworden, Iwan Iwanowitsch? Kommen diese Worte von Ihnen? Wiederholen Sie sie! Hat sich da etwa jemand hinter Ihnen versteckt und redet statt Ihrer?«

»Was ist daran so unwahrscheinlich? Ich kann ihn nicht mehr sehen; er hat mich tödlich beleidigt, hat meine Ehre befleckt.«

»Heilige Dreieinigkeit! Wie soll ich das meiner Mutter beibringen! Sie, die Alte, sagt jedesmal, wenn meine Schwester und ich uns zanken: ›Ihr, meine Kinder, lebt wie Hund und Katze. Nehmt euch ein Beispiel an Iwan Iwanowitsch und Iwan Nikiforowitsch! Wenn das nicht würdige Männer sind!‹ Da haben wir die guten Freunde! Erzählen Sie, worum es geht und wie es gekommen ist!«

»Es handelt sich um eine heikle Angelegenheit, Demjan Demjanowitsch! Mündlich läßt sich das schlecht wiedergeben. Befehlen Sie lieber, mein Gesuch zu verlesen! Hier, fassen Sie es von dieser Seite an, so macht sich's besser!«

»Also gut, lesen Sie es vor, Taras Tichonowitsch!« sagte der Richter, zum Sekretär gewandt.

Taras Tichonowitsch nahm das Gesuch, schneuzte sich – wie alle Sekretäre an Kreisgerichten ohne Zuhilfenahme eines Taschentuchs – und begann:

»Gesuch des Gutsbesitzers und des Edelmannes des Kreises Mirgorod Iwan, Sohn des Iwan, Pererepenko; wes Inhalts aber, erhellt aus den folgenden Punkten:

Erstens. Der jedermann durch seine gotteslästerlichen, Widerwillen erregenden und alles Maß überschreitenden gesetzwidrigen Handlungen bekannte Edelmann Iwan, Sohn des Nikifor, Dowgotschun hat mir am 7. Juli anni currentis, das heißt des Jahres 1810, eine tödliche Beleidigung zugefügt, die sowohl gegen meine persönliche Ehre als auch auf die Vernichtung des Ansehens und des Rufes meines Geschlechtes gerichtet ist. Selbiger Edelmann, der beiläufig gesagt, ein widerwärtiges Äußeres hat, besitzt einen zänkischen Charakter und gefällt sich in allerlei gotteslästerlichen Redensarten und Schmähungen . . .«

Hier hielt der Vorlesende einen Augenblick inne, um sich aufs neue die Nase zu putzen, während der Richter voller Bewunderung die Hände faltete und vor sich hin murmelte:

»Welche gewandte Feder! Herrgott im Himmel! Wie dieser Mann schreibt!«

Iwan Iwanowitsch bat, die Lesung wiederaufzunehmen, und Taras Tichonowitsch fuhr fort:

»Selbiger Edelmann Iwan, Sohn des Nikifor, Dowgotschchun belegte mich öffentlich, als ich mit einem freundlichen Vorschlag zu ihm kam, mit einem kränkenden und meine Ehre verletzenden Ausdruck; und zwar nannte er mich einen *Ganter*, obwohl im ganzen Mirgoroder Kreis bekannt ist, daß ich mich mit dem Namen dieses garstigen Vogels weder jemals bezeichnet habe noch zu bezeichnen gedenke. Der Beweis für meine adlige Herkunft aber besteht darin, daß im Taufbuch der Drei-Metropoliten-Kirche sowohl der Tag meiner Geburt als auch der Empfang der Taufe festgehalten sind. Dagegen kann der *Ganter*, wie jedermann weiß, der in den Wissenschaften auch nur ein wenig beschlagen ist, in einem Taufbuch nicht eingetragen werden, weil ein *Ganter* kein Mensch, sondern ein Vogel ist, woran ja nun niemand zweifeln wird, selbst wenn er kein Seminar besucht hat. Dennoch hat mich jener übelwollende Edelmann, obwohl er von allem unterrichtet war, einzig und allein in der Absicht, mir eine bei meinem Stand und Rang tödliche Beleidigung zuzufügen, mit diesem abscheulichen Wort beschimpft.

Zweitens. Ebenderselbe sich so unziemlich, ja unanständig

gebärdende Edelmann hat sich obendrein eines Anschlags auf mein angestammtes Eigentum schuldig gemacht, das mir von meinem seligen Vater Iwan, Sohn des Onissi, Pererepenko, der dem geistlichen Stande angehörte, zugefallen ist; er machte sich dieses Anschlags schuldig, indem er, entgegen allem Gesetz, seinen Gänsestall genau gegenüber meiner Veranda hinbaute, was einzig und allein in der Absicht geschah, die mir zugefügte Beleidigung noch zu vertiefen, denn der Gänsestall befand sich bis dahin an einer vernünftigen Stelle und war auch noch ziemlich gut erhalten. Die widerwärtige Absicht des oben erwähnten Edelmannes bestand nämlich darin, mich zum Zeugen unschicklicher Handlungen zu machen; denn daß sich jemand in einen Stall, zumal in einen Gänsestall, nicht eben anständiger Verrichtungen wegen begibt, ist jedem klar. Bei diesem gesetzwidrigen Vergehen griffen die beiden vorderen Stützen auf das Grundstück über, das mir noch zu Lebzeiten meines seligen Vaters Iwan, Sohn des Onissi, Pererepenko zugefallen ist, beim Speicher beginnt und in gerader Linie auf die Stelle zuläuft, wo die Weiber die Kochtöpfe scheuern.

Drittens. Der oben geschilderte Edelmann, der allein schon durch seinen Vor- und Familiennamen Abscheu hervorruft, hegt den böswilligen Gedanken, mich zusammen mit meinem Haus zu verbrennen. Die unzweifelhaften Anzeichen hierfür erhellen aus folgendem. Erstens verläßt besagter übelwollender Edelmann neuerdings öfter sein Haus, was früher aus Gründen seiner Faulheit und abstoßenden Körperfülle nie geschah; zweitens brennt in seinem Gesindehaus, das unmittelbar neben dem Zaun steht, der den von meinem seligen Vater Iwan, Sohn des Onissi, Pererepenko auf mich gekommenen Grund und Boden abgrenzt, tagtäglich und ungewöhnlich lange Licht, was allein schon ein klarer Beweis für die genannte Absicht ist, da bislang seines schmutzigen Geizes wegen nur ein Talglicht, sondern auch jede Ölfunzel gelöscht werden mußte.

Aus diesem Grunde bitte ich, den besagten Edelmann Iwan, Sohn des Nikifor, Dowgotschchun als der Brandstiftung, der Beleidigung meines Standes, meines Namens und Geschlechts sowie der räuberischen Aneignung meines Eigentums, vor allem aber der gemeinen und höchst verwerflichen Hinzufügung der Bezeichnung *Ganter* zu meinem Namen für schuldig zu befinden, ihn zu einer Geldbuße, zum Ersatz der Gerichtskosten und sonstigen Aufwendungen zu verurteilen und als überführten Gesetzesübertreter in Ketten zu schmieden und in das städtische Gefängnis einzuliefern, welche Entscheidung ich auf Grund des in meiner Eingabe Dargelegten unverzüglich und ohne Aufschub herbeizuführen ersuche.

Abgefaßt und niedergeschrieben
vom Mirgoroder Gutsbesitzer und Edelmann Iwan,
Sohn des Iwan, Pererepenko.«

Nach Verlesung dieses Gesuchs trat der Richter auf Iwan Iwanowitsch zu, nahm ihn an einem Knopf und sagte etwa das folgende zu ihm:

»Was machen Sie nur für Geschichten, Iwan Iwanowitsch! Schämen Sie sich! Ziehen Sie die Klage zurück, und basta! Hol die ganze Eingabe der Teufel! Fassen Sie Iwan Nikiforowitsch lieber bei der Hand, geben Sie sich einen Kuß und kaufen Sie einen Santorino oder einen guten Nikopoler; oder Sie brauen einfach einen Punsch und laden mich dazu ein! Wir trinken ihn zusammen aus und vergessen, was geschehen ist!«

»Nein, Demjan Demjanowitsch, von solcher Art ist diese Angelegenheit nicht!« entgegnete Iwan Iwanowitsch mit einer Feierlichkeit, die ihm immer so gut zu Gesichte stand. »Sie ist nicht von der Art, daß man sie durch ein gütliches Übereinkommen aus der Welt schaffen könnte. Leben Sie wohl! Auch Sie, meine Herren!« fuhr er, zu den anderen gewandt, mit derselben Feierlichkeit fort. »Ich hoffe, daß mein Gesuch die gebührende Wirkung zeitigt.«

Er ging und ließ die verblüfften Gerichtsbeamten mit sich allein.

Der Richter saß da und sprach kein Wort; der Sekretär nahm eine Prise Tabak; die Kanzleibeamten rissen das Bruchstück einer Flasche um, das als Tintenfaß diente, worauf der Richter aus lauter Zerstreutheit die Tinte mit dem Finger auf dem Tisch zu verschmieren begann.

»Was sagen Sie dazu, Dorofej Trofimowitsch?« fragte er, sich an den Gerichtsschreiber wendend, nach einem längeren Schweigen.

»Gar nichts«, entgegnete der Schreiber. »Geschichten sind das!« setzte der Richter hinzu.

Kaum hatte er diese Worte ausgesprochen, da ging geräuschvoll die Tür auf, und Iwan Nikiforowitschs vordere Hälfte wurde in der Gerichtsstube sichtbar, während die hintere im Vorraum verblieb. Iwan Nikiforowitschs Auftauchen – zumal in den Gerichtsräumen – erschien so ungewöhnlich, daß der Richter aufschrie und der Sekretär in seiner Lesung innehielt. Der eine Kanzleibeamte, der eine Art Halbfrack aus grober, langhaariger Wolle trug, nahm die Feder zwischen die Zähne; der andere verschluckte eine Fliege. Selbst der Invalide, der das Amt eines Kuriers und Pförtners versah, bis dahin an der Tür gestanden und sich unter dem schmutzigen, an der Schulter bestickten Hemd gekratzt hatte – selbst dieser Invalide sperrte den Mund auf und trat jemandem auf den Fuß.

»Welch glücklicher Zufall führt Sie her? Warum und wieso? Wie geht es Ihnen, Iwan Nikiforowitsch?«

Doch Iwan Nikiforowitsch schien eher tot als lebendig zu sein, denn er war in der Tür eingeklemmt und konnte weder einen Schritt nach vorn noch einen zurück tun. Vergebens rief der Richter in den Vorraum hinüber, es möge ihn jemand von hinten in die Gerichtsstube drücken. Im Vorraum hielt sich nur eine alte Bittstellerin auf, die trotz aller Anspannung ihrer knochigen Arme nicht das geringste ausrichten konnte. Da trat einer der beiden Kanzleibeamten – er hatte dicke Lippen, breite Schultern, eine fleischige Nase, vom vielen Trinken schielende Augen und an den Ellenbogen durchgescheuerte Ärmel – auf Iwan Nikiforowitschs vordere Hälfte zu, legte ihm wie einem Kind kreuzweise die Arme zusammen und zwinkerte dem alten Invaliden zu; der stemmte das Knie gegen Iwan Nikiforowitschs Bauch und drückte ihn, trotz seines kläglichen Stöhnens, in den Vorraum zurück. Dann schob man die Riegel auf und öffnete den zweiten Türflügel. Dabei verströmten der Kanzleibeamte und sein Helfer, der Invalide, infolge der gemeinschaftlichen Anstrengung und des heftigen Atmens einen so starken Geruch, daß sich die Gerichtsstube für eine Weile in eine Schankstube verwandelte.

»Sie sind doch nicht verletzt, Iwan Nikiforowitsch? Ich spreche mit meiner Mutter, und sie schickt Ihnen einen Aufguß, mit dem Sie nur das Kreuz und den Rücken einzureiben brauchen — und alles ist wieder gut.«

Aber Iwan Nikiforowitsch sank auf einen Stuhl und konnte nur ein anhaltendes Ächzen hervorbringen. Schließlich sagte er mit schwacher, vor Erschöpfung kaum hörbarer Stimme: »Eine Prise gefällig?« Er holte das Schnupftabakhorn aus der Tasche und fuhr fort: »Langen Sie zu! Bedienen Sie sich!«

»Sehr erfreut, Sie zu sehen«, entgegnete der Richter. »Aber ich kann mir noch immer nicht vorstellen, was Sie dazu bewogen hat, die Mühe auf sich zu nehmen und uns durch eine so angenehme Überraschung zu verpflichten.«

»Ein Gesuch . . .«, das war alles, was Iwan Nikiforowitsch sagen konnte.

»Ein Gesuch? Und was für eins?«

»Es handelt sich um eine Klage . . .« Hier zwang ihn die Atemnot zu einer langen Pause. »Au! Um eine Klage gegen den Schurken . . . Iwan Iwanowitsch Pererepenko.«

»Mein Gott! Also auch Sie! So selten gute Freunde! Eine Klage gegen einen so tugendhaften Mann!«

»Er ist der Teufel in Person!« entgegnete Iwan Nikiforowitsch abgehackt.

Der Richter bekreuzigte sich.

»Nehmen Sie das Gesuch und lesen Sie es.«

»Nichts zu wollen, lesen Sie's also vor, Taras Tichonowitsch«, sagte, zum Sekretär gewandt, der Richter mit einem Ausdruck des Mißbehagens; dabei schnupperte seine Nase unwillkürlich an der Oberlippe, was sonst nur in Fällen größten Vergnügens geschah. Eine solche Eigenmächtigkeit der Nase verstimmte den Richter noch mehr. Er zog das Taschentuch hervor und fegte den ganzen Tabak von der Oberlippe, um die Nase für ihre Frechheit zu strafen.

Der Sekretär nahm den Anlauf, den er vor dem Verlesen nun einmal nahm, das heißt, er schneuzte sich, ohne ein Taschentuch zu verwenden, und begann in seinem gewohnten Tonfall:

»Gesuch des Edelmanns des Kreises Mirgorod Iwan, Sohn des Nikifor, Dowgotschchun, wes Inhalts aber erhellt aus den folgenden Punkten:

Erstens. Der sich als Edelmann bezeichnende Iwan, Sohn des Iwan, Pererepenko fügt mir aus gehässiger Bosheit und offensichtlichem Übelwollen die verschiedensten Gemeinheiten und Verluste zu, verübt auch andere tückische und haarsträubende Anschläge auf mich und ist gestern nacht – wie ein Dieb oder Räuber – mit Äxten, Sägen, Meißeln und anderem Handwerkszeug in mein Gehöft und in meinen eigenen, darauf befindlichen Stall eingedrungen und hat ihn eigenhändig und schändlicherweise zum Einsturz gebracht, wobei ich ihm meinerseits zu einem so banditenhaften, gesetzwidrigen Vorgehen keinerlei Anlaß gegeben habe.

Zweitens. Ebenderselbe Edelmann Pererepenko trachtet sogar nach meinem Leben, denn er erschien, nachdem er dieses Vorhaben bis zum 7. des vergangenen Monats verborgen hatte, bei mir und versuchte, mir auf scheinbar freundschaftliche, listige Weise das Gewehr abzubetteln, das ich in meiner Kammer habe, wobei er mir mit dem ihm eigenen Geiz Unbrauchbares dafür bot, als da sind: ein schwarzes Schwein und zwei Maß Hafer. Da ich jedoch sein verbrecherisches Vorhaben gleich damals erkannte, bemühte ich mich, ihn auf alle Art davon abzubringen; doch selbiger niederträchtige Schurke Iwan, Sohn des Iwan, Pererepenko beschimpfte mich auf das gemeinste und ist seither von unversöhnlicher Feindschaft gegen mich erfüllt. Dabei ist der wiederholt erwähnte, keinerlei Rücksichten kennende Edelmann und Bandit Iwan, Sohn des Iwan, Pererepenko höchst schändlicher Herkunft – seine Schwester war eine stadtbekannte Herumtreiberin und ging mit einer Kompanie Feldjäger davon, die vor etwa fünf Jahren in Mirgorod gelegen hat; ihren Mann aber ließ sie als Leibeigenen eintragen. Auch der Vater und die Mutter führten ein äußerst ausschweifendes Leben und waren unvorstellbare Säufer. Der genannte Edelmann und Bandit Pererepenko aber übertrifft die ganze Verwandtschaft durch seine verurteilenswürdigen, brutalen Taten und begeht unter dem Deckmantel der Ehrsamkeit die anstößigsten Handlungen: So hält er zum Beispiel die Fasten nicht ein, denn er kaufte – ein Abtrünniger von Gott, der er ist – am Vorabend der Philippifasten* einen Hammel und ließ ihn am folgenden Tag von seiner illegitimen Kebse Gapka schlachten, unter dem Vorwand, er brauche den Talg für Kerzen und Lämpchen.

Aus diesem Grunde bitte ich, selbigen Edelmann als Bandit, Gotteslästerer und des Diebstahls und Raubes überführten Schurken in Ketten zu schmieden und ins Gefängnis bringen zu lassen, um ihn später, nach Aberkennung seiner Würde und der Zugehörigkeit zum Adel, je nach Ermessen, tüchtig auszupeitschen oder, wenn erforderlich, zur Zwangsarbeit nach Sibirien zu verbannen, ihm darüber hinaus den Ersatz der Gerichtskosten und sonstigen Verluste aufzuerlegen und eine dem vorstehenden Gesuch entsprechende Entscheidung zu treffen.

Gezeichnet: der Edelmann des Kreises Mirgorod
Iwan, Sohn des Nikifor, Dowgotschchun.«

Sobald der Sekretär das Gesuch verlesen hatte, griff Iwan Nikiforowitsch nach seiner Mütze, verneigte sich und wollte gehen.

»Wo wollen Sie denn hin, Iwan Nikiforowitsch?« rief ihm der Richter nach. »Bleiben Sie doch ein bißchen! Trinken Sie eine Tasse Tee! Oryschko, albernes Frauenzimmer, was stehst du herum und zwinkerst den Kanzleibeamten zu? Los, bring uns Tee!«

Doch Iwan Nikiforowitsch hatte sich vor lauter Schreck dar-

* Die am 14. November, dem Philippstag, beginnenden Fasten vor Weihnachten.

über, daß er sich so weit von seinem Hause fortgewagt und einer so gefährlichen Quarantäne unterzogen hatte, schon durch die Tür gezwängt und sagte: »Bitte bemühen Sie sich nicht! Ich habe das außerordentliche Vergnügen ...« Und er schloß die Tür und ließ die verblüfften Gerichtsbeamten allein.

Es war nicht mehr zu ändern. Beide Gesuche waren angenommen, und die Angelegenheit befand sich auf dem besten Wege, ziemliches Aufsehen zu erregen. Da trat ein Umstand ein, der sie noch spannender machte. Als der Richter in Begleitung des Schreibers und des Sekretärs die Gerichtsräume verlassen hatte und die Kanzleibeamten die von den Bittstellern mitgebrachten Hühner, Eier, Piroggen, Brote, Brotkanten und allerlei anderes Zeug in einen Sack taten, stürzte ein schwarzes Schwein herein und packte zum Erstaunen der Anwesenden nicht etwa eine Pirogge oder einen Brotkanten, sondern Iwan Nikiforowitschs Gesuch, das am Ende des Tisches lag und etwas über seinen Rand hing. Nachdem es das Papier ergriffen hatte, rannte das schwarze Schwein so rasch davon, daß keiner der Beamten es einzuholen vermochte, obwohl man mit Linealen und Tintenfässern nach ihm warf.

Diese außergewöhnliche Begebenheit rief ein schreckliches Durcheinander hervor, denn es war ja noch keine Abschrift des Gesuches angefertigt worden. Der Richter – oder vielmehr der

Sekretär – erörterte den unerhörten Vorfall lange mit dem Schreiber; schließlich einigte man sich darauf, einen Bericht an den Stadthauptmann zu verfassen, da die Untersuchung dieser Angelegenheit am ehesten in den Zuständigkeitsbereich der Polizei fiel. Der Bericht wurde noch am selben Tag unter der Nummer 389 abgeschickt, worauf es zu einer recht unterhaltsamen Auseinandersetzung kam, von der der Leser aus dem nächsten Kapitel erfahren kann.

5

In diesem Kapitel wird eine Unterredung zweier in Mirgorod sehr angesehener Persönlichkeiten geschildert

Kaum hatte Iwan Iwanowitsch seine häuslichen Angelegenheiten besorgt und sich wie gewöhnlich unter dem Wetterdach ausgestreckt, da erblickte er zu seiner unaussprechlichen Verwunderung etwas Rotes an der Pforte. Es waren die Ärmelaufschläge des Stadthauptmanns, die, ebenso wie der Kragen, glänzten und an den Rändern zu Lackleder geworden waren. Iwan Iwanowitsch dachte sich: Nicht übel, daß der Stadthauptmann kommt, um mit mir zu reden. Er staunte aber nicht wenig, als er sah, daß der Stadthauptmann außerordentlich schnell ausschritt und die Arme schwang, was sehr selten bei ihm geschah. Sein Waffenrock wies acht Knöpfe auf; der neunte war vor zwei Jahren bei einer Prozession aus Anlaß der Einweihung einer Kirche verlorengegangen, und die Stadtpolizisten hatten ihn immer noch nicht aufgespürt, obwohl der Stadthauptmann die Reviervorsteher bei der Meldung, die sie täglich abgaben, jedesmal fragte, ob sich der Knopf nicht gefunden habe. Diese acht Knöpfe waren so verteilt, wie die Bäuerinnen Bohnen pflanzen – eine rechts, eine links. Sein linkes Bein war in der letzten Kampagne durchschossen worden; er lahmte daher und holte seitlich so weit mit ihm aus, daß die Arbeit des rechten Beins dadurch fast völlig zunichte gemacht wurde. Je eifriger er sein Fußvolk einsetzte, desto langsamer kam er voran. So hatte

Iwan Iwanowitsch, bevor der Stadthauptmann das Wetterdach erreichte, genügend Zeit, sich in Vermutungen zu verlieren, weshalb er so die Arme schwang. Das beschäftigte ihn um so mehr, als es sich offenbar um eine ungewöhnlich wichtige Angelegenheit handelte, denn der Stadthauptmann hatte seinen neuen Degen angelegt.

»Guten Tag, Pjotr Fjodorowitsch!« rief Iwan Iwanowitsch, der, wie wir schon sagten, sehr neugierig war und seine Ungeduld kaum noch bezähmen konnte, als er sah, wie der Stadthauptmann das Außentreppchen im Sturm zu nehmen versuchte, aber immer noch nicht aufblickte und sich mit seinem Fußvolk auseinandersetzte, das die Stufen durchaus nicht auf Anhieb zu überwinden vermochte.

»Wünsche meinem lieben Freund und Gönner Iwan Iwanowitsch einen guten Tag!« entgegnete der Stadthauptmann.

»Bitte, nehmen Sie Platz! Sie sind, wie ich sehe, ein wenig erschöpft, weil das verwundete Bein Sie behindert ...«

»Mein Bein?« rief der Stadthauptmann und warf Iwan Iwanowitsch einen Blick zu, wie ihn der Riese dem Pygmäen oder der gelehrte Pedant einem Tanzlehrer zuwirft. Dabei streckte er das Bein und stampfte mit ihm auf. Diese Kühnheit kam ihm jedoch teuer zu stehen, denn sein Rumpf neigte sich vornüber, und seine Nase stieß gegen das Geländer. Doch der weise Ordnungshüter, der sich nichts anmerken lassen wollte, richtete sich sogleich wieder auf und griff in die Tasche, wie um die Tabakdose hervorzuholen. »Ich darf Ihnen melden, mein teuerster Freund und Gönner Iwan Iwanowitsch, daß ich ganz andere Taten in meinem Leben vollbracht habe. Im Ernst. Zum Beispiel habe ich während der Kampagne von 1807* ... Ach, da muß ich Ihnen vor allem erzählen, wie ich über den Zaun zu einer hübschen Deutschen gestiegen bin.« Bei diesen Worten kniff der Stadthauptmann ein Auge zusammen und setzte ein verteufelt spitzbübisches Lächeln auf.

* Im Februar 1807 trafen bei Preußisch-Eylau die französische und die verbündete preußisch-russische Armee zusammen. Zum erstenmal konnten die Truppen Napoleons keinen Sieg erringen, die Schlacht endete unentschieden.

»Wo haben Sie sich denn heute aufgehalten?« fragte Iwan Iwanowitsch in der Absicht, den Stadthauptmann zu unterbrechen und ihn möglichst bald auf den Grund seines Besuches hinzulenken. Er hätte schrecklich gern gefragt, was ihm der Stadthauptmann zu sagen habe, doch seine feine Kenntnis der Welt ließ ihn das Unziemliche dieser Frage erkennen, und so mußte Iwan Iwanowitsch sich beherrschen und auf die Lösung des Rätsels warten, während sein Herz ungewöhnlich schnell schlug.

»Also gut, gestatten Sie, daß ich Ihnen erzähle, wo ich heute gewesen bin«, entgegnete der Stadthauptmann. »Erstens muß ich Ihnen melden, daß das Wetter heute ganz ausgezeichnet ist...«

Bei diesen Worten wäre Iwan Iwanowitsch beinahe eingegangen.

»Erlauben Sie indessen...«, fuhr der Stadthauptmann fort. »Ich komme in einer äußerst wichtigen Angelegenheit.« Hier nahmen sein Gesicht und seine ganze Haltung denselben besorgten Ausdruck an, mit dem er die Treppenstufen gestürmt hatte.

Iwan Iwanowitsch wurde munter und zitterte wie im Fieber; und er fiel unverzüglich mit einer Frage ein, wie er in solchen Fällen gewöhnlich tat.

»Wieso ist sie wichtig? Ist sie es?«

»Also schauen Sie, wenn's beliebt: Vor allem erlaube ich mir, Ihnen zu melden, mein teurer Freund und Gönner Iwan Iwanowitsch, daß Sie... Ich von mir aus, schauen Sie, ich würde ja nichts sagen, aber die Ansichten der Regierung, die Ansichten der Regierung verlangen, daß ich es tue. Sie haben Ordnung und Anstand verletzt!«

»Was sagen Sie da, Pjotr Fjodorowitsch! Ich verstehe nicht das geringste?«

»Ich bitte Sie, Iwan Iwanowitsch! Wieso verstehen Sie nicht das geringste? Ein Ihnen gehörendes Viech stibitzt aus einer Behörde ein äußerst wichtiges Papier, und da sagen Sie noch, Sie verstehen nichts!«

»Was für ein Viech denn?«

»Mit Respekt zu sagen – Ihr schwarzes Schwein.«

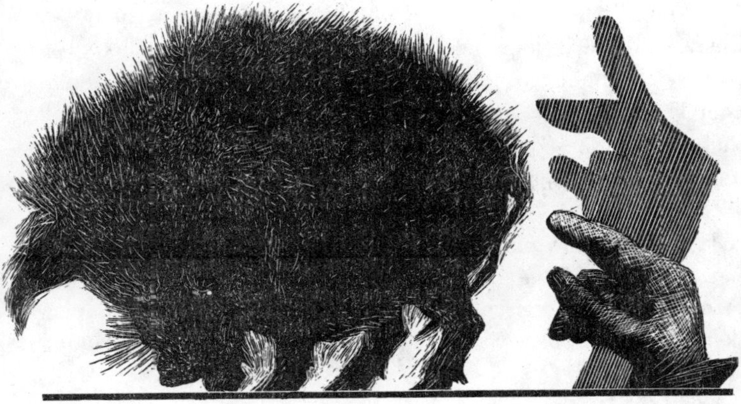

»Und was kann ich dafür? Weshalb läßt der Gerichtspförtner die Türen offen?«

»Aber das Tier gehört doch Ihnen, Iwan Iwanowitsch – also sind Sie der Schuldige.«

»Ergebensten Dank, daß Sie mich mit einem Schwein gleichsetzen!«

»Das habe ich nun wirklich nicht gesagt, Iwan Iwanowitsch! Bei Gott nicht! Belieben Sie doch ehrlich zu bedenken: Wie Ihnen ohne Zweifel bekannt ist, dürfen unreine Tiere in Übereinstimmung mit den Ansichten der Regierung nicht in der Stadt herumlaufen, besonders nicht in den Hauptstraßen. Geben Sie zu, daß das verboten ist.«

»Weiß der Himmel, was Sie da zusammenreden! Man überlege, wie wichtig – ein Schwein verirrt sich auf die Straße!«

»Gestatten Sie, Iwan Iwanowitsch, gestatten Sie, gestatten Sie – das darf einfach nicht sein! Was kann man machen? Die Obrigkeit wünscht es nicht, und wir müssen uns fügen. Ich bestreite nicht, gelegentlich verlaufen sich Hühner und Gänse auf die Straße, ja sogar auf den Stadtplatz. Behalten Sie aber im Auge – Hühner und Gänse! Betreffs der Schweine und Ziegenböcke hingegen habe ich schon im vorigen Jahr verboten, sie auf die öffentlichen Plätze zu lassen. Dieses Verbot wurde gleich damals vor allem Volk in einer Versammlung verkündet!«

»Nein, Pjotr Fjodorowitsch, ich kann aus allem nur eins ersehen – daß Sie in jeder Weise bemüht sind, mich zu kränken.«

»Das können Sie nun wirklich nicht behaupten, mein teuerster Freund und Gönner! Erinnern Sie sich doch selber – ich habe im vorigen Jahr, als Sie ein Dach aufführen ließen, das einen vollen Arschin über die zulässige Höhe hinausging, kein Wort gesagt. Im Gegenteil, ich tat, als merkte ich es gar nicht. Glauben Sie mir, mein teuerster Freund, ich würde mich auch jetzt sozusagen um gar nichts ... Aber die Pflicht, mit einem Wort, mein Amt verlangt, daß ich auf Sauberkeit achte. Bedenken Sie doch selbst, wie sieht es aus, wenn sich auf der Hauptstraße plötzlich ...«

»Schöne Hauptstraßen! Jede Magd wirft auf ihnen weg, was sie nicht braucht.«

»Gestatten Sie, Iwan Iwanowitsch, jetzt beleidigen Sie mich! Gewiß, das kommt schon vor, aber größtenteils nur neben einem Zaun, an einer Scheune oder einer Vorratskammer; wenn sich aber auf der Hauptstraße oder gar auf dem Stadtplatz eine trächtige Sau zeigt, so ist das, gelinde gesagt ...«

»Was ist denn schon dabei, Pjotr Fjodorowitsch? Schließlich ist auch ein Schwein eine Kreatur Gottes!«

»Einverstanden! Daß Sie ein gebildeter Mann sind und sich in den Wissenschaften und mancherlei anderen Dingen auskennen, weiß jedermann. Ich dagegen bin natürlich in keinerlei Wissenschaften unterwiesen – sogar geläufig schreiben habe ich erst in meinem dreißigsten Lebensjahr gelernt. Ich bin, wie Sie ja wissen, aus den Gemeinen hervorgegangen.«

»Hm!« brummte Iwan Iwanowitsch.

»Ja«, fuhr der Stadthauptmann fort, »im Jahre 1801 war ich jedoch schon Oberleutnant und gehörte der vierten Kompanie des zweiundvierzigsten Feldjägerregiments an. Kompanieführer war, wenn es Sie interessiert, ein gewisser Hauptmann Jeremejew.« Hier griff der Stadthauptmann in Iwan Iwanowitschs Tabakdose; Iwan Iwanowitsch hielt sie geöffnet in der Hand und ließ den Tabak durch die Finger gleiten.

»Hm!« gab Iwan Iwanowitsch zur Antwort.

»Es ist jedoch meine Pflicht«, fuhr der Stadthauptmann fort, »mich den Forderungen der Regierung zu fügen. Wissen Sie auch, Iwan Iwanowitsch, daß jemand, der eine dienstliche Unterlage entwendet, als Krimineller vor Gericht gestellt wird?«

»Das weiß ich so gut, daß ich selbst Sie, wenn Sie es wünschen, darüber belehren könnte. Doch das bezieht sich auf Menschen und würde zum Beispiel gelten, wenn Sie dieses Papier entwendet hätten; ein Schwein ist aber ein Tier, eine Kreatur Gottes!«

»Alles ganz schön und gut, doch das Gesetz sagt: ›Der an der Entwendung Schuldige ...‹ Bitte beachten Sie – *der Schuldige*! Damit ist weder die Art noch das Geschlecht oder der Stand bestimmt; also kann auch ein Tier der Schuldige sein. Machen Sie, was Sie wollen, jedenfalls ist das Tier, bevor das Urteil gefällt wird, der Polizei als Ordnungsübertreter vorzuführen.«

»Nein, Pjotr Fjodorowitsch!« entgegnete Iwan Iwanowitsch gelassen. »Das kommt nicht in Frage.«

»Wie Sie meinen; ich für meinen Teil muß den Vorschriften der Obrigkeit gehorchen.«

»Sie wollen mich wohl einschüchtern? Gedenken Sie etwa Ihren einarmigen Soldaten nach dem Schwein zu schicken? Ich lasse ihn von meiner Hofmagd mit der Ofengabel davonjagen. Sie haut ihm noch den letzten Arm kaputt.«

»Ich wage es nicht, mit Ihnen zu rechten. Wenn Sie das Schwein also der Polizei nicht vorführen wollen, dann verwenden Sie es nach Ihrem Belieben – schlachten Sie es meinetwegen zu Weihnachten und lassen Sie sich die Schinken räuchern, oder essen Sie es so, wie es ist. Nur möchte ich Sie bitten, falls Sie auch Würste machen sollten, mir zwei, drei Stück von der Blutwurst mit Speck zu schicken, die Ihre Gapka so vorzüglich hinkriegt. Meine Agrafena Trofimowna ißt sie so gern.«

»Also gut, ich schicke Ihnen ein paar Würste.«

»Ich wäre Ihnen sehr dankbar, mein teurer Freund und Gönner! Doch erlauben Sie mir, noch ein Wort hinzuzufügen! Ich bin sowohl vom Richter als auch von allen unseren Bekannten beauftragt, Sie sozusagen mit Ihrem Freund Iwan Nikiforowitsch zu versöhnen.«

»Wie? Mit diesem ungehobelten Menschen? Ich mich mit diesem Grobian versöhnen? Niemals! Das wird es nicht geben, auf keinen Fall!« Iwan Iwanowitschs Worte zeugten von äußerster Entschlossenheit.

»Wie Sie meinen«, entgegnete der Stadthauptmann und stopfte beide Nasenlöcher voll Tabak. »Ich selber wage es nicht, Ihnen zu- oder abzuraten; nur eins erlauben Sie mir noch zu sagen: Sie sind jetzt miteinander verzankt, sobald Sie sich aber wieder vertragen . . .«

Hier kam Iwan Iwanowitsch jedoch auf den Wachtelfang zu sprechen, was meist geschah, wenn er die Unterhaltung in andere Bahnen zu lenken wünschte.

Und so mußte sich der Stadthauptmann nach Hause begeben, ohne das geringste erreicht zu haben.

6

Aus diesem Kapitel kann der Leser ohne viel Mühe ersehen, was es enthält

Sosehr man sich beim Gericht auch bemühte, die Angelegenheit zu verbergen, am nächsten Tage wußte schon ganz Mirgorod, daß Iwan Iwanowitschs Schwein Iwan Nikiforowitschs Gesuch entwendet hatte. Als erster verplapperte sich aus Unachtsamkeit der Stadthauptmann selbst. Als man Iwan Nikiforowitsch davon erzählte, sagte er nichts und fragte nur: »War es vielleicht das schwarze?«

Agafija Fedossejewna aber, die anwesend war, drang sogleich wieder in Iwan Nikiforowitsch: »Was denn, Iwan Nikiforowitsch? Die Leute werden dich als Dummkopf auslachen, wenn du dir das gefallen läßt! Was wärest du danach noch für ein Edelmann? Du wärest schlimmer als ein Marktweib, das die von dir so geschätzten Honigkuchen verkauft!«

Und sie ließ nicht locker, bis sie ihn herumgekriegt hatte. Sie gabelte irgendwo ein dunkelhaariges Männlein auf, in mittleren Jahren, mit von Flecken übersätem Gesicht, in einem dunkelblauen, an den Ellenbogen geflickten Gehrock – so einen richtigen Federfuchser und Ränkeschmied! Er teerte seine Stiefel und hatte hinter jedem Ohr drei Gänsekiele stecken, dazu trug er ständig ein Fläschchen bei sich, das als Tintenfaß diente und an einer Schnur von einem Knopf herunterhing; er vertilgte neun Piroggen hintereinander, wobei er eine zehnte in die Tasche schob, und brachte auf einem Bogen Stempelpapier so viel Gemeinheiten unter, daß kein Mensch sie verlesen konnte, ohne zwischendurch zu husten und zu niesen. Dieses kleine Ebenbild eines Menschen mühte sich, schwitzte, schrieb und verfertigte schließlich das folgende Schriftstück:

An das Mirgoroder Kreisgericht vom Edelmann Iwan, Sohn des Nikifor, Dowgotschchun.

In Ergänzung zu dem Gesuch, das von mir, dem Edelmann Iwan, Sohn des Nikifor, Dowgotschchun, zu diesem Gegenstand vorgelegen hat – gemeinsam mit dem Edelmann Iwan, Sohn des Iwan, Pererepenko –, wozu auch das Mirgoroder Kreisgericht sein Einverständnis erklärt hat. Dazu kommt die freche Eigenmächtigkeit des schwarzen Schweins, die geheimgehalten wurde und erst durch dritte an unser Ohr gedrungen ist. Deren – als böswillig anzusehende – Zulassung und Begünstigung gehört unbedingt vor Gericht, denn das besagte Schwein ist ein dummes Tier und darum desto mehr zur Entwendung eines Papiers geeignet. Woraus mit aller Deutlichkeit erhellt, daß das besagte, wiederholt erwähnte Schwein von dem Prozeßgegner selbst dazu aufgehetzt worden ist, der sich als Edelmann Iwan, Sohn des Iwan, Pererepenko bezeichnet und schon des Banditentums, des Anschlages gegen ein Menschenleben und der Gotteslästerung überführt ist. Doch das genannte Mirgoroder Gericht hat mit der ihm eigenen Parteilichkeit sein heimliches Einverständnis damit gezeigt; ohne dieses Einverständnis wäre das besagte Schwein auf keinen Fall in der Lage gewesen, das Papier zu entwenden, da das Mirgoroder Kreisgericht mit Personal in genügender Menge ausgestattet ist, zu welchem Punkte man nur den Soldaten anzuführen braucht, der sich ständig im Vorraum aufhält und, wenn er auch schielt und einen einigermaßen beschädigten Arm hat, durchaus in der Lage wäre, das Schwein mit einem Knüppel anzugehen und zu verjagen. Woraus mit aller Klarheit eine Begünstigung durch das besagte Mirgoroder Gericht und die nicht zu bestreitende Aufteilung des sich dabei ergebenden jüdischen Profits im gegenseitigen Einvernehmen zu ersehen ist – zumal sich der oben erwähnte Bandit und Edelmann Iwan, Sohn des Iwan, Pererepenko in einer ausweglosen Lage befand. Aus welchem Grunde ich, der Edelmann Iwan, Sohn des Nikifor, Dowgotschchun, dem genannten Kreisgericht zu gebührender Allgemeinkenntnis bringe: Wenn das erwähnte Gesuch nicht zur Bestrafung des besagten schwarzen Schweins und des unter einer Decke mit ihm steckenden Edelmanns Pererepenko führt und eine gerechte Entscheidung zu meinen Gunsten nicht erfolgt, dann werde ich, der Edelmann Iwan, Sohn des Nikifor, Dowgotschchun, eine Beschwerde über diese gesetzwidrige Begünstigung seitens selbigen Gerichts einreichen und die Angelegenheit in der den Vorschriften entsprechenden Form dem Appellationsgericht zuleiten.

Der Edelmann des Mirgoroder Kreises
Iwan, Sohn des Nikifor, Dowgotschchun.

Dieses Gesuch verfehlte seine Wirkung nicht: Der Richter gehörte – wie die meisten gutmütigen Menschen – nicht eben zum Fähnlein der Tapfersten. Er wandte sich an den Sekretär. Der Sekretär aber stieß nur ein dumpfes »Hm« zwischen den Zähnen hervor, und sein Gesicht nahm einen so gleichgültigen und so verteufelt zweideutigen Ausdruck an, wie ihn gewöhnlich nur Satan annimmt, wenn er ein Opfer zu seinen Füßen sieht. Es gab nur einen Ausweg – die beiden Freunde miteinander zu versöhnen. Doch wie trat man an sie heran, nachdem alle bisherigen Versuche gescheitert waren? Dennoch entschloß man sich zu einem neuen. Iwan Iwanowitsch erklärte geradeheraus, er wünsche keine Versöhnung, und war sogar sehr ungehalten. Iwan Nikiforowitsch drehte den Vermittlern einfach den Rücken zu und sagte gar nichts. So nahm der Prozeß denn seinen Lauf, und zwar mit jener ungewöhnlichen Schnelligkeit, für die die Gerichtsbehörden bekannt sind. Die Papiere erhielten einen Eingangsvermerk, wurden eingetragen, mit einer Nummer versehen, eingeheftet und quittiert – alles an einem Tage; danach tat man sie in einen Aktenschrank, wo sie dann eben lagen – ein Jahr, ein zweites und ein drittes. Zahlreiche Bräute fanden in den Hafen der Ehe, in Mirgorod legte man eine neue Straße an; der Richter verlor einen Backenzahn und zwei Schneidezähne; auf Iwan Iwanowitschs Hof liefen noch mehr Kinder herum als früher – wo sie herkamen, weiß Gott allein! Iwan Nikiforowitsch errichtete – Iwan Iwanowitsch zum Trotz – einen neuen Gänsestall; er befand sich zwar ein wenig weiter ab als der frühere, verbaute aber dennoch die Aussicht zum Nachbarhof, und die beiden ehrenwerten Männer erblickten einander fast nie – die Prozeßakte aber lag, mustergültig geordnet, im Schrank, der vor lauter Tintenflecken aussah, als wäre er aus Marmor.

Indessen ereignete sich in Mirgorod etwas äußerst Wichtiges.

Der Stadthauptmann gab eine große Gesellschaft! Wo nehme ich die Farben und die Pinsel her, um die Mannigfaltigkeit der Versammlung und das prächtige Gastmahl zu schildern? Nehmen Sie Ihre Uhr, öffnen Sie sie und schauen Sie sich an, was sich in ihrem Inneren tut! Ein schauderhaftes Durcheinander, nicht wahr? Und nun stellen Sie sich vor, daß man fast ebenso viele Räder, wenn nicht sogar noch mehr, auf dem Hof des Stadthauptmanns erblickte. Was waren da nicht alles für Kaleschen und Reisekutschen vertreten! Die eine hatte einen breiten Fond und ein schmales Vorderteil; die andere ein breites Vorderteil und einen schmalen Fond. Diese war Kalesche und Reisekutsche zugleich, jene weder dies noch das. Einige ähnelten einem riesigen Heuschober oder einer dicken Kaufmannsfrau, und andere erinnerten an einen zerzausten Juden oder an ein Skelett, an dem sich da und dort noch Haut erhalten hat. Die eine sah von der Seite wie eine Tabakpfeife aus; die andere nach gar nichts und erweckte den Eindruck eines höchst unförmigen und phantastischen Lebewesens. Aus diesem Chaos von Kutschböcken und Rädern ragte eine Art Kutsche empor, die ein regelrechtes Stubenfenster mit einem dicken Fensterkreuz aufwies. Die Kutscher – in grauen Röcken, Kitteln und grauen Hosen, mit Lammfell- oder den verschiedensten Schirmmützen auf dem Kopf und der Tabakpfeife in der Hand – führten auf dem Hof die ausgespannten Pferde umher. Was der Stadthauptmann aber auch für eine Gesellschaft gab! Gestatten Sie, daß ich alle aufzähle, die dabei waren: Taras Tarassowitsch, Jewpl Akinfowitsch, Jewtichi Jewtichijewitsch, Iwan Iwanowitsch – nicht jener Iwan Iwanowitsch, sondern ein anderer –, Sawwa Gawrilowitsch, dann unser Iwan Iwanowitsch, Jelewferi Jelewferijewitsch, Makar Nasarjewitsch, Foma Grigorjewitsch ... Ich kann nicht mehr! Ich passe! Die Hand erlahmt mir vom Schreiben! Und wieviel Damen zugegen waren! Brünette und blonde, hochgewachsene und kurzleibige, solche, die so dick waren wie Iwan Nikiforowitsch, und solche, die so schlank waren, daß es schien, man könnte sie in der Degenscheide des Stadthauptmanns unterbringen. Wieviel Hauben! Wieviel Kleider – rote, gelbe und kaffeebraune, grüne und blaue, neue und gewendete und geänderte! Wieviel Schultertücher, Schleifen und Handtäschchen! Ade, ihr armen Augen! Ihr werdet nach diesem Schauspiel zu nichts mehr zu gebrauchen sein! Und wie lang der Tisch aufgezogen war! Und welcher Lärm sich erhob, als alle zu sprechen begannen! Was ist dagegen eine Mühle mit all ihren Rädern, Zahnrädern, Mühlsteinen und sonstigen Getriebeteilen! Ich kann nicht mit Sicherheit sagen, worüber man sich unterhielt, man muß jedoch annehmen, daß sich das Gespräch um lauter angenehme und nützliche Dinge drehte, als da sind: das Wetter, die Hunde, der Weizen, die Häubchen, die Hengste. Schließlich äußerte Iwan Iwanowitsch – nicht unser Iwan Iwanowitsch, sondern der mit den Schielaugen: »Ich wundere mich, daß mein gesundes Auge« – Iwan Iwanowitsch sprach von sich selbst immer ironisch –, »daß mein gesundes Auge Iwan Nikiforowitsch, Herrn Dowgotschchun, nicht erblickt.«

»Er hat es abgelehnt, zu kommen!« sagte der Stadthauptmann.

»Wieso denn das?«

»Es ist nun schon, Gott sei's geklagt, zwei Jahre her, daß sie, das heißt Iwan Iwanowitsch und Iwan Nikiforowitsch, zerstritten sind; und wo der eine ist, zeigt sich der andere auf keinen Fall!«

»Was Sie sagen!« Hier wandte der schieläugige Iwan Iwanowitsch den Blick nach oben und faltete die Hände. »Wenn schon Leute mit gesunden Augen nicht in Frieden miteinander leben, wie soll dann ich mit meinen Schielaugen auskommen?«

Bei diesen Worten brachen alle in schallendes Gelächter aus. Der schieläugige Iwan Iwanowitsch erfreute sich allgemeiner Beliebtheit, weil seine Späße genau dem Zeitgeschmack entsprachen. Selbst ein großer, hagerer Mann in einem Gehrock aus Fries, mit einem Pflaster auf der Nase, der bis dahin in einer Ecke gesessen hatte, ohne ein einziges Mal den Ausdruck seines Gesichts zu wechseln, auch dann nicht, als sich eine Fliege in seine Nase verirrte, selbst dieser Herr erhob sich von seinem Platz und trat auf die Menge zu, die den schieläugigen Iwan Iwanowitsch umringte.

»Hören Sie zu!« sagte der schieläugige Iwan Iwanowitsch, als er sich von einer so anständigen Gesellschaft umgeben sah. »Hören Sie zu! Statt daß Sie mir – so wie jetzt – in meine Schielaugen sehen, lassen Sie uns lieber unsere beiden Freunde versöhnen! Iwan Iwanowitsch unterhält sich gerade mit den Frauen und Mädchen – schicken wir in aller Stille nach Iwan Nikiforowitsch und führen wir die beiden zusammen.«

Man nahm Iwan Iwanowitschs Vorschlag einmütig an und beschloß, unverzüglich zu Iwan Nikiforowitsch zu schicken, um ihn zu bitten, unbedingt zum Stadthauptmann zum Mittagessen zu kommen. Doch die bedeutsame Frage, wen man mit diesem wichtigen Auftrag betrauen solle, versetzte alle in Verlegenheit. Man stritt lange herum, wer auf diplomatischem Gebiet am geschicktesten sei, und schließlich einigte man sich, Anton Prokofjewitsch Golopus dazu zu bestimmen.

Aber ich muß den Leser erst mal mit dieser bemerkenswerten Persönlichkeit bekannt machen. Anton Prokofjewitsch war ein Mensch von grenzenloser Sanftheit – in wahrstem Sinne des Wortes. Schenkte ihm ein angesehener Mirgoroder ein Halstuch oder Unterwäsche, dann dankte er; gab ihm jemand einen leichten Nasenstüber, so bedankte er sich auch dafür. Fragte man ihn: »Wieso haben Sie himmelblaue Ärmel in Ihrem braunen Rock, Anton Prokofjewitsch?«, dann antwortete er gewöhnlich: »Sie haben nicht einmal einen solchen! Warten Sie ab, wenn ich ihn erst eine Weile getragen habe, ist er überall gleich!« Und tatsächlich – der hellblaue Stoff verwandelte sich durch die Einwirkung der Sonne allmählich in braunen, und jetzt paßt er genau zur Farbe des Rocks! Nur eins ist sonderbar: Anton Prokofjewitsch zieht im Sommer wollene Kleidung und im Winter solche aus Nanking an. Anton Prokofjewitsch besitzt kein eigenes Haus. Er hat eins am Rande der Stadt gehabt, es aber dann verkauft und für das erlöste Geld ein Dreigespann von Braunen und eine leichte Kalesche erworben, mit der er in der Umgebung herumkutschierte und sich als Gast bei den Gutsbesitzern durchschlug. Da man mit Pferden aber allerlei Scherereien hat und obendrein Geld für Hafer braucht, vertauschte Anton Prokofjewitsch sie gegen eine Geige und eine leibeigene Magd, wobei er als Zugabe einen Fünfundzwanzigrubelschein erhielt. Die Geige verkaufte er später, die Magd aber gab er für einen Tabakbeutel aus Saffianleder mit Gold her. Und jetzt nennt er einen Tabakbeutel sein eigen, wie ihn niemand außer ihm hat. Dieses Vergnügen muß er damit bezahlen, daß er nicht mehr von Dorf zu Dorf kutschieren kann, sondern in der Stadt bleiben und mal in diesem, mal in jenem Hause übernachten muß, besonders bei jenen Edelleuten, die einen Spaß daran finden, ihm einen Nasenstüber zu geben. Anton Prokofjewitsch schätzt ein gutes Essen und spielt recht anständig »Schwarzer Peter« und andere Kartenspiele. Sich fügen war immer sein Element gewesen, und er ergriff deshalb auch jetzt Mütze und Stock und machte sich unverzüglich auf den Weg. Erst unterwegs begann er sich zu überlegen, wie er Iwan Nikiforowitsch dazu bewegen könnte, der Gesellschaft beizuwohnen. Der ziemlich unbeugsame Sinn dieses ansonsten so ehrenwerten Mannes ließ sein Unternehmen fast hoffnungslos erscheinen. Und in der Tat – wie sollte sich Iwan Nikiforowitsch entschließen können zu kommen, wenn schon das Aufstehen vom Bett ihn größte Mühe kostete? Aber selbst wenn man annahm, er würde sich erheben, wie sollte er sich dorthin aufmachen, wo sich – wie er bestimmt wußte – sein unversöhnlicher Feind befand? Je länger Anton Prokofjewitsch nachdachte, desto mehr Hindernisse sah er vor sich. Es war ein schwüler Tag; die Sonne brannte; der Schweiß rann in Bächen an ihm herab. Anton Prokofjewitsch war, obwohl er Nasenstüber empfing, in manchen Dingen ein ziemlich pfiffiger Kopf – nur in Tauschgeschäften hatte er keine glückliche Hand; er wußte sehr gut, wann man den Einfältigen spielen mußte, und wurde manchmal mit Umständen und Dingen fertig, in denen sich selbst der Klügste nicht zurechtfand.

Während sein erfinderischer Verstand auf immer neue Mittel sann, wie er Iwan Nikiforowitsch überreden könnte, und er den Dingen, die auf ihn zukamen, schon zuversichtlicher entgegensah, brachte ihn ein unerwarteter Umstand in einige Verlegenheit. Hier dürfte es nichts schaden, dem Leser mitzuteilen, daß Anton Prokofjewitsch neben anderen Hosen ein Paar besaß, das eine sonderbare Eigenschaft hatte: Sobald er sie anzog, bissen ihn die Hunde regelmäßig in die Waden. Zu seinem Unglück hatte er an jenem Tage gerade diese Hosen an. Und kaum vertiefte er sich aufs neue in seine Überlegungen, da drang von allen Seiten schauderhaftes Hundegebell auf ihn ein. Anton Prokofjewitsch erhob ein solches Geschrei – lauter als er konnte niemand schreien –, daß nicht nur die uns bekannte alte Magd und der Träger des unermeßlich weiten Rocks zu ihm hinausstürzten, sondern auch die zahllosen Jungen von Iwan Iwanowitschs Hof; und obwohl ihn die Hunde nur in die eine Wade bissen, dämpfte das seine Zuversicht doch sehr, und er trat mit einiger Ängstlichkeit auf die Veranda zu.

7

Zugleich das letzte Kapitel

»Ah! Guten Tag! Warum necken Sie denn die Hunde?« sagte Iwan Nikiforowitsch, als er Anton Prokofjewitsch erblickte, denn mit Anton Prokofjewitsch sprach jedermann nur im Scherz.

»Sollen sie alle krepieren! Wer hat sie denn geneckt?« entgegnete Anton Prokofjewitsch.

»Sie wollen es nur nicht zugeben.«

»Nein, das stimmt nicht! –Pjotr Fjodorowitsch bittet Sie zum Mittagessen.«

»Hm!«

»Bei Gott! Er hat so eindringlich darum gebeten, daß es nicht auszudrücken ist. Wie kommt es, hat er gesagt, daß Iwan Nikiforowitsch mich meidet, als wäre ich sein Feind? Nie kommt er vorbei, um ein paar Worte mit mir zu wechseln oder bei mir zu sitzen.«

Iwan Nikiforowitsch strich sich über das Kinn.

»Wenn Iwan Nikiforowitsch auch dieses Mal nicht kommt, hat er gesagt, dann weiß ich, was ich davon zu halten habe – dann hat er bestimmt etwas gegen mich! Tun Sie mir den Gefallen, Anton Prokofjewitsch, überreden Sie Iwan Nikiforowitsch! Also, was ist, Iwan Nikiforowitsch? Kommen Sie! Dort ist eine ausgezeichnete Gesellschaft versammelt!«

Iwan Nikiforowitsch wandte den Blick zu einem Hahn, der auf der Veranda stand und aus vollem Halse krähte.

»Wenn Sie wüßten, Iwan Nikiforowitsch«, fuhr der Abgesandte eifrig fort, »was für einen Stör, was für frischen Kaviar Pjotr Fjodorowitsch geschickt bekommen hat!«

Hier drehte Iwan Nikiforowitsch den Kopf und hörte aufmerksam hin.

Das ermunterte den Abgesandten.

»Kommen Sie, rasch, auch Foma Grigorjewitsch ist da! Was ist denn nun?« fügte er hinzu, als er sah, daß Iwan Nikiforowitsch in immer derselben Stellung dalag. »Was ist? Gehen wir nun oder nicht?«

»Ich will nicht!«

Dieses »Ich will nicht!« traf Anton Prokofjewitsch wie der Blitz aus heiterem Himmel. Er hatte schon geglaubt, seine eindringlichen Worte hätten diesen ansonsten so ehrenwerten Mann völlig überzeugt; und auf einmal mußte er dieses entschiedene »Ich will nicht!« vernehmen.

»Und warum wollen Sie nicht?« fragte er beinahe unwillig, was fast nie bei ihm vorkam, selbst dann nicht, wenn man ihm brennendes Papier auf den Kopf legte, was besonders dem Richter und dem Stadthauptmann Vergnügen bereitete.

Iwan Nikiforowitsch nahm eine Prise Tabak.

»Wie Sie wollen, Iwan Nikiforowitsch, aber ich weiß wirklich nicht, was Sie davon zurückhält.«

»Was soll ich da?« sagte schließlich Iwan Nikiforowitsch. »Dort wird doch der Bandit sein!« So pflegte er Iwan Iwanowitsch zu nennen.

Herrgott im Himmel! Und wie lange war es schon her ...

»Bei Gott, er wird nicht dasein! So wahr mir Gott helfe — er wird nicht dasein! Soll mich auf der Stelle der Schlag treffen!« entgegnete Anton Prokofjewitsch, dem es nichts ausmachte, den Herrgott ein dutzendmal in der Stunde anzurufen. »So kommen Sie schon, Iwan Nikiforowitsch!«

»Sie schwindeln doch, Anton Prokofjewitsch, er ist da!«

»Bei Gott nicht, bei Gott! Ich will mich nicht von der Stelle rühren können, wenn er da ist! Fragen Sie sich doch selbst – weshalb sollte ich lügen? Mögen mir Arme und Beine verdorren! Nun, glauben Sie's immer noch nicht? Möge ich hier, vor Ihren Augen verrecken; sollen weder mein Vater, noch meine Mutter, noch ich das Himmelreich erblicken! Glauben Sie mir noch immer nicht?«

Iwan Nikiforowitsch war durch diese Beteuerungen endgültig beruhigt und befahl dem Kammerdiener im uferlosen Rock, seine Pluderhosen und die Nankingjacke zu bringen.

Ich bin der Ansicht, daß es sich ganz und gar erübrigt, zu beschreiben, wie Iwan Nikiforowitsch die Pluderhosen anzog, wie man ihm die Krawatte umwürgte und schließlich in die Jacke half, an der unter dem linken Arm die Naht geplatzt war. Ich begnüge mich damit, festzustellen, daß er während der ganzen Zeit die geziemende Ruhe bewahrte und auf Anton Prokofjewitschs Vorschlag, seinen türkischen Tabakbeutel gegen etwas anderes zu tauschen, kein Wort erwiderte.

Inzwischen warteten die Versammelten voller Ungeduld auf den entscheidenden Augenblick, da Iwan Nikiforowitsch erscheinen und der allgemeine Wunsch, die beiden ehrenwerten Männer mögen sich endlich versöhnen, in Erfüllung gehen würde; viele waren ziemlich fest davon überzeugt, daß Iwan Nikiforowitsch nicht kommen werde. Der Stadthauptmann schlug dem schieläugigen Iwan Iwanowitsch sogar vor, zu wetten, daß er nicht kommen werde, und die Wette kam nur darum nicht zustande, weil der schieläugige Iwan Iwanowitsch verlangte, der Stadthauptmann solle sein durchschossenes Bein gegen Iwan Iwanowitschs schiefes Auge setzen, worüber der Stadthauptmann sehr gekränkt war, seine Gäste dagegen heimlich lachten. Niemand dachte daran, sich zu Tisch zu begeben, obwohl die

Uhr schon stark auf zwei ging — eine Stunde, um die man in Mirgorod, selbst bei besonderen Anlässen, längst zu Mittag ißt.

Als sich Anton Prokofjewitsch in der Tür zeigte, wurde er sofort von allen Seiten umringt. Anton Prokofjewitsch begegnete den vielen Fragen mit dem entschlossenen kurzen Ausruf: »Er kommt nicht.« Kaum hatte er diesen Satz ausgesprochen, auf den — wegen des Scheiterns seiner Mission — ein wahrer Hagel von Vorwürfen, Schimpfworten, vielleicht sogar Nasenstübern auf ihn niederzugehen drohte, da öffnete sich die Tür und Iwan Nikiforowitsch trat ein.

Wäre Satan in Person oder der Geist eines Verstorbenen erschienen — sie hätten die Gesellschaft nicht in solches Staunen versetzt, wie es die überraschende Ankunft Iwan Nikiforowitschs tat. Anton Prokofjewitsch aber hielt sich aus Freude darüber, daß er die ganze Gesellschaft so genarrt hatte, vor Lachen die Seiten.

Wie dem auch sei, auf jeden Fall kam es allen Anwesenden geradezu unwahrscheinlich vor, daß sich Iwan Nikiforowitsch in so kurzer Zeit angezogen hatte, wie es einem Edelmann geziemt. Iwan Iwanowitsch war im Augenblick nicht zugegen; er hatte sich aus irgendeinem Grunde entfernt. Nachdem sich die ganze Gesellschaft von ihrem Staunen erholt hatte, erkundigte man sich nach Iwan Nikiforowitschs Befinden und äußerte sich befriedigt darüber, daß er an Fülle gewonnen hatte. Iwan Nikiforowitsch umarmte jedermann und sagte: »Äußerst verbunden.«

Indessen verbreitete sich ein Duft von Beetensuppe im Zimmer und kitzelte die Nasen der ziemlich ausgehungerten Gäste aufs angenehmste. Alles strömte ins Speisezimmer, voran die Damen — schweigsame wie gesprächige, dünne wie dicke —, und plötzlich schillerte der lange Tisch in allen Farben. Ich beschreibe nicht die Gerichte, die auf den Tisch kamen! Ich lasse mich weder über die Quarkklößchen in saurer Sahne, noch über das Ragout aus Eingeweiden aus, das zur Beetensuppe gereicht wurde, noch über die Pute mit Pflaumen und Rosinen, noch über das Gericht, das äußerlich an in Kwaß geweichte Stiefel erinnerte, noch über jene Sauce, die den Schwanengesang der alten Kochkunst darstellt — eine Sauce, die mit Alkohol übersprüht und lichterloh flammend serviert wurde, was die Damen sehr ergötzte und gleichzeitig ängstigte. Ich rede von allen diesen Gerichten nicht, weil es mir bei weitem mehr Vergnügen macht, sie zu essen, als mich in Worten über sie zu ergehen.

Iwan Iwanowitsch fand viel Gefallen an dem mit Meerrettich zubereiteten Fisch. Er gab sich der so nützlichen und nahrhaften Betätigung des Fischverzehrens mit vielem Eifer hin. Während er die feinsten Fischgräten herauslöste und auf den Tellerrand legte, blickte er zufällig auf, Herrgott im Himmel, was mußte er sehen! Ihm gegenüber saß Iwan Nikiforowitsch!

Im gleichen Augenblick sah auch Iwan Nikiforowitsch auf! ... Nein! Hier versage ich! Man gebe mir eine andere Feder! Meine Feder ist für dieses Bild zu welk, zu tot, zu fein gespalten! Ihre Gesichter mitsamt der Verblüffung, die sich auf ihnen malte, erstarrten zu Stein. Der eine wie der andere erblickte einen alten Bekannten vor sich, auf den er, so schien es, am liebsten zugetreten wäre, um dem so unverhofft getroffenen Freund das Schnupftabakhorn hinzuhalten und zu sagen: »Bedienen Sie sich!« oder: »Darf ich Sie bitten, sich zu bedienen?« Doch gleichzeitig kam ihnen beiden das Gesicht, das sie vor sich sahen, unheimlich vor wie ein böses Omen! Der Schweiß rann an Iwan Iwanowitsch und an Iwan Nikiforowitsch in Bächen herab.

Die Anwesenden, so viele ihrer waren, verstummten vor lauter Spannung und ließen kein Auge von den beiden einstigen Freunden. Die Damen, die sich bislang sehr angeregt darüber unterhalten hatten, wie man aus Hähnen Kapaune mache, brachen das Gespräch auf einmal ab. Stille trat ein. Es war ein Bild, das des Pinsels eines großen Malers würdig gewesen wäre.

Iwan Iwanowitsch holte schließlich das Taschentuch hervor und schneuzte sich; Iwan Nikiforowitsch schaute sich nach allen Seiten um und heftete die Augen auf die geöffnete Tür. Der Stadthauptmann bemerkte diese Bewegung sofort und befahl, die Tür so fest wie möglich zu schließen. Da machten sich die beiden ehemaligen Freunde ans Essen und sahen einander kein einziges Mal mehr an.

Sobald das Mittagessen beendet war, sprangen sie von ihren Plätzen auf und suchten in der Absicht, zu entwischen, nach ihren Mützen. Da zwinkerte der Stadthauptmann Iwan Iwanowitsch zu – nicht dem Iwan Iwanowitsch, sondern dem schieläugigen –, und der schieläugige Iwan Iwanowitsch stellte sich hinter Iwan Nikiforowitsch, der Stadthauptmann aber hinter Iwan Iwanowitsch; dann schoben sie die beiden von hinten aufeinander zu, um sie zusammenzuführen und so lange nicht loszulassen, bis sie einander die Hand gereicht haben würden. Der schieläugige Iwan Iwanowitsch drückte Iwan Nikiforowitsch zwar etwas schräg, aber doch ziemlich geschickt auf die Stelle zu, an der Iwan Iwanowitsch stand; der Stadthauptmann dagegen schlug eine völlig andere Richtung ein, weil er durchaus nicht mit seinem eigenmächtigen Fußvolk zu Rande kam, das dieses Mal auf kein Kommando hörte und wie zum Trotz besonders stark seitlich und obendrein in der verkehrten Richtung ausholte (was möglicherweise davon herrühren mochte, daß es bei Tisch sehr viele und die verschiedensten Liköre gegeben hatte). Iwan Iwanowitsch fiel infolgedessen einer Dame in rotem Kleid um den Hals, die sich aus Neugier ganz in die Mitte vorgedrängt hatte. Ein solches Vorzeichen schien nichts Gutes zu verheißen. Hier nahm jedoch der Richter, um der Sache abzuhelfen, die Stelle des Stadthauptmanns ein, sog mit der Nase den ganzen Tabak von der Oberlippe auf und gab Iwan Iwanowitsch einen Schubs in die entgegengesetzte Richtung. In Mirgorod ist das die übliche Art, zwei Menschen zu versöhnen. Sie erinnert bis zu einem gewissen Grade an ein Ballspiel. Sobald der Richter Iwan Iwanowitsch geschubst hatte, nahm der schieläugige Iwan Iwanowitsch alle Kraft zusammen und schubste seinerseits Iwan Nikiforowitsch, an dem der Schweiß herabrann wie Regenwasser vom Dach. Und obwohl sich die einstigen Freunde aus Leibeskräften dagegen stemmten, wurden sie am Ende doch zusammengeführt, weil beide operierenden Parteien erhebliche Verstärkung aus der Mitte der anderen Gäste bekamen. Dann umringte man sie von allen Seiten auf engstem Raum und ließ sie so lange nicht los, bis sie einander die Hand gereicht hatten.

»Gott verzeih Ihnen beiden, Iwan Nikiforowitsch und Iwan Iwanowitsch! So sagen Sie doch ehrlich, weswegen haben Sie sich entzweit? Waren es nicht Lappalien? Schämen Sie sich vor Gott und den Menschen!«

»Ich weiß nicht«, sagte Iwan Nikiforowitsch und keuchte vor Erschöpfung (man merkte, daß er der Versöhnung keineswegs abgeneigt war), »ich weiß nicht, was ich Iwan Iwanowitsch getan habe; warum also hat er meinen Stall zum Zusammensturz gebracht und mir nach dem Leben getrachtet?«

»Ich habe keinerlei böse Absichten gehegt«, versicherte Iwan Iwanowitsch, ohne Iwan Nikiforowitsch anzusehen. »Ich schwöre vor Gott und vor euch, ehrenwerte Edelleute, ich habe meinem Feind nichts getan. Warum also beschimpft er mich und fügt mir Schaden an Rang und Namen zu?«

»Welchen Schaden habe ich Ihnen denn zugefügt, Iwan Iwanowitsch?« fragte Iwan Nikiforowitsch.

Noch ein Augenblick der Aussprache — und die schon lange währende Feindschaft schien erlöschen zu wollen. Schon fuhr Iwan Nikiforowitsch in die Tasche, um das Schnupftabakhorn hervorzuholen und zu sagen: Bedienen Sie sich!

»Ist es vielleicht keine Schädigung, mein Herr«, entgegnete Iwan Iwanowitsch, ohne aufzublicken, »wenn Sie mein Geschlecht und meinen Rang durch einen Ausdruck entehren, den hier zu wiederholen der Anstand verbietet?«

»Erlauben Sie mir, Ihnen in aller Freundschaft etwas zu sagen, Iwan Iwanowitsch!« Hierbei berührten Iwan Nikiforowitschs Finger einen Knopf an Iwan Iwanowitschs Rock, was seine unbedingte Geneigtheit verriet. »Sie waren über weiß der Teufel was gekränkt — darüber, daß ich Sie einen *Ganter* genannt habe . . .«

Iwan Nikiforowitsch merkte sofort, daß er eine Unvorsichtigkeit begangen hatte; aber es war schon zu spät, das Wort war ausgesprochen.

Und alles ging zum Teufel!

Wenn Iwan Iwanowitsch schon bei der Nennung dieses Wortes ohne Zeugen außer sich war und in solchen Zorn geriet, daß einen Gott davor bewahren möge, einen Menschen in solchem Zorn zu sehen, was mußte jetzt geschehen, frage ich Sie, lieber Leser, jetzt, da dieses vernichtende Wort auf einer Gesellschaft ausgesprochen wurde, wo zahlreiche Damen anwesend waren, in deren Gegenwart Iwan Iwanowitsch besonders genau auf Schicklichkeit zu achten pflegte? Hätte sich Iwan Iwanowitsch irgendwie anders ausgedrückt, hätte er *Vogel* und nicht *Ganter* gesagt, dann wäre alles noch zu retten gewesen.

Aber so war alles zu Ende!

Er warf Iwan Nikiforowitsch einen Blick zu – und was für einen! Wenn dieser Blick vollziehende Gewalt besessen hätte, dann wäre Iwan Nikiforowitsch zu Staub zerfallen. Die Gäste verstanden diesen Blick und beeilten sich, die beiden zu trennen. Und der Mann, der ein Muster an Sanftmut war und an keiner Bettlerin vorüberging, ohne sich nach ihrem Ergehen zu erkundigen, stürzte, rasend vor Wut, hinaus. Welch heftige Stürme doch die Leidenschaften hervorbringen!

Einen ganzen Monat war von Iwan Iwanowitsch nichts zu hören und nichts zu sehen. Er verschanzte sich in seinem Haus. Und er öffnete die Geheimtruhe und entnahm ihr – was wohl? Silberrubel, alte Silberrubel aus Großvaters Zeiten! Und diese Silberrubel gingen in die schmutzigen Hände der Tintenkleckser über. Der Prozeß wurde dem Appellationsgericht zugeleitet. Und erst als Iwan Iwanowitsch die freudige Nachricht erhielt, er werde am Tage darauf entschieden sein, entschloß er sich dazu, sein Haus zu verlassen und sich unter den Leuten zu zeigen. Aber – o weh! Seither benachrichtigte ihn das Appellationsgericht tagtäglich, der Prozeß werde am folgenden Tage entschieden sein, und das zehn Jahre lang!

Vor ungefähr fünf Jahren kam ich aufs neue durch Mirgorod. Ich reiste in einer schlechten Jahreszeit. Der Herbst mit seinem trübselig-feuchten Wetter, dem Straßenschlamm und dem Nebel war angebrochen. Ein irgendwie unnatürliches Grün – das Werk des langweiligen, ununterbrochenen Regens – überzog die Felder und Fluren gleich einem dünnen Netz und paßte zu ihnen wie die Ausgelassenheit zu einem alten Mann oder Rosen zu einer alten Frau. Das Wetter übte damals einen starken Einfluß auf mich aus — ich wurde trübselig, wenn es trübselig war. Dennoch fühlte ich, als ich mich Mirgorod näherte, wie mir das Herz hämmerte. Mein Gott, wie viele Erinnerungen in mir auftauchten! Ich hatte Mirgorod zwölf Jahre nicht gesehen. Hier lebten damals zwei unvergleichliche Männer, zwei unvergleichliche Freunde in rührender Eintracht nebeneinander. Doch wieviel geachtete Bürger waren seither gestorben! Der Richter Demjan Demjanowitsch weilte nicht mehr unter den Lebenden; auch der schieläugige Iwan Iwanowitsch hatte das Zeitliche gesegnet. Ich kam im Wagen durch die Hauptstraße. Überall standen Stangen herum, an denen oben Strohbunde befestigt waren — offenbar sollte hier alles wieder einmal umgestaltet werden. Einige Häuser waren schon abgetragen. Verzagt starrten Reste von Zäunen und Flechtzäunen in die Luft.

Es war Feiertag. Ich ließ meinen Wagen mit dem Bastverdeck vor der Kirche halten und trat so leise ein, daß niemand sich nach mir umdrehte. Und wer hätte es auch tun sollen? Die Kirche war leer. Fast keine Menschenseele ringsum. Man sah, selbst die Frömmsten waren vor dem Straßenschlamm zurückgeschreckt. Die Kerzen wirkten an diesem trüben oder, besser gesagt, siechen Tag sonderbar unangenehm; die dunklen Nebenhallen blickten traurig drein; an den länglichen Fenstern mit ihren runden Scheiben rannen Regentropfen herab — wie Tränen. Ich zog mich in eine Seitenhalle zurück und wandte mich an einen ehrwürdigen alten Mann mit grauem Haar: »Gestatten Sie eine Frage — ist Iwan Nikiforowitsch noch am Leben?«

In diesem Augenblick flammte das Lämpchen vor einer Ikone lebhafter auf, und das Licht fiel auf das Gesicht meines Nachbarn. Wie war ich erstaunt, als ich bei näherem Hinsehen wohlbekannte Züge erblickte! Es war Iwan Nikiforowitsch selbst! Aber wie hatte er sich verändert!

»Fühlen Sie sich auch gesund, Iwan Nikiforowitsch? Wie Sie gealtert sind!«

«Ja, das bin ich. Ich bin erst heute aus Poltawa zurückgekehrt«, entgegnete Iwan Nikiforowitsch.

»Was Sie sagen! Sie sind bei diesem schlechten Wetter in Poltawa gewesen?«

»Was kann man machen? Der Prozeß . . .«

Hier gab ich unwillkürlich einen Seufzer von mir. Iwan Nikiforowitsch bemerkte es und fuhr fort: »Seien Sie unbesorgt, ich habe die feste Zusage, daß der Fall in der nächsten Woche entschieden sein wird, und zwar zu meinen Gunsten.«

Ich zuckte mit den Schultern und ging beiseite, um mich über Iwan Iwanowitsch zu erkundigen.

»Iwan Iwanowitsch ist hier«, sagte mir jemand, »er befindet sich auf der Sängerempore.«

Dort erblickte ich eine hagere Gestalt. Sollte das wirklich Iwan Iwanowitsch sein? Sein Gesicht war völlig mit Runzeln bedeckt, das Haar ganz weiß; aber er trug noch immer dieselbe Pekesche. Nach den ersten Begrüßungsworten sah mich Iwan Iwanowitsch mit jenem fröhlichen Lächeln an, das ihm so gut zum trichterförmigen Gesicht stand, und sagte: »Soll ich Sie von einer angenehmen Neuigkeit in Kenntnis setzen?«

»Von welcher denn?« fragte ich.

»Morgen fällt die Entscheidung in meiner Streitsache. Das Appellationsgericht hat es mir mit aller Bestimmtheit zugesagt.«

Ich seufzte noch tiefer, verabschiedete mich rasch, denn ich war in einer sehr wichtigen Angelegenheit unterwegs, und stieg in meinen Reisewagen. Die mageren Gäule, die in Mirgorod unter dem Namen Kurierpferde bekannt sind, zogen an und riefen mit den Hufen, die in der grauen Masse des Straßenschlamms versanken, einen unangenehmen Laut hervor. Der Regen ergoß sich in Strömen über den Juden, der auf dem Kutschbock saß und sich eine Bastmatte umgehängt hatte. Die Nässe ging mir durch Mark und Bein. Die kümmerliche Wache an der Stadtgrenze mit ihrem Schilderhäuschen, in dem ein Invalide seine graue Ausrüstung flickte, glitt langsam vorüber. Dann kamen wieder dieselben nassen Dohlen und Krähen, derselbe eintönige Regen, der weinerliche, von keinerlei Lichtstreif erhellte Himmel. – Traurig ist es auf dieser Welt, Herrschaften!

Aufzeichnungen eines Wahnsinnigen

3. Oktober

Heute hatte ich ein ungewöhnliches Abenteuer. Ich stand morgens ziemlich spät auf, und als Mawra meine geputzten Schuhe hereinbrachte, fragte ich sie, wieviel Uhr es sei. Ich erfuhr, daß es längst zehn geschlagen hatte, und zog mich so schnell wie möglich an. Offen gestanden, ich wäre am liebsten gar nicht ins Departement gegangen, da ich im voraus wußte, welch saure Miene unser Abteilungsleiter machen würde. Schon seit langem pflegt er mir zu sagen: »Was herrscht in deinem Kopf nur für ein ewiger Wirrwarr, Verehrter? Du hastest mitunter wie ein Besessener umher, bringst die Akte oft so durcheinander, daß sich kein Teufel darin zurechtfindet, setzt in der Überschrift einen kleinen Buchstaben ein und führst weder Datum noch Nummer an.« Der verdammte Kerl! Wahrscheinlich ist er auf mich neidisch, weil ich im Arbeitszimmer des Direktors sitze und die Federkiele für Seine Exzellenz beschneide. Mit einem Wort, ich wäre nicht in das Departement gegangen, hätte ich nicht gehofft, den Kassenverwalter zu treffen und diesem Geizhals womöglich doch noch etwas Vorschuß abzubetteln, und sei es nur ganz wenig. Das ist erst eine Kreatur! Der und das Monatsgehalt im voraus bezahlen? Herrgott im Himmel, da bräche eher der Jüngste Tag an! Und selbst wenn du bettelst, und selbst wenn du dich auf den Kopf stellst, und selbst wenn du noch sosehr in Not bist – der grauhaarige Satan rückt nichts heraus. Dabei bezieht er zu Haus Ohrfeigen von seiner Köchin. Das weiß jeder. Ich sehe keinen Vorteil darin, Beamter in einem Departement zu sein. Man hat keinerlei Hilfsquellen. Bei der Gouvernementsverwaltung zum Beispiel, bei den Gerichts- und

Finanzbehörden liegen die Dinge ganz anders. Da drückt sich einer in der äußersten Ecke herum und schreibt was. Der Frack, den er trägt, ist abscheulich, die Schnauze so, daß man ausspucken möchte, aber schau dir an, was für ein Haus er in der Sommerfrische mietet? Mit einer vergoldeten Porzellantasse brauchst du ihm gar nicht erst zu kommen. »Das sind Geschenke für einen Doktor«, sagt er. Seine Preislage sind zwei Traber, eine Kutsche oder ein Biber im Werte von dreihundert Rubel. Er macht einen bescheidenen Eindruck. Er kann so zartfühlend fragen: »Würden Sie mir Ihr Messerchen leihen, damit ich mein Federkielchen beschneiden kann«, plündert aber den Bittsteller aus bis aufs Hemd. Allerdings ist der Dienst bei uns dafür vornehm. Überall herrscht eine solche Sauberkeit, wie man sie nie im Leben in einer Gouvernementsverwaltung antreffen wird; die Schreibtische sind aus Mahagoni, und alle Vorgesetzten *siezen* die Untergebenen. Ja, ich gestehe, wäre es bei uns nicht so vornehm, ich hätte dem Departement längst den Rücken gekehrt.

Ich zog den alten Mantel an und nahm meinen Schirm, denn draußen goß es in Strömen. Kein Mensch war auf den Straßen zu sehen – allenfalls ein paar Weiber aus dem Volk mit über den Kopf gezogenem Rock, Kaufleute mit Schirmen und Kuriere. Von uns Höherstehenden traf ich nur einen einzigen – einen Beamten. Ich erblickte ihn an einer Straßenkreuzung. Als ich ihn sah, sagte ich mir sogleich: He, mein Freund, du willst nicht ins Departement, o nein, du eilst nur jener nach, die vor dir hertrippelt, und schaust ihr auf die Beine. Was doch unsereins, der Beamte, für ein Schwerenöter ist! Er steht, wahrhaftig, hinter keinem Offizier zurück: Kaum kommt so eine mit Hütchen daher, gleich bändelt er mit ihr an. Während ich das dachte, fuhr vor einem Laden, an dem ich gerade vorüberkam, ein Wagen vor. Ich erkannte ihn sofort – es war der Wagen unseres Direktors. Was sollte er in dem Laden? fragte ich mich. Es ist bestimmt seine Tochter. Ich drückte mich an die Wand. Der Lakai öffnete den Wagenschlag, und sie flatterte wie ein Vögelchen heraus. Und als sie sich dann umsah, einmal nach

rechts, einmal nach links, und ihre Augen und Brauen an mir vorüberflimmerten ... Herrgott im Himmel, ich war verloren, rettungslos verloren! Wozu fuhr sie bei diesem Wetter aus? Da sage einer noch, die Frauen hingen nicht leidenschaftlich an all diesem Flitter! Sie erkannte mich nicht; ich mummte mich auch absichtlich so gut wie möglich ein, denn mein Mantel war reichlich verschmutzt und auch von altmodischem Schnitt. Man trägt heute Mäntel mit Schalkragen, während ich zwei kurze übereinander hatte; außerdem war auch der Stoff nicht dekatiert. Ihr Hündchen hatte nicht rasch genug durch die Ladentür gefunden und blieb auf der Straße zurück. Ich kenne dieses Hündchen. Es heißt Maggy. Es verging keine volle Minute, als ich plötzlich ein dünnes Stimmchen neben mir hörte: »Guten Tag, Maggy!« Nanu? Wer hatte da gesprochen? Ich sah mich um und erblickte zwei Damen, die unter einem Regenschirm vorübergingen, eine alte und eine ganz junge. Sie waren aber schon vorbei, als ich aufs neue neben mir sagen hörte: »Das war nicht schön von dir, Maggy!« Was zum Teufel sollte das? Ich sah, daß sich Maggy und ein Hündchen, das hinter den Damen herlief, beschnupperten. Oho, sagte ich mir, genug jetzt, bin ich vielleicht betrunken? Doch so etwas kommt bei mir, möchte ich meinen, selten genug vor. »Nein, Fidèle, das darfst du von mir nicht glauben« — ich sah mit eigenen Augen, daß Maggy das sagte —, »ich bin, wau, wau, ich bin, wau, wau, wau, sehr krank gewesen!« Ach, du verdammtes Hündchen! Ich muß gestehen, ich war zuerst sehr erstaunt, als ich es sprechen hörte wie einen

Menschen. Später jedoch, als ich's mir recht überlegte, wunderte ich mich nicht mehr. In der Tat, es hatten sich auf dieser Welt schon zahlreiche ähnliche Fälle ereignet. Man erzählt, in England sei ein Fisch an die Oberfläche gekommen und habe ein paar Worte in einer so sonderbaren Sprache gesagt, daß die Gelehrten sich schon drei Jahre den Kopf zerbrechen, sie zu enträtseln, es aber bis auf den heutigen Tag nicht geschafft haben. Auch von zwei Kühen habe ich in der Zeitung gelesen: Sie seien in einen Laden gekommen und hätten ein Pfund Tee verlangt. Sehr erstaunt aber war ich, wie ich gestehe, als Maggy sagte: »Ich habe dir geschrieben, Fidèle. Wahrscheinlich hat es Polkan versäumt, dir meinen Brief zu überbringen!« Ich will kein Gehalt mehr bekommen, wenn ich je im Leben gehört habe, daß Hunde schreiben können! Richtig schreiben kann nur der Adlige. Nun ja, gewiß, auch Kaufleute und Handlungsgehilfen, ja selbst Leibeigene schreiben manchmal; aber sie schreiben meist mechanisch – kein Komma, kein Punkt, kein Stil.

Ich war ehrlich erstaunt. Ich muß gestehen, ich höre und sehe seit kurzem gelegentlich Dinge, die vor mir noch niemand gehört oder gesehen hat. Du gehst mal dem Hündchen nach, sagte ich mir, und bringst in Erfahrung, was es nun mit ihm auf sich hat und was es denkt.

Ich spannte meinen Schirm auf und folgte den beiden Damen. Sie gingen durch die Gorochowaja, bogen in die Meschtschanskaja, dann in die Stoljarnaja ein, kamen schließlich zur Kokuschkin-Brücke und blieben vor einem großen Haus stehen. Das Haus kennst du doch, sagte ich mir. Es ist das Swerkowsche Haus. Ist das ein Kasten! Was alles für Leute in ihm wohnen – wie viele Köchinnen, wie viele Fremde! Und erst von unsereinem, von den Beamten! Von ihnen gibt es dort so viele wie Sand am Meer; einer hockt auf dem anderen. Auch ich habe da einen guten Bekannten, der ausgezeichnet Trompete bläst. Die Damen stiegen zum vierten Stock hinauf. Gut, sagte ich mir, ich folge ihnen jetzt nicht, aber ich merke mir, wo es ist, und mache mir das bei der ersten Gelegenheit zunutze.

4. Oktober

Heute ist Mittwoch, und ich mußte aus diesem Grunde ins Arbeitszimmer unseres Chefs. Ich kam absichtlich ein bißchen früher, setzte mich hin und schnitt alle Federkiele zurecht. Unser Direktor muß ein äußerst kluger Mann sein. Sein Arbeitsraum ist ganz mit Bücherschränken vollgestellt. Ich sah mir ein paar Titel an – lauter Gelehrtheit, eine Gelehrtheit, daß unsereins einfach nicht mit kann: alles entweder deutsch oder französisch geschrieben. Man braucht nur sein Gesicht zu sehen – puh, welcher Hochmut ihm aus den Augen strahlt! Ich habe noch nie erlebt, daß er ein überflüssiges Wort gesagt hätte. Allenfalls fragt er, wenn man ihm die Papiere bringt: »Wie ist denn draußen das Wetter?« – »Feucht, Euer Exzellenz!« Ja, mit dem kann sich unsereins nicht vergleichen! Staatsmannsformat! Indessen merke ich: Er hat mich besonders gern. Wenn doch auch seine Tochter ... Ha, welch ruchloser Gedanke ... Aber schon gut, schon gut, ich schweige! Ich las die »Ptscholka«*. Was die Franzosen doch für ein dummes Volk sind! Was wollen sie eigentlich? Bei Gott, man sollte ihnen allen, durch die Bank, eine gehörige Tracht Prügel verabfolgen! Dort las ich ebenfalls eine sehr nette Beschreibung von einem Ball, ein Gutsbesitzer aus der Gegend von Kursk war der Verfasser. Die Gutsbesitzer aus dieser Gegend schreiben alle gut. Danach bemerkte ich, daß es bereits halb eins war und »der Unsere« sein Schlafzimmer immer noch nicht verlassen hatte. Gegen halb zwei aber ereignete sich etwas, das keine Feder zu beschreiben vermag. Die Tür ging auf, ich glaubte, der Direktor komme, und sprang mit meinen Papieren vom Stuhle auf; doch nein – es war sie, sie höchstpersönlich! Herrgott im Himmel, was für ein Kleid sie anhatte – weiß wie Schwanengefieder! Puh, wie prächtig! Und als sie mich dann ansah – die Sonne, wahrhaftig, die Sonne selbst! Sie verneigte sich und fragte: »Ist Papa noch

* Gemeint ist die »Sewernaja ptschela« (Die nördliche Biene), eine konservative literarische Zeitschrift, die in den dreißiger Jahren des 19. Jahrhunderts von dem reaktionären Schriftsteller Bulgarin (1789–1859) herausgegeben wurde.

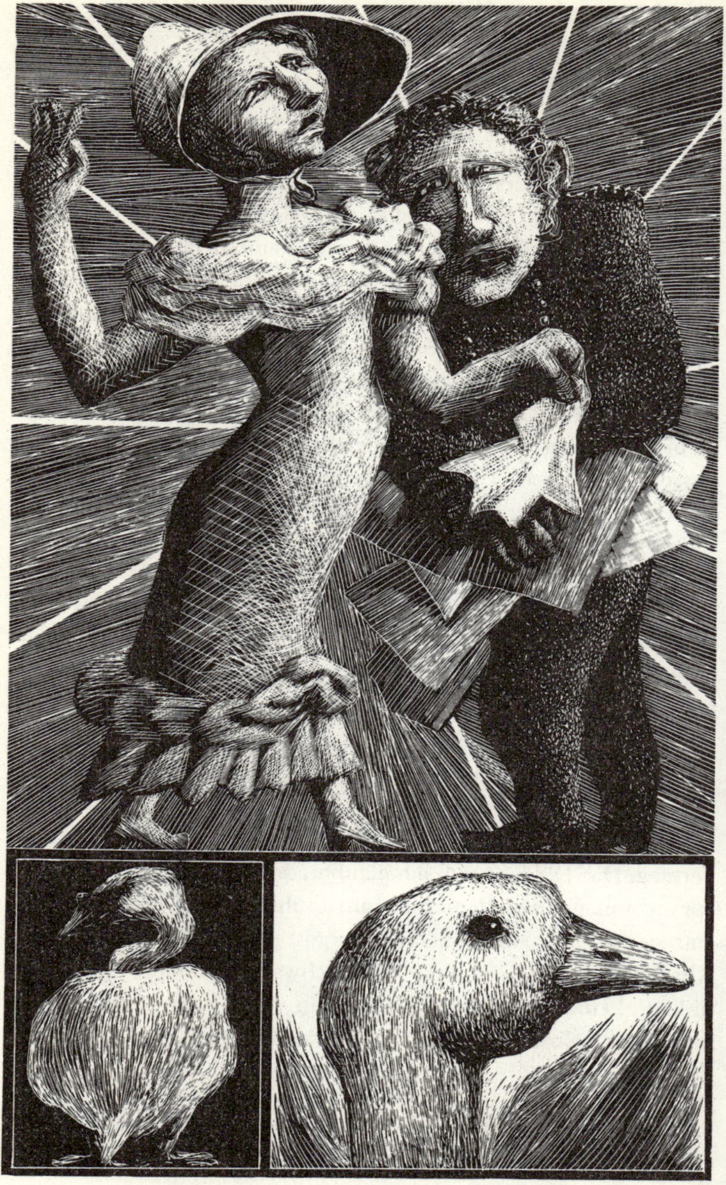

nicht hiergewesen?« Ei, ei, ei, was für eine Stimme! Wie ein Kanarienvogel, bei Gott, wie ein Kanarienvogel! Euer Exzellenz, wollte ich schon sagen, lassen Sie mich's nicht büßen; wünschen Sie aber dennoch, daß ich gerichtet werde, dann bitte nur von Ihrem Händchen, von Ihrem Generalstochterhändchen. Doch hol's der Teufel, die Zunge gehorchte mir nicht, und ich entgegnete nur: »Leider nein.« Sie sah erst mich, dann all die Bücher an und ließ das Taschentuch fallen. Ich stürzte Hals über Kopf hin, rutschte auf dem verdammten Parkett aus und hätte mir bald die Nase blutig geschlagen; ich konnte mich gerade noch halten und hob das Taschentuch auf. Himmel, welch ein Taschentuch! Zartester Batist – Ambra, die reinste Ambra! Ein einziger Generalstochterduft! Sie bedankte sich, lächelte fast unmerklich, sie verzog dabei kaum ihre Honiglippen, und ging. Ich blieb noch eine Stunde sitzen, bis plötzlich ein Lakai erschien und sagte: »Gehen Sie ruhig nach Hause, Aksenti Iwanowitsch, der Herr ist längst weggefahren!« Ich kann die Zunft der Lakeien nicht ausstehen – ewig lümmeln sie sich im Vorzimmer und nicken einem nicht einmal zu. Doch nicht genug damit – eine von diesen Kanaillen hatte eines Tages sogar den Einfall, mir, ohne sich zu erheben, von seinem Tabak anzubieten. Ja, weißt du auch, du Dummkopf, du Knecht, daß ich Beamter und adliger Herkunft bin? Ich nahm also meinen Hut, zog mir allein den Mantel an, denn diese Herrschaften würden ihn unsereinem auf keinen Fall reichen, und ging. Zu Hause lag ich größtenteils auf dem Bett. Dann schrieb ich ein paar sehr hübsche Verse für mich ab: »Eine Stunde ohne Liebste / Scheint mir wie ein Jahr so lang; / Und verhaßt ist mir mein Leben, / Wie ertrag ich's, frag ich bang.«* Muß wohl von Puschkin sein. Abends mummte ich mich in meinen Mantel ein, ging vor das Haus Ihrer Exzellenz und wartete lange, ob sie nicht ausfahren werde, um sie noch einmal zu sehen; doch vergebens – sie fuhr nicht aus.

* Verse des wenig bekannten russischen Dichters Nikolai Petrowitsch Nikolew (1758–1815).

6. November

Der Abteilungsleiter macht mich rasend. Als ich ins Departement kam, rief er mich zu sich und fragte: »Also, sage mir gefälligst, was tust du?« – »Wieso – was ich tue? Ich tue gar nichts«, entgegnete ich. »So denk doch einmal nach! Du bist bereits über vierzig – wird Zeit, daß du ein bißchen schlauer wirst. Was bildest du dir ein? Du glaubst wohl, ich kenne deine Streiche nicht? Du stellst der Direktorstochter nach! So sieh dich doch einmal an und frage dich, was du bist! Eine Null bist du, weiter nichts. Hast keine Kopeke in der Tasche. Schau dir doch wenigstens dein Gesicht im Spiegel an – wie kannst du an so etwas auch nur denken!« Hol's der Teufel! Weil sein Gesicht an eine Arzneiphiole erinnert, auf seinem Kopf ein paar Haare sprießen, die er zu einem Büschel zusammenzwirbelt, weil er den Kopf hoch trägt und ihn mit irgendeiner Pomade einreibt, glaubt er wohl, daß er allein alles darf. Ich verstehe, ich verstehe schon, warum er sich über mich ärgert. Er beneidet mich; er hat vielleicht die Zeichen des Wohlwollens bemerkt, das vorzugsweise mir entgegengebracht wird. Ich pfeife auf ihn! Ein Hofrat – was das schon ist! Läßt die goldene Uhrkette sehen und bestellt sich Stiefel zu dreißig Rubel das Paar – ja, hol ihn der Teufel! Bin ich vielleicht irgendwer, stamm ich vielleicht von irgendeinem Schneider ab, von einem Unteroffizier? Ich bin Adliger. Auch ich kann mich hinaufdienen. Ich bin erst zweiundvierzig Jahre alt – ein Alter, in dem die dienstliche Laufbahn eigentlich erst beginnt. Warten wir ab, mein Freund! Auch ich werde eines Tages vielleicht noch Oberst und, so Gott will, sogar einiges mehr. Ich werde in einem Rufe stehen, der besser ist als der deine. Wie kommst du darauf, dir einzubilden, daß es keinen anständigen Menschen außer dir gibt? Ich brauche nur einen modisch geschnittenen Frack von Rutsch und eine Krawatte, wie du sie trägst, und du kannst mir nicht das Wasser reichen. Das ganze Unglück ist – es fehlt mir an Geld.

8. November

Bin im Theater gewesen. Man spielte den russischen Tölpel Filatka*. Ich habe sehr gelacht. Außerdem wurde ein Vaudeville mit spaßigen Couplets auf die Finanzbeamten, besonders auf einen Kollegienregistrator, aufgeführt; alles war sehr offenherzig geschrieben, so daß ich mich wunderte, wieso die Zensur nicht eingegriffen hat. Von den Kaufleuten wird geradeheraus gesagt, sie betrögen das Volk, und ihre Söhne führten ein ausschweifendes Leben und drängten in den Adelsstand. Es enthielt auch ein äußerst spaßiges Couplet auf die Journalisten — sie rissen gern alles herunter, so daß der Autor den Schutz des Publikums erbitte. Sehr unterhaltsame Stücke werden heutzutage geschrieben. Ich gehe gern ins Theater. Kaum klimpern ein paar Münzen in meiner Tasche, halt ich's nicht aus und gehe hin. Und dabei gibt es unter uns Beamten solche Schweine: Sie sind einfach nicht ins Theater zu kriegen — es sei denn, man gibt so einem Kerl eine Freikarte. Eine Schauspielerin sang sehr schön. Ich dachte an ... Ha, welche Kühnheit! ... Aber schon gut, schon gut, ich schweige.

9. November

Ich ging um acht Uhr ins Departement. Der Abteilungsleiter nahm von meinem Kommen keine Notiz. Auch ich tat meinerseits, als wäre zwischen uns nichts vorgefallen. Sah Papiere durch und verglich sie. Um vier war ich wieder draußen. Kam an der Wohnung des Direktors vorbei, doch es war niemand zu sehen. Lag nach dem Mittagessen größtenteils auf dem Bett.

11. November

Heute wieder im Arbeitszimmer des Direktors gesessen und dreiundzwanzig Federkiele für ihn zugeschnitten; außerdem — ei, ei, ei — vier für sie, für Ihre Exzellenz. Er hat es sehr gern, wenn möglichst viele Federkiele bereitstehen. Hu, muß das ein

* »Filatka und Miroschka — Rivalen oder Vier Bräutigame und eine Braut«, Vaudeville des russischen Schriftstellers Pjotr Grigorjewitsch Grigorjew (1807–1854).

Kopf sein! Immerfort schweigt er, während er im stillen, wie ich annehme, immerfort überlegt. Ich möchte gern wissen, woran er am häufigsten denkt, was alles in diesem Kopfe ausgeheckt wird. Ich möchte mir das Leben dieser Herrschaften, all ihre Ränke und höfischen Machenschaften gern einmal näher ansehen. Wie sie sind und was sie in ihrem Kreise treiben — das ist es, was ich wissen möchte! Ich habe mir schon mehrmals vorgenommen, eine Unterhaltung mit Seiner Exzellenz anzuknüpfen, doch, weiß der Teufel, die Zunge gehorcht mir nicht — ich kann gerade noch sagen, ob's draußen kalt ist oder warm, aber mehr will mir einfach nicht über die Lippen. Wie gern würde ich mich in dem Empfangszimmer umschauen, in das man gelegentlich durch die offene Tür einen Blick werfen kann, und auch in dem Zimmer, das dahinter liegt. Hach, welch prächtige Ausstattung! Was für Spiegel, was für Porzellane! Und wie gern möchte ich dort hineinschauen, in jenen Teil der Zimmer, der Ihrer Exzellenz gehört — das ist es, was mich lockt. In das Boudoir zum Beispiel mit all den Näpfchen und Gläschen, die dort herumstehen, den Blumen, die man nicht anzuhauchen wagt, den lässig hingeworfenen Kleidern, die eher an Luft erinnern als an Kleider. Wie gern möchte ich einen Blick in das Schlafzimmer tun ... Ich bilde mir ein, dort werden erst Wunder zu sehen sein! Ein Paradies, stell ich mir vor, das es nicht einmal im Himmel gibt! Den Schemel sehen, auf den sie, morgens beim Aufstehen, ihr Füßchen setzt, sehen, wie sie den schneeweißen Strumpf über dies Füßchen streift! ... Ei, ei! Aber schon gut, schon gut, ich schweige.

Trotz allem kam mir heute so etwas wie eine Erleuchtung. Ich besann mich auf die Unterhaltung der beiden Hündchen, die ich auf dem Newski Prospekt erlauscht hatte. Gut, sagte ich mir, ich werde mir Klarheit verschaffen. Ich muß mich der Korrespondenz bemächtigen, die diese garstigen Hündchen miteinander geführt haben. Daraus wird sicherlich einiges zu erfahren sein. Ich gestehe, ich rief eines Tages Maggy sogar heran und sagte: »Hör zu, Maggy, wir sind jetzt ganz allein. Wenn du willst, schließ ich sogar die Tür, damit uns niemand sieht — erzähle mir alles, was du von deiner Herrin weißt, wie sie ist und was sie denkt. Ich schwöre dir, daß ich es niemandem verraten werde.« Aber das schlaue Hündchen zog nur den Schwanz ein, schrumpfte zu halber Größe zusammen und verschwand, als hätte es nichts gehört, leise durch die Tür. Ich hatte schon längst den Verdacht, daß der Hund bedeutend klüger ist als der Mensch; ich war sogar überzeugt, daß er sprechen kann und nur aus einer Art Eigensinn nicht will. Er ist ein außerordentlicher Schlaukopf – er sieht alles, er beobachtet jeden Schritt, den der Mensch tut. Nein, ich gehe auf jeden Fall gleich morgen in das Swerkowsche Haus, befrage Fidèle und nehme mir, wenn es gelingt, die Briefe fort, die sie von Maggy bekommen hat.

12. November

Machte mich um zwei Uhr nachmittags auf, um zu Fidèle zu gehen und sie unbedingt zu befragen. Der Kohlgeruch, der aus allen Kramläden der Mestschanskaja-Straße dringt, ist mir ein Greuel; dazu schlägt einem aus jedem Torweg ein solcher Gestank entgegen, daß ich mir die Nase zuhielt und rannte, was mich die Beine trugen. Außerdem verpesten die Werkstätten der niederträchtigen Handwerker die Straße mit so viel Ruß und Rauch, daß ein vornehmer Mensch hier einfach nicht spazierengehen kann. Als ich den fünften Stock erreichte und klingelte, kam ein Mädchen heraus, sommersprossig, aber nicht übel anzuschauen. Ich erkannte sie. Es war dieselbe, die ich mit der Alten getroffen hatte. Sie errötete ein wenig, und ich verstand sogleich: Du, meine Teuerste, willst einen Freier. »Was wünschen Sie?« fragte sie mich. »Ich muß mit Ihrem Hündchen sprechen.« Das Mädchen war dumm! Ich merkte sofort, daß es dumm war. In diesem Augenblick kam bellend das Hündchen angesprungen. Ich wollte es greifen, doch das abscheuliche Tier schnappte nach meiner Nase. Immerhin erblickte ich in der Ecke sein Körbchen. Das war genau, was ich brauchte. Ich trat darauf zu, durchwühlte das Stroh in dem hölzernen Kistchen und zog zu meinem größten Vergnügen ein mäßig dickes Päckchen kleiner Papiere hervor. Das garstige Hündchen sah es und

biß mich in die Wade. Als es aber merkte, daß ich die Papiere an mich genommen hatte, fing es an zu winseln und mich zu umschmeicheln, doch ich sagte: »Nein, meine Liebe, leb wohl!« und stürzte davon. Ich glaube, das Mädchen hielt mich für einen Verrückten, denn es war äußerst erschrocken. Zu Hause angelangt, wollte ich mich gleich an die Arbeit machen und die Briefe sichten, denn bei Kerzenlicht seh ich ein bißchen schlecht. Aber Mawra hatte sich in den Kopf gesetzt, die Fußböden zu scheuern. Diese albernen Finninnen bekommen ihren Sauberkeitsfimmel immer zur unrechten Zeit. Ich ging also spazieren und überdachte das Geschehene. Jetzt würde ich endlich von allen Angelegenheiten erfahren, von allen Plänen, allen Beweggründen ihres Tuns, und allem auf die Spur kommen. Diese Briefe würden mir alles eröffnen. Die Hunde sind ein kluges Volk, sie kennen sich in den politischen Zusammenhängen aus, so daß ich in den Briefen vermutlich finden werde, was ich brauche — ein Lebensbild und eine Beschreibung aller Angelegenheiten dieses großen Mannes. Sie werden auch einiges von der enthalten, die mir ... Aber schon gut, schon gut, ich schweige! — Kam gegen Abend nach Hause. Lag größtenteils auf dem Bett.

13. November

So, sehen wir uns alles an! Der Brief ist ziemlich deutlich geschrieben. Immerhin sieht die Handschrift wie die eines Hundes aus. Aber lesen wir!

»Liebe Fidèle, ich kann mich noch immer nicht an Deinen spießbürgerlichen Namen gewöhnen. Konnten sie Dir denn wirklich keinen anderen geben? Fidèle, Rosa – wie abgeschmackt das klingt! Aber lassen wir das beiseite. Ich freue mich sehr, daß wir auf den Gedanken gekommen sind, einander zu schreiben.«

Der Brief ist orthographisch richtig geschrieben. Sogar die Interpunktion und die Groß- und Kleinschreibung stimmen. So kriegt's nicht einmal unser Abteilungsleiter hin, obwohl er an irgendeiner Universität studiert haben will. Sehen wir, was weiter kommt!

»Mir scheint, seine Gedanken, Gefühle und Eindrücke mit jemand zu teilen ist eines der höchsten Güter auf dieser Erde.«

Hm! Der Gedanke stammt aus einem Buch, das aus dem Deutschen übersetzt ist. Auf den Titel kann ich mich nicht besinnen.

»Ich spreche aus Erfahrung, obwohl ich in der Welt nicht weit herumgekommen bin – nicht weiter als bis vor unser Haustor. Ist mein Leben nicht ein einziges Vergnügen? Meine Herrin, die von Papa Sophie gerufen wird, liebt mich besinnungslos.«

Ei, ei! Aber schon gut, schon gut, ich schweige!

»Auch Papa liebkost mich sehr oft. Ich trinke Tee und Kaffee mit Sahne. Ach, ma chère, ich muß Dir sagen, aus großen benagten Knochen, wie sie unser Polkan in der Küche frißt, mache ich mir gar nichts. Gut sind nur die Knochen vom Wild, aber auch die nur, wenn noch niemand das Mark aus ihnen herausgesogen hat. Sehr empfehlenswert ist es, mehrere Soßen zu mischen, vorausgesetzt allerdings, daß keine Kapern und kein Grünzeug dabei sind; doch das Übelste, was ich kenne, ist die Gewohnheit, Hunden Brotkügelchen zu geben. Da sitzt irgend so ein Herr am Tisch, der allerlei Zeug mit seinen Händen angefaßt hat, knetet mit diesen Händen Kügelchen aus Brot, ruft dich heran und schiebt dir ein Kügelchen zwischen die Zähne. Ablehnen kann man nicht, sieht irgendwie unhöflich aus, und man schluckt's, angewidert, aber man schluckt's . . .«

Aber das ist doch weiß der Teufel was! So ein Unsinn! Als gäbe es keinen besseren Gegenstand, über den man schreiben kann. Sehen wir uns die nächste Seite an! Vielleicht findet sich da etwas Vernünftigeres.

»Ich bin sehr gern bereit, Dich über alles, was sich bei uns ereignet, auf dem laufenden zu halten. Ich habe Dir schon dies und das von unserem eigentlichen Herrn geschrieben, den Sophie Papa nennt. Das ist ein äußerst merkwürdiger Mensch.«

Na endlich! Hab ich es doch gewußt — sie haben für alles einen politischen Blick. Sehen wir uns also an, wie es sich mit Papa verhält!

». . . ein äußerst merkwürdiger Mensch. Gewöhnlich schweigt er. Er spricht sehr selten; vor einer Woche allerdings redete er ununterbrochen mit sich selbst: ›Bekomme ich ihn, oder bekomme ich ihn nicht?‹ Nimmt ein Papierchen in die eine Hand, ballt die andere leer zusammen und fragt: ›Bekomme ich ihn, oder bekomme ich ihn nicht?‹ Eines Tages wandte er sich sogar an mich: ›Was meinst du, Maggy? Bekomme ich ihn, oder bekomme ich ihn nicht?‹ Ich verstand nicht das geringste, beschnupperte seinen Schuh und trollte mich. Später, ma chère, es war eine Woche danach, sah ich Papa im höchsten Grade erfreut. Den ganzen Vormittag kamen allerlei Herren in Uniform zu ihm und beglückwünschten ihn — wozu, weiß ich nicht. Bei Tisch war er so heiter wie noch nie, sprudelte Anekdoten hervor, hob mich am Ende hoch, hielt mich an seinen Hals und fragte: ›Schau dir das an, Maggy, weißt du auch, was das ist?‹ Ich sah nur irgendein Bändchen. Ich schnupperte daran, vermochte aber keinerlei Wohlgeruch an ihm zu bemerken; schließlich leckte ich daran — es schmeckte ein wenig salzig.«

Hm! Dieses Hündchen scheint mir denn doch . . . Soll es sich vorsehen, daß es keine Prügel bezieht! Aha! Er ist also ehrsüchtig! Gut, nehmen wir das zur Kenntnis.

»Leb wohl, ma chère, ich muß jetzt ...« Et cetera, et cetera. »Den Brief werde ich morgen beenden. – Guten Tag also, ich stehe wieder zu Deiner Verfügung. Heute war meine Herrin Sophie ...«

Aha! Also gut, hören wir uns an, was mit Sophie war. Hach, verdammt! Aber schon gut, schon gut ... Fahren wir fort!

»... war meine Herrin Sophie im höchsten Grade durcheinander. Sie wollte zu einem Ball, und ich freute mich darauf, in ihrer Abwesenheit an Dich schreiben zu können. Meine Sophie fährt schrecklich gern zu Bällen, obwohl sie sich beim Anziehen fast immer ärgert. Ich kann beim besten Willen nicht verstehen, wieso es ein Vergnügen sein soll, zu einem Ball zu fahren, ma chère. Sophie kommt meist um sechs Uhr morgens vom Ball zurück, und ich errate fast immer aus ihrem blassen und schmalen Gesicht, daß man der Ärmsten nichts zu essen gegeben hat. Ich muß gestehen, das wäre kein Leben für mich. Wenn man mir keine Soße mit Rebhuhn oder gebratene Hühnerflügelchen vorsetzt, bin ich außer mir. Etwas Gutes ist auch Soße mit Brei, während Mohrrüben, Kohlrüben oder Artischocken nie etwas taugen ...«

Ein äußerst ungleichmäßiger Stil. Man sieht sogleich, daß das kein Mensch geschrieben hat. Fängt ganz vernünftig an und endet mit Hundesachen ... Aber sehen wir uns noch so ein Briefchen an! Scheint etwas lang. Hm! Und auch das Datum fehlt.

»Ach, Liebste! Wie sehr sich doch der nahende Frühling bemerkbar macht! Mein Herz klopft, als warte es in einem fort auf etwas. In meinen Ohren ist ein ewiges Sausen, so daß ich oft minutenlang an einer Tür stehe und mit erhobener Pfote lausche. Ich will Dir etwas verraten – ich habe viele Courmacher. Ich sitze öfter auf dem Fensterbrett und sehe sie mir an. Ach, wenn Du wüßtest, was es für Vogelscheuchen unter ihnen gibt! Da kommt so eine Art Hofhund daher, plump, aufgeblasen, dumm wie Bohnenstroh – die Dummheit steht ihm ins Gesicht geschrieben –, und bildet sich ein, er sei wunder wer, bildet sich ein, man könne sich an ihm nicht satt sehen. Doch nichts dergleichen. Ich schenkte ihm nicht die geringste Beachtung — als hätt ich ihn gar nicht gesehen. Und was für eine furchterregende Dogge bleibt manchmal vor meinem Fenster stehen! Wenn dieser Rüde sich auf die Hinterläufe stellen würde, was er, der grobe Kerl, sicherlich gar nicht kann, wäre er einen ganzen Kopf größer als Sophies Papa, der auch von ziemlich hohem Wuchs und wohlbeleibt ist. Dieser Hohlkopf muß ein entsetzlicher Frechling sein. Ich knurrte ihn an — das machte jedoch keinerlei Eindruck auf ihn. Er verzog nicht einmal das Maul, steckte nur seine Zunge heraus, ließ seine riesigen Ohren hängen und starrte weiter zu meinem Fenster hinauf, der ungehobelte Klotz! Doch glaube ja nicht, ma chère, mein Herz sei gegen jede Werbung gefeit — o nein! Ach, könntest Du doch den Kavalier sehen, der über den Zaun des Nachbargrundstükkes zu uns zu klettern pflegt! Er heißt Trésor. Ach, ma chère, was der für ein Schnäuzchen hat!«

Pfui Teufel! So ein albernes Zeug! Wie kann man einen Brief mit solchen Dummheiten anfüllen! Ich brauche Menschen! Ich will von Menschen hören — es verlangt mich nach einer Nahrung, die meine Seele sättigt und erquickt; statt dessen werden mir solche Belanglosigkeiten vorgesetzt ... Überschlagen wir eine Seite, vielleicht wird es dann besser.

»... Sophie saß am Tisch und nähte. Ich blickte aus dem Fenster, denn ich sehe mir gern die Vorüberkommenden an. Plötzlich erschien ein Lakai und meldete: ›Teplow!‹ — ›Ich lasse bitten‹, rief Sophie, stürzte auf mich zu und drückte mich an ihr Herz. ›Ach, Maggy, Maggy! Wenn du wüßtest, wer das ist! Er ist Kammerjunker und dunkelhaarig! Und was für Augen er hat! Schwarz, und dennoch funkelnd — wie das Licht.‹ Und Sophie verschwand in ihr Zimmer. Eine Minute darauf trat, jung und mit schwarzem Backenbart, der Kammerjunker ein, stellte sich vor den Spiegel, strich sich die Haare zurecht und sah sich im Zimmer um. Ich knurrte ihn kurz an und setzte mich an meinen Platz. Bald erschien auch Sophie; sie erwiderte seinen Kratzfuß mit einer schelmischen Verbeugung, während

ich tat, als merkte ich nichts, und weiter aus dem Fenster blickte; allerdings neigte ich den Kopf ein wenig zur Seite und versuchte zu verstehen, wovon sie sprachen. Ach, ma chère, von was für Dummheiten sie sich unterhielten! Sie erzählten sich, daß eine Dame statt einer vorgeschriebenen Tanzfigur eine andere ausgeführt habe, daß ein gewisser Bobow in seinem Jabot stark an einen Storch erinnere und beinah hingefallen wäre, daß eine gewisse Lidina sich einbilde, sie habe blaue Augen, während die in Wirklichkeit grün seien — und dergleichen mehr. Unmöglich, sagte ich mir, diesen Kammerjunker mit Trésor auch nur zu vergleichen! Himmel, welcher Unterschied! Erstens hat der Kammerjunker ein völlig glattes, breites Gesicht und um das Gesicht herum einen Backenbart, als wäre es mit einem schwarzen Tuch umwunden — Trésors Schnäuzchen dagegen ist ganz schmal, und auf der Stirn hat er einen weißen Fleck. Mit Trésors Taille kommt die des Kammerjunkers auch nicht mit. Auch die Augen, die Bewegung, die Manieren sind völlig anders. Ach, welcher Unterschied! Ich verstehe nicht, was sie an diesem Teplow gefunden hat, ma chère. Warum ist sie von ihm so entzückt? . . .«

Auch ich bin der Meinung, da stimmt etwas nicht. Unmöglich, daß dieser Kammerjunker sie so behext hat. Aber sehen wir, was weiter kommt!

»Mir scheint, wenn ihr dieser Kammerjunker gefällt, dann wird ihr bald auch jener Beamte gefallen, der bei Papa im Arbeitszimmer sitzt. Ach, ma chère, wenn Du wüßtest, was das für ein Monstrum ist! Geradezu eine Schildkröte im Sack ...«

Welcher Beamte mag damit wohl gemeint sein?

»Sein Familienname ist äußerst seltsam. Er sitzt immer da und schneidet Federkiele zu. Die Haare auf seinem Kopf erinnern stark an Heu. Papa verwendet ihn meistens für Botengänge ...«

Mir scheint, dieses abscheuliche Hündchen hat mich im Auge! Wieso habe ich Haare wie Heu?

»Sophie muß immer lachen, wenn sie ihn ansieht.«

Du lügst, verdammtes Hündchen! So eine häßliche Sprache! Aber ich weiß ja, daß das alles nur auf Neid zurückzuführen ist. Ich weiß, wessen Machenschaften das sind. Es sind die Machenschaften des Abteilungsleiters. Er hat mir nun einmal unversöhnlichen Haß geschworen, und so versucht er, mir auf Schritt und Tritt zu schaden. Aber sehen wir uns den nächsten Brief an! Dort klärt sich die Sache vielleicht von selber auf.

»Ma chère Fidèle, entschuldige, wenn ich so lange nicht geschrieben habe! Ich war in einem wahren Rausch! Wie richtig hat doch ein Schriftsteller gesagt, die Liebe sei das zweite Leben! Außerdem gehen bei uns im Hause große Veränderungen vor sich. Der Kammerjunker kommt jetzt jeden Tag. Sophie ist bis zum Wahnsinn in ihn verliebt. Papa ist sehr vergnügt. Von unserem Grigori, der die Fußböden kehrt und fast immer mit sich selber redet, hab ich sogar gehört, daß bald Hochzeit ist. Papa möchte Sophie unbedingt als Frau eines Generals, eines Kammerjunkers oder eines aktiven Obersten sehen ...«

Hol's der Teufel! Ich kann einfach nicht weiterlesen ... In einem fort entweder der Kammerjunker oder ein General. Alles, was es an Gutem auf dieser Welt gibt, bekommen entweder die Kammerjunker oder die Generale. Kaum hat man einen bescheidenen Schatz für sich entdeckt und will die Hand nach ihm ausstrecken, schon raubt ihn einem ein Kammerjunker oder ein General. Hol sie alle der Teufel! Ich wünschte mir, ich wäre General, doch nicht, um ihre Hand und allerlei anderes zu erlangen, nein, General wäre ich gern, um zu sehen, wie sie um mich herumscharwenzeln und was sie alles für höfische Machenschaften und Ränke ersinnen werden. Hinterher würde ich ihnen dann sagen — ich pfeife auf euch alle beide. Hol's der Teufel! Ist schließlich ärgerlich! Ich riß die Briefe des dummen Hündchens in Fetzen.

3. Dezember

Das kann nicht wahr sein. Schwindel! Diese Hochzeit wird nicht zustande kommen. Was hat es schon zu sagen, daß er Kammerjunker ist? Das ist doch weiter nichts als ein Titel, keine Sache, die man sehen oder in die Hand nehmen kann. Schließlich hat er, weil er Kammerjunker ist, noch kein drittes Auge in der Stirn. Und seine Nase ist nicht aus Gold, sondern genau wie meine und die jedes anderen; er kann mit ihr nur riechen, aber nicht essen, nur niesen, aber nicht husten. Ich wollte mir schon wiederholt darüber klarwerden, woher all diese Unterschiede kommen — warum ich Titularrat bin, wieso eigentlich Titularrat? Vielleicht bin ich ein Graf oder ein General und scheine nur ein Titularrat zu sein. Ich weiß vielleicht selber nicht, wer ich bin. Wie viele Beispiele gibt es allein in der Geschichte: Da lebt irgendein einfacher Mann, nicht einmal adlig, sondern ein ganz gewöhnlicher Kleinbürger oder gar Bauer, und plötzlich stellt sich heraus, er ist ein hoher Würdenträger, ja manchmal sogar ein Herrscher. Wenn sich also mitunter ein Bauer auf diese Weise entpuppt, als was kann sich dann nicht erst ein Adliger entpuppen? Ich komme zum Beispiel plötzlich in Generalsuniform herein — auf der rechten Schulter habe ich eine Epaulette, auf der linken ebenfalls; ein blaues Band läuft von der Schulter hinunter zur Hüfte. Wie? In welcher Tonart würde dann meine Schöne zu flöten beginnen! Und was würde erst der Papa, unser Direktor, dazu sagen! Oh, er ist äußerst ehrsüchtig! Er ist Freimaurer, er ist bestimmt Freimaurer, wenn er sich auch verstellt. Ich habe gleich gemerkt, daß er Freimaurer ist – reicht er jemandem die Hand, dann streckt er immer nur zwei Finger aus. Ja, kann ich vielleicht nicht auf der Stelle zum Generalgouverneur, zum Intendanten oder zu sonst was ernannt werden? Ich möchte wissen, wieso ich Titularrat bin. Wieso gerade Titularrat?

5. Dezember

Las heute den ganzen Morgen Zeitungen. Sonderbare Dinge gehen in Spanien vor.* Ich konnte mich nicht einmal ganz in ihnen zurechtfinden. Einerseits heißt es, der Thron sei abgeschafft, andererseits wieder, die Stände befänden sich wegen der Wahl des Nachfolgers in einer schwierigen Lage; aus diesem Grunde seien auch Unruhen ausgebrochen. Das alles erscheint mir reichlich sonderbar. Wie kann ein Thron überhaupt abgeschafft werden? Man sagt, eine Donja solle ihn besteigen. Eine Donja kann keinen Thron besteigen. Auf keinen Fall. Auf den Thron gehört ein König. Es heißt jedoch, es sei kein König da. Das kann es doch gar nicht geben, daß kein König da ist! Ein Staat muß einen König haben. Der König ist auch da, nur hält er sich irgendwo an unbekannter Stelle auf. Er ist vielleicht sogar im Lande, und nur familiäre Gründe, vielleicht auch die Angst vor den Nachbarstaaten, wie etwa Frankreich und anderen, nötigen ihn, sich zu verbergen. Es kann aber auch andere Ursachen haben.

8. Dezember

Ich war schon drauf und dran, ins Departement zu gehen, aber dann hielten mich allerhand Gründe und Überlegungen zurück. Vor allem gingen mir die spanischen Angelegenheiten nicht aus

* Nach dem Tod des spanischen Königs Ferdinand VII. im Jahre 1833 entbrannten heftige Auseinandersetzungen um die Thronfolge. Schon zu Lebzeiten hatte Ferdinand VII. seine Tochter Isabella zur künftigen Regentin erklärt, wobei er sich auf ein altes Gesetz berief, welches besagte, auch Frauen könnten das Land regieren. Dies stieß auf großen Widerstand seines Bruders Don Carlos. Er wollte seiner Nichte den Thron streitig machen, doch Isabella II. trug den Sieg davon und regierte von 1833 bis 1868.

dem Sinn. Wie sollte es möglich sein, daß eine Donja Königin wird? Das wird man nicht zulassen! Erstens wird England das nicht zulassen. Außerdem sind die politischen Faktoren in ganz Europa zu bedenken – der Kaiser von Österreich, unser Zar ... Ich muß gestehen, diese Ereignisse haben mich so erschüttert und mitgenommen, daß ich mich den ganzen Tag mit nichts beschäftigen konnte. Mawra hielt mir vor, ich sei bei Tisch in höchstem Grade zerstreut gewesen. Und wirklich, ich glaube, ich warf in meiner Zerstreutheit zwei Teller auf den Fußboden, wo sie denn auch in Scherben gingen. Nach dem Essen war ich unten. Konnte zu keinerlei lehrreichen Schlüssen gelangen. Lag später größtenteils auf dem Bett und überdachte die spanischen Angelegenheiten.

Jahr 2000, 43. April

Der heutige Tag ist ein Tag des größten Triumphes! Spanien hat einen König. Er hat sich gefunden. Dieser König bin ich. Ich habe erst heute davon erfahren. Ich muß gestehen, es war wie eine blitzartige Erleuchtung. Ich verstehe nicht, wie ich glauben, wie ich mir einbilden konnte, ich sei Titularrat! Wie konnte sich dieser absurde Gedanke in meinem Kopf festsetzen? Ein Glück, daß niemand darauf verfallen ist, mich in ein Irrenhaus zu sperren. Nunmehr liegt alles offen vor mir, wie auf der flachen Hand, während ich früher, ich weiß nicht warum, alles wie im Nebel sah. Der Grund ist, meine ich, der, daß die Leute glauben, der Sitz des menschlichen Hirns sei der Kopf; das ist keineswegs so – in Wirklichkeit trägt es der Wind aus Richtung des Kaspischen Meeres herbei. Zuerst erklärte ich Mawra, wer ich bin. Als sie hörte, sie habe den spanischen König vor sich, schlug sie die Hände über dem Kopf zusammen und wäre vor Schreck beinahe gestorben. Das dumme Frauenzimmer hatte noch nie einen spanischen König gesehen. Ich gab mir alle Mühe, sie zu beruhigen und sie in huldreichen Worten von meinem Wohlwollen zu überzeugen; auch sagte ich, daß ich ihr keineswegs böse sei, weil sie mir meine Schuhe manchmal recht schlecht geputzt hatte. Es ist ja schließlich einfaches Volk. Von hohen Dingen kann man mit ihm nicht reden. Sie war erschrokken, weil sie geglaubt hatte, alle Könige von Spanien seien Philipp II.* ähnlich. Ich setzte ihr jedoch auseinander, daß zwischen mir und Philipp keinerlei Ähnlichkeit bestehe und daß sich auch kein einziger Kapuziner bei mir befinde ... Im Departement bin ich nicht gewesen. Hol es der Teufel! Nein, meine Freunde, auf mich müßt ihr jetzt verzichten; eure garstigen Papiere schreibe ich nicht mehr ab!

86. Martober, zwischen Tag und Nacht

Heute kam unser Exekutor und verlangte, ich solle ins Departement kommen, ich sei schon über drei Wochen nicht mehr zum Dienst erschienen. Ich ging spaßeshalber hin. Der Abteilungsleiter glaubte wohl, ich würde vor ihm katzbuckeln und mich entschuldigen, aber ich sah ihn nur gleichgültig an — weder zu zornig noch zu wohlwollend — und setzte mich, als ob ich niemand bemerkte, an meinen Platz. Ich blickte auf dieses ganze Kanzleipack und dachte mir: Was wäre, wenn ihr wüßtet, wer unter euch sitzt ... Herrgott im Himmel, was gäbe es da für einen Tumult! Selbst der Abteilungsleiter würde vor mir zusammenklappen, wie er bis jetzt nur vor dem Direktor zusammenklappt. Man schob mir irgendwelche Papiere hin; ich sollte Auszüge aus ihnen anfertigen. Ich berührte sie jedoch nicht einmal mit einem Finger. Einige Minuten später gerieten alle in Bewegung. Es hieß, der Direktor komme. Viele Beamten stürzten ihm entgegen, um sich vor ihm zu zeigen. Ich blieb an meinem Platz. Als er durch die Abteilung kam, knöpften alle die Fräcke zu, ich kümmerte mich um gar nichts. Was das schon für ein Direktor ist! Ich mich vor ihm erheben? Niemals! Das sollte ein Direktor sein? Ein Pfropfen war das und kein Direktor. Ein ganz gewöhnlicher simpler Pfropfen, weiter nichts. So einer, mit dem man eine Flasche zukorkt. Am komischsten wurde es, als man mir ein Papier zum Unterschreiben vorlegte. Sie glaubten, ich würde am äußersten Ende hinschreiben: Bürovorsteher soundso. Habt ihr euch so gedacht! Ich unterzeichnete an sicht-

* Philipp II., der von 1556 bis 1598 regierte, galt als besonders grausam.

barster Stelle, wo sonst nur der Direktor unterschreibt: Ferdinand VIII. Was da für ein ehrfürchtiges Schweigen eintrat! Ich winkte jedoch ab, sagte nur: »Bitte, keinerlei Untertänigkeitsbekundungen!« und ging. Ich ging schnurstracks in die Direktorswohnung. Er war nicht zu Hause. Der Lakai wollte mich nicht einlassen, aber ich fuhr ihn in einer Weise an, daß er die Arme sinken ließ. Ich drang geradeswegs in ihr Ankleidezimmer vor. Sie saß vor dem Spiegel, sprang auf und wich vor mir zurück. Ich sagte ihr aber nicht, daß ich der spanische König bin. Ich sagte nur, ein Glück erwarte sie, von dem sie nicht einmal geträumt habe; wir würden trotz aller Ränke der Widersacher demnächst vereint sein. Mehr wollte ich nicht verraten und zog mich zurück. Oh, welch ein tückisches Wesen ist doch das Weib! Ich habe erst jetzt begriffen, was eine Frau eigentlich ist. Bislang hat noch niemand gewußt, in wen sie verliebt ist; ich bin der erste, der es entdeckt hat. Die Frau ist in den Teufel verliebt. Tatsächlich, allen Ernstes! Die Physiologen schreiben allerlei Dummheiten über sie – in Wirklichkeit liebt sie nur den Teufel. Sehen Sie, wie sie aus ihrer Loge im ersten Rang das Lorgnon auf jemand richtet? Sie meinen, sie blicke auf jenen Dicken mit dem Stern? Keineswegs, sie blickt auf den Teufel, der hinter ihm steht. Da, jetzt hat er sich im Frack des Dikken versteckt! Und jetzt winkt er ihr mit dem Finger! Sie wird ihn auch heiraten. Bestimmt. Und sie, all diese würdigen Väter, die überall herumscharwenzeln, zum Hofe drängen und sich als Patrioten und was weiß ich gebärden – was wollen sie denn? Eine Leibrente, eine Leibrente wollen sie, die Patrioten! Für Geld würden sie Vater und Mutter, ja selbst den Herrgott verkaufen, die Ehrsüchtigen, die Halsabschneider! Das alles kommt von der Ehrsucht; und die Ehrsucht wiederum kommt daher, daß sich unter der Zunge ein kleines Bläschen befindet mit einem Wurm, nicht größer als ein Stecknadelkopf; und alles das macht ein Barbier aus der Gorochowaja-Straße. Ich kann mich nicht erinnern, wie er heißt; mir ist jedoch aus zuverlässiger Quelle bekannt, daß er gemeinsam mit einer Hebamme den Islam in aller Welt verbreiten will und daß sich, wie man be-

hauptet, in Frankreich aus diesem Grunde bereits ein großer Teil des Volkes zum Islam bekennt.

Ohne Datum, ein Datum gab es nicht

Ging inkognito auf dem Newski Prospekt spazieren. Der Zar fuhr vorüber. Alle Leute nahmen die Mütze ab, ich auch; ich ließ mir jedoch in keiner Weise anmerken, daß ich der spanische König bin. Ich fand es unpassend, mich hier vor allem Volk zu erkennen zu geben. Zuerst muß ich mich bei Hofe vorstellen. Mich hält nur eins davon ab — die Tatsache, daß ich noch keinen Ornat besitze. Ich brauche wenigstens eine Art Königsmantel. Ich wollte schon einen beim Schneider bestellen, aber die Schneider sind alle ausgemachte Esel, die obendrein von ihrer Arbeit nichts wissen wollen. Sie haben sich in ein Abenteuer gestürzt und pflastern größtenteils die Straßen. Ich beschloß, meine neue Uniform, die ich erst zweimal angehabt hatte, zu einem Königsmantel umzuarbeiten. Damit ihn mir diese Schurken aber nicht verderben, will ich ihn selber nähen — allein, hinter verschlossenen Türen, so daß es niemand sieht. Ich schnitt die Uniform auseinander, denn die Fasson muß völlig anders sein.

An das Datum kann ich mich nicht erinnern, einen Monat gab es auch nicht, weiß der Teufel, was es eigentlich gab

Der Königsmantel ist fertig und genäht. Mawra schrie auf, als sie mich sah. Aber ich kann mich trotzdem noch nicht entschließen, mich bei Hofe vorzustellen. Die Deputation aus Spanien ist immer noch nicht da. Ohne Deputierte ist das jedoch nicht angängig. Meine Würde hätte ohne sie keinerlei Gewicht. Ich erwarte die Deputation von Stunde zu Stunde.

Am ersten

Ich kann mich nicht genug darüber wundern, wieviel Zeit sich die Deputierten lassen. Welche Gründe mögen sie zurückhalten? Etwa Frankreich? Ja, das ist die Macht, die mir am wenigsten gewogen ist. War auf der Post und habe mich erkundigt, ob die spanischen Deputierten noch immer nicht da sind. Aber der Postmeister ist äußerst dumm und weiß von gar nichts. »Nein«, sagte er, »mit spanischen Deputierten können wir Ihnen nicht dienen, sollten Sie aber einen Brief zu schreiben wünschen, dann sind wir gern bereit, ihn nach der geltenden Gebührenordnung zu befördern.« Hol's der Teufel! Was ist schon ein Brief? Ein Brief ist gar nichts. Briefe schreiben allenfalls Apotheker ...

Madrid, 30. Februarius

Ich bin also in Spanien, und alles ist so schnell gegangen, daß ich kaum zur Besinnung gekommen bin. Heute früh erschienen bei mir die spanischen Deputierten, und wir stiegen gemeinsam in den Wagen. Die ungewöhnliche Eile, mit der alles geschah, kam mir sonderbar vor. Wir fuhren so rasch, daß wir die spanische Grenze bereits nach einer halben Stunde erreicht hatten. Im übrigen fahren ja heute Eisenbahnen durch ganz Europa, und auch die Dampfer sind äußerst schnell. Spanien ist ein merkwürdiges Land: Als wir das erste Zimmer betraten, erblickte ich zahlreiche Männer mit rasierten Köpfen. Ich erriet jedoch, daß es entweder Granden oder Soldaten waren, denn die rasieren sich die Köpfe. Außerordentlich seltsam kam mir das Benehmen des Staatskanzlers vor, der mich am Arm führte: Er stieß mich in ein kleines Zimmer und sagte: »Du bleibst hier sitzen, und wenn du dich weiter König Ferdinand nennst, treibe ich dir die Lust dazu mit dem Knüppel aus.« Ich wußte jedoch, daß ich nur auf die Probe gestellt werden sollte, und lehnte das Ansinnen ab, worauf mir der Kanzler mit dem Stock zweimal auf den Rücken schlug, und zwar so schmerzhaft, daß ich beinahe aufgeschrien hätte; ich beherrschte mich jedoch, da mir einfiel, daß die Erhebung in einen höheren Rang durch Ritterschlag erfolgt und sich die Ritterbräuche in Spanien bis auf den heutigen Tag erhalten haben. Allein geblieben, beschloß ich, mich den Staatsgeschäften zu widmen. Ich entdeckte, daß China und Spanien ein und dasselbe sind und nur aus Mangel an Bildung für zwei verschiedene Staaten gehalten werden. Ich rate jedem, auf ein Blatt Papier das Wort »Spanien« zu schreiben – Sie werden sehen, daß »China« dabei herauskommt. Äußerst betrübt bin ich über ein Ereignis, das morgen stattfinden soll. Morgen um sieben Uhr wird etwas Merkwürdiges geschehen – die Erde wird auf den Mond auflaufen. Darüber schreibt auch der berühmte englische Chemiker Wellington. Ich muß gestehen, als ich mir die außerordentliche Zartheit, ja Zerbrechlichkeit des Mondes vergegenwärtigte, fühlte ich mich aufs tiefste beunruhigt. Der Mond wird ja normalerweise in Hamburg hergestellt, und zwar sehr schlecht. Ich wundere mich, daß England nicht sein Augenmerk darauf richtet. Angefertigt wird der Mond von einem lahmen Böttcher, und man merkt, daß der Dummkopf keinerlei Ahnung davon hat. Er verwendet dazu ein geteertes Seil und eine gewisse Menge Baumöl; infolgedessen verbreitet sich über die ganze Erde ein so schauderhafter Gestank, daß man sich die Nase zuhalten muß. Und der Mond ist infolgedessen eine so zarte Kugel, daß Menschen auf ihm unmöglich leben können – er ist nur von Nasen bewohnt. Und eben aus diesem Grunde können wir unsere Nasen nicht sehen, denn sie befinden sich ja auf dem Mond. Als ich mir vorstellte, eine wie schwere Masse die Erde ist und daß sie unsere Nasen beim Auflaufen auf den Mond zu Mehl zermahlen könnte, befiel mich eine solche Unruhe, daß ich mir Schuhe und Strümpfe anzog und in den Saal des Staatsrats eilte, um der Polizei den Befehl zu geben, das Auflaufen der Erde auf den Mond zu verhindern. Die rasierten Granden, die ich in großer Zahl im Saale des Staatsrats versammelt fand, waren sehr kluge Leute, und als ich sagte: »Herrschaften, retten wir den Mond, denn die Erde will auf ihn auflaufen«, stürzten alle sogleich davon, um meinen königlichen Willen auszuführen; viele kletterten sogar die Wände hoch, um den Mond herunterzuholen. In diesem Augenblick trat jedoch der große Kanzler ein. Alle liefen auseinander, als sie ihn erblickten. Nur ich, der König, blieb. Doch der Kanzler schlug mich zu meiner Verwunderung mit dem Stock und jagte mich in mein Zimmer zurück. Solche Macht haben in Spanien die Volksbräuche!

Im Januar desselben Jahres,
der diesmal auf den Februar folgt

Ich kann bis heute nicht verstehen, was dieses Spanien für ein Land ist. Die Volksbräuche und die Hofetikette sind höchst ungewöhnlich. Das verstehe ich nicht, das verstehe ich nicht, ich verstehe nicht das geringste. Man hat mir heute den Kopf rasiert, obwohl ich schrie, so laut ich konnte – ich will kein Mönch werden. Daran aber, was ich empfand, als man mir kaltes Wasser auf den Kopf träufelte, mag ich mich einfach nicht erinnern. Solche Höllenqualen hatte ich noch nie erlitten. Ich war nahe daran, in Tobsucht zu verfallen; man hatte alle Mühe, mich festzuhalten. Hinter den Sinn dieses seltsamen Brauchs kann ich beim besten Willen nicht kommen. Ein dummer, sinnloser Brauch! Die Unvernunft der Könige, die ihn bis heute dulden, ist mir unfaßbar. Urteile ich nach dem Anschein, dann frage ich mich: Bin ich nicht in die Hände der Inquisition gefallen, und ist nicht der, den ich für den Kanzler hielt, der Großinquisitor höchstpersönlich? Nur kann ich noch immer nicht begreifen, wieso der König selbst der Inquisition verfallen kann. Da könnte allerdings Frankreich im Spiele sein, und insbeson-

dere Polignac*. Oh, diese Kanaille Polignac! Er hat geschworen, mich bis an mein Ende zu verfolgen. Und nun hetzt und hetzt er mich; aber ich weiß, mein Bester, daß du von England gegängelt wirst. Der Engländer ist ein großer Diplomat. Er intrigiert überall. Alle Welt weiß – wenn der Engländer Tabak schnupft, muß der Franzose niesen.

Den 25.

Heute kam der Großinquisitor in mein Zimmer; ich hörte seine Schritte jedoch schon von weitem und versteckte mich unter dem Stuhl. Da er mich nicht sah, begann er mich zu rufen. Zuerst rief er: »Popristschin!« Ich gab keinen Ton von mir. Dann hörte ich: »Aksenti Iwanow! Titularrat! Adliger!« Ich schwieg. »Ferdinand VIII., König von Spanien!« Ich wollte schon den Kopf hinausstrecken, dachte mir aber dann: Nein, Verehrter, mich legst du nicht herein! Dich kenne ich – du willst wieder kaltes Wasser auf meinen Kopf gießen. Doch er erblickte mich und trieb mich mit dem Stock unter dem Stuhl hervor. Die Schläge mit diesem verdammten Stock sind äußerst schmerz-

* Auguste-Jules-Armand-Marie Fürst de Polignac (1780–1847), reaktionärer französischer Politiker.

haft. Im übrigen wurde ich für alles durch meine heutige Entdeckung entschädigt; mir wurde klar, daß jeder Hahn sein Spanien hat und daß es sich unter seinem Federkleid befindet. Der Großinquisitor indessen ging zornig davon und drohte mir mit irgendwelchen Strafen. Ich nahm jedoch von seiner ohnmächtigen Wut keine Notiz, da ich ja wußte: Er handelt wie eine Maschine, als bloßes Werkzeug des Engländers.

Vierunddreißig am . . . sten,
Jahr MC, 349. Februar

Nein, das halte ich nicht länger aus. Mein Gott! Was machen sie nur mit mir! Sie gießen mir kaltes Wasser auf den Kopf! Sie hören mich nicht, sie sehen mich nicht, sie verstehen mich nicht. Was habe ich ihnen getan? Warum foltern sie mich? Was wollen sie von mir Ärmstem? Was kann ich ihnen geben? Ich habe nichts. Es geht über meine Kraft, all diese Qualen zu ertragen. Mein Kopf brennt, und alles vor mir dreht sich. Rettet mich! Nehmt mich hier fort! Gebt mir eine Troika, rasch wie der Wind! Steig auf den Bock, mein Lenker, läute, mein Glöckchen, schwingt euch empor, ihr Rosse, und entführt mich von dieser Erde! Weiter, immer weiter, damit ich nichts mehr von ihr sehe, nichts. Vor mir der brodelnde Himmel; ein kleiner Stern blinkt in der Ferne; der Mond, der Wald mit seinen dunklen Bäumen jagen an mir vorüber; bläulicher Nebel braut zu meinen Füßen; im Nebel klingt eine Saite; zu meiner Rechten Italien, zu meiner Linken das Meer; und jetzt erkenne ich auch russische Bauernhütten. Schimmert nicht dort in der Ferne bläulich mein eigenes Haus? Sitzt am Fenster nicht meine Mutter? Ach, Mutter, rette deinen armen Sohn! Benetze seinen kranken Kopf mit einer Träne! Sieh, wie sie ihn quälen! Drücke die arme Waise an deine Brust! Es ist kein Platz für ihn auf dieser Erde! Sie hetzen ihn! Mutter, erbarme dich deines kranken Kindes! . . .

Und wissen Sie auch, daß der Bey von Algerien unmittelbar unter der Nase eine Beule hat?

Die Nase

1

Am 25. des Monats März ereignete sich in Petersburg ein außerordentlich merkwürdiger Vorfall. Der Barbier Iwan Jakowlewitsch, wohnhaft am Wosnessenski Prospekt — sein Nachname ist nicht erhalten, und selbst das Firmenschild, auf dem man einen Herrn mit eingeseifter Wange sieht und die Inschrift liest: »Es wird auch zur Ader gelassen«, gibt keinerlei nähere Auskunft —, der Barbier Iwan Jakowlewitsch also erwachte ziemlich früh und verspürte den Geruch von heißem Brot. Er richtete sich im Bett auf und sah, daß seine Ehefrau, eine respektable Dame, die sehr gern Kaffee trank, frisch gebakkene Brote aus dem Ofen nahm.

»Heute, Praskowja Ossipowna, werde ich keinen Kaffee trinken«, sagte Iwan Jakowlewitsch, »ich möchte statt dessen heißes Brot mit Zwiebeln essen.«

Eigentlich hätte Iwan Jakowlewitsch am liebsten das eine wie das andere gehabt, er wußte aber, daß es völlig unmöglich war, zwei Dinge auf einmal zu verlangen; solche Grillen konnte Praskowja Ossipowna durchaus nicht leiden. Soll doch der Dummkopf Brot essen; desto besser für mich, sagte sich die Ehefrau im stillen, bleibt eine Kaffeeportion mehr für mich übrig. Und sie warf ein Brot auf den Tisch.

Iwan Jakowlewitsch zog sich anstandshalber über das Nachthemd den Frack an, setzte sich an den Tisch, schüttete ein Häufchen Salz darauf, richtete zwei Zwiebeln zu, nahm das Messer in die Hand und machte sich mit wichtiger Miene ans

Schneiden des Brotes. Er schnitt es in zwei Hälften, sah sich das Innere an und erblickte zu seiner Verwunderung etwas Weißes. Iwan Jakowlewitsch kratzte vorsichtig mit dem Messer daran herum und befühlte es mit dem Finger. Einigermaßen fest, sagte er zu sich selber, was mag es nur sein?

Er faßte es mit den Fingern und zog eine Nase heraus! Iwan Jakowlewitsch versagten geradezu die Hände; er rieb sich die Augen und tastete nochmals daran herum – eine Nase, wahrhaftig, eine Nase! Und obendrein auch noch eine, die ihm bekannt vorkam! Entsetzen malte sich auf seinem Gesicht. Doch dieses Entsetzen war nichts im Vergleich zu der Empörung, die seine Ehefrau packte.

»Wem hast du Unmensch die Nase abgeschnitten?« schrie sie ihn zornig an. »Spitzbube! Trunkenbold! Ich melde es persönlich der Polizei. So ein Halunke! Ich habe schon von drei Seiten gehört – du zerrst die Leute beim Rasieren so an der Nase, daß sie kaum noch dran bleibt.«

Doch Iwan Jakowlewitsch war ohnehin mehr tot als lebendig. Er hatte die Nase erkannt – sie gehörte niemand anderem als dem Kollegienassessor Kowaljow, den er jeden Mittwoch und Sonntag rasierte.

»Halt ein, Praskowja Ossipowna! Ich wickle sie in ein Läppchen und lege sie in die Ecke; mag sie dort ein bißchen liegen, später schaff ich sie dann hinaus.«

»Davon will ich nichts hören! Ich soll erlauben, daß bei mir im Zimmer eine abgeschnittene Nase herumliegt? Herzloser Knacker! Kann weiter nichts als mit dem Rasiermesser auf dem Riemen herumkratzen – seiner Pflicht nachzukommen, dazu wird er bald überhaupt nicht mehr in der Lage sein, Herumtreiber verdammter! Ich soll mich wohl für dich vor der Polizei verantworten? ... Hach, du Schmutzfink, du dämlicher Klotz! Fort mit ihr! Fort! Schaff sie, wohin du willst! Verdufte damit!«

Iwan Jakowlewitsch war buchstäblich erschlagen. Er dachte immerfort nach und wußte trotz allem nicht, was er denken sollte.

»Weiß der Teufel, wie das gekommen ist«, sagte er schließlich und kratzte sich hinterm Ohr. »Ob ich gestern betrunken nach Hause gekommen bin oder nicht, kann ich nicht mehr mit Sicherheit sagen. Allen Anzeichen nach aber stellt sich diese Begebenheit als vernunftwidrig dar, denn Brot ist etwas Gebakkenes, während eine Nase etwas ganz anderes ist. Da finde sich einer zurecht!«

Iwan Jakowlewitsch verstummte. Bei dem Gedanken, die Polizei könne die Nase bei ihm finden und ihn zur Rechenschaft ziehen, schwanden ihm die Sinne. Er glaubte bereits einen roten, hübsch mit Silber bestickten Kragen nebst dem dazugehörigen Degen vor sich zu sehen und zitterte an allen Gliedern. Schließlich holte er sein Unterzeug und die Stiefel hervor, zog sich all diesen Plunder an, wickelte die Nase in einen Lappen und verließ, von Praskowja Ossipownas nachdrücklichen Ermahnungen begleitet, das Haus.

Er wollte die Nase irgendwo hinstecken — unter einen Prellstein vor einem Haustor zum Beispiel — oder sie, gleichsam versehentlich, fallen lassen und rasch in eine Quergasse abbiegen. Aber er traf zu seinem Pech immerfort einen Bekannten, der ihm sogleich mit der Frage kam: »Wo gehst du hin?« oder: »Wen willst du so früh rasieren?« So konnte er den Augenblick durchaus nicht abpassen. Einmal war es ihm schon gelungen, die Nase tatsächlich fallen zu lassen, doch ein Stadtwächter wies bereits von weitem mit der Hellebarde auf sie und rief ihm zu: »Heb auf! Du hast da was fallen lassen!«

Und Iwan Jakowlewitsch mußte die Nase aufheben und wieder in die Tasche stecken. Verzweiflung packte ihn, zumal die Straßen sich immer stärker belebten, je mehr Geschäfte und Läden geöffnet wurden.

Er beschloß, zur Isaaks-Brücke zu gehen — vielleicht gelang es ihm, die Nase in die Newa zu werfen ... Ich fühle mich jedoch vor dem Leser ein wenig schuldig, weil ich über Iwan Jakowlewitsch, einen in vieler Hinsicht ehrenwerten Mann, bisher noch nichts gesagt habe.

Iwan Jakowlewitsch war wie jeder anständige russische

Handwerker ein schrecklicher Säufer. Und obwohl er jeden Tag anderer Leute Kinn rasierte, blieb sein eigenes ewig unrasiert. Iwan Jakowlewitschs Frack (und er trug nie einen Gehrock) war scheckig; das heißt, er war eigentlich schwarz, aber voller braungelber und grauer Flecken; der Kragen glänzte vor Speck, und anstelle dreier Knöpfe hingen nur noch die Fäden herab. Iwan Jakowlewitsch war ein großer Zyniker, und wenn der Kollegienassessor Kowaljow ihm beim Rasieren wie gewöhnlich sagte: »Bei dir, Iwan Jakowlewitsch, stinken ewig die Hände!«, dann fragte Iwan Jakowlewitsch zurück: »Ja, weshalb sollten sie denn stinken?« – »Das, mein Bester, weiß ich nicht, jedenfalls stinken sie«, pflegte der Kollegienassessor zu erwidern, und Iwan Jakowlewitsch nahm eine Prise Tabak, schnupfte und seifte ihn dafür außer auf der Wange und unter der Nase auch hinter den Ohren und unter dem Bart ein, kurz, wo er gerade Lust hatte.

Dieser ehrenwerte Bürger befand sich inzwischen schon auf der Isaaks-Brücke. Er blickte sich vor allem um; dann beugte er sich über das Geländer, als wolle er unter die Brücke schauen – ob da viel Fische schwömmen –, und schleuderte den Lappen mit der Nase verstohlen ins Wasser. Ihm war, als habe er zehn Pud auf einmal abgeworfen; Iwan Jakowlewitsch lächelte sogar. Statt allerlei Beamten das Kinn rasieren zu gehen, schlug er den Weg zu einer Gastwirtschaft mit dem Aushängeschild »Speisen und Tee« ein, um ein Glas Punsch zu trinken, bemerkte aber plötzlich am Ende der Brücke einen Abschnittsvorsteher von vornehmem Äußeren, mit breitem Backenbart, Dreispitz und Degen. Er erstarrte; der Abschnittsvorsteher indessen winkte ihn heran und sagte: »Komm doch mal her, mein Lieber!«

Iwan Jakowlewitsch, der wußte, was sich gehört, nahm schon in einiger Entfernung die Mütze ab, trat rasch auf ihn zu und sagte: »Ich wünsche Euer Wohlgeboren beste Gesundheit!«

»Nein, nein, Verehrter, nichts da von Wohlgeboren. Sag mir lieber, was hast du auf der Brücke gemacht?«

»Bei Gott, mein Herr, ich war jemand rasieren und habe nur mal nachgeschaut, wie stark die Strömung ist.«

»Schwindel, alles Schwindel! So kommst du nicht davon. Antworte mir gefälligst!«

»Ich bin bereit, Euer Gnaden ohne Murren zweimal und sogar dreimal in der Woche zu rasieren«, entgegnete Iwan Jakowlewitsch.

»Nein, mein Freund, das zieht nicht! Ich habe schon drei Barbiere, die mich rasieren und die das obendrein als große Ehre ansehen. Erzähl mir mal gefälligst, was du dort auf der Brücke gemacht hast!«

Iwan Jakowlewitsch erblaßte ... Doch hier hüllt sich die Angelegenheit in völligen Nebel, und was sich weiter zutrug, ist gänzlich unbekannt.

2

Der Kollegienassessor Kowaljow erwachte ziemlich früh und machte mit den Lippen »Brrr«. Das tat er jedesmal, wenn er erwachte, obgleich er selber nicht hätte erklären können, warum. Er reckte sich und ließ sich den kleinen Spiegel geben, der auf dem Tisch stand. Er wollte sich den Pickel ansehen, der sich gestern abend auf seiner Nase gebildet hatte; zu seinem größten

Erstaunen stellte er jedoch fest, daß dort, wo sich seine Nase befunden hatte, eine völlig ebene Stelle war! Kowaljow erschrak, ließ sich Wasser bringen und wischte sich mit dem Handtuch die Augen blank – tatsächlich, die Nase war weg! Er befühlte die Stelle mit den Fingern, um sich zu vergewissern, daß er nicht träumte. Nein, das schien nicht der Fall zu sein. Der Kollegienassessor Kowaljow sprang aus dem Bett und schüttelte sich – die Nase war weg! Er ließ sich schleunigst die Kleidung bringen, zog sich an und machte sich Hals über Kopf zum Oberpolizeimeister auf.

Indessen scheint mir erforderlich, einiges über Kowaljow zu sagen, damit der Leser sieht, von welcher Art dieser Kollegienassessor war. Kollegienassessoren, die diesen Rang mit Hilfe von Bildungsattesten erwerben, kann man auf keinen Fall mit denen vergleichen, die im Kaukasus »gemacht« wurden.* Das sind zwei völlig verschiedene Kategorien. Gebildete Kollegienassessoren ... Doch Rußland ist ein merkwürdiges Land, in dem alle Kollegienassessoren, von Riga bis nach Kamtschatka, unvermeidlich alles auf sich beziehen, was man von einem ein-

* Der Rang eines Kollegienassessors, der in der militärischen Rangtabelle dem eines Majors entsprach, konnte in der kaukasischen Verwaltung, die als besonders korrupt galt, leichter erworben werden als anderswo.

zelnen Kollegienassessor sagt. Das gilt auch für alle anderen Ränge und Stände. Kowaljow war ein »kaukasischer« Kollegienassessor. Er stand erst seit zwei Jahren in diesem Rang und konnte es infolgedessen keinen Augenblick vergessen; er nannte sich jedoch, um sich mehr Vornehmheit und Gewicht zu geben, niemals Kollegienassessor, sondern stets nur Major. »Hör zu, mein Schatz«, pflegte er zu sagen, wenn er ein Frauenzimmer auf der Straße traf, das mit Vorhemden handelte, »komm doch zu mir ins Haus; ich wohne in der Sadowaja. Du brauchst nur zu fragen: ›Wohnt hier nicht der Major Kowaljow?‹ Und jeder wird es dir zeigen.« Hatte sie aber ein niedliches Lärvchen, dann gab er ihr obendrein eine heimliche Weisung und fügte hinzu: »Frag nach der Wohnung des Majors Kowaljow, mein Herzchen.« Aus diesem Grunde werden auch wir den Kollegienassessor im weiteren nur noch Major nennen.

Major Kowaljow pflegte jeden Tag auf dem Newski Prospekt spazierenzugehen. Der Kragen seines Vorhemdes war immer makellos rein und gut gestärkt. Sein Backenbart war von der Art, wie man ihn bis auf den heutigen Tag bei Landmessern einer Gouvernements- oder Kreisverwaltung, bei Architekten und Regimentsärzten, bei Leuten, die den verschiedensten polizeilichen Obliegenheiten nachgehen, sowie überhaupt bei all den braven Männern zu sehen bekommt, die volle, rote Wangen haben und ausgezeichnete Bostonspieler sind; diese Backenbärte ziehen sich haargenau von der Mitte der Wange bis unmittelbar an die Nase hin. Major Kowaljow trug zahllose Siegelplättchen aus Karneol an einer Kette — solche mit Wappen und solche, auf denen nur Mittwoch, Donnerstag, Montag und so weiter eingeschnitten war. Er hatte seine Gründe gehabt, nach Petersburg zu kommen; er wollte sich hier nach einer Stellung umsehen, die seinem Rang entsprach — wenn es gelang, wollte er Vizegouverneur, wenn nicht, dann wenigstens Exekutor* in einem angesehenen Departement werden. Major Kowaljow war auch nicht abgeneigt zu heiraten, allerdings nur,

* Im zaristischen Rußland ein für Verwaltungsfragen zuständiger Kanzleibeamter.

wenn die Braut ein Kapital von zweihunderttausend Rubel in die Ehe einbrachte. Der Leser kann jetzt selber ermessen, in welcher Lage sich der Major befand, als er anstelle seiner wohlgeformten und normal großen Nase eine höchst idiotische, ebene, glatte Stelle vorfand.

Auf der Straße zeigte sich zu seinem Pech nicht eine einzige Droschke, und er mußte zu Fuß gehen; er mummte sich in seinen Mantel ein, hielt das Taschentuch vors Gesicht und tat, als habe er Nasenbluten. Aber vielleicht habe ich mir das nur eingebildet, es kann doch einfach nicht sein, daß einem mir nichts, dir nichts die Nase abhanden kommt, dachte er und betrat eine Konditorei – eigens, um in den Spiegel zu schauen. Zu seinem Glück war sie ganz leer; die Kellnerlehrlinge fegten den Fußboden und rückten die Stühle zurecht; einige trugen mit verschlafenen Augen Tabletts voll heißer Pastetchen herein; auf Tischen und Stühlen lagen die gestrigen Zeitungen herum, fleckig vom vergossenen Kaffee. »Na, Gott sei Dank, es ist niemand da«, sagte er, »jetzt kann ich mich anschauen.« Er trat zaghaft vor den Spiegel und sah hinein. »So etwas von Gemeinheit, hol's der Teufel!« stieß er hervor und spie aus. »Wenn doch anstelle der Nase wenigstens etwas anderes wäre, aber nein – gar nichts!«

Er biß sich ärgerlich auf die Lippen, verließ die Konditorei und beschloß, entgegen seiner Gewohnheit, niemanden anzusehen und niemandem zuzulächeln. Plötzlich blieb er wie angewurzelt vor einem Hauseingang stehen; ein unerklärlicher Vorgang spielte sich vor seinen Augen ab – am Eingang hielt eine Karosse; der Wagenschlag öffnete sich; ein Herr in Uniform sprang, leicht gebückt, heraus und eilte die Treppe hinauf. Wie groß aber war das Erstaunen, ja das Entsetzen Kowaljows, als er die eigene Nase in ihm erkannte! Bei diesem ungewöhnlichen Anblick stand alles in seinen Augen kopf, so jedenfalls schien es ihm; er fühlte, daß er sich kaum noch auf den Beinen halten konnte, beschloß aber dennoch, koste es, was es wolle, die Rückkehr dieses Herrn zu seinem Wagen abzuwarten; er zitterte wie im Fieber. Nach zwei Minuten trat der Herr, der seine

Nase war, tatsächlich aus dem Haus. Er hatte eine goldbestickte Uniform mit hohem Stehkragen an; die Beinkleider waren aus Sämischleder; er trug einen Degen. Der federverzierte Hut ließ darauf schließen, daß er im Range eines Staatsrats stand. Aus allem war ersichtlich, daß er unterwegs war, um Visiten zu machen. Er blickte sich nach allen Seiten um, rief dem Kutscher zu: »Fahr vor!«, stieg ein und rollte davon.

Der arme Kowaljow war nahe daran, den Verstand zu verlieren. Er wußte nicht, was er von einer so seltsamen Begebenheit denken sollte. In der Tat, wie war es möglich, daß die Nase, die noch gestern in seinem Gesicht gesessen hatte, umherfahren und umhergehen konnte, und noch dazu in Uniform! Er rannte hinter dem Wagen her, der glücklicherweise nur eine kurze Strecke fuhr und vor der Kasaner Kathedrale anhielt.

Er eilte die Stufen hinauf, drängte sich an der Reihe der alten Bettlerinnen vorbei, deren Gesichter, bis auf zwei Öffnungen für die Augen, ganz verhüllt waren und über die er sich früher so gerne lustig gemacht hatte, und betrat das Innere der Kirche. Es waren nur wenige Andächtige versammelt; alle standen in der Nähe der Tür. Kowaljow fühlte sich so erregt, daß er unmöglich beten konnte und immer nur mit den Augen nach jenem Herrn suchte, in allen Ecken. Schließlich erblickte er ihn — er stand ein wenig abseits, verbarg das Gesicht völlig hinter dem hohen Kragen und betete mit dem Ausdruck größter Gottesfurcht.

Wie nähere ich mich ihm? fragte sich Kowaljow. Aus der Uniform, dem Hut, mit einem Wort, aus allem ist zu ersehen, daß er Staatsrat ist. Weiß der Teufel, wie man an ihn herankommt.

Er versuchte, sich durch Hüsteln bemerkbar zu machen, doch die Nase gab ihre andächtige Haltung keinen Augenblick auf und fuhr fort, sich vor den Heiligenbildern zu verneigen.

»Mein Herr«, sagte Kowaljow und gab sich einen Ruck, »mein Herr ...«

»Sie wünschen?« fragte die Nase und wandte sich zu ihm um.

»Ich kann mich nur wundern, mein Herr ... Mir scheint ... Sie sollten wissen, wo Sie hingehören. Aber wo finde ich Sie plötzlich? In der Kirche! Sie werden zugeben ...«

»Entschuldigen Sie, ich komme nicht dahinter, wovon Sie zu reden belieben. Würden Sie es mir bitte erklären!«

Wie soll ich es ihm erklären, fragte sich Kowaljow, faßte sich aber ein Herz und begann: »Gewiß, ich bin ... ich bin übrigens Major. Sie werden zugeben, daß es unschicklich für mich ist, ohne Nase herumzulaufen. Eine Händlerin, die an der Wossenski-Brücke geschälte Apfelsinen verkauft, mag ohne Nase auskommen; ich jedoch, der Aussicht auf den Posten ... Aber lassen wir das ... Ich bin darüber hinaus mit allerlei Damen bekannt und verkehre in vielen Salons — bei der Staatsrätin Tschechtarjowa und anderen. So urteilen Sie doch selbst ... Ich weiß nicht recht, mein Herr ...« An dieser Stelle zuckte Major Kowaljow mit den Schultern. »Entschuldigen Sie ... Aber wenn man das alles nach den Gesetzen von Pflicht und Ehre betrachtet ... Sie werden selber begreifen ...«

»Ich begreife nicht das geringste«, entgegnete die Nase. »Erklären Sie sich bitte deutlicher!«

»Mein Herr ...«, erwiderte Kowaljow mit einem gewissen Selbstbewußtsein. »Ich weiß nicht, wie ich Ihre Worte verstehen soll ... Die ganze Angelegenheit ist doch völlig klar ...

Oder wollen Sie etwa... Aber Sie sind doch meine eigene Nase!«

Der Herr, der die Nase war, sah den Major an, und seine Brauen zogen sich ein wenig zusammen.

»Sie irren, mein Herr. Ich existiere an sich. Darüber hinaus sind engere Beziehungen zwischen Ihnen und mir auch gar nicht möglich. Nach den Knöpfen Ihrer Uniform zu urteilen, gehören Sie zu einem anderen Ressort.«

Nach diesen Worten wandte sich der Herr, der die Nase war, von Kowaljow ab und fuhr fort zu beten.

Kowaljow war wie vor den Kopf gestoßen; er wußte nicht, was er tun, nicht einmal, was er denken sollte. In diesem Augenblick vernahm er das angenehme Rauschen von Frauenkleidern; eine ältere Dame, ganz in Spitzen, und eine junge, gertenschlanke in einem weißen, die schmale Taille höchst reizvoll modellierenden Kleid, mit einem mattgelben Hut, der leicht war wie ein Baiser, blieben in seiner Nähe stehen. Hinter ihnen pflanzte sich ein hochgewachsener Heiduck mit üppigem Bakkenbart und einem vollen Dutzend Kragen übereinander auf und öffnete die Tabakdose.

Kowaljow trat näher, zupfte den Batistkragen seines Vorhemdes heraus, ordnete die an der goldenen Kette hängenden Siegelplättchen, sah sich lächelnd nach allen Seiten um und wandte seine Aufmerksamkeit der federleichten Dame zu, die sich wie eine Frühlingsblume neigte und ihre weiße Hand mit den fast durchsichtigen Fingern an die Stirn führte. Kowaljows Lächeln wurde noch breiter, als er ihr schneeweißes rundes Kinn und einen Teil der Wange unter dem Hut erblickte — sie war von der Farbe der ersten Rose im Lenz. Doch plötzlich prallte er zurück, als hätte er sich verbrannt. Er erinnerte sich, daß er anstelle seiner Nase nichts, einfach nicht das geringste hatte, und Tränen traten ihm in die Augen. Er wandte sich um; er wollte dem Herrn in der vornehmen Uniform geradeheraus sagen, daß er sich nur als Staatsrat aufspiele, daß er ein Spitzbube, ein Halunke, daß er nichts weiter als Kowaljows eigene Nase sei. Doch der Herr, der Kowaljows Nase war, war fort —

vermutlich wieder davongejagt, um irgendwem eine Visite abzustatten.

Verzweiflung befiel Kowaljow. Er machte kehrt, blieb eine kleine Weile unter den Kolonnaden stehen und sah sich aufmerksam nach allen Seiten um – ob sich nicht irgendwo die Nase zeige. Er erinnerte sich sehr genau, daß der Hut mit Federn besetzt und die Uniform mit Gold bestickt gewesen war, doch weder den Mantel noch die Farbe der Karosse oder der Pferde hatte er sich gemerkt; er wußte nicht einmal, ob hinten ein Lakai gestanden hatte, und wenn ja, dann nicht, in was für einer Livree. Überdies jagten so viele Wagen in beiden Richtungen und so rasch dahin, daß es gar nicht leicht war, einen bestimmten herauszufinden; doch selbst wenn ihm ein Wagen aufgefallen wäre – er hätte ihn nicht anhalten können. Es war ein wunderschöner sonniger Tag. Eine Fülle von Menschen bevölkerte den Newski; ganze Blumenkaskaden von Damen ergossen sich über die Bürgersteige, von der Polizejski-bis zur Anitschkow-Brücke. Da kam ja auch sein Bekannter, der Hofrat, daher, den er mit Oberstleutnant anzureden pflegte, besonders in Gegenwart anderer. Und da Jarygin, Bürovorsteher beim Senat, ein guter Freund von ihm, der jedesmal, wenn er im Boston aufs Ganze ging, das Spiel verlor. Und da ein anderer Major, der seinen Assessortitel im Kaukasus erworben hatte – er winkte ihm zu, er solle zu ihm herüberkommen ...

»Ach, hol euch alle der Teufel!« sagte Kowaljow. »He, Kutscher, fahr mich geradeswegs zum Oberpolizeimeister!« Kowaljow stieg ein und schrie dem Kutscher in einem fort zu: »Fahr, was du kannst! – Ist der Oberpolizeimeister zu sprechen?« rief er aus, sobald er den Flur betrat.

»Leider nein«, entgegnete der Pförtner, »er ist soeben fortgefahren.«

»Da haben wir's!«

»Ja«, setzte der Pförtner hinzu, »es ist noch gar nicht lange her, aber jetzt ist er fort. Ein paar Minuten früher, und Sie hätten ihn vielleicht noch angetroffen.«

Kowaljow stieg, ohne das Taschentuch vom Gesicht zu nehmen, wieder in die Droschke und rief mit verzweifelter Stimme: »Fahr zu!«

»Wohin denn?« fragte der Kutscher.

»Geradeaus!«

»Wie das — geradeaus? Die Straße gabelt sich hier. Nach rechts oder nach links?«

Diese Frage brachte Kowaljow zur Besinnung und nötigte ihn, aufs neue nachzudenken. In seiner Lage schien es das beste, sich vor allem an die Verwaltung für Sitte und Anstand zu wenden, nicht etwa darum, weil diese Behörde unmittelbare Beziehungen zur Polizei unterhielt, sondern nur darum, weil sie ihre Entscheidungen wesentlich schneller als andere Dienststellen treffen konnte; dagegen wäre es verfehlt gewesen, sich an die Leitung jener Stelle zu halten, bei der die Nase bedienstet zu sein behauptete; allein schon aus ihren Antworten ließ sich ersehen, daß für sie nichts heilig war und daß sie in dieser Sache genauso lügen konnte, wie sie bereits gelogen hatte, als sie versicherte, ihn nie gesehen zu haben. Kowaljow wollte also schon zur Verwaltung für Sitte und Anstand fahren, sagte sich aber plötzlich, dieser Spitzbube und Gauner, der ihm schon einmal so unverschämt gekommen war, könne sich die Zeit, die man ihm ließ, bequem zunutze machen und aus der Stadt verschwinden — alle Nachforschungen würden dann vergeblich sein, oder sie könnten sich, was Gott verhüten möge, einen Monat lang hinziehen. Schließlich schien ihm der Himmel selbst eine Erleuchtung zu schicken. Er beschloß, sich schleunigst an die Inseratenabteilung einer Zeitung zu wenden, um noch rechtzeitig eine Annonce mit der genauen Beschreibung des Gesuchten aufzugeben, damit jeder, der ihm begegnete, ihn auf der Stelle herbeischaffen oder wenigstens Nachricht von seinem Aufenthalt geben könne. Er ließ sich also, nachdem er diesen Entschluß gefaßt hatte, zur Inseratenabteilung fahren, stukte den Kutscher unterwegs in einem fort mit der Faust in den Rükken und trieb ihn an: »Fahr zu, Halunke, fahr zu, du Gauner!« — »Ach, Herr!« entgegnete der Kutscher, schüttelte nur den Kopf und hieb mit dem Zügel auf sein Pferdchen ein, das langhaarig wie ein Bologneserhündchen war. Die Droschke hielt schließlich, und Kowaljow stürzte atemlos in ein kleines Empfangszimmer, in dem ein grauhaariger Beamter, mit Brille und in abgenutztem Frack, an einem Tisch saß und, den Federhalter zwischen den Zähnen, das eingezahlte Kupfergeld nachrechnete.

»Wo kann man hier eine Annonce aufgeben?« rief Kowaljow. »Ach, guten Tag!«

»Habe die Ehre«, sagte der grauhaarige Beamte, sah ihn einen Augenblick an und senkte den Blick wieder auf die Münzen, die vor ihm aufgehäuft waren.

»Ich möchte eine Annonce drucken lassen . . .«

»Moment mal! Bitte sich einen Augenblick zu gedulden«, entgegnete der Beamte, der mit der rechten Hand eine Ziffer auf das Papier vor sich niederschrieb und mit der linken zwei Steinchen auf dem Rechenbrett verschob.

Ein betreßter Lakai, dessen Äußeres seine Zugehörigkeit zu einem aristokratischen Haushalt verriet, stand, einen Zettel in der Hand, neben dem Tisch und hielt es offenbar für angebracht, sich mitteilsam zu zeigen.

»Glauben Sie mir, mein Herr, das Hündchen ist keine achtzig Kopeken wert, ich persönlich würde keine acht dafür geben, aber die Gräfin liebt es nun mal, weiß Gott, sie liebt es, und der Finder bekommt eben hundert Rubel! Um ganz offen zu sein, so wie wir es jetzt zueinander sind — über den Geschmack läßt sich nicht streiten; ich jedenfalls meine — wenn du schon ein Hundeliebhaber bist, dann halte dir einen Jagdhund oder einen Pudel; da sollte es auf fünfhundert oder tausend Rubel nicht ankommen — es muß dann aber auch ein Hund sein, der was darstellt.«

Der ehrwürdige Beamte hörte mit bedeutsamer Miene zu und rechnete dabei nach, wie viele Buchstaben der mitgebrachte Zettel enthielt. Zu seiner Rechten und zu seiner Linken warteten zahlreiche alte Frauen, Handlungsgehilfen und Hausknechte mit Zetteln. Auf dem einen wurde angezeigt, daß ein Kutscher von solidem Lebenswandel abzutreten sei; auf einem anderen bot man einen wenig gebrauchten Kutschwagen an, der im Jahre 1814 aus Paris mitgebracht worden war; oder es wurde ein neunzehnjähriges Mädchen aus dem Hofgesinde empfohlen, das Übung im Wäschewaschen und allem, was damit zusammenhing, besaß, sich aber auch für andere Arbeiten eignete; oder auch eine wohlerhaltene Droschke, der weiter nichts als eine Feder fehlte, oder ein feuriger junger Apfelschimmel, gerade erst siebzehn Jahre alt; oder diesjähriger, aus London bezogener Rüben- und Radieschensamen; oder ein Landhaus mit allem, was dazugehört — zwei Pferdeboxen und einem Platz, auf dem man einen vorzüglichen Birken- oder Tannengarten anlegen konnte; daneben wurden Leute, die gebrauchte Stiefelsohlen zu erwerben wünschten, aufgefordert, sich täglich zwischen acht Uhr morgens und drei Uhr nachmittags auf dem Trödelmarkt einzufinden. Das Zimmer, in dem sich diese ganze Gesellschaft versammelt hatte, war klein und die Luft darin außerordentlich stickig; doch der Kollegienassessor Kowaljow konnte Gerüche nicht wahrnehmen, weil er das Taschentuch vor die Nase hielt und weil sich die Nase selbst Gott weiß wo herumtrieb.

»Mein Herr, ich möchte Sie doch bitten ... Es ist sehr dringend«, sagte er schließlich ungeduldig.

»Gleich, gleich! Zwei Rubel dreiundvierzig Kopeken! Ich stehe sofort zu Ihrer Verfügung! Einen Rubel vierundsechzig Kopeken!« sagte der grauhaarige Herr und warf den Hausknechten und alten Frauen die Zettel ins Gesicht. »Was wünschen Sie denn?« wandte er sich schließlich an Kowaljow.

»Ich möchte Sie bitten ...«, entgegnete Kowaljow, »ich bin das Opfer eines Bubenstreichs oder einer Gaunerei geworden — was es ist, konnte ich bis zur Stunde nicht klären. Ich möchte Sie bitten, zu inserieren, daß derjenige, der mir diesen Schurken herbeischafft, eine angemessene Belohnung von mir erhalten wird.«

»Darf ich fragen, wie Ihr Familienname ist?«

»Aber nein, wozu denn der Familienname? Den kann ich Ihnen nicht nennen. Ich habe viele Bekannte — die Staatsrätin

Tschechtarjowa, die Stabsoffiziersgattin Palageja Grigorjewna Podtotschina . . . Gott behüte, daß sie davon erfahren! Sie könnten doch einfach schreiben: ein Kollegienassessor oder, noch besser, jemand, der im Majorsrang steht.«

»Und hat der Entlaufene zu Ihrem Gesinde gehört?«

»Wieso zum Gesinde? Das wäre halb so schlimm! Mir ist etwas entlaufen, was sich . . . Nase nennt.«

»Ha! Ein sonderbarer Familienname! Und hat Ihnen dieser Herr Nase eine größere Summe gestohlen?«

»Herr Nase? Sie haben mich falsch verstanden! Die Nase, meine eigene Nase ist mir abhanden gekommen, Gott weiß wohin entwischt. Der Teufel treibt seinen Schabernack mit mir!«

»Aber wieso denn entwischt? Das kann ich irgendwie nicht verstehen.«

»Wieso, das kann ich Ihnen selber nicht sagen; das schlimmste aber ist, daß meine Nase jetzt in der Stadt herumfährt und sich als Staatsrat ausgibt. Und eben darum bitte ich Sie zu inserieren, daß derjenige, der ihrer habhaft wird, sie mir sofort und auf dem schnellsten Wege zuführen möge. So sagen Sie doch selbst – wie soll ich ohne einen so sichtbaren Körperteil auskommen? Das ist schließlich nicht der kleine Zeh – wenn ich den Fuß in den Stiefel stecke, merkt niemand, daß der Zeh nicht da ist. Ich pflege donnerstags die Staatsrätin Tschechtarjowa zu besuchen; auch die Stabsoffiziersgattin Palageja Grigorjewna Podtotschina und ihre sehr hübsche Tochter gehören zu meinen guten Bekannten; sagen Sie selbst, wie ich mich jetzt bei ihnen ohne . . . Ich kann mich bei ihnen doch einfach nicht blicken lassen.«

Der Beamte überlegte; man sah es an den zusammengepreßten Lippen.

»Nein, eine solche Anzeige kann ich nicht in die Zeitung aufnehmen«, sagte er schließlich nach langem Schweigen.

»Wieso denn das? Warum nicht?«

»Weil die Zeitung ihr Renommee verlieren könnte. Wenn jeder annoncieren wollte, daß ihm die Nase entlaufen ist! Heißt es doch ohnehin, es werden viel Ungereimtheiten und falsche Gerüchte gedruckt.«

»Aber wieso ist diese Angelegenheit denn ungereimt? Hier scheint mir nichts dergleichen vorzuliegen.«

»Das scheint Ihnen nur so. Vorige Woche ist zum Beispiel auch so ein Fall passiert. Da kommt ein Beamter, geradeso wie Sie jetzt, bringt einen Zettel mit, die Rechnung betrug zwei Rubel dreiundsiebzig Kopeken, und die ganze Annonce besagte nur, daß ein schwarzer Pudel entlaufen sei. Man sollte meinen, was kann schon dabei sein! Und doch wurde ein Skandal daraus; mit diesem Pudel war nämlich der Kassenverwalter, ich weiß nicht mehr von welcher Dienststelle, gemeint.«

»Aber ich gebe doch keine Annonce über einen Pudel auf, sondern über meine eigene Nase; das ist beinah dasselbe wie über mich selbst.«

»Nein, eine solche Annonce kann ich auf keinen Fall annehmen.«

»Aber ich sage Ihnen doch, die Nase ist mir tatsächlich abhanden gekommen!«

»Wenn sie abhanden gekommen ist, so ist das eine Angelegenheit für den Arzt. Man sagt, daß es Leute gibt, die jedermann eine beliebige Nase andrehen können. Im übrigen merke ich schon – Sie besitzen ein heiteres Naturell und leisten sich gern einen kleinen Scherz in Ihrem Bekanntenkreis.«

»Ich schwöre Ihnen bei allem, was mir heilig ist! Aber gut, wenn es unbedingt sein muß – ich zeige es Ihnen.«

»Ich bitte Sie, wozu denn?« fuhr der Beamte fort und nahm eine Prise. »Im übrigen, wenn es Ihnen nicht allzuviel Mühe macht ... Ich würde es mir ganz gern ansehen«, fügte er mit einem Ausdruck von Neugier hinzu.

Der Kollegienassessor nahm das Taschentuch vom Gesicht.

»In der Tat, außerordentlich sonderbar!« sagte der Beamte. »Völlig glatt – wie ein frisch gebackener Eierkuchen. Ja, geradezu unwahrscheinlich glatt!«

»Nun, geben Sie mir jetzt endlich recht? Sie sehen doch wohl ein, daß man es in die Zeitung aufnehmen muß. Ich werde

mich Ihnen bestimmt sehr dankbar erweisen, und ich freue mich sehr, daß dieser Vorfall mir das Vergnügen verschafft hat, Ihre Bekanntschaft zu machen.«

Der Major hatte sich, wie man sieht, für diesmal zu einer kleinen Heuchelei entschlossen.

»Es ist natürlich keine so große Sache, etwas darüber zu bringen«, sagte der Beamte, »nur verspreche ich mir keinerlei Nutzen davon für Sie. Wenn Sie aber unbedingt wollen, dann lassen Sie doch jemand, der eine gewandte Feder führt, alles als seltsames Spiel der Natur beschreiben und den Artikel in der ›Sewernaja ptschela‹ veröffentlichen.« Hier nahm er aufs neue eine Prise Tabak. »Zu Nutz und Frommen der Jugend« — hier wischte er sich die Nase — »oder einfach zwecks Befriedigung der allgemeinen Neugier.«

Der Kollegienassessor war völlig entmutigt. Er senkte den Blick zum unteren Rand der Zeitung, wo er auf eine Theateranzeige stieß; als er den Namen einer hübschen Schauspielerin las, war er schon drauf und dran zu lächeln, und seine Hand griff in die Tasche, um festzustellen, ob er auch einen Fünfrubelschein bei sich habe, denn seiner Meinung nach durften sich Stabsoffiziere nur auf den Sperrsitzen blicken lassen; doch der Gedanke an die Nase verdarb sogleich alles!

Auch der Beamte schien von Kowaljows schwieriger Lage bewegt. Er hielt es, um dessen Kummer einigermaßen zu lindern, für angebracht, ihm ein paar teilnehmende Worte zu sagen.

»Es tut mir wirklich schrecklich leid, daß Ihnen diese Geschichte passiert ist. Möchten Sie vielleicht eine Prise Tabak? Das zerstreut den Kopfschmerz und die betrübte Stimmung und ist auch hinsichtlich der Hämorrhoiden nützlich.«

Der Beamte hielt Kowaljow bei diesen Worten die Tabakdose hin; er drehte dabei geschickt den Deckel zu ihm um, so daß man das Porträt einer Dame mit Hütchen sah.

Bei dieser unbedachten Handlung des Beamten riß Kowaljow der Geduldsfaden.

»Ich verstehe nicht, wie Sie mit solchen Dingen scherzen

können«, sagte er gekränkt, »sehen Sie denn nicht, daß mir gerade das fehlt, womit ich schnupfen könnte? Der Teufel hole Ihren Tabak! Ich will jetzt einfach keinen sehen; und nicht nur keinen schlechten Berjosiner – selbst wenn Sie mir echten Râpé anbieten würden ...«

Mit diesen Worten verließ er, schwer verärgert, die Inseratenabteilung und machte sich zum Reviervorsteher auf, einem außerordentlichen Liebhaber von Zucker. In seiner Wohnung war die ganze Diele – sie diente zugleich als Speisezimmer – mit Zuckerhüten vollgestellt, die ihm die Kaufleute aus lauter Freundschaft mitbrachten. Die Köchin zog dem Reviervorsteher gerade die Dienststiefel aus; der Degen und alle übrigen militärischen Utensilien hingen friedlich in ihren Ecken, und mit dem furchterregenden Dreispitz hantierte bereits das dreijährige Söhnchen. Der Reviervorsteher freute sich darauf, nach dem Kampfgetümmel des dienstlichen Lebens die Annehmlichkeiten des häuslichen Friedens zu genießen.

Kowaljow trat in dem Augenblick bei ihm ein, als er sich reckte, sich räusperte und sagte: »Hach, jetzt lege ich mich aber gemütlich zwei Stunden aufs Ohr!« Man kann sich vorstellen, daß der Kollegienassessor höchst ungelegen kam; ich bin nicht einmal sicher, ob er viel freundlicher empfangen worden wäre, wenn er einige Meter Tuch oder ein paar Pfund Tee mitgebracht hätte. Der Reviervorsteher war ein eifriger Förderer aller Künste und Manufakturen, zog aber doch die Banknote allem anderen vor. »Das ist schon eine Sache«, pflegte er zu sagen, »wie es sie besser einfach nicht gibt; sie frißt kein Brot, nimmt wenig Platz ein, kann jederzeit in der Tasche untergebracht werden und geht nicht kaputt, wenn man sie fallen läßt.«

Der Reviervorsteher empfing Kowaljow ziemlich frostig; er sagte, der Nachmittag sei nicht die richtige Zeit, um eine Untersuchung einzuleiten, die Natur selber habe bestimmt, daß man sich nach dem Essen ein wenig ausruhen solle (wie der Kollegienassessor daraus ersehen konnte, waren die Aussprüche der alten Weisen dem Reviervorsteher nicht unbekannt), auch würde man einem anständigen Menschen nicht die Nase abreißen; es gäbe schließlich genügend Majore, die nicht mal ordentliches Unterzeug besäßen und sich in allen möglichen zweifelhaften Spelunken herumtrieben.

Mit einem Wort – immer genau auf das Schlimme! Hier muß bemerkt werden, daß Kowaljow äußerst empfindlich war. Er konnte alles verzeihen, was über ihn selbst gesagt wurde, auf keinen Fall aber das, was sich auf seinen Rang und Stand bezog. Er war sogar der Ansicht, daß man in einem Bühnenstück alles hinnehmen könne, was gegen die Offiziere gerichtet war, daß man jedoch unter keinen Umständen die Stabsoffiziere angreifen dürfe. Der Empfang durch den Reviervorsteher befremdete ihn so sehr, daß er den Kopf schüttelte, ein wenig die Schultern hob und im Bewußtsein der eigenen Würde entgegnete: »Ich muß gestehen, daß ich nach diesen kränkenden Äußerungen Ihrerseits meinen Worten nichts mehr hinzuzufügen habe . . .« Und er ging.

Als er nach Hause kam, spürte er kaum noch die Beine. Es dunkelte schon. Seine Wohnung erschien ihm nach all den vergeblichen Nachforschungen äußerst widerwärtig und traurig. Im Vorzimmer erblickte er seinen Diener Iwan – er lag rücklings auf einem schmutzigen Ledersofa, spie zur Decke und traf ziemlich geschickt immer dieselbe Stelle. Der Gleichmut dieses Menschen versetzte ihn in Wut; er klatschte ihm mit dem Hut auf die Stirn und sagte: »Du Schwein hast immer nur Dummheiten im Kopf!«

Iwan sprang auf und stürzte auf ihn zu, um ihm aus dem Mantel zu helfen.

Der Major ging in sein Zimmer, warf sich müde und traurig in einen Sessel und sagte schließlich nach einigen Seufzern: »Mein Gott! Mein Gott! Womit hab ich ein solches Unglück verdient? Fehlte mir ein Arm oder ein Bein – selbst das wäre noch besser; hätte ich keine Ohren – schlimm genug, aber immer noch erträglicher, während man ohne Nase weiß der Teufel was ist – weder ein richtiger Vogel noch ein richtiger Bürger; einfach zum Aus-dem-Fenster-Schmeißen! Hätte man mir die Nase wenigstens im Krieg oder bei einem Duell abgesäbelt oder

wäre ich selber daran schuld; aber mir nichts, dir nichts, um nichts und wieder nichts zu verschwinden! ... Nein, das ist unmöglich«, fügte er nach einem kurzen Nachdenken hinzu. »Völlig unwahrscheinlich, daß eine Nase abhanden kommt, in jeder Beziehung unwahrscheinlich. Sicherlich träume ich nur, oder ein Trugbild narrt mich; vielleicht habe ich aus Versehen statt Wasser Wodka getrunken – den Wodka, mit dem ich mir nach dem Rasieren das Kinn einreibe. Iwan, der Dummkopf, hat ihn nicht fortgeräumt, und ich hab ihn vermutlich hintergekippt.«

Um sich mit aller Bestimmtheit zu vergewissern, daß er nicht betrunken war, kniff sich der Major so schmerzhaft, daß er unwillkürlich aufschrie. Der Schmerz überzeugte ihn vollends – er handelte und lebte in wachem Zustand! Er näherte sich dem Spiegel und blinzelte zunächst nur vorsichtig hinein – ob sich die Nase nicht etwa doch an ihrer alten Stelle befinde; er prallte jedoch im gleichen Augenblick zurück und rief: »Was für ein schändlicher Anblick!«

Es war tatsächlich unbegreiflich. Wenn ein Knopf, ein silberner Löffel, eine Uhr oder dergleichen abhanden kommt – gut; aber nein, seine eigene Nase, und auch noch in seiner eigenen Wohnung! ... Nachdem der Major Kowaljow alle Umstände in Betracht gezogen hatte, kam er zu dem Ergebnis, daß an alledem nur die Stabsoffiziersgattin Podtotschina schuld sein könne, die ihn mit ihrer Tochter zu verheiraten wünschte. Er machte ihr ja auch gern den Hof, wich jedoch einer endgültigen Entscheidung aus. Als aber die Stabsoffiziersgattin ihm dann geradeheraus erklärte, sie wolle ihn als Mann ihrer Tochter sehen, ließ er allmählich vom Komplimentemachen ab und sagte, er sei noch zu jung, er müsse noch runde fünf Jahre im Dienst bleiben, bis er zweiundvierzig sei. Und eben darum vermutlich hatte sich die Stabsoffiziersgattin an ihm rächen wollen und irgendwelche Hexenweiber bewogen, ihn zu verhexen, denn daß die Nase abgeschnitten worden sei, war keinesfalls anzunehmen; niemand war in seinem Zimmer gewesen, und Iwan Jakowlewitsch, der Barbier, hatte ihn schon am Mittwoch rasiert; während des ganzen Mittwochs aber und selbst während des Donnerstags war seine Nase unversehrt gewesen – das wußte er, daran erinnerte er sich sehr genau; außerdem hätte er auch den Schmerz empfinden müssen – die Wunde konnte unmöglich so schnell verheilen und glatt wie ein Eierkuchen sein. Allerlei Pläne gingen ihm durch den Kopf; er fragte sich, ob er die Stabsoffiziersgattin offiziell vor ein Gericht zitieren oder persönlich vor sie hintreten und sie überführen solle. Seine Überlegungen wurden durch einen Lichtschein unterbrochen, der durch die Türritzen zu ihm drang – er bewies, daß Iwan im Vorzimmer schon die Kerze angesteckt hatte. Bald darauf erschien auch Iwan in Person, er trug die Kerze vor sich her und erfüllte das ganze Zimmer mit hellem Licht. Das erste, was Kowaljow tat – er griff nach dem Taschentuch und bedeckte die Stelle, wo gestern noch seine Nase gewesen war, damit der alberne Kerl nicht Mund und Ohren aufsperre, wenn er die Eigentümlichkeit an seinem Herrn erblickte.

Kaum war Iwan in seine Kammer verschwunden, als im Vorzimmer eine unbekannte Stimme fragte: »Wohnt hier nicht der Kollegienassessor Kowaljow?«

»Treten Sie ein, Major Kowaljow ist hier«, sagte Kowaljow, sprang eilig auf und öffnete die Tür.

Ein Polizeibeamter von angenehmem Äußeren, mit ziemlich vollen Wangen und einem Backenbart, der weder allzu hell noch allzu dunkel war, trat ein, derselbe, der zu Anfang der Geschichte am Ende der Isaaks-Brücke gestanden hatte.

»Beliebten Sie nicht, Ihre Nase zu vermissen?«

»Jawohl.«

»Sie hat sich jetzt gefunden!«

»Was sagen Sie da?« rief Major Kowaljow. Die Freude benahm ihm die Sprache. Er starrte den Abschnittsvorsteher an, auf dessen vollen Lippen und Wangen das helle flackernde Licht der Kerze spielte. »Und auf welche Weise?«

»Durch einen sonderbaren Zufall. Sie war, als man sie faßte, beinah schon unterwegs. Sie bestieg gerade die Diligence und wollte nach Riga fahren. Auch einen Paß auf den Namen eines Beamten hatte sie sich längst besorgt. Und merkwürdigerweise hielt ich sie selber zuerst für einen Herrn. Zu meinem Glück jedoch hatte ich meine Brille bei mir, und da erkannte ich denn sofort, daß es die Nase war. Ich bin nämlich kurzsichtig, und wenn Sie sich vor mich hinstellen, sehe ich nur, daß Sie ein Gesicht haben, erkenne aber weder die Nase noch den Bart, noch alles andere. Meine Schwiegermutter, pardon – die Mutter meiner Frau, sieht ebenfalls nichts.«

Kowaljow war außer sich.

»Wo ist sie denn? Wo? Ich will sofort zu ihr.«

»Machen Sie sich keine Sorgen. Ich habe sie, da ich wußte, daß Sie sie brauchen, gleich mitgebracht. Und sonderbar, der Hauptbeteiligte an dieser Angelegenheit ist der Spitzbube von Barbier vom Wosnessenski Prospekt; er sitzt jetzt auf dem Polizeirevier. Ich hatte schon längst den Verdacht, daß er trinkt und stiehlt; erst vorgestern hat er in einem Laden einen Satz Knöpfe stibitzt. Ihre Nase ist übrigens noch genau so, wie sie war.«

Bei diesen Worten griff der Abschnittsvorsteher in die Tasche und zog die in ein Papierchen eingewickelte Nase hervor.

»Wahrhaftig, sie ist es!« rief Kowaljow. »Tatsächlich – meine Nase! Darf ich Sie bitten, heute ein Täßchen Tee mit mir zu trinken?«

»Das würde ich mit dem größten Vergnügen tun, aber leider ist es mir völlig unmöglich – ich muß von hier noch rasch zum Zuchthaus fahren. Wie teuer übrigens alle Lebensmittel geworden sind! Bei mir im Haushalt leben auch meine Schwiegermutter, paron – die Mutter meiner Frau, und meine Kinder; besonders der Älteste berechtigt zu den schönsten Hoffnungen; ein sehr gescheiter Junge, nur fehlen mir jegliche Mittel, ihm eine gute Erziehung zu geben ...«

Kowaljow verstand, griff nach dem Zehnrubelschein auf dem Tisch und drückte ihn dem Abschnittsvorsteher in die Hand; der schlug die Hacken zusammen und verschwand; und fast im gleichen Augenblick hörte Kowaljow seine Stimme schon von der Straße, wo er einem stupiden Bauernlümmel, der mit dem Wagen auf den Boulevard geraten war, eine »handfeste« Belehrung erteilte.

Der Kollegienassessor verharrte, nachdem der Abschnittsvorsteher gegangen war, mehrere Minuten in einem unbestimmten Zustand und erlangte erst nach und nach die Fähigkeit wieder, zu sehen und zu fühlen; in einen solchen Rausch hatte ihn die unerwartete Freude versetzt. Er nahm die wiedergefundene Nase behutsam in beide hohlen Hände und sah sie sich nochmals aufmerksam an.

»Wahrhaftig, sie ist es, sie ist es tatsächlich!« wiederholte Major Kowaljow. »Da ist ja auch der Pickel auf der linken Seite, der vorgestern zum Vorschein gekommen war.«

Fast hätte der Major vor Freude laut aufgelacht.

Doch es gibt auf dieser Welt nichts von Dauer, und auch die Freude ist in dem Augenblick, der auf den ersten folgt, nicht mehr so lebhaft; im dritten schwächt sie sich noch weiter ab und geht am Ende im Alltagszustand der Seele auf, wie sich der Kreis auf dem Wasser, von einem Stein hervorgerufen, allmählich der glatten Oberfläche angleicht. Kowaljow versank in Nachdenken und begriff, daß die Angelegenheit noch keineswegs erledigt war. Gewiß, die Nase war wieder da, aber sie mußte schließlich auch angebracht, an ihrem Platz befestigt werden.

»Und wenn sie sich nicht befestigen läßt?«

Bei dieser Frage, die der Major sich selber stellte, wurde er blaß. Er stürzte mit dem Gefühl einer unerklärlichen Furcht zum Tisch und rückte den Spiegel zurecht, damit er die Nase nicht irgendwie schief anmache. Die Hände zitterten ihm. Er drückte die Nase behutsam, mit aller Vorsicht, an ihre alte Stelle. O Schreck! Die Nase blieb nicht haften! Er hielt sie an den Mund, erwärmte sie ein wenig durch seinen Atem und führte sie aufs neue an die glatte Stelle zwischen den beiden Wangen, aber die Nase wollte und wollte nicht haften. »Also los, mach schon, hab dich nicht so, dummes Ding!« redete er ihr zu. Doch die Nase war wie aus Holz und fiel in einem fort mit einem so sonderbaren Laut auf den Tisch, als sei sie ein Flaschenkork. Ein krampfhaftes Zucken verzog das Gesicht des Majors. »Sollte sie wirklich nicht wieder anwachsen?« fragte er sich erschrocken. Doch sooft er sie auch an ihren alten Platz hielt — alle Bemühungen blieben ergebnislos.

Er rief nach Iwan und schickte ihn zum Doktor, der in der Beletage desselben Hauses die schönste Wohnung innehatte. Der Doktor war ein stattlicher Mann mit einem wunderschönen pechschwarzen Backenbart und einer munteren, gesunden Doktorsfrau; er aß zum Frühstück frische Äpfel und hielt seinen Mund geradezu unwahrscheinlich sauber, indem er jeden Morgen fast eine Dreiviertelstunde lang gurgelte und die Zähne mit fünferlei Bürsten polierte. Der Doktor war sogleich zur Stelle. Nachdem er sich erkundigt hatte, wann denn das Unglück geschehen sei, faßte er den Major unters Kinn und stukte ihn mit dem Daumen genau an der Stelle, wo sich früher die Nase befunden hatte, worauf der Major den Kopf so heftig zurückwarf, daß er gegen die Wand prallte. Der Medikus meinte, das habe weiter nichts zu bedeuten, riet ihm aber denn doch, ein wenig abzurücken, und ließ ihn den Kopf zuerst nach rechts beugen, befühlte die Stelle, wo früher die Nase gewesen war, und sagte: »Hm!« Dann ließ er ihn den Kopf nach links neigen und sagte wieder: »Hm!« Schließlich stukte er den Major aufs neue mit dem Daumen, daß er den Kopf zurückwarf wie ein Gaul, dem man die Zähne besieht.

Nach diesem Experiment schüttelte der Medikus den Kopf und sagte: »Nein, es geht nicht. Bleiben Sie lieber so, wie Sie sind, sonst könnte man die Sache noch schlechter machen. Gewiß, befestigen kann man sie; ich würde sie Ihnen unter Umständen jetzt gleich anmachen; ich versichere Ihnem jedoch, es wäre noch schlechter für Sie.«

»Sie sind ja gut! Wie soll ich denn ohne Nase herumlaufen?« entgegnete Kowaljow. »Schlechter als jetzt kann es doch gar nicht werden. Hol's der Teufel! Wie soll ich mich mit diesem Schandmal sehen lassen! Ich habe einen ganz schönen Bekanntenkreis; auch heute zum Beispiel müßte ich auf zwei Abendgesellschaften erscheinen. Ich kenne viele Leute — die Staatsrätin Tschechtarjowa, die Stabsoffiziersgattin Podtotschina ... Mit dieser allerdings will ich nach ihrem jetzigen Verhalten nur noch über die Polizei zu tun haben. Tun Sie mir den Gefallen«, fuhr Kowaljow mit flehender Stimme fort, »gibt es denn wirklich kein Mittel? Machen Sie sie mir irgendwie an, wenn auch nicht eben gut; Hauptsache, sie ist da; ich könnte sie ja notfalls sogar ein wenig stützen. Im übrigen tanze ich nicht, so daß gar nicht die Gefahr besteht, ich könnte ihr durch eine unvorsichtige Bewegung Schaden zufügen. Was aber meine Erkenntlichkeit für Ihre Visiten betrifft, so seien Sie überzeugt, daß ich, soweit es meine Mittel erlauben ...«

»Ob Sie es glauben oder nicht«, entgegnete der Doktor mit weder zu lauter noch zu leiser, aber zu Herzen gehender, geradezu magnetischer Stimme, »ich behandele niemals aus Eigennutz. Das widerspricht meinen Grundsätzen und meiner Kunst. Gewiß, ich lasse mir meine Visiten bezahlen, aber einzig und allein, damit ich die Patienten durch meine Ablehnung nicht kränke. Ich könnte Ihnen die Nase natürlich anmachen, ich versichere Ihnen jedoch — da Sie meinem Wort nicht glauben, bei meiner Ehre —, daß es nur schlimmer würde. Am besten, Sie überlassen alles der Natur. Reiben Sie die Stelle möglichst oft mit kaltem Wasser ab, und ich verspreche Ihnen, Sie werden ohne Nase genauso gesund sein wie mit Nase. Diese selbst aber rate ich Ihnen in ein Glas mit Alkohol zu legen und am besten zwei Eßlöffel hochprozentigen Wodka und etwas angewärmten Essig dazuzugeben — Sie können dann eine ganz anständige Summe dafür verlangen. Ich würde sie sogar selber nehmen, sofern Sie sie nicht zu hoch berechnen.«

»Nein, nein! Ich verkaufe sie nicht, um keinen Preis«, rief der Major verzweifelt, »dann soll sie lieber zum Teufel gehen!«

»Entschuldigen Sie!« sagte der Doktor und verabschiedete sich mit einer Verbeugung. »Ich wollte mich Ihnen nur nützlich erweisen ... Was kann man machen? Sie haben wenigstens gesehen, wie sehr ich mich bemüht habe.«

Nach diesen Worten verließ der Doktor mit würdevoller Miene das Zimmer. Kowaljow, der sich nicht einmal sein Gesicht gemerkt hatte, sah, aufs tiefste benommen, nur noch die sauberen, schneeweißen Manschetten vor sich, die aus den schwarzen Ärmeln des Fracks hervorschauten.

Gleich am folgenden Tage beschloß er, bevor er die Klage einreichte, der Stabsoffiziersgattin zu schreiben und sie zu fragen, ob sie bereit sei, ihm kampflos zurückzugeben, was ihm gehörte. Der Brief hatte folgenden Wortlaut:

Gnädige Frau Alexandra Grigorjewna!

Ich kann mir die merkwürdige Handlungsweise Ihrerseits nicht erklären. Seien Sie überzeugt, Sie werden, wenn Sie auf diese Weise vorgehen, nicht das geringste erreichen und mich auf keinen Fall zwingen, Ihre Tochter zu ehelichen. Glauben Sie mir, die Geschichte mit meiner Nase ist mir bis ins letzte bekannt, ebenso wie mir bekannt ist, daß nur Sie beide, und niemand anders, die Hauptbeteiligten daran sind. Die plötzliche Loslösung der Nase von ihrem Platz, ihre Flucht und ihre Maskierung, sei es in Gestalt eines Beamten, sei es schließlich in eigener Gestalt, ist nichts weiter als die Folge der Hexenkünste, die Sie oder diejenigen betreiben, die Ihnen ähnlich sehenden Beschäftigungen nachgehen. Ich für meinen Teil erachte es für meine Pflicht, Ihnen mitzuteilen: Wenn die von mir erwähnte Nase nicht heute noch an ihrem Platz ist, werde ich mich genötigt sehen, zum Schutz und Schirm der Gesetze zu greifen.

Im übrigen habe ich, bei vollster Hochachtung für Sie, die Ehre, zu verbleiben als

Ihr ergebener Diener
Platon Kowaljow.

Gnädiger Herr Platon Kusmitsch!

Ihr Brief hat mich aufs äußerste verwundert. Ich muß ehrlich gestehen, das habe ich wirklich nicht erwartet, zumal was die ungerechten Vorwürfe Ihrerseits betrifft. Ich teile Ihnen mit, daß ich den von Ihnen erwähnten Beamten nie in meinem Hause empfangen habe, weder maskiert noch in seiner wirklichen Gestalt. Verkehrt hat bei mir allerdings Filipp Iwanowitsch Potantschikow. Und obwohl er ein gutes Benehmen besitzt, hochgebildet ist und nicht trinkt und in der Tat nach der Hand meiner Tochter gesucht hat, habe ich ihm niemals irgendwelche Hoffnungen gemacht. Sie erwähnen auch etwas von einer Nase. Wenn Sie damit meinen, ich hätte Ihnen eine Nase drehen, das heißt eine förmliche Absage erteilen wollen, dann wundert mich nur, daß gerade Sie das sagen, während ich, soweit Ihnen bekannt ist, ganz entgegengesetzter Meinung war und auch jetzt noch, sofern Sie in legitimer Weise um meine Tochter anhalten, sofort bereit bin, Sie zufriedenzustellen, denn das ist immer der Gegenstand meines sehnlichsten Wunsches gewesen; dieses erhoffend, verbleibe ich, immer zu Ihren Diensten bereit,

Alexandra Podtotschina.

Nein, sagte sich Kowaljow, nachdem er den Brief gelesen hatte, sie hat bestimmt keine Schuld. Das ist unmöglich. Der Brief ist so geschrieben, wie ihn ein Mensch, der eines Verbrechens schuld ist, nicht schreiben kann. Der Kollegienassessor hatte in diesen Dingen Erfahrung, denn er war schon im Kaukasus mehrmals mit Untersuchungen beauftragt worden. Auf welche Weise also, wieso war das geschehen? Da finde sich einer zurecht! dachte er schließlich und ließ die Arme sinken.

Inzwischen hatte sich das Gerücht von dem ungewöhnlichen Vorfall in der ganzen Hauptstadt verbreitet und, wie üblich, nicht ohne gewisse Ausschmückungen. Allen stand damals der Sinn nach dem Außergewöhnlichen — hatten doch gerade erst gewisse Versuche mit der Wirkung des Magnetismus das Publikum in ihren Bann geschlagen. Darüber hinaus war auch die Geschichte mit den tanzenden Stühlen in der Konjuschennaja-

Straße noch in aller Erinnerung; man braucht sich daher nicht zu wundern, daß man sehr bald davon zu sprechen begann, die Nase des Kollegienassessors Kowaljow gehe täglich, Punkt drei Uhr nachmittags, auf dem Newski Prospekt spazieren. Jeden Tag strömten zahlreiche Neugierige herbei. Es brauchte nur jemand zu sagen, die Nase befinde sich in dem Geschäft von Junker, und vor dem Junkerschen Laden entstand ein solches Gedränge, daß sogar die Polizei einschreiten mußte. Ein backenbärtiger Geschäftemacher von würdigem Äußeren, der sonst vor den Theatereingängen mit allerlei halbvertrockneten Konditorwaren handelte, ließ eigens wunderschöne, solide Holzbände anfertigen, die zu besteigen er die Neugierigen einlud — gegen Zahlung von achtzig Kopeken pro Besucher. Ein verdienter Oberst, der eigens zu diesem Zweck früher als sonst aus dem Hause ging, arbeitete sich mit vieler Mühe durch die Menge hindurch; zu seiner großen Empörung erblickte er jedoch im Schaufenster statt der Nase ein ganz gewöhnliches wollenes Unterhemd und eine Lithographie, auf der man ein Mädchen ihren Strumpf zurechtstreichen sah, dazu einen Gecken mit Aufschlägen an der Weste und einem kleinen Bärtchen, der hinter einem Baum hervor zu ihr hinüberäugte — ein Bildchen, das schon seit über zehn Jahren an ein und derselben Stelle hing. Der Oberst trat beiseite und sagte ärgerlich: »Wie kann man nur das Volk durch solche dummen und unglaubwürdigen Gerüchte verwirren?«

Später hieß es, die Nase des Majors Kowaljow gehe nicht auf dem Newski Prospekt, sondern im Taurischen Garten spazieren, dort kenne man sie seit langem; schon Chosrew-Mirsa* habe sich, als er dort lebte, über die seltsame Laune der Natur gewundert. Mehrere Studenten der Chirurgischen Akademie machten sich in den Taurischen Garten auf. Eine vornehme, würdige Dame wandte sich an den Aufseher des Gartens mit einem besonderen Brief, in dem sie ihn bat, ihren Kindern das seltsame Phänomen zu zeigen, wenn möglich mit entsprechenden Erläuterungen zu Nutz und Frommen der Jugend.

* Persischer Fürst, der im Jahre 1829 Rußland besuchte.

Besonders erfreut über all diese Ereignisse waren die obligaten weltmännischen Besucher der vornehmen Abendgesellschaften, die die Damen so gerne zum Lachen brachten, zur Zeit aber ihre Vorräte völlig erschöpft hatten. Ein gewisser, nicht allzu großer Teil der ehrenwerten und wohlgesinnten Leute war äußerst unzufrieden. Ein Herr äußerte empört, er verstehe nicht, wie in der heutigen, aufgeklärten Zeit so unsinnige Phantastereien Verbreitung finden könnten, auch wundere er sich, daß die Regierung dem keinerlei Beachtung schenke. Dieser Herr gehörte offenbar zu den Leuten, die die Regierung in alles hineinziehen möchten, selbst in die täglichen Auseinandersetzungen mit der Ehefrau. Bald darauf ... Doch hier hüllt sich die ganze Angelegenheit aufs neue in Nebel, und was sich weiter zutrug, ist gänzlich unbekannt.

3

Völliger Unsinn tut sich auf dieser Welt. Es geschehen gelegentlich Dinge, die keinerlei Glaubwürdigkeit mehr besitzen — da erscheint plötzlich die Nase, die als Staatsrat in der Stadt herumgefahren war und soviel Lärm verursacht hatte, mir nichts, dir nichts wieder an ihrem alten Platz, das heißt zwischen den beiden Wangen des Majors Kowaljow. Das ereignete sich am siebenten April. Er erwachte, warf zufällig einen Blick in den Spiegel und sah die Nase! Er griff mit der Hand nach ihr — tatsächlich, die Nase! »Oho!« sagte Kowaljow und hätte am liebsten, barfuß, wie er war, einen Freudentanz aufgeführt — nur das Erscheinen Iwans hinderte ihn daran. Er befahl sogleich sein Waschwasser, wusch sich und blickte nochmals in den Spiegel — die Nase war da! Er trocknete sich mit dem Handtuch ab und vergewisserte sich aufs neue — jawohl, sie war da!

»Schau doch mal nach, Iwan, mir scheint, ich habe da einen Pickel auf der Nase«, sagte er und dachte sich im stillen: Wenn Iwan nun auf einmal sagt: Aber nein, Herr, da ist nicht nur kein Pickel, nicht einmal die Nase ist da!

Doch Iwan entgegnete: »Nein, es ist kein Pickel zu sehen, die Nase ist rein!«

Großartig, hol's der Teufel! dachte der Major und schnippte mit den Fingern. In diesem Augenblick sah der Barbier Iwan Jakowlewitsch zur Tür herein, aber so ängstlich wie eine geprügelte Katze, die ein Stück Speck gestohlen hat.

»Sag erst mal – hast du auch saubere Hände?« rief Kowaljow ihm schon von weitem zu.

»Jawohl.«

»Du lügst!«

»Bei Gott, Herr, sie sind sauber.«

»Also gut, aber nimm dich in acht!«

Kowaljow nahm Platz. Iwan Jakowlewitsch band ihm eine Serviette um und verwandelte mittels des Pinsels sein ganzes Kinn und einen Teil der Wangen in eine Creme, wie man sie an Namenstagen in Kaufmannshäusern serviert.

Sieh einer an! sagte sich Iwan Jakowlewitsch mit einem Blick auf die Nase, neigte den Kopf auf die andere Seite und betrachtete sie im Profil. Nein, so was, wahrhaftig! Wenn man bedenkt..., fuhr er im Geiste fort und starrte sie lange an. Schließlich führte er zögernd und mit der größten Behutsamkeit, die man sich vorstellen kann, zwei Finger an die Nasenspitze, um sie festzuhalten. Das war nun einmal sein System.

»Na, na, du, paß auf!« rief Kowaljow.

Iwan Jakowlewitsch sanken die Arme herab, er erstarrte und war verwirrt wie nie zuvor. Schließlich begann er, Kowaljow vorsichtig mit der Rasierklinge unter dem Kinn zu kitzeln; und obwohl es ihm gar nicht lag und sogar sehr schwerfiel, jemanden ohne Halt am Riechorgan zu rasieren, überwand er am Ende doch alle Hindernisse, indem er den rauhen Daumen, so gut es eben ging, gegen die Wange und gegen den Unterkiefer stemmte, und schaffte die Rasur.

Als alles fertig war, zog sich Kowaljow sogleich an, nahm eine Droschke, ließ sich geradeswegs in eine Konditorei fahren und rief schon von weitem: »Pikkolo, eine Tasse Schokolade!« und... rasch vor den Spiegel. Jawohl, die Nase war da! Er

wandte sich wohlgelaunt um und blickte mit ironischer Miene und leicht zusammengekniffenen Augen zu zwei Offizieren, von denen der eine eine Nase, nicht größer als ein Westenknopf, hatte. Danach machte er sich in die Kanzlei jenes Departements auf, bei dem er sich um den Posten eines Vizegouverneurs oder, im Falle, daß das mißlang, um den eines Exekutors bemühte. Als er durch das Empfangszimmer schritt, warf er einen Blick in den Spiegel — die Nase war da! Dann fuhr er zu einem anderen Kollegienassessor oder Major, einem großen Spottvogel, dem er auf allerlei spitze Bemerkungen zu entgegnen pflegte: »Na weißt du, dich kenne ich, du stichelst an jedem herum!« Unterwegs dachte er: Wenn auch der Major bei meinem Anblick nicht vor Lachen birst, dann ist das ein sicheres Zeichen, daß alles bei mir an der richtigen Stelle sitzt. Doch der Major war ziemlich friedlich. Großartig, hol's der Teufel, großartig! dachte Kowaljow im stillen. Auf dem Rückweg traf er die Stabsoffiziersgattin Podtotschina und ihre Tochter, verbeugte sich vor ihnen und wurde mit freudigen Ausrufen begrüßt, somit war offenbar alles an ihm in Ordnung, er hatte keinerlei Schäden davongetragen. Er unterhielt sich sehr lange mit ihnen, holte absichtlich die Tabakdose hervor und praktizierte den Tabak mit äußerster Umständlichkeit durch beide Eingänge in die

Nase, wobei er im stillen dachte: Da habt ihr es, ihr Weibervolk, ihr Glucken! Und heiraten tu ich die Tochter doch nicht! Einfach so, par amour – bitte sehr! Und der Major Kowaljow zeigte sich von da an, als wäre nicht das geringste geschehen, sowohl auf dem Newski Prospekt als auch in den Theatern und überall sonst. Und auch die Nase saß, als wäre nicht das geringste geschehen, in seinem Gesicht und ließ sich nicht einmal anmerken, daß sie sich irgendwohin beurlaubt hatte. Und man traf den Major Kowaljow seither immer bei bester Laune an; er lächelte, stieg ausnahmslos allen hübschen Damen nach und blieb sogar eines Tages im Gostiny dwor* vor einem kleinen Laden stehen, wo er ein Ordensband erwarb – schwer zu sagen, zu welchem Zweck, da er selber nicht Ritter eines Ordens war.

Das wäre die seltsame Geschichte, die sich in der nördlichen Hauptstadt unseres weiten Reiches ereignet hat! Erst jetzt, nachdem wir alles überblicken können, stellen wir fest, daß mancherlei Unwahrscheinliches daran ist. Abgesehen davon, daß schon die übernatürliche Loslösung der Nase und ihr verschiedentlich beobachtetes Auftauchen in Gestalt eines Staatsrats wahrhaftig recht merkwürdig ist – wieso leuchtete Kowaljow nicht ein, daß man eine Annonce über seine Nase nicht durch eine Inseratenabteilung aufgeben kann? Ich will damit nicht sagen, eine Annonce erscheine mir zu teuer; das alles sind Lappalien, und ich gehöre weiß Gott nicht zu den Geizhälsen. Aber es ist einfach peinlich, ungehörig, völlig verfehlt! Und dann – wieso fand sich die Nase im frisch gebackenen Brot, und wieso konnte Iwan Jakowlewitsch ... Nein, das verstehe ich wirklich nicht, auf keinen Fall! Am seltsamsten aber, am unverständlichsten ist, daß ein Autor zu einem solchen Gegenstand greift. Ich muß gestehen, das ist ganz einfach nicht mehr faßbar, das ist gerade so, als ob ... Aber nein, nein, das kann ich wirklich nicht verstehen. Denn erstens hat das Vaterland nicht den geringsten Nutzen davon; und zweitens ... Aber auch zweitens springt keinerlei Nutzen dabei heraus. Ich weiß einfach nicht, was das soll ...

* Kaufhof.

Und obwohl man dennoch und trotz allem natürlich annehmen kann, daß sowohl das eine als auch das andere, vielleicht auch ein drittes, ja möglicherweise sogar ... Aber wo in der Welt gäbe es keine Ungereimtheiten? Und dennoch ist, wenn man es recht bedenkt, wohl wirklich etwas dran. Man sage, was man will, aber solche Begebenheiten kommen vor; zwar selten, aber sie kommen vor.

Die Kalesche

Das Städtchen B. wirkte bedeutend freundlicher, seitdem es das Kavallerieregiment*** beherbergte. Bis dahin hatte entsetzliche Langeweile in ihm geherrscht. Kam man gelegentlich durch und warf einen Blick auf seine niedrigen unglaublich sauer dreinblickenden Lehmhäuser, dann befiel einen – unmöglich zu schildern, was einen dann eigentlich befiel – eine Trübsal, als hätte man sich beim Kartenspiel ruiniert oder eine höchst unpassende Dummheit begangen; mit einem Wort, man fühlte sich keineswegs wohl. Der Regen hat den Lehm von den Häusern abgewaschen, und ihre Wände sind scheckig statt weiß, die meisten Häuser sind, wie in den Städten unseres Südens üblich, mit Rohr gedeckt; die Vorgärten hat der Stadthauptmann abholzen lassen, des besseren Aussehens wegen. In den Straßen trifft man keine Menschenseele, allenfalls überquert ein Hahn den Damm, der weich wie ein Kissen ist – die Ursache dafür ist der Viertelarschin Staub, der auf ihm liegt und sich bei dem geringsten Regen in Schlamm verwandelt; dann sind die Straßen des Städtchens B. von jenen wohlbeleibten Tieren bevölkert, die der Stadthauptmann Franzosen nennt. Sie heben die ernsten Schnauzen aus ihren Badewannen und lassen ein solches Grunzen ertönen, daß dem Reisenden nur übrigbleibt, die Pferde anzutreiben. Im übrigen wird man im Städtchen B. kaum einen Reisenden treffen. Nur selten, sehr selten poltert ein Gutsbesitzer, der über ganze elf Seelen leibeigener Bauern verfügt, in einem Mittelding zwischen Droschke und Bauernwagen über den Damm; er lugt im Nankingrock hinter den Mehlsäcken hervor, mit denen der Wagen beladen ist, und peitscht auf die braune Stute ein; ein Fohlen läuft hinterher. Auch der Marktplatz macht einen ziemlich traurigen Eindruck: Das Haus des Schneiders kehrt ihm nicht seine Front, sondern nur eine Ecke zu – das wirkt unendlich albern; ihm gegenüber wird seit fünfzehn Jahren an einem Ziegelhaus mit zwei Fenstern gebaut, ein modischer Bretterzaun, der nichts umgibt und sozusagen um seiner selbst willen dasteht, schließt sich an, er ist schmutziggrau gestrichen und wurde seinerzeit vom Stadthauptmann als Muster für andere Bauten errichtet, damals, als der Stadthauptmann noch jung war, sich nach dem Mittagessen nicht gleich schlafen legte und zur Nacht keinen Aufguß von getrockneten Stachelbeeren trank. Dann sieht man nur noch Flechtzäune und in der Mitte des Platzes einige winzige Buden – in ihnen wird man jederzeit ein Bündel Brezeln, ein Marktweib mit rotem Kopftuch, ein Pud Seife, einige Pfund bittere Mandeln, Schrotkugeln, grobe baumwollene Stoffe und zwei Kommis entdekken, die immerfort Swaika* vor ihrer Tür spielen.

Sobald jedoch in der Kreisstadt B. das Kavallerieregiment Quartier bezog, wurde alles ganz anders. Die Straßen belebten sich und wurden bunter – mit einem Wort, sie nahmen ein völlig verändertes Aussehen an. Die niedrigen Häuschen sahen jetzt oft einen gewandten, stattlichen Offizier mit Federbusch vorübergehen: Er war auf dem Weg zu einem Kameraden, um sich mit ihm über die Industrie und über den besten Tabak zu unterhalten oder auch Karten um eine Droschke zu spielen, die man die Regimentsdroschke nennen könnte; sie blieb ständig beim Regiment, wechselte aber in einem fort den Besitzer – heute fuhr ein Major in ihr spazieren, morgen tauchte sie im Schuppen eines Oberleutnants auf, und eine Woche später schmierte sie – trau, schau, wem – wieder der Bursche des Majors mit einer Speckschwarte ab. An den Flechtzäunen zwischen den Häusern hingen Soldatenmützen im Sonnenschein; bestimmt sprang einem irgendwo an einem Haustor ein grauer

* Ein Spiel, bei dem man versuchen muß, einen Nagel in einen auf der Erde liegenden Ring zu bohren.

Offiziersmantel in die Augen; in den Seitengassen traf man Soldaten mit Schnurrbärten, die hart waren wie Stiefelbürsten. Diese Schnurrbärte tauchten überall auf. Versammelten sich auf dem Markt ein paar Kleinbürgerinnen mit Eimer, um Wasser zu schöpfen, gleich sah ihnen ein Schnurrbart über die Schulter. Und auf dem Richtplatz seifte gewiß ein schnurrbärtiger Soldat einen Bauerntölpel ein, der nur noch ächzte und die Augen aufriß. Die Offiziere brachten Leben in die Gesellschaft, sie hatte bis dahin nur aus dem Richter, der mit irgendeiner Diakonsfrau ein Haus bewohnte, und aus dem Stadthauptmann bestanden, einem vernünftigen Mann, der aber den ganzen Tag schlief – von mittags bis abends und von abends bis mittags. Der Gesellschaftskreis wurde noch größer und unterhaltsamer, als der Brigadegeneral sein Quartier in das Städtchen verlegte. Die Gutsbesitzer aus der Umgebung, von deren Existenz bis dahin kaum jemand etwas geahnt hatte, kamen jetzt öfter in die Kreisstadt, um die Herren Offiziere zu treffen und gelegentlich auch ein Spielchen mit ihnen zu machen – davon allerdings wagten sie nur ganz verstohlen zu träumen, da sie den Kopf voller Saaten, Hasen und Aufträge ihrer Ehefrauen hatten. Schade, daß ich mich nicht erinnern kann, aus welchem Anlaß der Brigadegeneral ein großes Mittagessen gab. Die Vorbereitungen, die man dafür traf, waren gewaltig – das Hämmern der Messer in der Küche des Generals hörte man schon am Stadtrand. Der ganze Markt wurde für dieses Essen leer gekauft, so daß sich der Richter und seine Diakonsfrau mit Buchweizenfladen und einem Brei aus Stärkemehl begnügen mußten. Der kleine Hof des Hauses, in dem der General logierte, war angefüllt mit Droschken und Kaleschen. Die Gesellschaft bestand aus lauter Männern — den Offizieren und einigen Gutsbesitzern aus der Umgebung. Der bemerkenswerteste unter ihnen war Pifagor Pifagorowitsch Tschertokuzki, einer der führenden Aristokraten des Kreises B., der bei den Wahlen zur Adelsvertretung mehr Wind machte als alle anderen und in einer glänzenden Equipage vorgefahren kam. Er hatte früher in einem Kavallerieregiment gedient und zu den am meisten beachteten und angesehensten Offizieren gehört. Jedenfalls sah man ihn auf vielen Bällen und Gesellschaften, die dort gegeben wurden, wo sich das Regiment gerade befand; darüber erkundigt man sich jedoch am besten bei den Mädchen in den Gouvernements Tambow und Simbirsk. Wahrscheinlich hätte er den guten Ruf, in dem er stand, auch in den anderen Gouvernements genossen, hätte er nicht aus einem Anlaß, den man gewöhnlich eine dumme Geschichte nennt, den Abschied genommen. Ich kann nicht mit Sicherheit sagen, ob er jemandem eine Ohrfeige gab oder ob er eine bekam; jedenfalls legte man ihm nahe, seinen Abschied einzureichen. Das tat seinem Ansehen im übrigen keinerlei Abbruch — er trug einen Frack mit hoher Taille in der Art eines Waffenrocks, Sporen an den Stiefeln und unter der Nase einen Schnurrbart, weil die Adligen sonst vielleicht geglaubt hätten, er habe bei der Infanterie gedient, die er verächtlich Infanterei oder Infantelei nannte. Er war auf all den vielbesuchten Jahrmärkten zu sehen, zu denen das Mark des russischen Landes, das ja aus Ammen, Kindern, Töchtern und dicken Gutsbesitzern besteht, hinströmte, um sich zu amüsieren. Sie kamen in Kaleschen, in Reisekutschen oder in Wagen angefahren, wie man sie nicht mal im Traum erblickt. Er hatte sofort heraus, wo ein Kavallerieregiment lag, und fuhr in jedem Fall hin, um den Herren Offizieren seine Aufwartung zu machen. Er sprang vor ihren Augen gewandt aus seinem leichten Wägelchen und machte sich außerordentlich schnell mit ihnen bekannt. Aus Anlaß der letzten Wahlen hatte er dem Adel ein ausgezeichnetes Mittagessen gegeben, auf dem er erklärte, sofern man ihn zum Marschall* wähle, würden die Adligen in seinem Kreis auf das beste gestellt sein. Überhaupt spielte er, wie man sich in den Gouvernements und Kreisen ausdrückt, den großen Herrn und heiratete ein einigermaßen hübsches Mädchen, das zweihundert Seelen nebst einem Kapital von einigen tausend Rubel in die Ehe einbrachte. Das Kapital fand sogleich für einen wirklich vorzüglichen Sechserzug, vergoldete Türschlösser, einen zahmen Affen und einen französischen Haushofmeister Verwendung. Die zweihundert Seelen aber verpfändete er zusammen mit seinen zweihundert eigenen, um irgendwelche kommerziellen Transaktionen durchzuführen. Mit einem Wort — er war ein Gutsbesitzer, wie er im Buche steht, ein äußerst tüchtiger Gutsbesitzer. Außer ihm waren zum Mittagessen beim General noch einige andere Gutsbesitzer geladen, von denen aber weiter nichts zu sagen ist. Die übrigen Gäste setzten sich aus den Offizieren des Regiments und zwei Stabsoffizieren zusammen — dem Obersten und einem ziemlich dicken Major. Auch der General war massig und wohlbeleibt, im übrigen ein guter Vorgesetzter, wie sich die Offiziere äußerten. Er sprach mit ziemlich tiefem, gewichtigem Baß. Das Mittagessen war außerordentlich: Der Stör, der Hausen, die Sterlete, die Trappen und der Spargel, die Wachteln, Rebhühner und Pilze — alles bewies, daß dem Koch bereits einen Tag lang kein Tropfen Alkohol mehr über die Lippen gekommen war. Vier Soldaten mit Messern in der Hand halfen ihm die ganze Nacht, *Frikassees* und *Gelees* zuzubereiten. Eine Unzahl von Flaschen — langer mit Lafite und kurzhalsiger mit Madeira —, der wunderbare Sommertag, die weit geöffneten Fenster, die Teller mit Eisstücken auf dem Tisch, der offenstehende unterste Knopf bei den Herren Offizieren, die zerknitterten Hemdbrüste bei den Trägern eines bequemen Fracks, die Unterhaltungen

* Gemeint ist zum Adelsmarschall, zum Vorsteher der adligen Ständevertretung im Kreis- oder Bezirksmaßstab.

quer über den Tisch, die von der Stimme des Generals übertönt und im Champagner ertränkt wurden – alles harmonierte aufs beste. Nach dem Essen erhob man sich mit einer angenehmen Schwere im Magen vom Tisch, steckte die lange oder kurze Pfeife in Brand und trat, eine Tasse Kaffee in der Hand, auf die Treppenstufen vor dem Haus.

Der General, der Oberst und selbst der Major hatten den Waffenrock ganz aufgeknöpft, so daß man dann und wann die vornehmen seidenen Hosenträger sah, während die übrigen Offiziere, des schuldigen Respekts wegen, zugeknöpft blieben, von den letzten drei Knöpfen abgesehen.

»Das wäre der richtige Augenblick, sie sich anzusehen«, sagte der General. »Bitte, mein Bester«, wandte er sich an seinen Adjutanten, einen ziemlich gewandten jungen Mann von angenehmem Äußeren, »laß uns die braune Stute vorführen! Sie sollen sich selber überzeugen.« Der General zog an seiner Pfeife und stieß ein Rauchwölkchen aus. »Sie ist noch nicht allzugut in Schuß; in diesem verdammten Städtchen findet man keinen anständigen Stall. Das Pferd ist aber – paff, paff, paff – sehr ordentlich!«

»Und haben Euer Exzellenz – paff, paff – das Pferd schon lange?« fragte Tschertokuzki.

»Paff, paff, paaaff, so lange wiederum nicht. Ich habe es vor zwei Jahren vom Gestüt übernommen.«

»Und haben Sie es zugeritten übernommen oder erst hier zuzureiten beliebt?«

»Paff, paff, paaaff, erst hier«, entgegnete der General und verschwand in einer Rauchwolke.

Aus der Stalltür kam ein Soldat gesprungen, und man hörte das Trappeln von Pferdehufen. Dann erschien ein zweiter Soldat in weißem Kittel und mit riesigem schwarzem Schnurrbart; er führte ein zitterndes, scheuendes Pferd am Zaum, das plötzlich den Kopf hob und den niedergehockten Soldaten mitsamt seinem Schnurrbart beinahe in die Luft gerissen hätte. »Nanu, nanu, Agrafena Iwanowna«, redete er der Stute gut zu und führte sie an die Treppenstufen heran.

Die Stute hieß Agrafena Iwanowna; stark und wild wie eine südländische Schönheit, donnerte sie mit den Hufen gegen das Holz der Treppenstufen und stand plötzlich still.

Der General ließ die Tabakspfeife sinken und blickte Agrafena Iwanowna zufrieden an. Der Oberst ging die Treppenstufen hinunter und faßte sie am Maul. Der Major tätschelte ihr das Bein, die übrigen schnalzten mit der Zunge.

Tschertokuzki verließ die Stufen und besah sich die Stute von hinten. Der Soldat, der sie in strammer Haltung am Zaume hielt, starrte die Gäste an, als wollte er sie verschlingen.

»Ein sehr, sehr schönes Pferd!« sagte Tschertokuzki. »Damit kann man sich sehen lassen. Darf ich fragen, Euer Exzellenz, was für eine Gangart die Stute hat?«

»Eine sehr angenehme; nur hat ihr – hol ihn der Teufel – dieser Dummkopf von Feldscher irgendwelche Pillen verordnet, nach denen sie schon den dritten Tag niest.«

»Ein sehr, sehr schönes Tier. Und haben Euer Exzellenz schon einen passenden Wagen?«

»Einen Wagen? Aber es ist doch ein Reitpferd!«

»Ich weiß; ich meine nur, ob Euer Exzellenz auch einen passenden Wagen für die anderen Pferde haben.«

»Nun, damit bin ich nicht allzugut versorgt. Ehrlich gestanden, ich sehe mich seit langem nach einem modernen Wagen um. Ich habe deswegen auch meinem Bruder geschrieben, der sich zur Zeit in Petersburg aufhält, aber ich weiß nicht, ob er mir einen schicken wird.«

»Ich würde sagen, Euer Exzellenz«, bemerkte der Oberst, »die besten Wagen sind die aus Wien.«

»Da haben Sie völlig recht, paff, paff, paff.«

»Ich, Euer Exzellenz, besitze eine ausgezeichnete Kalesche, echt Wiener Arbeit.«

»Welche? Die, in der Sie gekommen sind?«

»Nicht doch! Die nehme ich nur für kleinere Ausflüge in die Umgebung, die andere jedoch ... Geradezu erstaunlich, wie federleicht sie ist, Sie steigen ein, und – mit Verlaub zu sagen,

Euer Exzellenz – es ist, als schaukele Sie die Kinderfrau in Ihrer Wiege!«

»Sie liegt also ruhig?«

»Sehr, sehr ruhig; die Polster, die Federn – alles bildschön, geradezu wie gemalt.«

»Das läßt sich hören.«

»Und was man alles in ihr unterbringen kann! So etwas, Euer Exzellenz, hab ich bei keinem anderen Wagen gesehen. Als ich noch diente, hatte ich manchmal zehn Flaschen Rum und zwanzig Pfund Tabak im Wagenkasten; außerdem pflegte ich etwa ein halbes Dutzend Waffenröcke, Wäsche, sowie zwei Pfeifen mitzuführen, die – mit Verlaub zu sagen, Euer Exzellenz – die Länge eines Bandwurms hatten; in den Gepäcktaschen aber war Platz für einen ganzen Ochsen.«

»Das läßt sich hören.«

»Ich, Euer Exzellenz, habe viertausend Rubel dafür bezahlt.«

»Nach dem Preis zu urteilen, muß sie gut sein; und haben Sie sie regulär gekauft?«

»Nein, Euer Exzellenz, sie ist durch Zufall in meinen Besitz gekommen. Gekauft hat sie mein Freund, ein Mensch, wie man ihn selten findet, ein Gespiele meiner Kindheit – Sie würden sich ausgezeichnet mit ihm verstehen; zwischen uns ist es so – ob deins, ob meins, alles eins. Ich habe sie ihm beim Kartenspiel abgenommen. Würden Euer Exzellenz mir nicht die Ehre erweisen, morgen bei mir zu Mittag zu speisen? Sie könnten sich bei dieser Gelegenheit die Kalesche ansehen.«

»Ich weiß nicht, was ich darauf erwidern soll. Allein zu kommen wäre für mich denn doch ein bißchen ... Aber vielleicht erlauben Sie mir, die Herren Offiziere mitzubringen?«

»Aber gewiß, ich bitte ergebenst – kommen Sie mit den Herren Offizieren! Meine Herren, es wird mir eine große Ehre und ein großes Vergnügen sein, Sie in meinem Hause begüßen zu dürfen!«

Der Oberst, der Major und die übrigen Offiziere dankten mit einer höflichen Verbeugung.

»Ich, Euer Exzellenz, bin der Meinung, wenn man schon etwas kauft, dann muß es auch unbedingt etwas Gutes sein, etwas Schlechtes braucht man sich gar nicht erst zuzulegen. Wenn Sie mir morgen die Ehre Ihres Besuches erweisen, werde ich Ihnen dies und das zeigen, was ich mir für mein Gut angeschafft habe.«

Der General sah ihn an und stieß ein Rauchwölkchen aus.

Tschertokuzki war außerordentlich zufrieden, die Herren Offiziere eingeladen zu haben; er sah sich bereits im Geist Pasteten und Soßen bestellen und blickte die Herren Offiziere vergnügt an, die ihrerseits das Wohlwollen, das sie ihm entgegenbrachten, verdoppelten – man merkte es an ihren Augen und an den verhaltenen Körperbewegungen, die an halbe Verbeugungen erinnerten. Tschertokuzki trat ungezwungener auf, und seine Stimme nahm einen weicheren Ton an, den Ton übergroßen Vergnügens.

»Bei dieser Gelegenheit, Euer Exzellenz, werden Sie auch die Frau des Hauses kennenlernen.«

»Sehr angenehm«, sagte der General und strich sich über den Schnurrbart.

Tschertokuzki wollte gleich darauf nach Hause aufbrechen, um rechtzeitig alle Vorbereitungen für die Aufnahme der Gäste und das morgige Mittagessen zu treffen, er hatte auch schon den Hut in der Hand, aber dann kam irgend etwas dazwischen, und er entschloß sich, noch ein wenig zu bleiben. Mittlerweile hatte man schon die Kartentische aufgestellt. Bald löste sich die Gesellschaft in Vierergruppen auf, um Whist zu spielen, und verteilte sich auf die verschiedenen Ecken der Generalswohnung.

Man brachte die Kerzen. Tschertokuzki wußte lange nicht, ob er sich an den Kartentisch setzen solle oder nicht. Als aber die Herren Offiziere ihn mehrmals zum Mitspielen einluden, schien es ihm unmöglich, abzulehnen – das hätte zu sehr den Regeln menschlichen Zusammenlebens widersprochen. Er setzte sich also nieder. Ohne daß er bemerkt hatte, wie es hingekommen war, stand plötzlich ein Glas Punsch neben ihm, das er in seiner Zerstreutheit in einem Zuge leerte. Nachdem zwei

Rubber gespielt waren, entdeckte Tschertokuzki wieder ein Glas Punsch neben sich, das er ebenfalls aus Zerstreutheit austrank, wobei er jedoch bemerkte: »Jetzt muß ich aber nach Hause, meine Herren, wirklich, es ist höchste Zeit.« Dann setzte er sich aber dennoch zu einer zweiten Partie nieder. Inzwischen hatten sich die Unterhaltungen in den verschiedenen Ecken des Zimmers verselbständigt. Die Whistspieler blieben ziemlich schweigsam; die, die nicht mitspielten und etwas abseits auf den Sofas saßen, unterhielten sich, jede Gruppe über etwas anderes. In der einen Ecke erzählte ein Stabsrittmeister, ein Kissen unter die Hüfte geschoben und die Pfeife zwischen den Zähnen, ziemlich ungezwungen und flüssig von seinen Liebesabenteuern; er belegte die Aufmerksamkeit des Kreises, der sich um ihn versammelt hatte, völlig mit Beschlag. Ein außerordentlich dicker Gutsbesitzer mit kurzen Händen, die an zwei ausgewachsene Kartoffeln erinnerten, hörte mit ungewöhnlich schmachtender Miene zu und versuchte nur dann und wann mit seinen kurzen Armen hinter den breiten Rücken zu greifen, um die Schnupftabakdose hervorzuholen. In einer anderen Ecke war ein ziemlich hitziger Streit über die Ausbildung bei der Kavallerie entbrannt, und Tschertokuzki, der schon zweimal statt einer Dame einen Buben abgeworfen hatte, mischte sich hier und da unvermittelt in die fremde Unterhaltung ein und rief aus seiner Ecke: »In welchem Jahre?« oder: »Von welchem Regiment?«, ohne zu merken, daß seine Frage manchmal überhaupt nicht zur Sache paßte. Schließlich hörte man, einige Minuten vor dem Abendessen, mit dem Whistspielen auf, doch die Gespräche drehten sich weiter um das Whist, und alle Köpfe schienen von ihm erfüllt. Tschertokuzki wußte genau, daß er viel gewonnen hatte; aber niemand bezahlte, und als er sich vom Kartentisch erhoben hatte, stand er lange da wie ein Mensch, der kein Taschentuch bei sich hat. Inzwischen trug man das Abendessen auf. Es versteht sich von selbst, daß an Weinen kein Mangel war und Tschertokuzki, ob er wollte oder nicht, sich dann und wann ein Glas Wein eingießen mußte, weil rechts und links neben ihm Flaschen standen.

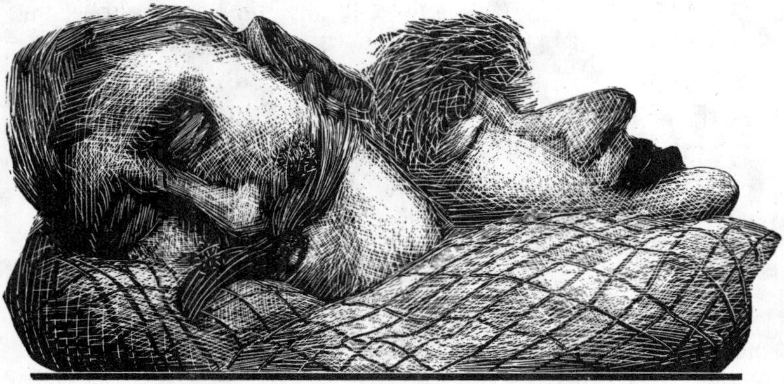

Die Unterhaltung bei Tisch zog sich sehr lange hin und nahm im übrigen einen sonderbaren Verlauf. Ein Gutsbesitzer, der schon während der Kampagne von 1812* gedient hatte, erzählte von einer Schlacht, die niemals stattgefunden hat, ergriff danach einen Karaffenstopfen und bohrte ihn, unerfindlich warum, in den Kuchen, der vor ihm stand. Mit einem Wort – es war drei Uhr, als man aufbrach; die Kutscher mußten den und jenen gleich einem Bündel Einkäufe hinaustragen, und Tschertokuzki neigte sich, trotz all seines aristokratischen Selbstbewußtseins, so weit und mit solchem Schwung im Wagen vornüber, daß er, zu Hause angelangt, zwei Kletten im Schnurrbart hatte.

Zu Hause lag alles in tiefstem Schlaf. Der Kutscher spürte mit Mühe den Kammerdiener auf; der Kammerdiener geleitete den Herrn durch das Empfangszimmer und lieferte ihn beim Stubenmädchen ab, hinter dem er mit Ach und Krach das Schlafzimmer erreichte. Er sank neben seine junge hübsche Frau, die, reizend anzuschauen, in einem schneeweißen Nachtgewand dalag und schlief. Die Erschütterung, die das Ins-Bett-Plumpsen des Gatten verursachte, weckte sie auf. Sie streckte sich, hob die Wimpern und kniff rasch hintereinander dreimal

* Im Jahre 1812 marschierte Napoleon in Rußland ein. Der siegreiche Kampf des russischen Volkes gegen die Okkupanten ermöglichte die Befreiung Europas von der französischen Fremdherrschaft.

die Augen zu; dann schlug sie sie mit schmollendem Lächeln auf; als sie aber sah, daß der Gatte diesmal nicht im geringsten geneigt war, ihr eine Liebkosung zu erweisen, drehte sie sich ärgerlich auf die andere Seite und schlief, die Hand unter die rosige Wange geschoben, bald wieder ein.

Die Stunde, um die die junge Frau des Hauses neben dem schnarchenden Ehegatten erwachte, war nicht gerade das, was man auf dem Lande früh nennt. Als ihr einfiel, daß ihr Mann erst in der vierten Morgenstunde nach Hause gekommen war, tat es ihr leid, ihn zu wecken. Sie schlüpfte in die Morgenschuhe, die ihr Gatte eigens aus Petersburg hatte kommen lassen, ging in einem weißen Jäckchen, das sie wie fließendes Wasser umgab, in ihren Ankleideraum, wusch sich mit Wasser, das frisch war wie sie selbst, und trat vor den Toilettentisch. Ein, zwei Blicke in den Spiegel sagten ihr, daß sie heute recht anziehend aussah. Dieser scheinbar so unbedeutende Umstand ließ sie volle zwei Stunden länger als sonst vor dem Spiegel verweilen. Schließlich zog sie sich äußerst nett an und trat, um sich zu erfrischen, in den Garten hinaus. Es herrschte wunderbares Wetter; der Tag war schön, wie nur ein Sommertag im Süden sein kann. Die Sonne – es ging bereits auf Mittag zu – brannte mit aller Macht, doch in den dichten, dunklen Alleen war es kühl und angenehm, spazierenzugehen; die Blumen dufteten, von der Sonne durchwärmt, mit dreifacher Kraft. Die hübsche Frau des Hauses hatte ganz vergessen, daß es schon zwölf war und ihr Mann noch schlief. Schon drang das nachmittägliche Schnarchen zweier Kutscher und eines Vorreiters an ihr Ohr, die im Stall hinter dem Garten schliefen. Sie aber saß noch immer in der dunklen Allee, von der aus man die Landstraße übersehen konnte, und blickte zerstreut auf ihre Menschenleere und Einsamkeit. Plötzlich zog eine Staubwolke, die sich in der Ferne zeigte, ihre Aufmerksamkeit an. Sie sah genauer hin und erkannte bald darauf mehrere Equipagen. Voran fuhr ein offenes, zweisitziges leichtes Wägelchen; darin befand sich der General mit den dicken, in der Sonne blitzenden Epauletten und neben ihm der Oberst. Es folgte eine viersitzige Kalesche mit einem Major, dem Adjutanten des Generals und zwei weiteren Offizieren, die diesen gegenüber saßen, dann tauchte die allen bekannte »Regimentsdroschke« auf, deren Besitzer diesmal der dicke Major war; hinter der Droschke sah man eine viersitzige »Bonvoyage«*, in der vier Offiziere Platz genommen hatten, die einen fünften in ihren Armen wiegten. Hinter der »Bonvoyage« glänzten drei Offiziere auf wunderschönen braunen, dunkel gescheckten Pferden.

Wollen die etwa zu uns? fragte sich die Frau des Hauses. Ach, du meine Güte! Sie biegen tatsächlich zur Brücke ab! Sie schrie auf, schlug die Hände über dem Kopf zusammen und eilte über Blumenbeete und Blumen hinweg geradewegs ins Haus und in das Schlafzimmer, in dem ihr Mann wie ein Toter schlief.

»Steh auf, steh auf! Steh rasch auf!« rief sie und zerrte ihn am Arm.

»Was ist?« fragte Tschertokuzki und reckte sich, öffnete aber nicht die Augen.

»Steh auf, mein Schnuckiputzi! Hörst du? Es kommen Gäste!«

»Gäste? Was denn für Gäste?« fragte er und muhte dabei leise – wie ein Kalb, das mit der Schnauze die Zitzen der Mutter sucht. »Mmm«, brummte er, »reck mal dein Hälschen, Süße, ich will dich küssen!«

»Herzchen, um Gottes willen, steh auf! Rasch! Der General mit den Offizieren! Ach, du meine Güte, du hast ja Kletten im Schnurrbart!«

»Der General? Was denn, er kommt schon? Aber warum zum Teufel hat mich denn niemand geweckt? Und das Mittagessen, was ist mit dem Mittagessen? Ist alles fertig, richtig, wie sich's gehört?«

»Was für ein Mittagessen?«

»Ja, hab ich denn keins bestellt?«

»Du? Du bist um vier Uhr morgens nach Hause gekommen und hast mir, soviel ich dich auch fragte, nicht geantwortet. Und

* Altmodische Reisekutsche.

geweckt hab ich dich nicht, mein Schnuckiputzi, weil du mir leid tatest – du hattest viel zuwenig geschlafen.« Die letzten Worte brachte sie mit äußerst schmachtender, abbittender Stimme hervor.

Tschertokuzki lag eine Weile mit aufgerissenen Augen da, als hätte ihn der Blitz getroffen. Schließlich sprang er, nur mit einem Hemd bekleidet, aus dem Bett, völlig vergessend, daß das höchst unanständig war.

»Ach, ich Rindvieh!« sagte er und klatschte sich an die Stirn. »Ich habe sie zum Mittagessen eingeladen. Was tun? Sind sie noch weit?«

»Ich weiß nicht ... Sie müssen jeden Augenblick hier sein.«

»Herzchen, versteck dich! – He, ist denn niemand da? Du, Mädel, komm her, hab keine Angst, dumme Gans! Die Offiziere müssen jeden Augenblick hier sein. Du sagst ihnen, der Herr ist nicht zu Hause, sagst, er wird den ganzen Tag nicht dasein, er ist schon am frühen Morgen weggefahren, hörst du? Und teile das auch dem ganzen Gesinde mit. Geh, beeil dich!«

Nach diesen Worten ergriff er rasch den Morgenrock und lief zur Wagenremise, um sich dort zu verbergen – er glaubte, hier ganz sicher zu sein. Als er sich aber in die Ecke drückte, erkannte er, daß er durch irgendeinen Zufall auch hier entdeckt werden konnte. Nein, ich weiß was Besseres, fuhr es ihm durch den Kopf. Er klappte das Trittbrett des ersten besten Wagens herunter, sprang hinein, warf den Wagenschlag zu, deckte sich sicherheitshalber auch noch das Schutzleder über, kauerte sich in seinem Morgenrock zusammen und erstarrte.

Die Equipagen waren inzwischen vor der Freitreppe angelangt.

Der General stieg aus und straffte sich, der Oberst folgte und strich den Federbusch auf seinem Hut zurecht. Dann sprang, den Säbel unter dem Arm, der dicke Major aus seiner Droschke. Danach kletterten die schlanken Leutnants aus der »Bonvoyage« — mit dem Fähnrich auf ihren Armen. Und schließlich saßen die Offiziere ab, die auf den Reitpferden paradiert hatten.

»Der Herr ist nicht zu Hause«, erklärte ein Lakai, der auf der Freitreppe erschien.

»Wie das? Aber er wird doch wohl zum Mittagessen dasein?«

»Leider nein. Er bleibt den ganzen Tag fort. Er wird allenfalls morgen um diese Zeit zurück sein.«

»Da haben wir den Salat!« sagte der General. »Was soll man davon halten?«

»Ich muß schon sagen — allerhand!« meinte der Oberst lachend.

»Unglaublich! Wie kann man nur so etwas machen?« fuhr der General mißvergnügt fort. »Er ist einfach nicht da. Hol ihn der Teufel! Gut, du kannst uns nicht aufnehmen, aber wozu dann erst einladen?«

»Ich, Euer Exzellenz, verstehe nicht, wie man so etwas machen kann«, sagte ein junger Offizier.

»Wie?« fragte der General, der die Gewohnheit hatte, dieses Interrogativpronomen jedesmal zu verwenden, wenn er mit jüngeren Offizieren sprach.

»Ich meine, Euer Exzellenz, wie kann man nur so etwas machen!«

»Ja doch ... Nun gut, es geht eben nicht — aber dann gib doch wenigstens Bescheid oder lade gar nicht erst ein.«

»Was soll man machen, Exzellenz, fahren wir wieder zurück!« sagte der Oberst.

»Selbstverständlich, was anderes bleibt uns nicht übrig. Aber wir könnten uns die Kalesche auch ohne ihn ansehen. Er wird sie ja wohl nicht mitgenommen haben. He, du, wer bist du, komm doch mal her, Verehrter!«

»Was wünschen Sie?«

»Bist du der Stallknecht?«

»Jawohl, Euer Exzellenz.«

»Zeig uns doch mal die neue Kalesche, die sich dein Herr erst vor kurzem angeschafft hat.«

»Bitte! Belieben Sie in den Schuppen zu kommen!«

Der General und die Offiziere begaben sich in den Schuppen.

»Hier bitte! Ich rolle sie ein bißchen vor; es ist etwas dunkel.«

»Genug, genug, schon gut!«

Der General und die Offiziere gingen um die Kalesche herum und sahen sich die Räder und Federn sorgfältig an.

»Ich finde nichts Besonderes an ihr«, sagte der General, »eine ganz gewöhnliche Kalesche.«

»Sieht auch nach gar nichts aus«, meinte der Oberst, »ist einfach nichts dran.«

»Ich glaube, Euer Exzellenz, sie ist gar keine viertausend Rubel wert«, sagte ein junger Offizier.

»Wie?«

»Ich meine, Euer Exzellenz, sie ist gar keine viertausend wert.«

»Woher viertausend! Sie ist nicht mal zweitausend wert. Ist einfach nichts dran. Es sei denn, daß sich im Innern etwas Besonderes befindet ... Bitte, mein Bester, knöpf uns doch mal das Schutzleder ab.«

Und den Augen der Offiziere präsentierte sich Tschertokuzki, der, sonderbar geduckt, in seinem Morgenrock dasaß.

»Da sind Sie ja!« sagte der General verblüfft.

Nach diesen Worten warf er den Wagenschlag gleich wieder zu, deckte Tschertokuzki das Schutzleder über und fuhr mit den Offizieren davon.

Der Mantel

Im Departement ... Aber nennen wir es lieber nicht mit Namen. Es gibt nichts Respektgebietenderes als aller Art Departements, Regimenter, Kanzleien, als die beamteten Stände überhaupt. Heutzutage glaubt jeder, man beleidige in seiner Person den ganzen Stand. Erst ganz vor kurzem soll eine Bittschrift vom Polizeichef, ich weiß nicht welcher Stadt, eingegangen sein, in der mit aller Klarheit dargelegt wird, daß die staatlichen Anordnungen mißachtet werden und man den geheiligten Namen des Staates völlig vergeblich anrufe. Zum Beweis dafür, so wird erzählt, habe der Polizeichef seiner Bittschrift ein dickes romantisches Erzählwerk beigefügt, in dem auf jeder zehnten Seite ein Polizeichef auftritt, zum Teil sogar in völlig betrunkenem Zustand. Wir wollen also, um Unannehmlichkeiten zu vermeiden, das Departement, um das es sich handelt, lieber *ein gewisses Departement* nennen. In *einem gewissen Departement* also war *ein gewisser Beamter* beschäftigt. Man kann nicht sagen, er wäre sehr bemerkenswert gewesen — klein von Wuchs, ein wenig pockennarbig, ein wenig rothaarig, augenscheinlich sogar ein wenig schwachsichtig, hatte er über der Stirn eine kleine Glatze, in beiden Wangen tiefe Falten und eine Gesichtsfarbe, die man wohl hämorrhoidal nennt. Was kann man machen! An alledem war das Petersburger Klima schuld. Was seinen Rang betrifft (bei uns muß man in jedem Fall vor allem den Rang klarstellen), so war er das, was man den ewigen Titularrat nennt, über den, wie bekannt, bereits hinlänglich gespöttelt und gewitzelt worden ist, besonders von gewissen Schriftstellern, die die löbliche Gewohnheit haben, denjenigen zuzusetzen, die nicht zurückbeißen können. Der Familienname des Beamten war Baschmatschkin. Leicht zu ersehen, daß dieser Name aus dem Wort baschmak, der Schuh, entstanden ist; aber wann, zu welcher Zeit und wieso das geschah, ist völlig unbekannt. Sowohl der Vater als auch der Großvater und selbst der Schwager, wie überhaupt alle Baschmatschkins, pflegen Stiefel zu tragen, die sie dreimal im Jahr besohlen ließen. Der Vor- und Vatersname des Beamten war Akaki Akakijewitsch. Er wird dem Leser vielleicht ein wenig seltsam und gesucht erscheinen, ich kann jedoch versichern, daß er keineswegs gesucht wurde, sondern die Umstände sich von selber so fügten, daß man ihm wirklich keinen anderen Namen geben konnte. Akaki Akakijewitsch wurde, wenn mein Gedächtnis mich nicht trügt, in der Nacht zum 23. März geboren. Seine verstorbene Mutter, Beamtenfrau und von größter Bravheit, wollte den Taufnamen für den Jungen auf hergebrachte Weise aussuchen. Sie lag noch im Bett gegenüber der Tür, und rechter Hand neben ihr standen Iwan Iwanowitsch Jeroschkin, der Taufpate, ein vortrefflicher Mann, der Kanzleivorsteher beim Senat war, und die Taufpatin Arina Semjonowna Belobrjuschkowa, Reviervorstehersfrau und mit den seltensten Tugenden begabt. Man schlug der Wöchnerin drei Namen vor, auf die man im Kalender gestoßen war und von denen sie einen auswählen sollte — Mokkija, Sossija oder auch Chosdasat, sofern sie das Kind nach diesem Märtyrer benennen wolle. Nein, sagte sich die jetzt bereits Verstorbene, das sind alles so komische Namen. Man schlug den Kalender, um ihr gefällig zu sein, an einer anderen Stelle auf, und wieder boten sich drei Namen an — Trifili, Dula und Warachassi. »Die reinste Strafe«, sagte die Mutter, »was sind das nur für Namen! Wahrhaftig, von solchen Namen hab ich noch nie gehört. Wenn wenigstens noch Waradat oder Waruch dabei herauskämen, aber nein — Trifili und Warachassi!« Man wendete eine weitere Seite um und stieß auf Pawsikachi und Wachtissi! »Nun, ich sehe schon«, sagte die Mutter, »es ist nun mal sein Schicksal. Wenn es sich so verhält, dann soll er schon lieber heißen wie sein Vater. Der Vater hieß Akaki, so soll auch der Sohn Akaki heißen.« Auf

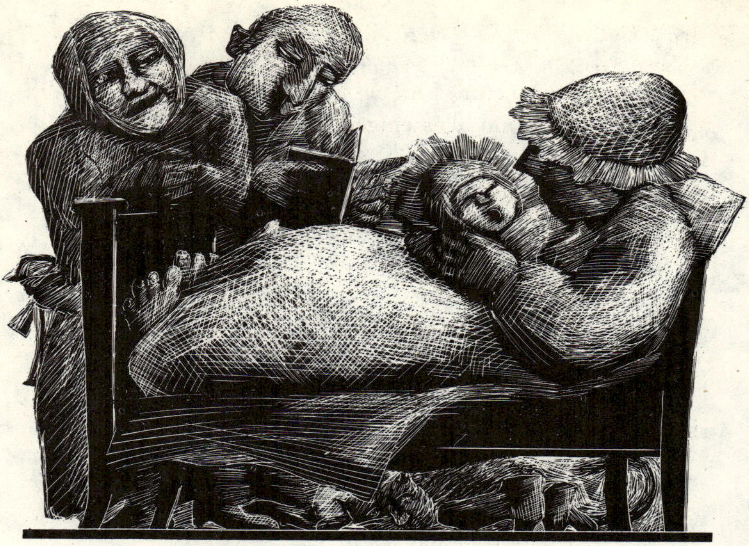

diese Weise kam er zum Namen Akaki Akakijewitsch. Das Kind wurde getauft; es weinte dabei und machte ein Gesicht, als ahne es bereits, daß es Titularrat werden würde. Nun ja, so ist das alles gekommen. Wir haben das erwähnt, damit der Leser sieht, daß alles der Notwendigkeit entsprach und man dem Kind einen anderen Namen nicht geben konnte. Wann, zu welcher Zeit er bei dem Departement eingestellt wurde und wer es veranlaßte, darauf konnte sich niemand besinnen. Sooft die Direktoren und allerlei andere Vorgesetzten auch wechselten, ihn sah man immer an derselben Stelle, in derselben Haltung und auf demselben Posten, immer nur als beamteten Schreiber, so daß man schließlich zu der Überzeugung gelangte, er sei gleich fix und fertig als solcher zur Welt gekommen, in Uniform und mit Glatze über der Stirn. Er genoß keinerlei Achtung im Departement. Die Pförtner erhoben sich nicht von ihren Plätzen, wenn er vorbeikam, und sahen ihn nicht einmal an — als surre eine gewöhnliche Fliege durch die Empfangshalle. Die Vorgesetzten waren zu ihm irgendwie kühl und behandelten ihn despotisch. Ein kleiner stellvertretender Bürovorsteher schob ihm irgendwelche Papiere hin, ohne auch nur zu sagen: »Schreiben Sie das ab!« oder: »Hier, eine nette, interessante Akte« oder dergleichen Angenehmes mehr, wie in gesitteten Dienststellen üblich. Und er nahm alles entgegen, warf allenfalls einen Blick auf das Papier, ohne den anzusehen, der es ihm hinschob, und ohne danach zu fragen, ob er dazu berechtigt war. Die jüngeren Beamten spöttelten über ihn, soweit ihr Kanzleiwitz dazu ausreichte, und erzählten sich in seiner Gegenwart allerlei erfundene Geschichten über ihn. Von seiner Zimmerwirtin, einer siebzigjährigen Frau, behaupteten sie, sie schlage ihn, sie fragten, wann denn nun Hochzeit sei, und schüttelten ihm Papierschnitzel auf den Kopf; das nannten sie dann — es schneit. Doch Akaki Akakijewitsch ging mit keinem Wort darauf ein und tat, als ob niemand in seiner Nähe sei; es beeinträchtigte nicht einmal seine Arbeit — ihm unterlief trotz aller dieser Belästigungen nicht der geringste Schreibfehler. Nur wenn die Späße allzu unerträglich wurden, wenn man ihn anstieß, ihn hinderte, seine Arbeit zu tun, dann sagte er: »So laßt mich doch in Frieden, warum kränkt ihr mich?« Und in diesen Worten und in dem Ton, in dem sie gesprochen wurden, schwang etwas Seltsames mit. Es beschwor so viel Mitleid herauf, daß ein junger Mann, der erst vor kurzem in das Departement gekommen war und, dem Beispiel der anderen folgend, sich über ihn lustig machte, auf einmal betroffen innehielt; von diesem Augenblick an erschien ihm alles verändert, alles in einem anderen Licht. Eine übernatürliche Macht stieß ihn von seinen Arbeitskameraden ab, die er, als er sie kennenlernte, für anständig und weltmännisch gebildet gehalten hatte. Und noch lange danach sah er mitten in einem fröhlichen Augenblick den kleinen Beamten mit der Stirnglatze vor sich und hörte ihn die zu Herzen gehenden Worte sagen: »So laßt mich doch in Frieden, warum kränkt ihr mich?« In diesen zu Herzen gehenden Worten aber klangen die anderen mit: »Ich bin dein Bruder.« Und der arme junge Mann deckte die Hände vor das Gesicht, und noch oft in seinem Leben schauderte ihn, wenn er sah, wieviel Unmenschlichkeit im Menschen steckt, wieviel grausame Roheit sich hinter verfeinerten, gebildeten weltmännischen Manieren verbergen kann – mein Gott, sogar bei einem Menschen, der vor der Welt als edel und ehrlich gilt!

Man hätte wohl schwerlich noch jemanden gefunden, der so in seinem Amte aufgegangen wäre wie er. Wenn man es Diensteifer nennt, sagt man zuwenig – nein, es war Liebe, Liebe zu seinem Dienst. Dort, im Abschreiben, erblickte er eine eigene, mannigfaltige und angenehme Welt. Sein Gesicht nahm einen genießerischen Ausdruck an; er hatte gewisse Favoriten unter den Buchstaben, und wenn er bis zu ihnen vordrang, war er nicht wiederzuerkennen – er schmunzelte und zwinkerte und half mit den Lippen nach – es schien, man könne ihm jeden Buchstaben, den seine Feder hinmalte, vom Gesicht ablesen. Hätte man ihn entsprechend seinem Diensteifer befördert, dann wäre er zu seiner eigenen Verwunderung vielleicht schon Staatsrat; tatsächlich jedoch hatte er sich, wie seine ewig witzelnden Kollegen sich ausdrückten, nicht mehr als eine Spange ins Knopfloch und Hämorrhoiden verdient. Man kann im übrigen nicht sagen, er sei noch nie beachtet worden. Ein Direktor, der von Natur aus gutmütig war und ihn für seine langjährigen Dienste belohnen wollte, ordnete an, man solle ihm etwas Wichtigeres als bloße Abschreibearbeiten geben, und er erhielt den Auftrag, aus einer bereits erledigten Akte einen Bericht an eine andere Dienststelle anzufertigen. Er hatte weiter nichts zu tun, als die Überschrift zu ändern und einige Zeitwörter statt in der ersten in der dritten Person zu verwenden. Das machte ihm so viel Mühe, daß er in Schweiß geriet, sich die Stirn rieb und schließlich sagte: »Nein, geben Sie mir lieber etwas zum Abschreiben.« Von da an beließ man ihn ein für allemal beim Abschreiben. Es schien nichts anderes für ihn zu geben. Um seine Kleidung kümmerte er sich überhaupt nicht; die Uniform war nicht grün, sondern meliert-braunrot. Sein Hemdkragen war schmal, so daß sein Hals, obwohl er keineswegs lang war, geradezu unwahrscheinlich lang erschien – wie bei den gipsernen, mit den Köpfen wackelnden Kätzchen, mit denen allerlei russische Ausländer hausieren gehen: Sie tragen sie zu Dutzenden

auf dem Kopf. Immer blieb irgend etwas an seiner Uniform hängen — sei es ein bißchen Heu, sei es ein Fädchen; darüber hinaus besaß er die besondere Fertigkeit, auf der Straße genau in jenem Augenblick an einem Fenster vorbeizukommen, in dem man allerlei Unrat aus ihm hinauswarf, so daß er ewig Wasser- und Zuckermelonenrinden und allerlei anderes Zeug auf seiner Hutkrempe mit sich herumtrug. Noch nie hatte er darauf geachtet, was sich tagsüber auf der Straße tat und wofür seine jüngeren Amtsbrüder bekanntlich immer ein Auge haben; ihr lebhafter Blick kann mitunter so scharf werden, daß sie sogar bemerken, wenn sich bei jemandem auf der anderen Straßenseite die Hosenstrippe losgerissen hat — und das ruft unfehlbar ein spöttisches Lächeln bei ihnen hervor.

Akaki Akakijewitsch jedoch erblickte, selbst wenn er etwas ansah, nur seine sauberen, in gleichmäßiger Handschrift hingemalten Zeilen vor sich; nur wenn sich ihm, unerfindlich wieso, ein Pferdemaul auf die Schulter legte und der Atem aus den Nüstern seine Wange traf, bemerkte er, daß er sich nicht mitten in einer Zeile, sondern mitten auf der Straße befand. Wenn er nach Hause kam, setzte er sich sogleich zu Tisch, löffelte hastig seine Kohlsuppe und aß ein Stück Rindfleisch mit Zwiebeln hinterher, ohne das mindeste von dem Geschmack zu merken;

er schlang das Essen mit Fliegen und allem anderen hinunter, das uns der Herrgott in der betreffenden Jahreszeit beschert. Wenn er fühlte, daß er Magenblähungen bekam, erhob er sich vom Tisch, suchte ein Gläschen mit Tinte hervor und schrieb Papiere ab, die er nach Hause mitgebracht hatte. Waren aber zufällig keine neuen zum Abschreiben da, dann fertigte er zu seinem eigenen Vergnügen eine Kopie von einem älteren an, besonders, wenn das Papier bemerkenswert war — nicht von der Schönheit des Stils her, sondern nach dem Adressaten, irgendeiner neuen oder wichtigen Persönlichkeit.

Selbst zu der Stunde, da der graue Petersburger Himmel völlig erlischt und alles Beamtenvolk zu Mittag gegessen und sich gesättigt hat, jeder, so gut er konnte — entsprechend dem bezogenen Gehalt und der eigenen Begehrlichkeit —, da sich alles bereits vom Knarren der Schreibfedern in den Departements, der unumgänglichen eigenen wie fremden Betriebsamkeit und alledem ein wenig erholt hat, was sich der ewig rastlose Mensch mehr freiwillig als notwendigerweise auferlegt, da die Beamten sich beeilen, die ihnen verbliebene Zeit dem Vergnügen zu widmen — einer, der unternehmungslustiger ist, ins Theater jagt, ein anderer auf die Straße eilt, um in den wenigen Stunden Damenhütchen zu betrachten, ein dritter sie damit verbringt, einem hübschen Mädchen, das der Stern eines kleinen Beamtenkreises ist, Komplimente zu machen, ein vierter, und das geschieht am häufigsten, sich einfach zu seinesgleichen in den zweiten oder dritten Stock begibt, in eine Wohnung mit zwei mäßig großen Zimmern nebst Vorraum oder Küche und einigem Anspruch auf modische Ausstattung — einer Lampe oder einem anderen Sächelchen, das mancherlei Opfer, wie den gelegentlichen Verzicht auf das Mittagessen oder ein Vergnügen, gekostet hat —, kurz und gut, selbst zu der Zeit, da sich die anderen Beamten auf die bescheidenen Wohnungen ihrer Freunde verteilen, um ein Räuberwhist zu spielen, daneben Tee aus Gläsern zu trinken und Kopekenzwiebäcke dazu zu essen, lange Pfeifen zu rauchen, während des Kartengebens einen Klatsch zu erzählen, der aus den oberen Gesellschaftskreisen zu ihnen gedrungen ist, auf deren Existenz der russische Mensch niemals und unter keinen Umständen verzichten kann, oder sogar, wenn kein anderer Gesprächsstoff vorhanden ist, die uralte Anekdote vom Kommandanten aufzuwärmen, dem jemand die Meldung macht, man habe dem Roß auf dem Falconetschen Denkmal* den Schwanz gestutzt – mit einem Wort, selbst dann, wenn jedermann bestrebt war, seinem Vergnügen nachzugehen, tat Akaki Akakijewitsch nichts dergleichen. Niemand konnte behaupten, ihn je auf einer Abendgesellschaft gesehen zu haben. Wenn er genug geschrieben hatte, legte er sich schlafen und lächelte schon im voraus bei dem Gedanken an den nächsten Tag: Was würde ihm der Herrgott wohl morgen zum Abschreiben bescheren? So friedlich verlief das Leben eines Mannes, der bei vierhundert Rubel Gehalt mit seinem Los zufrieden war; und er hätte so wohl auch weiter, bis in ein hohes Alter so fortgelebt, wäre nicht jedermanns Lebensweg mit allerlei Not und Unglück gepflastert, nicht nur der Lebensweg eines Titularrats, sondern auch der der Wirklichen Staats-, der Geheim-, Hof- und allerlei anderen Räte, ja sogar derer, die niemandem einen Rat erteilen und auch von niemandem einen annehmen.

Es gibt in Petersburg einen schlimmen Feind all derer, die ein Gehalt von vierhundert Rubel oder so ähnlich im Jahr beziehen. Dieser Feind ist niemand anderes als unser nordischer Frost, obwohl er im übrigen sehr gesund sein soll. Gegen neun Uhr morgens, das heißt genau zu der Stunde, da die Straßen von Leuten bevölkert sind, die ihrem Departement zustreben, verteilt er wahllos Nasenstüber von solcher Wucht und solchem stechenden Schmerz, daß die armen Beamten einfach nicht wissen, wo sie mit ihrer Nase hin sollen. Zu dieser Stunde, da selbst den Leuten in höheren Stellungen vor Kälte die Stirnen weh tun und Tränen in die Augen treten, sind arme Titularräte mitunter einfach schutzlos. Die einzige Rettung für sie besteht darin, die fünf, sechs Straßen bis zur Dienststelle so rasch wie

* Gemeint ist das Reiterstandbild Peters I. in Petersburg, das der französische Bildhauer Maurice-Etienne Falconet (1716–1791) schuf.

möglich in ihren dürftigen Mänteln zu durcheilen und sich vor der Portiersloge gründlich die Füße warmzutreten, bis ihre Gaben und Fähigkeiten, die sie zur Ausübung ihrer Verrichtungen benötigen und die unterwegs zu Eis gefroren waren, wieder aufgetaut sind. Obwohl Akaki Akakijewitsch die obligate Entfernung so rasch wie möglich zu überwinden suchte, spürte er seit einiger Zeit, daß ihm die Kälte besonders hart im Rücken und an den Schultern zusetzte. Schließlich verfiel er auf den Gedanken, es könnten irgendwelche Mängel an seinem Mantel daran schuld sein. Als er ihn sich zu Hause gründlich ansah, entdeckte er, daß dieser an zwei, drei Stellen, und zwar auf dem Rücken und an den Schultern, wie Fliegengaze aussah; der Stoff war so abgetragen, daß es durch ihn hindurchzog, und das Futter zerschlissen. Es muß bemerkt werden, daß auch Akaki Akakijewitschs Mantel den Beamten als Zielscheibe des Spottes diente; man versagte ihm sogar die vornehme Bezeichnung Mantel und nannte ihn nur noch Schlafrock. Er bot auch tatsächlich einen irgendwie seltsamen Anblick: Der Kragen war mit jedem Jahr kleiner geworden, da er zum Untersteppen anderer Teile herhalten mußte. Viel Schneiderkunst bewiesen die untersteppten Stellen nicht – sie waren wirklich unschön und beutelten sich. Als Akaki Akakijewitsch sah, woran er war, entschied er, der Mantel müsse zum Schneider Petrowitsch, der irgendwo in einem Hinterhause im dritten Stock lebte, zu dem eine finstere Treppe hinaufführte, und der trotz seiner Einäugigkeit und des von Pockennarben übersäten Gesichts mit ziemlichem Geschick Hosen und Fräcke von Beamten und allerlei anderen Leuten ausbesserte – selbstverständlich nur, wenn er nüchtern war und keine anderen Unternehmungen im Kopfe hatte. Von diesem Schneider sollte man natürlich nicht allzuviel Worte machen, da es aber nun einmal üblich ist, den Charakter jeder handelnden Person in einer Erzählung genau zu umreißen, bleibt uns nichts anderes übrig, als uns zu fügen. Also her mit diesem Petrowitsch! Zuerst hieß er einfach Grigori und war Leibeigener bei irgendeinem Gutsherrn; Petrowitsch nannte er sich erst, als er die Freilassungsurkunde erhalten hatte und feiertags reichlich zu trinken begann, zuerst nur an den hohen, später wahllos an allen kirchlichen Feiertagen überhaupt — an jedem Tag, der im Kalender mit einem Kreuzchen versehen war. In dieser Hinsicht blieb er den Gewohnheiten der Altvordern treu, und wenn seine Frau ihn dafür auszankte, dann hieß er sie weltlich gesonnen und eine Deutsche. Da wir die Frau aber nun einmal erwähnt haben, müssen wir auch über sie ein paar Worte sagen; nur ist uns von ihr leider nicht viel bekannt, allenfalls, daß sie Petrowitschs Frau war und sogar eine Haube trug, kein Tuch. Mit Schönheit jedoch konnte sie, wie es scheint, nicht glänzen, jedenfalls schielten ihr auf der Straße nur die Gardesoldaten unter die Haube, zuckten dabei aber mit dem Schnurrbart und gaben einen irgendwie seltsamen Laut von sich.

Während Akaki Akakijewitsch die Treppe zu Petrowitsch hinaufstieg, die, das muß man ihr lassen, völlig mit Wasser und Spülicht bespritzt und von jenem Spritgeruch durchdrungen war, der auf den Hintertreppen der Petersburger Häuser bekanntlich niemals fehlt und in die Augen beißt, während Akaki Akakijewitsch also die Treppe hinaufstieg, überlegte er schon, wieviel Petrowitsch wohl fordern werde, und legte sich im stillen darauf fest, nicht mehr als zwei Rubel zu geben. Die Tür stand offen, weil die Hausfrau einen Fisch briet und die Küche so voller Rauch war, daß man nicht einmal die Küchenschaben sah. Akaki Akakijewitsch durchschritt, ohne von der Hausfrau bemerkt zu werden, die Küche und betrat schließlich ein Zimmer, in dem er Petrowitsch erblickte — er saß auf einem breiten Tisch aus rohem Holz und hatte die Beine untergeschlagen wie ein türkischer Pascha. Die Füße waren bloß, wie das bei Schneidern, während sie an der Arbeit sitzen, üblich ist. Vor allem fiel Akaki Akakijewitsch der ihm schon wohlbekannte große Zeh auf; er hatte einen verkrüppelten Nagel, der dick und fest war wie der Panzer einer Schildkröte. Von Petrowitschs Hals hingen eine Strähne Garn und eine Strähne Seide herab, auf seinen Knien lag irgendein alter Lumpen. Er versuchte wohl schon seit drei Minuten einen Faden durchs Nadelöhr zu ziehen, traf aber

immer daneben, ärgerte sich über die Dunkelheit und über den Faden selbst und brummte: »Will nicht, das Biest, macht einen fertig, der Schlingel!« Es war Akaki Akakijewitsch unangenehm, in einem Augenblick zu kommen, da Petrowitsch sich ärgerte; am liebsten bestellte er etwas bei Petrowitsch, wenn dieser schon einen in der Krone hatte oder »als Fusel niederschlug, der einäugige Teufel«, wie seine Frau sich ausdrückte. In solchem Zustand ging Petrowitsch gewöhnlich gern mit dem Preis herunter und war mit allem einverstanden, ja, er verbeugte sich und bedankte sich sogar jedesmal. Hinterher freilich kam seine Frau vorbei und jammerte, ihr Mann sei betrunken gewesen und habe die Arbeit zu billig übernommen; aber man brauchte nur zehn Kopeken zuzulegen, und schon ging die Sache in Ordnung. Im Augenblick jedoch schien Petrowitsch nüchtern zu sein und darum hart und unzugänglich; er konnte Gott weiß was für einen Preis verlangen. Akaki Akakijewitsch, der den Braten roch, wollte sich schon zurückziehen, aber es war nicht mehr zu machen. Petrowitsch blinzelte ihn mit seinem einen Auge an, und unwillkürlich sagte Akaki Akakijewitsch: »Guten Tag, Petrowitsch!«

»Guten Tag, mein Herr«, entgegnete Petrowitsch und schielte zu Akaki Akakijewitschs Händen hinüber, um festzustellen, was er ihm wohl brachte und was für ein Geschäft zu machen war.

»Ich komme nämlich zu dir, Petrowitsch, von wegen ... Dingsda ...«

Hier muß gesagt werden, daß sich Akaki Akakijewitsch meist in Präpositionen, Adverbien und sogar irgendwelchen Partikeln ausdrückte, die einfach keinerlei Sinn mehr hatten. Handelte es sich jedoch um eine besonders schwierige Angelegenheit, dann pflegte er die Sätze gar nicht erst zu vollenden, und wenn er seine Rede mit den Worten: »Das ist in der Tat ... Dingsda ...« begann, brach er sie gleich darauf meistens ab, vergaß das Weitere und war offenbar der Meinung, es sei schon alles gesagt.

»Was soll's denn sein?« fragte Petrowitsch und überblickte mit seinem einen Auge im Nu den ganzen Mantel, vom Kragen bis zu den Ärmeln, dem Rücken, den Schößen und den Knopflöchern; all das war ihm bestens bekannt, da es ja seine eigene Arbeit war. So ist das bei den Schneidern nun einmal üblich — es ist das erste, was sie beim Wiedersehen mit einem Kunden tun.

»Ich komme nämlich von wegen ... Dingsda, Petrowitsch. Der Mantel, weiß du, das Tuch ... Du siehst, es ist überall noch ganz fest, nur etwas verstaubt und sieht ein bißchen alt aus, ist aber noch ganz neu, nur hier, an dieser Stelle ... auf Dingsda ... auf dem Rücken scheint es ein wenig durchgescheuert zu sein, und vielleicht auch noch hier, an der einen Schulter, ein bißchen wohl auch auf der anderen — nun ja, du siehst, das ist alles. Im Grunde genommen, eine Kleinigkeit ...«

Petrowitsch nahm den »Schlafrock«, breitete ihn auf dem Tisch vor sich aus, sah ihn sich lange an und schüttelte den Kopf; dann langte er zum Fensterbrett, nach einer runden Tabakdose mit dem Porträt eines Generals darauf — welches eigentlich, blieb ungewiß, da die Stelle, an der sich das Gesicht befunden hatte, eingedrückt und mit einem viereckigen Stückchen Papier überklebt war. Petrowisch nahm eine Prise und hielt den Schlafrock mit beiden Händen gegen das Licht; er schüttelte aufs neue den Kopf. Dann drehte er das Futter nach außen, schüttelte wieder den Kopf und öffnete aufs neue den Deckel mit dem überklebten General; er stopfte sich die Nase voll Tabak, schloß die Dose, steckte sie weg und sagte schließlich: »Nein, läßt sich nicht ausbessern. Ganz unbrauchbare Garderobe.«

Akaki Akakijewitsch stand bei diesen Worten das Herz still.

»Aber wieso denn nicht, Petrowitsch?« fragte er mit flehender Kinderstimme. »Er ist doch nur an den Schultern ein bißchen durchgescheuert, und ein paar Flicken werden sich bei dir doch finden ...«

»Nun ja, die Flicken hätte ich, die Flicken ließen sich schon finden«, sagte Petrowitsch, »aber woran soll ich sie festnähen? Ist ja alles morsch, man braucht nur mit der Nadel dranzukommen, und alles fällt auseinander.«

»Und wennschon! Dann bringst du eben sogleich einen Flikken darauf an.«

»Aber wo soll ich ihn denn anbringen, woran denn, wo findet er denn Halt? Vom Tuch ist doch nur noch der Name übrig; es braucht nur ein Lüftchen zu wehen, und alles fliegt davon.«

»Also näh die Flicken schon irgendwie an! Wieso denn auch nicht, wirklich ...«

»Nein«, sagte Petrowitsch mit aller Entschiedenheit, »da kann man nichts machen. Das ist völlig hoffnungslos. Schneiden Sie sich für die kalten Wintertage lieber Fußlappen daraus zurecht, denn eine Socke wärmt ja doch nicht. Die haben sich nur die Deutschen ausgedacht, um recht viel Geld damit zu verdienen.« Petrowitsch stichelte gelegentlich gern gegen die Deutschen. »Ich werde Ihnen, wie man sieht, wohl einen neuen Mantel machen müssen.«

Bei den Worten »einen neuen Mantel« trübte sich Akaki Akakijewitschs Blick, und alles im Zimmer begann sich vor ihm zu drehen. Deutlich sah er nur noch den General mit dem überklebten Gesicht auf Petrowitschs Tabakdose.

»Wie das – einen neuen?« fragte er, als ob er träumte. »Aber ich habe doch gar nicht das Geld dazu!«

»Ja, einen neuen«, bestätigte Petrowitsch mit bestialischer Gelassenheit.

»Und wenn man also einen neuen ... Was würde er ... Dingsda ...«

»Das heißt — was er kosten würde?«

»Ja.«

»Nun, einhundertfünfzig oder etwas darüber wird man schon anlegen müssen«, sagte Petrowitsch und schürzte wichtigtuerisch die Lippen. Er liebte kraftvolle Effekte, verblüffte gern und schielte dann zu dem Verblüfften hinüber, was dieser wohl für ein Gesicht zu seinen Worten machen werde.

»Hundertfünfzig Rubel für einen Mantel!« rief der arme Akaki Akakijewitsch; und so laut rief er vielleicht zum erstenmal in seinem Leben, denn er zeichnete sich sonst durch seine gedämpfte Stimme aus.

»Ja doch«, sagte Petrowitsch, »und es kommt auch noch darauf an, was für ein Mantel es sein soll. Mit Marderkragen und Kapuze auf Seide können es auch zweihundert werden.«

»Bitte, Petrowitsch«, redete ihm Akaki Akakijewitsch mit flehender Stimme zu, ohne auf Petrowitschs Worte und alle seine Effekte einzugehen, »bessere schon den alten irgendwie aus, damit ich ihn, wenigstens noch ein bißchen, tragen kann.«

»Aber nein, das würde unnütze Arbeit tun und das Geld verschwenden heißen«, sagte Petrowitsch, und Akaki Akakijewitsch verließ nach diesen Worten völlig vernichtet die Wohnung.

Petrowitsch aber stand, nachdem er gegangen war, noch lange mit bedeutsam geschürzten Lippen da, ohne sich an die Arbeit zu machen. Er war höchst zufrieden, weder sich selbst etwas vergeben, noch an der Schneiderkunst Verrat geübt zu haben.

Als Akaki Akakijewitsch auf die Straße kam, war ihm wie nach einem bösen Traum. »So eine Sache aber auch«, sagte er zu sich selbst. »Hätte ich wirklich nicht geglaubt, daß es auf ... Dingsda ... hinausläuft«, und nach längerem Schweigen fügte er hinzu: »So also ist das! Darauf läuft es hinaus, und ich habe wirklich nicht geahnt, daß es sich so verhält.« Dann folgte wieder ein langes Schweigen, nach dem er fortfuhr: »So also ist das alles! Aber auch wirklich ein ganz unerwarteter ... Dingsda ... Das hätte ich nicht ... Nein, so ein unerwarteter Umstand!« Nach diesen Worten wandte er seine Schritte, ohne sich dessen bewußt zu sein, statt nach Hause in entgegengesetzter Richtung. Er nahm es nicht wahr. Unterwegs stieß ihn ein rußiger Schornsteinfeger an und färbte ihm die Schulter schwarz; ein großer Haufen Kalk prasselte von einem Neubau auf ihn herab – er merkte das alles nicht. Erst später, als er mit einem Wachmann zusammenprallte, der seine Hellebarde neben sich gestellt hatte und Tabak aus dem Schnupftabakhorn in seine schwielige Faust schüttete, kam er ein wenig zu sich, aber auch das nur, weil der Wachmann zu ihm sagte: »Rennst einem die Schnauze ein! Ist dir der Bürgersteig zuwenig?« Das veranlaßte ihn, sich umzusehen und die Richtung nach Hause einzuschlagen. Hier erst sammelte er seine Gedanken, erblickte seine Lage so, wie sie tatsächlich war, und unterhielt sich nicht mehr so abgerissen mit sich selbst, sondern vernünftig und offen wie mit einem guten Freund, mit dem man über etwas sprechen kann, das einem wichtig ist und am Herzen liegt. »Nein, mit Petrowitsch kann man im Augenblick nicht reden«, sagte Akaki Akakijewitsch. »Er ist jetzt ... Dingsda ... Er hat wohl Dresche von seiner Frau bezogen. Ich gehe besser an einem Sonntagmorgen hin – er wird nach der Sonnabendsause mit seinem einen Auge verschlafen zu mir herüberblinzeln und ein schreckliches Bedürfnis nach einem Gläschen gegen den Katzenjammer haben, die Frau aber wird kein Geld herausrücken; und eben da stecke ich ihm zehn Kopeken in die ... Dingsda ... in die Hand, und er wird mit sich reden lassen und den Mantel dann wohl auch ... Dingsda ...« So entschied Akaki Akakijewitsch bei sich selbst, faßte Mut, wartete, bis zum Sonntag und ging, als er von weitem sah, daß Petrowitschs Frau irgendwohin verschwand, rasch zu ihm hinauf. Petrowitsch blinzelte nach der Sonnabendsause tatsächlich heftig mit seinem einen Auge, ließ den Kopf hängen und war noch völlig unausgeschlafen; trotz allem fuhr er, sobald er hörte, worum es sich handelte, wie von der Tarantel gestochen auf. »Unmöglich«, sagte er, »Sie müssen sich einen neuen bestellen.« Und hier nun steckte ihm Akaki Akakijewitsch die zehn Kopeken in die Hand. »Danke, mein Herr, ich werde auf Ihr Wohl trinken und mich ein wenig stärken«, sagte Petrowitsch, »wegen des Mantels aber machen Sie sich keine Sorgen. Er ist zu nichts mehr zu gebrauchen. Ich nähe Ihnen einen neuen, der nach was aussieht.«

Akaki Akakijewitsch versuchte auf das Ausbessern zurückzukommen, aber Petrowitsch ließ ihn nicht ausreden und sagte: »Den neuen Mantel nähe ich Ihnen, worauf Sie sich verlassen können, ich geb mir auch alle Mühe dabei. Man könnte ihn vielleicht sogar so machen, wie es jetzt Mode ist – der Kragen wird mit applizierten silbernen Tierklauen geschlossen.«

Hier sah Akaki Akakijewitsch, daß es ohne neuen Mantel offenbar nicht mehr ging, und verlor völlig den Mut. Wie sollte er ihn denn bezahlen, von welchem Geld? Gewiß, mit einer Gratifikation zum kommenden Fest konnte er rechnen, doch dieses Geld war längst im voraus untergebracht und verteilt. Er brauchte ein Paar neue Hosen, hatte beim Schuhmacher eine alte Schuld für das Ansetzen neuer Vorderblätter an die alten Schäfte zu begleichen und mußte sich bei der Näherin drei Hemden und zweimal von jenem Wäschestück bestellen, das man in einer zum Druck bestimmten Erzählung nicht gern beim Namen nennt – mit einem Wort, das Geld würde restlos draufgehen; und selbst wenn der Direktor so großzügig wäre und statt einer Gratifikation von vierzig Rubel fünfundvierzig oder gar fünfzig bewilligte, so bliebe dennoch herzlich wenig davon übrig, eine Lappalie, die in dem Mantelkapital nicht mehr als einen Tropfen auf den heißen Stein bedeuten würde. Andererseits wußte er natürlich, daß Petrowitsch seine Grillen hatte und plötzlich weiß der Teufel was für unangemessene Preise forderte, so daß es manchmal selbst seiner Frau zu bunt wurde und sie rief: »So ein Dummkopf! Du spinnst wohl! Sonst übernimmt er eine Arbeit für rein gar nichts, und jetzt auf einmal reitet ihn der Teufel, und er verlangt mehr, als er selber wert

ist.« Ihm war natürlich klar, daß Petrowitsch den Mantel auch für achtzig Rubel anfertigen würde, aber woher sollte er diese achtzig Rubel nehmen? Nun, die Hälfte ließe sich allenfalls auftreiben, die ließe sich schon finden, vielleicht auch ein bißchen mehr, aber woher das andere nehmen? Doch zuvor muß der Leser erfahren, woher die erste Hälfte kommen sollte. Akaki Akakijewitsch pflegte von jedem Rubel, den er ausgab, zehn Kopeken in eine kleine verschließbare Büchse zu stecken, durch einen Schlitz, der eigens zu diesem Zweck im Deckel angebracht war. Nach Ablauf eines halben Jahres sah er nach, wieviel Kupfergeld sich angesammelt hatte, und tauschte es gegen kleine Silbermünzen aus. So hielt er es schon seit langem, und nach einigen Jahren zeigte sich, daß der ersparte Betrag auf über vierzig Rubel angewachsen war. Die Hälfte hatte er also beisammen, aber woher die andere Hälfte nehmen? Wo nahm er die übrigen vierzig Rubel her? Akaki Akakijewitsch überlegte lange hin und her und kam schließlich zu dem Ergebnis, er müsse mindestens ein Jahr lang seine täglichen Ausgaben einschränken – auf den Genuß des Abendtees verzichten und abends keine Kerze brennen, sollte es aber erforderlich sein, noch etwas zu tun, dann würde er eben zur Wirtin gehen und bei ihrer Kerze arbeiten. Auf der Straße gedachte er, um nicht vorzeitig die Schuhsohlen abzuwetzen, möglichst leicht und vorsichtig aufzutreten und die Steine und Platten fast nur noch mit den Zehenspitzen zu berühren; die Wäsche aber wollte er so selten wie möglich zum Waschen geben und sie, um sie nicht abzutragen, jedesmal ablegen, sobald er nach Hause kam. Er wollte dann nur noch in seinem baumwollnen Schlafrock umhergehen, der so alt war, daß selbst die Zeit ihn schonte. Es muß ehrlich gesagt werden, es fiel ihm anfangs ein wenig schwer, sich an solche Einschränkungen zu gewöhnen, aber dann stellte er sich um, und alles klappte, ja, er lernte sogar, abends überhaupt nichts zu essen; dafür hatte er seine geistige Nahrung — den beständigen Gedanken an den zukünftigen Mantel. Seither schien sein ganzes Dasein reicher geworden zu sein, als hätte er geheiratet, als wäre ständig jemand um ihn herum, als wäre er nicht mehr so einsam, als hätte sich eine angenehme Gefährtin bereit gefunden, ihn auf dem Lebenswege zu begleiten; und diese Gefährtin war niemand anderes als die Kleidung, der Mantel, wie er ihn sich dachte — dick wattiert, mit festem, unverwüstlichem Futter. Er wurde irgendwie lebhafter und zeigte sogar Charakter — wie jemand, der sich ein Ziel gesetzt hat und es erreichen will. Die Unsicherheit, die Unentschlossenheit — kurz, alles Unschlüssige und Unbestimmte — schwanden aus seinem Gesicht und aus seinem Benehmen. In seinen Augen blitzte es manchmal auf, und die dreistesten, kühnsten Gedanken schossen ihm durch den Kopf — ob er sich nicht doch zu einem Marderkragen entschließen sollte? Überlegungen dieser Art ließen ihn immer zerstreuter werden. Fast wäre ihm beim Abschreiben eines Papiers einmal sogar ein Fehler unterlaufen — er schrie auf und bekreuzigte sich. Wenigstens einmal in jedem Monat suchte er Petrowitsch auf, um mit ihm über den Mantel zu reden — wo man am besten das Tuch kaufe, welche Farbe es haben solle, wieviel man anlegen müsse. Und jedesmal kehrte er ein wenig besorgt, aber immer zufrieden nach Hause zurück — die Zeit, da er das alles kaufen und der Mantel genäht werden konnte, mußte schließlich einmal kommen. Sie kam sogar schneller, als er gedacht hatte. Entgegen allen Erwartungen gewährte ihm der Direktor nicht vierzig und nicht fünfundvierzig, sondern volle sechzig Rubel Gratifikation; ob er nun ahnte, daß Akaki Akakijewitsch einen Mantel brauchte, oder ob alles nur ein Zufall war — jedenfalls hatte Akaki Akakijewitsch auf einmal zwanzig Rubel mehr. Dieser Umstand beschleunigte die Angelegenheit. Noch zwei, drei Monate mußte er sich durchhungern, dann hatte er tatsächlich ungefähr achtzig Rubel beisammen. Sein Herz — im allgemeinen sehr ruhig — begann heftig zu klopfen. Gleich am folgenden Tag machten sich er und Petrowitsch in die Läden auf. Sie kauften ein sehr gutes Tuch — kein Wunder, da sie bereits seit einem halben Jahr darüber nachdachten und selten ein Monat verging, in dem sie sich nicht in den Läden umsahen und nach den Preisen erkundigten; dafür aber sagte dann auch Petrowitsch selber, ein besseres Tuch gebe es nicht. Als Futter wählten sie Kaliko, aber einen sehr festen und guten, der, nach Petrowitschs Worten, noch besser als Seide war und sogar hübscher und glänzender wirkte. Auf Marderfelle verzichtete man, weil sie nun wirklich zu teuer waren; statt ihrer wählte man Katze, die beste, die es im Laden gab, eine Katze, die man von weitem jederzeit für Marder halten konnte. Petrowitsch mühte sich volle zwei Wochen mit dem Mantel ab, denn es war viel an ihm zu steppen; sonst wäre er früher fertig geworden. Für die Arbeit berechnete er zwölf Rubel, mit weniger konnte er beim besten Willen nicht zurechtkommen — alles war durchweg mit Seide genäht, mit dichten kleinen Stichen, und jede Naht hatte Petrowitsch zum Schluß zwischen den Zähnen hindurchgezogen, um allerlei Unebenheiten zu glätten. Es war schwer zu sagen, an welchem Tage es eigentlich war, aber wahrscheinlich war der Tag, an dem Petrowitsch den Mantel endlich brachte, der feierlichste in Akaki Akakijewitschs Leben. Er brachte ihn morgens, kurz vor Akaki Akakijewitschs Aufbruch ins Departement. Gelegener konnte der Mantel gar nicht kommen, denn es setzten bereits ziemlich strenge Fröste ein, die noch grimmiger zu werden drohten. Petrowitsch erschien mit dem Mantel, wie sich's für einen guten Schneider geziemt. Auf seinem Gesicht lag ein so bedeutender Ausdruck, wie ihn Akaki Akakijewitsch noch nie bei ihm gesehen hatte. Er schien völlig überzeugt, ein großes Werk vollbracht und plötzlich den Abgrund sichtbar gemacht zu haben, der Schneider, die nur Flicken aufsetzen und ausbessern, von denen trennt, die Neues nähen. Er nahm den Mantel aus dem Tuch, in dem er ihn gebracht hatte — das Tuch war eben erst von der Wäscherei zurückgekommen; später rollte er es zusammen und steckte es zwecks weiterer Verwendung in die Tasche. Nachdem er also den Mantel herausgenommen hatte, betrachtete er ihn stolz und warf ihn Akaki Akakijewitsch äußerst geschickt mit beiden Händen um die Schultern, dann zog er ihn am Rücken straff und zupfte ihn zurecht; und schließlich drapierte er ihn halb offen um Akaki Akakijewitsch. Akaki Akakijewitsch, als Mann in den Jahren, wünschte sich auch vom Sitz der Ärmel zu überzeugen; Petrowitsch half ihm hinein, und es zeigte sich, daß auch die Ärmel in Ordnung waren. Mit einem Wort, es stellte sich heraus, der Mantel saß vollendet und paßte ganz genau. Petrowitsch versäumte nicht, zu bemerken, er habe den Mantel nur darum so billig berechnet, weil er in einer kleinen Straße ohne Firmenschild arbeite und Akaki Akakijewitsch schon lange kenne; auf dem Newski Prospekt hätte man ihm fünfundsiebzig Rubel allein für die Arbeit abgenommen. Darüber wollte Akaki Akakijewitsch mit Petrowitsch nicht rechten, auch fürchtete er sich vor den großen Summen, mit denen Petrowitsch gern um sich warf. Er rechnete mit ihm ab, bedankte sich und brach sogleich in dem neuen Mantel in sein Departement auf. Petrowitsch folgte ihm auf die Straße hinaus, blieb stehen und blickte dem Mantel noch lange von weitem nach; dann bog er seitlich ab, in eine krumme Gasse, um sie zu durcheilen und auf diese Weise rasch wieder auf die Straße zu gelangen und sich den Mantel noch einmal anzusehen, diesmal von der anderen Seite, das heißt von vorn. Akaki Akakijewitsch schritt indessen in feiertäglicher Stimmung dahin. Er fühlte den neuen Mantel in jedem Sekundenbruchteil auf seinen Schultern, und mehrmals ging sogar ein Lächeln innerer Befriedigung über sein Gesicht. Er sah in der Tat zwei Vorteile — erstens hatte er's warm, und zweitens war es irgend-

wie schön. Den Weg merkte er überhaupt nicht, so kurz erschien er ihm – er war auf einmal im Departement. In der Vorhalle streifte er den Mantel ab, besah ihn von allen Seiten und empfahl ihn der besonderen Obhut des Pförtners. Unerfindlich, auf welche Weise das ganze Departement erfuhr, daß Akaki Akakijewitsch einen neuen Mantel besaß und es den »Schlafrock« nicht mehr gab. Alle liefen sogleich in die Vorhalle, um sich den neuen Mantel anzusehen. Man beglückwünschte Akaki Akakijewitsch und zollte ihm seinen Beifall. Zuerst lächelte er nur, später wurde es ihm jedoch peinlich. Als aber alle darauf drangen, der neue Mantel müsse begossen werden, er müsse mindestens für sie alle eine Abendgesellschaft geben, wurde Akaki Akakijewitsch ganz kopflos und wußte nicht, was er sagen und wie er sich herausreden sollte. Erst nach einigen Minuten begann er, krebsrot im Gesicht, treuherzig zu versichern, der Mantel sei gar nicht neu, das scheine nur so, es sei in Wirklichkeit ein gebrauchtes Stück. Schließlich sagte ein Beamter – es war sogar ein stellvertretender Bürovorsteher –, wahrscheinlich, um zu beweisen, er sei keineswegs hochmütig und unterhalte auch mit Niedrigergestellten Bekanntschaften: »Also gut, die Abendgesellschaft gebe anstelle von Akaki Akakijewitsch ich; ich bitte Sie für heute abend zu mir zum Tee, zumal ich gerade Namenstag habe.« Die Beamten sprachen dem stellvertretenden Bürovorsteher natürlich sogleich ihre Glückwünsche aus und nahmen seine Einladung mit Vergnügen an. Akaki Akakijewitsch versuchte es mit allerlei Ausflüchten, aber alle meinten, das sei unhöflich und einfach eine Schande – er konnte wirklich nicht ablehnen. Übrigens beschlich ihn bald ein angenehmes Gefühl – als ihm einfiel, daß er auf diese Weise Gelegenheit haben würde, auch abends einen Spaziergang im neuen Mantel zu machen. Dieser ganze Tag war für Akaki Akakijewitsch ein einziges großes Fest, ein einziger Feiertag. Er kehrte in der glücklichsten Seelenverfassung nach Hause zurück, legte den Mantel ab, hängte ihn sorgfältig an die Wand und ging noch einmal liebäugelnd mit dem Blick über den Stoff und das Futter hin; dann holte er zum Vergleich absichtlich den alten »Schlafrock« hervor, der regelrecht auseinanderzufallen drohte. Er sah ihn an und mußte geradezu lachen — so groß war der Unterschied! Und auch noch lange danach, noch während des Mittagessens, lächelte er, wenn er an den Zustand dachte, in dem sich der »Schlafrock« befand. Er aß bei heiterster Laune und schrieb nach dem Mittagessen dieses Mal keine Papiere ab, sondern ruhte genießerisch auf seinem Bett, bis es dunkel wurde. Dann kleidete er sich, ohne die Angelegenheit auf die lange Bank zu schieben, an, zog sich den Mantel über und trat auf die Straße hinaus. Wo der Beamte eigentlich wohnte, der die Kollegen eingeladen hatte, können wir leider nicht sagen — unser Gedächtnis beginnt stark nachzulassen, und alles, was es in Petersburg gibt, ob Straßen oder Häuser, hat sich in unserem Kopf so verwirrt, daß es uns äußerst schwerfällt, etwas Vernünftiges aus ihm hervorzuholen. Wie dem auch sei, sicher jedenfalls ist, daß der Beamte im besten Stadtteil wohnte, das heißt ziemlich weit von Akaki Akakijewitsch entfernt. Akaki Akakijewitsch mußte zunächst durch einige menschenleere, spärlich beleuchtete Straßen; je mehr er sich aber der Wohnung des Beamten näherte, desto lebhafter, bevölkerter und besser beleuchtet wurden sie. Es kamen mehr Fußgänger vorüber: Man begegnete schön gekleideten Damen und Männern mit Biberkragen. Immer seltener zeigten sich die ländlichen Wankas mit ihren hölzernen gitterartigen Schlittenkästen, die voller kleiner vergoldeter Nägel steckten, man sah im Gegenteil fast nur noch schmucke Mietkutscher mit himbeerroten Samtmützen, lackierten Schlitten und Bärenfelldecken, oder es jagten Karossen mit herausgeputzten Kutschböcken vorbei, unter deren Rädern der Schnee knirschte. Akaki Akakijewitsch erschien das alles ganz neu. Er war schon mehrere Jahre lang abends nicht auf der Straße gewesen. Er blieb neugierig vor einem erleuchteten Schaufenster stehen, um sich ein Bild anzusehen, auf dem ein hübsches Frauenzimmer den Schuh auszog und bei dieser Gelegenheit das ganze, keineswegs üble Bein entblößte, hinter ihrem Rükken aber lugte aus dem Nachbarzimmer ein Mann mit Backenbart und hübschem Zwickelbärtchen unter der Lippe hervor.

Akaki Akakijewitsch schüttelte den Kopf, lächelte und ging weiter. Schwer zu sagen, warum er lächelte. Vielleicht, weil er auf etwas ihm völlig Unbekanntes gestoßen war, für das aber trotz allem jedermann ein Gefühl besitzt, vielleicht auch, weil er wie viele andere Beamte dachte: Nein, diese Franzosen! Was soll man da schon sagen, wenn die auf einmal auf ... Dingsda ... aus sind, dann ist es aber auch wirklich ... Dingsda. Aber vielleicht dachte er das auch gar nicht – man kann in einen Menschen schließlich nicht hineinsehen, um zu erfahren, was er denkt. Am Ende erreichte er das Haus, in dem der stellvertretende Bürovorsteher wohnte. Dieser lebte auf großem Fuße – auf der Treppe brannte eine Laterne, die Wohnung lag im ersten Stock. Akaki Akakijewitsch kam in den Flur und erblickte ganze Reihen von Galoschen auf dem Fußboden. Dazwischen stand genau in der Mitte, summend und Dampfwölkchen ausstoßend, ein Samowar. An den Wänden hingen lauter Mäntel und Umhänge, von denen manche sogar Biberkragen oder Samtaufschläge aufwiesen. Hinter der Wand hörte man ein dumpfes Lärmen und Reden, das plötzlich deutlich und laut wurde, als sich die Tür öffnete und ein Lakai mit einem Tablett herauskam, auf dem geleerte Gläser, eine Sahnekanne und ein Körbchen mit Zwieback standen. Man sah, daß die Beamten längst versammelt waren und das erste Glas Tee bereits getrunken hatten. Akaki Akakijewitsch hängte seinen Mantel an die Wand und betrat das Zimmer. Kerzen, Beamte, Tabakpfeifen und Kartentische – alles drang zugleich auf ihn ein, und das Gesumm der Gespräche und lautes Stühlerücken trafen von allen Seiten undeutlich sein Ohr. Er blieb höchst linkisch mitten im Zimmer stehen, überlegte und fragte sich, was er tun sollte. Aber man hatte ihn schon bemerkt, empfing ihn mit Geschrei, und alles strömte sogleich in den Flur hinaus und sah sich den Mantel aufs neue an. Akaki Akakijewitsch geriet zwar ein bißchen in Verwirrung, war aber andererseits zu treuherzig, um sich nicht über das Lob zu freuen, mit dem alle seinen Mantel bedachten. Später ließ man ihn und den Mantel natürlich links liegen und wandte sich, wie üblich, den Kartentischen zu, um Whist zu spielen. Das Lärmen, das Reden, die vielen Menschen, alles kam Akaki Akakijewitsch irgendwie seltsam vor. Er wußte einfach nicht, wie er sich verhalten, wo er mit seinen Armen und Beinen, mit seiner ganzen Person hin sollte. Schließlich setzte er sich zu den Spielern, sah ihnen in die Karten, sah dem oder jenem ins Gesicht und begann sich nach einiger Zeit zu langweilen und zu gähnen, zumal die Stunde, da er sich schlafen zu legen pflegte, längst gekommen war. Er wollte sich vom Hausherrn verabschieden, aber man ließ es nicht zu und sagte, man müsse unbedingt ein Glas Champagner auf die Neuerwerbung leeren. Eine Stunde danach wurde das Abendessen aufgetragen, das aus russischem Salat, kaltem Kalbfleisch, Pastete, Koditorgebäck und Champagner bestand. Man nötigte Akaki Akakijewitsch, zwei Glas zu trinken, worauf er spürte, daß alles im Zimmer fröhlicher wurde, wenn er auch keineswegs vergaß, daß es bereits Mitternacht und längst an der Zeit war, sich auf den Heimweg zu begeben. Er schlich sich, damit der Hausherr ihn nicht zurückzuhalten versuche, leise aus dem Zimmer, suchte im Flur den Mantel heraus, den er zu seinem Bedauern auf dem Fußboden liegen sah, schüttelte ihn aus, las jedes Stäubchen von ihm ab, zog ihn an und stieg die Treppe hinunter. Auf der Straße war es immer noch hell. Manche der Kramläden, dieser ständigen Klubs des Gesindes und allerlei anderer kleiner Leute, standen offen, andere waren geschlossen, der lange Lichtstreif jedoch, der durch den Türspalt drang, bewies, daß auch sie nicht der Geselligkeit entbehrten; vermutlich führten in ihnen Stubenmädchen und Diener ihren Klatsch oder ihre Unterhaltungen zu Ende, während sich ihre Herrschaft den Kopf zerbrach, wo sie geblieben sein mochten. Akaki Akakijewitsch schritt wohlgelaunt dahin, ja, er eilte sogar, unerfindlich warum, plötzlich hinter einer Dame her, die wie der Blitz an ihm vorüberschoß und an der jeder Körperteil von einer unwahrscheinlichen Beweglichkeit war. Doch er fing sich gleich wieder, setzte seinen Weg weiterhin sehr langsam fort und wunderte sich selber, wieso er auf einmal in Trab verfallen war. Bald tauchten jene öden Straßen vor ihm auf, die schon am

Tage nicht sehr heiter wirken, geschweige denn bei Nacht. Sie waren jetzt noch stiller, noch einsamer; die Laternen wurden seltener – für diese Gegend gab es offenbar weniger Öl, Holzhäuser mit Zäunen lösten die Steinhäuser ab, nirgends war eine Menschenseele zu sehen; nur der Schnee in den Straßen funkelte; und traurig zeichneten sich dunkle niedrige Hütten ab, die mit geschlossenen Fensterläden schlummerten. Er näherte sich einer Stelle, an der die Straße durch einen endlosen Platz unterbrochen wurde, der an eine schreckliche Wüste erinnerte – die Häuser auf der anderen Seite waren kaum zu erkennen.

In der Ferne schimmerte in einem Häuschen, das irgendwo am Rande der Welt zu stehen schien, ein schwaches Licht. Akaki Akakijewitschs Fröhlichkeit ließ merklich nach. Er betrat den Platz nicht ohne unwillkürliche Scheu – als ahne seinem Herzen nichts Gutes. Er sah nach hinten und nach beiden Seiten – eine Leere wie mitten auf dem Meer. Nein, lieber erst gar nicht hinblicken, dachte er und ging mit geschlossenen Augen weiter; als er sie aber öffnete, um nachzusehen, ob denn der Platz nicht bald zu Ende sei, erkannte er plötzlich irgendwelche Männer mit Schnurrbärten vor sich – was für welche es waren, konnte er nicht mehr feststellen. »Aber der Mantel gehört doch mir!« sagte der eine mit Donnerstimme und packte ihn am Kragen. Akaki Akakijewitsch wollte schon rufen: »Zu Hilfe!«, doch der zweite hielt ihm die Faust – sie hatte die Größe eines Beamtenkopfes – vor die Nase und drohte: »Wehe, wenn du schreist!« Akaki Akakijewitsch fühlte nur noch, wie man ihm den Mantel auszog und einen Stoß mit dem Knie versetzte, dann fiel er vornüber in den Schnee und verlor die Besinnung. Er kam erst nach einer kleinen Weile wieder zu sich und richtete sich auf, doch es war niemand mehr zu sehen. Er fühlte, daß es kalt und daß sein Mantel fort war, und schrie, doch seine Stimme schien nicht bis an das Ende des Platzes zu dringen. Da rannte er, verzweifelt und ununterbrochen schreiend, über den Platz auf ein Schilderhäuschen zu, neben dem, auf die Hellebarde gestützt, der Wachmann stand, ihn offenbar neugierig an-

blickte und sich fragte, wer zum Teufel da auf ihn zugerannt komme und schon von weitem rufe. Als Akaki Akakijewitsch ihn erreicht hatte, schrie er ihn atemlos an: Er schlafe, habe auf gar nichts acht und sehe nicht, wie man einen Menschen ausplündere. Der Wachmann entgegnete, er habe davon nichts bemerkt, er habe nur gesehen, daß ihn zwei Männer mitten auf dem Platz anhielten, jedoch geglaubt, es seien Freunde von ihm; er solle, statt sinnlos mit ihm zu schimpfen, gleich morgen zum Abschnittsvorsteher gehen – der werde schon herausfinden, wer ihm den Mantel weggenommen habe. Akaki Akakijewitsch kam völlig aufgelöst zu Hause an – die Haare, von denen er am Hinterkopf und an den Schläfen noch eine gewisse Anzahl aufzuweisen hatte, waren völlig zerzaust, die Hosen, die Seite, die Brust ganz voller Schnee. Als seine alte Wirtin das schreckenerregende Klopfen an der Wohnungstür hörte, sprang sie eilig aus dem Bett und lief, nur einen Fuß im Pantoffel, um zu öffnen, wobei sie aus Sittsamkeit das Hemd über der Brust zusammenhielt. Sie öffnete, sah Akaki Akakijewitschs Zustand und wich zurück. Als er jedoch erzählte, was geschehen war, schlug sie die Hände über dem Kopf zusammen und sagte, er müsse sich unmittelbar an den Reviervorsteher wenden, der Abschnittsvorsteher werde ihn an der Nase herumführen und die Sache nur hinziehen; zum Reviervorsteher zu gehen sei schon das beste, sie kenne ihn sogar, weil Anna, die Finnin, die früher als Köchin bei ihr gearbeitet habe, jetzt Kinderfrau bei ihm im Hause sei; sie selbst sehe ihn öfter an ihrem Haus vorüberfahren, er komme auch jeden Sonntag in die Kirche, bete und blicke die Leute gleichzeitig fröhlich an — man sehe aus allem, er müsse ein guter Mensch sein. Akaki Akakijewitsch hörte sich diesen Vorschlag an und zog sich traurig in sein Zimmer zurück. Wie er die Nacht verbrachte, möge beurteilen, wer sich einigermaßen in die Lage eines anderen versetzen kann. Gleich am frühen Morgen machte er sich zum Reviervorsteher auf, man sagte ihm jedoch, er schlafe. Er kam um zehn, und wieder hieß es, er schlafe, er kam um elf, und diesmal sagte man ihm, er sei nicht mehr zu Hause; er stellte sich mittags ein, aber die Schreiber im Vorzimmer weigerten sich, ihn vorzulassen, und wollten unbedingt wissen, in welcher Angelegenheit er komme, was ihn herführe und was geschehen sei. Schließlich entschloß sich Akaki Akakijewitsch, wenigstens einmal in seinem Leben Charakter zu beweisen, und erklärte kategorisch, er müsse den Reviervorsteher persönlich sprechen, sie hätten kein Recht, ihn nicht vorzulassen, er komme in dienstlicher Angelegenheit von seinem Departement, und wenn er sich über sie beschwere, dann würden sie schon sehen, was sie davon hätten. Da wagten die Schreiber nicht mehr zu widersprechen, und einer von ihnen ging, um den Reviervorsteher zu holen. Der Reviervorsteher nahm den Bericht über den Mantelraub äußerst sonderbar auf. Statt das Augenmerk auf den Kern der Angelegenheit zu richten, begann er Akaki Akakijewitsch auszufragen, wieso er sich so spät auf dem Heimweg befunden habe und ob er vielleicht in irgendeinem zweifelhaften Hause gewesen sei, so daß Akaki Akakijewitsch ganz verlegen wurde und, als er den Reviervorsteher verließ, nicht einmal wußte, ob die Angelegenheit mit dem Mantel nun ihren Gang nehmen würde oder nicht. Er war — zum erstenmal in seinem Leben — den ganzen Tag nicht im Departement gewesen.

Am folgenden Tag erschien er sehr blaß, im alten, inzwischen noch ärmlicher gewordenen »Schlafrock« zum Dienst.

Seine Erzählung über den Raub des Mantels rührte viele, obgleich sich auch Beamte fanden, die sich auch jetzt über Akaki Akakijewitsch lustig machten. Man beschloß, auf der Stelle für ihn zu sammeln, aber es kam nicht viel zusammen, da die Beamten sich ohnehin bereits stark verausgabt hatten – sie hatten Geld für ein Porträt des Direktors und für ein Buch gezeichnet –, für letzteres auf Vorschlag eines Abteilungsleiters, der mit dem Autor befreundet war. Der Betrag, den die Sammlung erbrachte, erwies sich also als ausgesprochen klein. Irgend jemand versuchte, von Mitgefühl bewegt, Akaki Akakijewitsch wenigstens mit einem guten Rat zu helfen, und sagte, er solle nicht zum Abschnittsvorsteher gehen, denn selbst wenn dieser, um Anerkennung bei den Vorgesetzten zu finden, den Mantel ausfindig machte, müßte der Mantel dennoch bei der Polizei bleiben, solange Akaki Akakijewitsch nicht gültige Beweise dafür erbringe, daß er sein Eigentum sei; es wäre vielmehr das beste, er würde sich an eine gewisse *bedeutende Persönlichkeit* wenden, denn diese *bedeutende Persönlichkeit* könne sich mit denen, auf die es ankomme, in Verbindung setzen und die Angelegenheit erfolgreicher vorantreiben. Was sollte Akaki Akakijewitsch machen? Er entschloß sich, zu der bedeutenden Persönlichkeit zu gehen. Wer diese *bedeutende Persönlichkeit* war und welches Amt sie bekleidete, ist bis auf den heutigen Tag nicht geklärt. Man muß nämlich wissen, daß diese *bedeutende Persönlichkeit* erst ganz vor kurzem eine bedeutende Persönlichkeit geworden war und daß sie bis dahin als unbedeutende Persönlichkeit gegolten hatte. Im übrigen wurde ihr Amt im Vergleich zu anderen, noch viel bedeutenderen Ämtern auch jetzt nicht als bedeutend angesehen. Aber es findet sich ja immer ein Kreis von Menschen, für die das in den Augen anderer noch Unbedeutende bereits bedeutend ist. Übrigens bemühte sich jene Persönlichkeit, ihre Bedeutung durch mancherlei Mittel zu unterstreichen – die unteren Beamten mußten sie bei ihrem Erscheinen im Dienst bereits auf der Treppe begrüßen; niemand durfte unangemeldet bei ihr eintreten; und damit alles seinen geregelten Gang ging, hatte der Kollegienregistrator dem

Gouvernementssekretär, der Gouvernementssekretär dem Titularrat oder einem sonstigen Rat Meldung zu machen, und erst dann kam die Sache vor die Persönlichkeit. So ist es nun einmal im heiligen Rußland — der eine ahmt den anderen nach, jeder guckt's seinem Vorgesetzten ab. Man erzählte sogar, irgendein Titularrat, der zum Leiter einer kleinen Kanzlei ernannt worden war, habe schleunigst einen besonderen Raum für sich abtrennen lassen, ihm den Namen »Sprechzimmer« gegeben und eine Art von Logenschließern mit Tressen und roten Kragen vor ihm aufgestellt — sie griffen nach der Klinke und öffneten jedem Besucher die Tür, obwohl im »Sprechzimmer« gerade Platz für einen gewöhnlichen Schreibtisch war. Die Umgangsformen und Gewohnheiten der *bedeutenden Persönlichkeit* waren gediegen und imponierend, wenn auch nicht sehr abwechslungsreich. Die eigentliche Grundlage seines Systems hieß Strenge. »Strenge, Strenge und nochmals Strenge«, pflegte er zu wiederholen und dem Gesprächspartner bei diesen Worten äußerst bedeutsam ins Gesicht zu sehen, obwohl dazu im übrigen nicht der geringste Grund bestand, da sich die zehn Beamten, die den Regierungsmechanismus dieser Kanzlei bildeten, auch ohnehin gebührend respektvoll benahmen. Sobald sie den Vorgesetzten von ferne erblickten, unterbrachen sie ihre Arbeit und standen stramm, bis er das Zimmer wieder verlassen hatte. Seine Gespräche mit den Untergebenen bestanden gewöhnlich aus folgenden drei Sätzen: »Wie können Sie sich unterstehen? Wissen Sie auch, mit wem Sie sprechen? Verstehen Sie, wen Sie vor sich haben?« Im übrigen war er im Grunde ein guter Mensch, gefällig und freundlich zu den Kollegen — nur der Generalsrang hatte ihn aus dem Konzept gebracht. Nachdem er diesen Rang erhalten hatte, verlor er gleichsam den Faden, kam aus dem Tritt und wußte einfach nicht mehr, wie er sich verhalten solle. Wenn er mit seinesgleichen zusammenkam, war er noch ein angenehmer Mensch, sehr anständig und in vieler Beziehung sogar durchaus nicht dumm; sobald er aber in die Gesellschaft von Menschen geriet, die auch nur einen Rang niedriger standen als er, wurde er geradezu unerträglich — er schwieg sich hartnäckig aus, und seine Lage erregte Mitleid, zumal er auch selber fühlte, er könne die Zeit bei weitem besser verbringen. Man konnte in seinen Augen gelegentlich das starke Bedürfnis lesen, sich einem interessanten Kreis oder Gespräch anzuschließen, doch der Gedanke, er könne damit des Guten zuviel tun, zu familiär erscheinen und möglicherweise sein Ansehen schädigen, hielt ihn zurück. Die Folge solcher Überlegungen war, daß er ständig schwieg und nur gelegentlich irgendwelche einsilbigen Laute von sich gab; und er erwarb auf diese Weise den Ruf eines äußerst langweiligen Menschen. Bei dieser *bedeutenden Persönlichkeit* also fand sich unser Akaki Akakijewitsch ein, und zwar zu einer äußerst ungünstigen Stunde, ungünstig jedenfalls für ihn; der bedeutenden Persönlichkeit freilich kam er durchaus gelegen. Die bedeutende Persönlichkeit befand sich nämlich in ihrem Arbeitsraum und unterhielt sich äußerst vergnügt mit einem vor kurzem eingetroffenen alten Bekannten und Kindheitsgespielen, den sie seit mehreren Jahren nicht gesehen hatte. In diesem Augenblick meldete man ihm einen gewissen Baschmatschkin. Er fragte abgehackt: »Wer ist das?« Man entgegnete: »Irgendein Beamter.« — »Aha! Kann warten, ich habe jetzt keine Zeit«, entschied der bedeutende Mann. Hier muß bemerkt werden, daß der bedeutende Mann einfach log. Er hatte Zeit; er und sein Freund hatten sich längst über alles ausgesprochen und fügten seit einer ganzen Weile lange Pausen ein, in denen sie einander auf die Schenkel klopften und dazu sagten: »So ist das alles, Iwan Abramowitsch!« — »Ja, eben, so ist das, Stepan Warlamowitsch!« Trotz alledem befahl er, der Beamte solle warten, um seinem Freund, der seit langem den Dienst quittiert hatte und nur noch zu Hause auf dem Dorfe lebte, zu zeigen, wie lange sich die Beamten in seinem Vorzimmer gedulden mußten. Nachdem man genug geredet und noch mehr geschwiegen, dazu in den äußerst bequemen Sesseln mit verstellbarer Rückenlehne eine kleine Zigarre geraucht hatte, tat er, als ob er sich plötzlich auf etwas besänne, und sagte zum Sekretär, der eben mit irgendwelchen Papieren in der Tür erschien: »Ja, da wartet doch draußen, glaube ich, ein Beamter; sagen Sie ihm, er kann hereinkommen.« Als er Akaki Akakijewitschs demütige Miene und seinen alten Mantel sah, wandte er sich plötzlich zu ihm um und fragte: »Was wünschen Sie?«, und zwar abgehackt und gebieterisch, so, wie er es zu Hause, in der Abgeschiedenheit seines Zimmers, vor dem Spiegel eingeübt hatte, eine volle Woche bevor er den jetzigen Posten und den Generalsrang erhielt. Akaki Akakijewitsch, der sowieso schon gebührend befangen war, geriet in ziemliche Verwirrung und setzte, so gut er konnte, soweit es seine Zungenfertigkeit erlaubte und häufiger als sonst das Wörtchen »Dingsda« verwendend, auseinander, der Mantel sei völlig neu gewesen, er sei ihm grausam geraubt worden und er wende sich jetzt an ihn mit der Bitte, er möge sich seiner annehmen, sich mit ... Dingsda ... mit dem Herrn Polizeichef oder wem auch immer in Verbindung setzen und den Mantel herbeischaffen helfen. Dem General erschien ein solches Begehren aus irgendeinem Grunde familiär.

»Hören Sie, mein Herr«, fuhr er noch abgehackter fort. »Sie kennen wohl die Vorschriften nicht? Wie kommen Sie überhaupt hierher? Wissen Sie nicht, wie der Geschäftsgang ist? Erst einmal hätten Sie ein Gesuch bei der Kanzlei einreichen müssen; es wäre zum Bürovorsteher, dann zum Abteilungsleiter gegangen, danach dem Sekretär übergeben worden, und der Sekretär hätte es mir zugeleitet ...«

»Euer Exzellenz«, sagte Akaki Akakijewitsch, der all sein bißchen Geistesgegenwart zusammenzunehmen versuchte und gleichzeitig fühlte, daß er entsetzlich schwitzte, »ich habe Euer Exzellenz nur darum zu bemühen gewagt, weil doch die Sekretäre ... Dingsda ... ein unzuverlässiges Volk sind ...«

»Wie? Was haben Sie gesagt?« fragte die bedeutende Persönlichkeit. »Wo nehmen Sie die Kühnheit her? Wer hat Ihnen solche Gedanken eingegeben? Was ist das für eine Rebellion gegen Vorgesetzte und Höhergestellte unter den jungen Leuten!«

Die bedeutende Persönlichkeit schien nicht bemerkt zu haben, daß Akaki Akakijewitsch schon über die Fünfzig war.

Wenn man ihn also als jungen Mann ansprechen konnte, dann allenfalls vergleichsweise, das heißt im Vergleich zu jemand, der bereits siebzig ist.

»Wissen Sie auch, zu wem Sie das sagen? Verstehen Sie, wen Sie vor sich haben? Verstehen Sie das, verstehen Sie das, frage ich Sie!«

Hier stampfte er mit dem Fuß und erhob die Stimme dermaßen, daß auch ein anderer als Akaki Akakijewitsch Angst bekommen hätte. Akaki Akakijewitsch erstarrte, wankte, zitterte am ganzen Körper und konnte sich beim besten Willen nicht auf den Beinen halten; wären nicht ein paar Kanzleidiener herbeigeeilt und hätten ihn gestützt, er wäre glatt hingeschlagen. Man trug ihn fast regungslos hinaus. Zufrieden mit dem Effekt, der alle Erwartungen übertroffen hatte, und ganz berauscht von dem Gedanken, daß ihre Worte einem Menschen sogar die Sinne rauben konnten, schielte die bedeutende Persönlichkeit zu dem Freund hinüber, um festzustellen, wie er das aufnahm, und wurde mit Vergnügen gewahr, daß sich der Freund recht unsicher fühlte und allmählich selber Angst bekam.

Akaki Akakijewitsch konnte sich nicht erinnern, wie er die Treppe heruntergekommen war und die Straße erreicht hatte. Er spürte weder Arme noch Beine. In seinem ganzen Leben war er von keinem General so abgekanzelt worden wie von diesem, der obendrein nicht sein Vorgesetzter war. Er ging mit offenem Mund durch den Schneesturm, der in den Straßen pfiff, und irrte in einem fort vom Bürgersteig ab; der Wind blies, wie in Petersburg üblich, aus allen vier Himmelsrichtungen, aus allen Quergassen zugleich. Im Nu hatte er eine Angina weg, und als er nach Hause kam, konnte er kein Wort mehr sprechen – sein Hals war zugeschwollen, und er mußte sich ins Bett legen. So stark kann sich mitunter eine gehörige Abkanzelung auswirken! Am folgenden Tag stellte sich hohes Fieber ein. Dank der großzügigen Unterstützung durch das Petersburger Klima schritt die Krankheit rascher fort, als man erwarten konnte, und als der Doktor erschien und ihm den Puls fühlte, fand er nichts anderes zu tun, als heiße Umschläge zu verordnen, aber auch das nur, damit der Kranke nicht ganz der Wohltaten der ärztlichen Hilfe entbehre; im übrigen erklärte er sogleich mit aller Bestimmtheit, er gebe ihm bestenfalls noch anderthalb Tage. Dann wandte er sich an die Zimmerwirtin und sagte: »Verlieren Sie, Verehrteste, keine Zeit und bestellen Sie gleich jetzt einen Fichtensarg, da ein Eichensarg für ihn wohl zu teuer sein dürfte.« Ob Akaki Akakijewitsch diese für ihn so schicksalsschweren Worte hörte oder nicht und ob sie ihn, sofern er sie hörte, erschütterten und er sein trauriges Leben bedauerte, bleibt ungewiß, da er sich ununterbrochen im Fieberwahn befand. Die ganze Zeit suchten ihn Traumgesichte heim, eins immer seltsamer als das andere – bald war er bei Petrowitsch und bestellte sich einen Mantel mit irgendwelchen Fallen für Diebe, die er in einem fort unter dem Bett versteckt wähnte, so daß er alle Augenblicke nach der Wirtin rief und sie das eine Mal sogar bat, den Dieb unter der Decke hervorzuholen; bald fragte er, wieso der alte »Schlafrock« vor ihm hänge, wo er doch einen neuen Mantel habe; bald wieder war ihm, als stehe er vor dem General, höre sich an, wie dieser ihn abkanzelte, und sagte nur: »Verzeihung, Euer Exzellenz!«; bald endlich lästerte er sogar und stieß so schreckliche Worte hervor, daß sich die alte Wirtin, die nie dergleichen von ihm gehört hatte, sogar bekreuzigte, zumal die Worte unmittelbar der Anrede »Euer Exzellenz« folgten. Danach verfiel er in völligen Unsinn, von dem man nicht das geringste verstand; man hörte nur heraus, daß seine wirren Gedanken und Worte sich immer nur um den Mantel drehten. Und schließlich hauchte der arme Akaki Akakijewitsch sein Leben aus. Weder sein Zimmer noch seine Habe wurden versiegelt, denn erstens gab es keine Erben, und zweitens war auch die Hinterlassenschaft sehr gering, sie bestand aus einem Bündel Gänsefedern, einem Packen weißen Kanzleipapiers, drei Paar Socken, zwei oder drei abgerissenen Hosenknöpfen und dem den Lesern schon bekannten »Schlafrock«. Gott weiß, wem all das zugefallen ist — dafür hat sich, ehrlich gestanden, nicht einmal der Verfasser dieser Geschichte interessiert. Akaki Akakijewitsch wurde abgeholt und begraben. Und Petersburg blieb ohne Akaki Akakijewitsch — als hätte es ihn nie gegeben. So verschwand, ging ein Geschöpf dahin, das von niemand beschützt, von niemand geliebt worden war und für das sich niemand interessiert hatte, nicht einmal die Naturwissenschaftler, die sich doch sonst mit jeder gewöhnlichen Fliege abgeben, sie mit der Stecknadel aufspießen und unter dem Mikroskop betrachten — ein Geschöpf, das widerspruchslos allen Kanzleispott ertragen hatte und das man ohne viel Aufhebens zu Grabe trug, in dessen Leben jedoch, wenn auch erst unmittelbar vor seinem Ende, ein freundlicher Gast in Gestalt eines Mantels getreten war, der für eine kurze Weile sein ganzes armseliges Dasein erhellte, über das dann aber das Unglück hereinbrach, ebenso unerträglich, wie es über Zaren und über die Mächtigen dieser Welt hereinbricht. Wenige Tage nach seinem Tode schickte man aus dem Departement einen Kanzleidiener zu ihm mit dem Befehl, er solle unverzüglich zum Dienst erscheinen: Der Direktor habe das angeordnet. Doch der Kanzleidiener kehrte unverrichteterdinge zurück, berichtete, Akaki Akakijewitsch könne nicht kommen, und äußerte sich auf die Frage: »Warum nicht« wie folgt: »Nun ja — weil er gestorben ist, sie haben ihn vor vier Tagen begraben.« Auf diese Weise erfuhr man im Departement von Akaki Akakijewitschs Tod, und schon am nächsten Tag saß ein neuer Beamter auf seinem Platz; er war viel größer, schrieb aber nicht so steil, sondern bedeutend geneigter und schräger.

Wer aber hätte geglaubt, daß die Geschichte von Akaki Akakijewitsch damit noch nicht zu Ende ist, daß es ihm vielmehr beschieden war, noch mehrere Tage nach seinem Tode einigermaßen geräuschvoll weiterzuleben, sozusagen zum Entgelt für sein so unbeachtet verlaufenes Leben! Doch so geschah es, und unsere nüchterne Geschichte kommt überraschend zu einem phantastischen Ende. In Petersburg verbreitete sich das Gerücht, an der Kalinkin-Brücke und in ihrer weiteren Umgebung zeige sich nachts ein Toter in Beamtengestalt, der nach einem entwendeten Mantel suche und unter diesem Vorwand den Leuten die Mäntel ausziehe, ohne Ansehen von Amt und Rang; Mäntel mit Katzenfutter, mit Biberfutter oder auf Watte, Waschbär-, Fuchs- oder Bärenpelze, mit einem Wort, Felle und Häute aller Art, mit denen der Mensch gelernt hat, seine eigene Haut zu bedecken. Einer der Beamten des Departements sah den Toten mit eigenen Augen und erkannte sofort Akaki Akakijewitsch in ihm; das jagte ihm jedoch einen solchen Schrecken ein, daß er Hals über Kopf davonlief und deshalb nicht allzugenau hinsah — er bemerkte nur, daß Akaki Akakijewitsch ihm von weitem mit dem Finger drohte. In einem fort gingen von allen Seiten Beschwerden ein, die Rücken und Schultern der Räte, und nicht nur der Titular-, sondern sogar der allergeheimsten Räte, seien infolge der nächtlichen Anschläge auf die Mäntel schutzlos der Erkältungsgefahr preisgegeben. Die Polizei verfügte, der Tote sei — ob tot oder lebendig — unbedingt zu ergreifen und exemplarisch zu bestrafen, und zwar so hart wie irgend möglich. Beinah hätte man auch Erfolg gehabt. Der Wachmann eines Abschnitts der Kirjuschkin-Gasse ertappte den Toten auf frischer Tat bei dem Versuch, einem verabschiedeten Musikanten, der einst Flöte gepfiffen hatte, den Friesmantel auszuziehen. Er packte ihn am Kragen, rief zwei Kameraden zu Hilfe, denen er auftrug, ihn festzuhalten, und griff für einen Augenblick in seinen Stiefel, um die Tabakdose aus ihm hervorzuholen und seiner schon sechsmal erfrorenen Nase eine vorübergehende Erfrischung zuzuführen, doch der Tabak war augenscheinlich von einer Art, die nicht einmal Tote vertragen. Kaum hielt der Wachmann das rechte Nasenloch mit einem Finger zu und zog mit dem linken eine halbe Prise ein, als der Tote allen dreien die Augen vollnieste. Während sie die Fäuste an die Augen führten, um sie auszuwischen, war der Tote längst über alle Berge, so daß sie nicht einmal wußten, ob sie ihn wirklich gehabt hatten oder nicht. Seither empfanden die Wachleute einen solchen Respekt vor den Toten, daß sie nicht einmal die Lebendigen zu ergreifen wagten und ihnen nur von weitem zuriefen: »He, du, geh deiner Wege!« Der Tote in Beamtengestalt begann sich sogar hinter der Kalinkin-Brücke zu zeigen und flößte allen, die nicht sehr mutig waren, einen ziemlichen Schrecken ein. Indessen haben wir die *bedeutende Persönlichkeit*, die wohl die eigentliche Ursache der phantastischen Wendung unserer im übrigen vollkommen wahren Geschichte bildet, ganz aus den Augen verloren. Vor allem erscheint es uns als Gebot der Gerechtigkeit, zu sagen, daß die *bedeutende Persönlichkeit* sehr bald, nachdem der arme, in Grund und Boden heruntergeputzte Akaki Akakijewitsch gegangen war, eine Art Reue empfand. Mitleid war diesem Mann durchaus nicht fremd; er war vieler guter Regungen fähig, wenn ihn sein Rang auch häufig hinderte, sie zu äußern. Sobald sein auf Besuch gekommener Freund gegangen war, verfiel er in Gedanken über den armen Akaki Akakijewitsch. Und er sah ihn seither fast jeden Tag vor sich — kreidebleich und der dienstlichen Abkanzelung nicht gewachsen. Der Gedanke an ihn beunruhigte ihn so sehr, daß er sich nach einer Woche sogar entschloß, einen Beamten zu ihm zu schicken, um zu erfahren, was denn nun mit ihm sei und ob man ihm nicht in der Tat irgendwie helfen könne. Als man ihm dann aber meldete, Akaki Akakijewitsch sei jählings von einem Fieber hingerafft worden, war er geradezu erschüttert, verspürte Gewissensbisse und verbrachte den ganzen Tag bei schlechtester Laune. Um sich ein wenig zu zerstreuen und die unangenehmen Gedanken loszuwerden, machte er sich abends zu einem guten Bekannten auf und fand eine äußerst ehrenhafte Gesellschaft bei ihm vor – das beste an ihr war, daß sich so gut wie alle im gleichen Rang befanden, so daß er sich in keiner Weise gehemmt zu fühlen brauchte. Das übte eine erstaunliche Wirkung auf seine seelische Verfassung aus. Er ging aus sich heraus, war liebenswürdig, wußte fesselnd zu plaudern – kurz, er verbrachte den Abend sehr angenehm. Er trank beim Essen zwei Glas Champagner – ein Mittel, das bekanntlich recht gute Dienste tut, das Gemüt zu erheitern. Der Champagner gab ihm die Lust zu allerlei Extratouren ein. So beschloß er, nicht gleich nach Hause zu fahren, sondern bei Karolina Iwanowna hereinzuschauen, einer Dame, die, wie es scheint, deutscher Herkunft war und zu der er in ausgesprochen freundschaftlichen Beziehungen stand. Es muß bemerkt werden, daß die bedeutende Persönlichkeit ein Mann in den Jahren, ein guter Gatte und würdiger Familienvater war. Zwei Söhne, von denen der eine bereits in einer Kanzlei beschäftigt war, und eine anmutige sechzehnjährige Tochter mit einem leicht aufwärtsgebogenen, aber hübschen Näschen stellten sich jeden Tag zum Handkuß bei ihm ein und sagten ihr »Bonjour, papa!« her. Seine Frau, noch frisch und sogar keineswegs übel anzuschauen, reichte ihm erst ihre Hand zum Kuß, drehte sie dann um und küßte ihm die seine. Doch die bedeutende Persönlichkeit, die mit den häuslichen Zärtlichkeiten von seiten der Familie im übrigen durchaus zufrieden war, sah es als angebracht an, eine Freundin in einem anderen Stadtteil zu haben. Diese Freundin war keineswegs hübscher oder jünger als seine Frau – doch solche Rätsel gibt es nun einmal auf der Welt, und über sie zu urteilen ist nicht unsere Sache. Die bedeutende Persönlichkeit kam also die Treppe herunter, stieg in den Schlitten und sagte zum Kutscher: »Zu Karolina Iwanowna«, wobei sie sich, wunderbar mollig in ihren warmen Mantel gehüllt, in jener angenehmen Stimmung befand, die für die russischen Menschen das Beste ist, was man sich wünschen kann, das heißt in jener Stimmung, da man an gar nichts denkt, da einem die Gedanken von selber zufliegen, der eine immer erfreulicher als der

andere; man ist sogar der Mühe enthoben, nach ihnen zu haschen und sie zu suchen. Mit Vergnügen erinnerte er sich all der heiteren Augenblicke dieses Abends, all der Worte, die diesen kleinen Kreis zum Lachen gebracht hatten; viele von ihnen wiederholte er sogar halblaut und fand sie ebenso komisch wie zuvor — es war daher nicht verwunderlich, daß er vor sich hin schmunzelte. Hin und wieder störte ihn freilich der böige Wind, der plötzlich, Gott weiß woher und aus welchem Grunde, losbrach und ihm regelrecht ins Gesicht schnitt, ihn mit Schneeflocken überschüttete, den Mantelkragen gleich einem Segel blähte oder mit übernatürlicher Gewalt über dem Kopf zusammenschlug — er hatte ununterbrochen damit zu tun, den Kopf wieder frei zu bekommen. Plötzlich fühlte er, wie jemand ihn am Kragen packte. Er wandte sich um, erblickte einen kleinen Mann in einem alten, abgetragenen Mantel und erkannte zu seinem Entsetzen Akaki Akakijewitsch. Sein Gesicht war weiß wie Schnee und sah genau wie das eines Toten aus. Doch das Entsetzen der bedeutenden Persönlichkeit überstieg alles Maß, als der Tote die Lippen krümmte und, schrecklichen Grabeshauch ausströmend, sagte: »Aha! Da bist du ja endlich! Endlich habe ich dich am ... Dingsda ... am Kragen! Dein Mantel ist haargenau, was ich brauche! Du hast dich nicht um meinen bemüht und mich obendrein auch noch abgekanzelt – also her jetzt mit deinem!« Die arme bedeutende Persönlichkeit wäre beinahe gestorben. So selbstbewußt sie in der Kanzlei und überhaupt vor Niedrigergestellten auftrat, und obwohl jedermann, der ihre mannhafte Gestalt und Miene sah, gleich sagte: »Hu, ist das ein Charakter!«, bekam sie es hier, wie viele Leute von hünenhafter Gestalt an ihrer Stelle bekommen hätten, so mit der Angst, daß sie nicht ohne Grund einen krankhaften Anfall befürchtete. Sie warf sogar selber so rasch wie möglich den Mantel ab und rief dem Kutscher mit einer Stimme zu, die niemand an ihr kannte: »Nach Hause! Fahr, was du kannst!« Als der Kutscher den Ton hörte, in dem das gesagt war, den Ton, der gewöhnlich nur in entscheidenden Augenblicken angeschlagen und vielfach sogar durch wesentlich Wirkungsvolleres unterstützt wird, zog er für alle Fälle den Kopf ein, schwang die Peitsche und jagte dahin wie ein Pfeil. Sechs Minuten später – es kann auch ein bißchen mehr gewesen sein – befand sich die bedeutende Persönlichkeit schon vor dem Eingang ihres Hauses. Blaß, völlig verstört und ohne Mantel, kam sie statt bei Karolina Iwanowna zu Hause an, schleppte sich mit Mühe in ihr Zimmer und verbrachte eine äußerst unruhige Nacht, so daß die Tochter am Tage darauf beim Morgentee geradeheraus sagte: »Du bist aber heute sehr blaß, Papa.« Der Papa jedoch schwieg sich aus und sagte kein Wort davon, wo er gewesen und was ihm passiert war, auch nicht, wohin er hatte fahren wollen. Diese Begebenheit hinterließ einen tiefen Eindruck in ihm. Er sagte sogar viel seltener als früher zu seinen Untergebenen: »Was nehmen Sie sich heraus? Verstehen Sie, wen Sie vor sich haben?« Sagte er es aber doch, dann nur, nachdem er sich angehört hatte, worum es sich handelte. Noch viel bemerkenswerter jedoch war, daß sich von da an der tote Beamte nicht mehr zeigte; offenbar paßte ihm der Generalsmantel ganz genau – jedenfalls hörte man nirgends mehr von Fällen, da jemandem der Mantel ausgezogen worden war. Im übrigen wollten sich viele rastlose und ewig besorgte Leute durchaus noch nicht beruhigen und raunten davon, in den entfernteren Stadtteilen tauche der Tote immer noch auf. Und wirklich sah ein Wachmann in Kolomna mit eigenen Augen, wie hinter einem Hause hervor ein Gespenst erschien. Weil er jedoch von Natur ein wenig schwächlich und eines Tages von einem ganz gewöhnlichen größeren Ferkel, das plötzlich aus einem Hause hervorschoß, zu Boden gerissen worden war — zum größten Gaudium der in der Nähe haltenden Droschkenkutscher, denen er dann als Buße für ihr Gespött je zehn Kopeken für Tabak abverlangte —, weil er also ein wenig schwächlich war, wagte er das Gespenst nicht anzuhalten, sondern ging ihm nur in der Dunkelheit nach, bis es sich plötzlich umwandte, stehenblieb und fragte: »Willst du was von mir?« Und es drohte ihm dabei mit einer Faust, wie man sie selbst bei Lebenden kaum findet. Der Wachmann entgegnete nur: »Nein, nichts!« und machte schleunigst kehrt. Dieses Gespenst aber war bedeutend größer, trug einen riesigen Schnauzbart und verschwand, seine Schritte offenbar zur Obuchow-Brücke lenkend, in der nächtlichen Finsternis.

Nachwort

Als im Jahre 1831/32 die »Abende auf dem Weiler bei Dikanka« erschienen, war es kein Geringerer als Puschkin, der »überrascht« schrieb: »Wie haben wir über dieses russische Buch gestaunt, das uns zum Lachen brachte, uns, die wir seit Fonwisins Zeiten nicht mehr gelacht haben.« Er, der selbst gern und herzhaft lachte und einen ausgeprägten Hang zu Humor und Satire besaß, erkannte bereits in dem Debütanten Gogol dessen urwüchsiges komisches Talent und förderte es von Anbeginn. Selbst mehr der »Sphäre der Poesie« verhaftet, überließ Puschkin ihm später sogar die Sujets zum »Revisor« und zu den »Toten Seelen« – und er sollte sich nicht getäuscht haben: Gogol wurde Rußlands größter Satiriker.

Gogols »Lust zu scherzen« geht bis in die Kindheit und Schulzeit zurück. Bereits auf dem elterlichen Gut in Wassiljewka bei Mirgorod, wo häufig Nachbarn und Gäste zu Besuch waren und Theateraufführungen veranstaltet wurden, zu denen Gogols Vater selbst Lustspiele schrieb, und auf dem Nachbargut des reichen und aufgeklärten Adligen Trostschinski, in dessen Privattheater Gogols Vater Komödien inszenierte und beide Eltern als Schauspieler auftraten, wurde der junge Gogol von der Leidenschaft für alles Komische und Komödiantische angesteckt, die ihn Zeit seines Lebens nicht mehr losließ: Er wirkte aktiv an der Gründung eines Schülertheaters mit, spielte selbst hinreißend, und zwar häufig die Rollen komischer alter Leute, vor allem alter Frauen; er wollte sogar Berufsschauspieler werden, und er kannte sämtliche russischen und ins Russische übersetzten Komödien der Weltliteratur, ohne zu ahnen, daß er selbst mit dem »Revisor« zu einem der berühmtesten Lustspielautoren der Welt werden sollte. Im Gegenteil, seine ersten Schreibübungen auf dem Neshiner Gymnasium waren eher lyrischer und ernster Art. Ebenso führt er seine Lustigkeit, die ihn häufig zu Scherzen und Späßen veranlaßte und die sich dann auch in seinen ersten gedruckt erschienenen Werken fand, auf sein von Natur melancholisches Gemüt zurück und schreibt in seiner kurz vor dem Tode verfaßten »Beichte« dazu: »Mich überkamen Anfälle von mir selbst unerklärlicher Schwermut, die vielleicht von meinem körperlichen Kranksein herrührten. Um mich selbst zu zerstreuen, ersann ich alles Komische, was ich nur ausdenken konnte. Ich schuf in Gedanken runde Gestalten: komische Personen und Charaktere; ich versetzte sie bildlich in die komischsten Situationen und kümmerte mich überhaupt nicht darum, warum und wozu ich das täte und wer davon Nutzen habe. Was mich dazu trieb, war die Jugend, die gar keine Fragen aufsteigen läßt. So steht es um die Herkunft meiner ersten literarischen Arbeiten, die den einen Anlaß gaben, genauso sorglos und impulsiv zu lachen, wie ich selbst über ihren Inhalt lachte, während andere einfach nicht imstande waren, zu begreifen, wie einem gescheiten Menschen solche Dummheiten in den Sinn kommen konnten.«

Dieses sorglose Lachen, das so ansteckend wirkte, brachte Gogol mit den »Abenden auf dem Weiler bei Dikanka« ersten literarischen Ruhm. In der Metropole Petersburg, die Gogol so kalt und unfreundlich empfangen und alle seine persönlichen und beruflichen Hoffnungen zunächst bitter enttäuscht hatte, wandte sich Gogol seiner ukrainischen Heimat und ihren Bewohnern zu, er studierte ihre Vergangenheit, ließ sich von seiner Mutter über Volksbräuche, Sagen, Märchen, Anekdoten und Legenden berichten und schuf in einer Mischung aus Realem und Phantastischem, Lyrisch-Romantischem und Derb-Spaßigem echt volkstümliche Bilder und Szenen eines »singenden und tanzenden Geschlechts«. In das Leben dieser optimistischen und harmonischen Menschengemeinschaft greifen häufig Teufel, Hexen und Nixen in tragischer oder komischer Weise ein — doch stets siegt am Schluß das Gute und Schöne. So auch in der »Nacht vor Weihnachten«, wo der Teufel höchstpersönlich den Schmied Wakula bis in die Metropole zu Katharina II. auf seinem Rücken tragen muß, damit Oxanas Wunsch nach ein Paar Schuhen von den Füßen Ihrer Majestät in Erfüllung geht und Wakula seine Geliebte bekommt. Und auch der Gemeindevorsteher, der reiche Kosak Tschub und der Küster als die Vertreter der weltlichen und kirchlichen Macht stehen nach dem verunglückten Liebesabenteuer bei der Hexe Solocha so lächerlich da, daß sie sich den Bitten der jungen Leute fügen müssen und am Ende wieder eitel Glück und Freude im Dorfe herrschen.

Ganz anders in »Iwan Fjodorowitsch Schponka und seine Tante«, die als letzte der »Dikanka«-Erzählungen entstand und so gar nicht zu dem Zyklus zu passen scheint. Vom »freien Leben freier Menschen« in einer weit zurückliegenden Vergangenheit richtet Gogol den Blick nun auf seinen Zeitgenossen, den Landedelmann. Iwan Fjodorowitsch Schponka ist die erste der Gutsbesitzergestalten, die später in Gogols Schaffen zentrale Bedeutung erlangen sollten. Er eröffnet jene Galerie passiver, trivialer, parasitärer Typen, deren absolut leeres und sinnloses Dahinvegetieren eine Beleidigung des menschlichen Lebens darstellt, und führt direkt zu den »Helden« der »Geschichte des Streitfalls Iwan Iwanowitsch gegen Iwan Nikiforowitsch«. Der »offene« Schluß der Erzählung scheint geradezu darauf hinzudeuten, daß sie gleichsam der Prolog zu den folgenden Werken Gogols ist.

Wie der »sittsame« Iwan Fjodorowitsch sind auch die beiden Nachbarn und ehrenwerten Edelleute Iwan Iwanowitsch und Iwan Nikiforowitsch ganz »vortreffliche Menschen« und »so gute Freunde, wie die Welt noch keine gesehen«. Ihr Leben ist ruhig und unbewegt wie das Prachtexemplar von Pfütze, das fast den ganzen Stadtplatz im wunderschönen Mirgorod einnimmt. Doch es bedarf nur einer winzigen »Ungewöhnlichkeit«, und ihr ganzes »gewöhnliches« Leben, das sich zwischen Zukkermelonenessen, Schlafen und Wachtelfangen bewegt, fällt wie ein Kartenhaus zusammen: Dieses »Ungewöhnliche« ist das Wörtchen »Ganter«, mit dem Iwan Nikiforowitsch bei einem zufälligen Wortgeplänkel seinen allerbesten Freund Iwan Iwanowitsch beleidigt. Diese Ungeheuerlichkeit, die kein Mann von Ehre auf sich sitzen lassen kann, beschwört eine Klage und einen Prozeß herauf, der sich zehn Jahre lang dahinschleppt, und die Hoffnung, daß er jeden Tag entschieden werden könnte, bildet seither den Lebensinhalt von Iwan Iwanowitsch und Iwan Nikiforowitsch.

Das ist nicht mehr das sorglose, unschuldige Lachen um des Lachens willen, sondern ein zielgerichtetes Verlachen einer bestimmten Sorte von Menschen und von menschenunwürdigen Gegebenheiten. »Ich erkannte«, sagt Gogol in der bereits zitierten »Beichte«, »daß ich in meinen literarischen Arbeiten über nichts besonderes lachte, einfach so, selber nicht wissend, warum. Wenn lachen, dann schon besser laut und stark und über das, was in der Tat wert ist, von allen verlacht zu werden.« Die, wie Belinski sagte, »junge, frische, duftige, kostbare, berauschende Poesie« der »Dikanka«-Erzählungen ist der tristen, muffigen, nur allzu gewöhnlichen Atmosphäre eines schläfrigfaulen Nichtstuerdaseins gewichen, statt der Hexen, Teufel und Nixen, die dort auf geheimnisvolle Weise in das Leben der Menschen eingriffen, ist es hier ein schwarzes Schwein, das als »deus ex machina« die Handlung vorantreibt, indem es die Gerichtsakte stiehlt. Der einstige Romantiker Gogol findet den Gegenstand seines Spotts nun im realen Leben seiner Zeitgenossen, und hinter seinem lauten und starken Gelächter spürt man mehr und mehr Zorn und Tränen. »Traurig ist es auf dieser Welt, Herrschaften!« lautet das Resümee der »Mirgorod«-Erzählungen, die »die Fortsetzung der ›Abende auf dem Weiler bei Dikanka‹ bilden«, wie es im Untertitel des Buches heißt.

Mit der Entwicklung Gogols vom Romantiker zum Realisten, vom Humoristen zum Satiriker geht der Wechsel des Schauplatzes vom ukrainischen Landleben zur zaristischen Metropole einher. Als Neunzehnjähriger war Gogol 1828 nach Petersburg gekommen, erfüllt von Idealen und dem Wunsch, dem Vaterland zu dienen und zu seinem Wohlergehen an entscheidender Stelle beizutragen. Doch die vielbesungene Stadt Peters I., die ihm aus der Ferne als Symbol von Schönheit und Glanz erschienen war, erwies sich aus der Nähe als Brennpunkt der schreiendsten Widersprüche, als Stadt der schönen Fassaden und der häßlichen Hinterhöfe, als Sammelbecken der zaristischen Würdenträger, der allgegenwärtigen Beamtenschaft und des notleidenden kleinen Mannes, als Stadt, in der einzig Titel, Orden und Ämter zählen und in der Egoismus und menschliche Gleichgültigkeit herrschen. Hinter der Geschäftigkeit und Dynamik der Beamtenwelt entdeckte Gogol die gleiche geistige Leere wie in der Gutsherrenwelt, nur daß sie sich dort als Trägheit und Unbeweglichkeit offenbarte, hier aber verhüllt, als »geschäftiges Nichtstun« darbot. »Alles ist Lug und Trug, ist Täuschung und Traum, ist nicht das, was es scheint.« Statt Karriere als Schauspieler, im Staatsdienst oder in der akademischen Laufbahn zu machen, mußte er sich mit der Stellung eines Schreibers in einem der unzähligen Departements begnügen, von der er dann in den Rang eines Beamten der vierzehnten, das heißt der niedrigsten, Klasse avancierte. So lernte er das Leben eines intellektuellen Hungerleiders kennen, der den ganzen Winter im abgetragenen Sommermäntelchen frieren muß, weil er sich keinen neuen, warmen Mantel leisten kann, wie er seiner Mutter in einem Brief 1830 mitteilte. Alle diese bitteren Erfahrungen fließen in die Erzählungen ein, die ab 1835 erscheinen und durch den gemeinsamen Handlungsort als »Petersburger Erzählungen« bekannt wurden. Zu ihnen gehören auch die folgenden vier Erzählungen des Bandes.

In dieser Scheinwelt, einer Welt von Trug und Illusion, in der die natürlichen, wahrhaftigen Beziehungen zwischen den Menschen durch den Kult des Standes und des Ranges ersetzt sind, überrascht es schließlich auch nicht, daß andererseits Tiere oder Gegenstände menschliche Eigenschaften aufweisen. So sind in den »Aufzeichnungen eines Wahnsinnigen« die Hunde Maggy und Fidèle die einzigen Lebewesen, die menschlich empfinden und nicht genug über ihre Herrschaft staunen können, der ein Ordensbändchen zum Inbegriff des Glücks und des Lebens überhaupt wird. Was wunder, daß in dieser Welt, in der das Menschliche auf das Dingliche, die inneren Werte auf Äußerlichkeiten wie Bärte, Fräcke und Uniformen reduziert sind, sich eine Nase verselbständigen kann und in der goldbestickten Uniform eines Staatsrats für ein vollwertiges Mitglied der Gesellschaft gehalten wird, das seinen einstigen Träger und Besitzer verächtlich abblitzen läßt, weil er »den Knöpfen der Uniform nach« rangniedriger ist.

Doch Gogol gestaltet nicht nur die eine Seite dieser absurden Welt. Er zeigt auch die »Opfer« der hochgestellten Uniformträger, den kleinen, Federkiele beschneidenden Vorzimmerbeamten in den »Aufzeichnungen eines Wahnsinnigen«, der den Verstand verliert, weil »alles, was es an Gutem auf dieser Welt gibt, entweder die Kammerjunker oder die Generale« bekommen, oder den unglückseligen Akaki Akakijewitsch Baschmatschkin aus der unsterblichen Erzählung »Der Mantel«, der gar sein Leben aushaucht, nachdem man ihm sein Alles, seinen Mantel, von den Schultern geraubt und eine »bedeutende Persönlichkeit« ihn gehörig abgekanzelt hat. Doch für die maßlose Ungerechtigkeit und Unmenschlichkeit, die Akaki zu Lebzeiten demütig erträgt, gewährt ihm sein Schöpfer nach dem Tode Genugtuung: Als Gespenst läßt er ihn aus dem Jenseits nach Petersburg zurückkehren und allen Beamten, ohne Ansehen ihres Ranges und Standes, die Mäntel von den Schultern reißen.

Zur Gestaltung dieser grotesken, gespenstisch-phantastischen Welt, in der Ideal und Wirklichkeit unvereinbar aufeinanderprallen, in der das Reale irreal und das Irreale real erscheinen, bedurfte es auch einer neuen künstlerischen Struktur und einer neuen Art von Komik. Hier gibt es kein unbeschwert-heiteres Lachen mehr, und selbst das ironische Verlachen der Gutsbesitzertypen aus den vorausgegangenen Erzählungen, das in der an Iwan Fjodorowitsch Schponkas Regimentszeit erinnernden Posse »Die Kalesche« noch einmal anklingt, reicht hier nicht mehr aus. Gogols Lachen wird giftig, gallig und unbarmherzig gegenüber den »bedeutenden Persönlichkeiten« und schmerzlich-teilnahmsvoll gegenüber dem »kleinen Mann«, seine Komik vereint satirisch-groteske und tragische Züge; seine einstige Kritik an zufälligen, persönlichen Mängeln und Fehlern einzelner Menschen oder Erscheinungen wird zur Kritik einer ganzen Gesellschaft, seine realistische Erzählkunst und sein Humanismus zum Vorbild für eine ganze Generation russischer Schriftsteller, was Fjodor Dostojewski in die Worte faßte: »Wir alle kommen aus Gogols ›Mantel‹.«

Margit Bräue

Inhalt

Die Nacht vor Weihnachten 5
Iwan Fjodorowitsch Schponka und seine Tante . . 66
Geschichte des Streitfalls Iwan Iwanowitsch gegen Iwan Nikiforowitsch 102
Aufzeichnungen eines Wahnsinnigen 167
Die Nase 197
Die Kalesche 232
Der Mantel 250

Nachwort 293

ISBN 3-359-00137-0
1. Auflage

Lizenz-Nr.: 540/30/87 · LSV 7211
Umschlag- und Einbandgestaltung: Christa Jahr
Printed in the German Democratic Republic
Gesamtherstellung: Karl-Marx-Werk Pößneck V 15/30
620 904 5
01280